팔레스타인의 눈물

팔레스타인의 눈물

The tears of Palestine

자카리아 무함마드, 오수연 엮음 | 오수연 옮김

아시아

인류 최초의 농경 유적지들 중 하나가 팔레스타인에 있다. 그리고 그곳에 인류 최초의 돌탑이 남아 있다. 기원전 1만 년 전에 세워진 이 탑은 직경 9미터, 높이 8.5미터에 이르므로, 신석기 시대인 당시로서는 어마어마한 규모였을 것이다. 제의를 지내기 위해 전 인구가 달라붙어 반년을 지었으리라고 한다. 인류만이 이런 것을 만든다.

기원전 1만 년 전이라면 지금으로부터 1만 2천 년 전이다. 공교롭게도 오늘날 팔레스타인에는 이제껏 있어본 적 없는 또 다른 인류 최초의 건축물이 서있으니, 서안 지구 전체를 포위한 높이 8~12미터의 장벽이다. 서안 지구를 우리나라에 비교해보면 제주도 3배 정도의 크기이다. 장벽은 제주도 3개만큼의 땅과 그 안에 든 모든 인간들을 완벽히 가두어 지구에서 격리시켰다. 이런 것도 인류만이 만든다.

인간의 상상력이 이토록 무서울 수도 있다. 장벽은 최초의 돌탑 이래 1만 2천 년의 세월을 무화시키고, 그동안 인류가 일구어낸 문명 자체를 조소한다.

이스라엘은 자기가 살기 위해 팔레스타인 서안 지구를 이렇게 장벽으로 포위할 수밖에 없다고 말한다. 마찬가지로 가자 지구를 이따금 공습하여 때마다 1천 명 이상을 죽일 수밖에 없다고 한다. 그리고 우리는 2004년에 우리가 살기 위하여 어쩔 수 없이 이라크에 군대를 보내야만 한다고 말했다. 1만 2천 년 동안 인류는 많은 말을 해왔건만, 지금까지도 어쩔 수 없다는 이 말을 되뇌고 있다. 이제는 다른 말을 찾아야 한다. 이 책은 다른 말을 찾으려는 노력의 일환이다.

이번 개정증보판에는 가자 지구의 이야기를 담은 4편의 글이 보강되었고, 부록을 통해 팔레스타인의 최근 상황을 반영하였다. 이 책이 처음으로 나왔던 2006년으로부터 8년이 흘렀건만, 팔레스타인 상황은 별로 나아지지 않은 듯하다. 그간 우리나라에서 팔레스타인에 대한 관심과 지지가 높아진 것만은 참으로 다행스럽다. 이 책의 기획과 편집을 실질적으로 주도해주신 팔레스타인의 자카리아 무함마드 시인께 감사드린다. 책을 이미 읽었거나, 읽으려 하거나, 장차 읽어주실 모든 독자들께도 깊이 감사드린다.

2014년 8월
오수연

6

우리가 흔히 이스라엘 – 팔레스타인 분쟁이라고 알고 있는 사태는 사실 분쟁이 아니다. 세계에서 손꼽히는 막강 이스라엘 군대의 꾸준한 군사 작전 대상은 고작해야 구식 총을 쏘는 민병대나 돌 던지는 소년들이며, 그보다는 그저 재수 없는 민간인들이다. 대부분의 희생자들은 자기 집에 앉아 있다가, 또는 길바닥에서 난데없이 폭탄이나 총알을 맞는 보통 사람들이다. 거기서 날마다 벌어지고 있는 일은 싸움이 아니라 학살이다.

팔레스타인 사람들에게는 오늘이 없다. 아침에 시작한 하루를 저녁때 살아서 마치리라는 보장이 없다. 젊은 시인 마흐무드 아부 하쉬하쉬의 짧은 시 한 편은 담담하지만 지독히 아프다.

깜빡하고 잊고 마저 먹지 않은 반쪽의 사과 떠올리고
현관에서 되돌아왔네
이빨 자국 선연히 남은 사과, 끝내지 못한 채 죽을까 두려웠네.

우리 어머니 흐느낌 그치려 하지 않았네

"그 애는 사과도 다 먹지 않았다오."
그녀 손에 남은 썩은 반쪽 사과, 통곡하는 여인들에게 보였네.

나는 사과를 쓰레기통에 던지고
현관문 다시 닫고는

산산이 부서진 내 일들 뒤로 했네
여기저기 내 시들 미완으로 남겼네.

—「사과」전문
서강목(한신대 영문과 교수) 번역

다행히 저녁때까지 살아 있다 할지라도, 그 하루는 그들의 하루가 아니다. 아침에 학교나 직장에 가려고 집을 나서면 검문소 앞에서 줄을 서야 하는데, 기다리는 시간이 십오 분이 될지 네 시간 또는 열두 시간이 될지 기약이 없다. 그건 순전히 검문소를 지키는 이스라엘 점령군의 마음이다. 그러므로 위급한 병자가 병원에 갈 수 있을지 말지, 즉 살 수 있을지 말지도 점령군 마음이다. 시장의 상인이 오늘 상점을 열 수 있을지, 농부가 자기가 기른 채소를 시장에 내다 팔 수 있을지도. 팔레스타인 사람들은 버스나 승용차를 타고 가다가도 점령군을 마주치면 모두 차에서 내려 몸수색을 받고 또 하염없이 기다려야 한다. 그들은 아무 때나, 어디서나 '정지'를 명령받는다. 그리고 조롱당하고 모욕당한다. 그들의 하루는 점령군들의 하루이며, 팔레스타인 사람들 자신에게는 비참하고 원통한 기억이 더해질 뿐이다. 오늘이 없는데 어떻게 내일을 꿈꿀까. 팔레스타인 사람들에게는, 이 책의 한 필자가 표현했듯이, 아주 멀리 '가물거리는 희망'만이 있을 뿐이다.

이 책은 이 가물거리는 희망을 위해 기획되었다. 아홉 명의 팔레스타인 시인, 소설가, 또는 학자들은 이 위태로운 희망에 대해 대단한 집념으로 글을 썼고, 씀으로써 희망을 지켜냈다.

멀고 먼 희망까지 거의 없는 길을 이 창작자들은 스스로 길을 냈으며, 꺼질 듯한 불꽃에 빛과 열기를 불어넣었다. 이토록 처절한 이야기를 이토록 아름답고 격조 높게 쓸 수 있다니, 역자인 나 또한 글 쓰는 사람으로서 감탄해 마지않는다. 그러나 내게는 부당하게 고통 받는 팔레스타인의 현실을 우리나라에도 알려야겠다는 것보다 더욱 절박한 욕구가 있다.

한국인인 우리 입장에서 대륙 건너 팔레스타인을 시급히 알아야만 할 필요가 있다. 다시 말하자면, 이 책은 우리들 자신의 가물거리는 희망을 위한 것이다.

우리의 머릿속에서 아랍 문명은 삭제돼 있고 아랍 세계는 검은 색으로 칠해져 있다. '이슬람교는 한 손에는 칼을 한 손에는 코란을 들고 개종을 강요했다'고 기술한 7, 80년대 국정교과서, '6일전쟁 때 전 세계 이스라엘인들은 조국을 지키러 비행기 타고 이스라엘로 돌아갔으나 비겁한 아랍인들은 다 도망쳤다'던 교장 선생님의 훈화 말씀, 아랍인은 나왔다 하면 밑도 끝도 없이 복수하겠다고 설치다가 무표정하게 죽는 할리우드 영화, '중동 화약고'라는 시사용어, 무엇보다 9.11 테러 사건과 고 김선일 씨 사건 등….

그러나 2차대전 이후 가장 대규모로, 집약적 또 지속적으로 테러를 당한 대표적인 지역이 아랍이다. 거의 모든 강대국이 제 화약을 들고 거기 가서 터뜨렸다. 이런 전후 맥락을 끊어버리고 국가도 아닌 몇몇 무장단체의 테러만 들먹이며 아랍인 전체를 테러리스트라고 매도하는 것은 편파적이고 오만한 가해자의 시각이다. '국익'을 위해서 이라크인들이야 뭐라 하든 군대를 파병한 우리, 감히 이라크인 따위가 한국인을 해쳤다고 전투병을 보내 본때를 보여주자는 우리 또한 오리엔탈리즘에 감염돼 있다. 서구 중심의 오리엔탈리즘을 추종하는 한, 우리는 우리 자신 또한 무시하고 폄하하지 않을 수 없다. 오리엔탈리즘에서는 아랍만이 아니라 우리 또한 삭제되고 검게 칠해져 있는 탓이다. 우리가 서구를 추종하면 할수록, 원본이 아닌 모조품인 우리는 점점 더 원본과 멀어지는 숙명에 놓인다. 세계를 알기 위해서, 무엇보다 우리 자신을 알기 위해서 우리는 아랍을 재인식해야 한다. 그리고 아랍을 이해하기 위해서는 아랍 문제의 핵심, 팔레스타인 문제를 우선 이해해야 한다.

월드컵에서 국가대표팀 16강 진출을 위해 목이 터져라 응원하는 우리가, 세계 곳곳에서 벌어지고 있는 기아, 재난, 전쟁, 인권 유린에 대한 관심이 과연 세계 몇 위일까? 우리는 경제적 자유주의자이면서 배타적 민족주의자들이며, 선진국 진입을 꿈꾸면서 국제 문제에 대해서는 우리 같은 약소국이 무슨 상관이냐고 책임을 회피해왔다. 우리는 너무 이기적이며, 정신적인 균형을 잃었다. 우리가 침묵하고 있는 동안 팔레스타인 난민촌이 이스라엘 불도저에 붕괴되듯이, 우리의 내면이 붕괴되고 있다.

이 책을 번역하면서 나는 내 안의 가물거리는 희망을 가까스로 되살렸다. 팔레스타인 작가들의 글에는 인간다운 존엄함이라든가 품위가 있다. 돈도 무기도 없으므로 이들은 정신으로 싸웠다. 육체는 활활 타오르는 폭력 속에 있을지라도 정신은 분노와 증오에 내주지 않고 승화시킴으로써, 이들은 폭력을 넘어섰다. 늘 그렇듯이 희망은 가장 고통 받는 사람들로부터 나온다. 당장 희망을 되살리지 못하면 꺼져버리고야 말 것 같은, 나처럼 갈급한 독자들과 이 감동을 나누고 싶다.

　책에 수록된 많은 글들이 이 기획을 위해 새로 쓰였으나 몇몇 글들은 이미 발표된 글들을 찾아 모은 것이다. 모리드 바르구티의 「나는 라말라를 보았다」는 동명의 자전적 산문집(다르 알 힐라, 카이로, 1997)에서, 아이샤 오디의 「심문」은 자서전 『자유를 꿈꾸며』(무와틴, 라말라, 2004)에서, 수아드 아미리의 「개 같은 인생」은 에세이집 『에비타를 찾아서』(펠트리아, 2005)에서 발췌했다. 모든 글은 영문으로 번역된 것을 우리 말로 다시 번역했다. 그리고 자카리아 무함마드의 「취한 새」는 국내 지면에 번역 소개된 바 있으나, 이후 필자가 개작한 것을 이번에 다시 번역하였다.

2006년 여름을 보내며

오수연

차례

일러두기

1. 이 책은 『팔레스타인의 눈물』(2006년)의 개정증보판입니다.
2. 다수 글의 사실 관계가 현재와 다를 수 있음을 밝힙니다.
3. 본문에 나오는 팔레스타인 지명과 인명은 현지 감수를 통해서 아랍 발음에 준해서 표기했습니다.
   예: 마호메트→무함마드, 메카→마카, 제리코→아리하 등.
4. 글쓴이 주와 옮긴이 주는 본문 아래쪽에 각주로 처리했으며, 글쓴이 주에는 별도로
   '-글쓴이 주'라고 덧붙였습니다.

아이를 갖지 않기로 맹세한 이유

오마르 그라옙

오마르 그라옙 Omar Ghraieb | 언론인

팔레스타인 가자 지구의 언론인이자 블로거.
블로그 gazatimes.blogspot.com, 트위터 Twitter @Omar_Gaza.

이스라엘은 가자 지구에 대한 지상 공격을 제한적으로 실시할 거라고 말했다. 그래서 잘 모르는 이들은 이스라엘 탱크가 국경 넘어 몇 미터 전진하려나 보다 하고 생각했을 것이다. 하지만 처음 이틀간만 그랬다. 이스라엘이 광범위한 인종 청소와 학살을 계획하고 있을 줄이야, 우리도 몰랐다. 이스라엘의 목표는 한 지역을 거기 살고 있는 사람들과 함께 깨끗이 쓸어버리는 것이었다.

토요일 밤 10시 경에 사태는 고조되었다. 이스라엘 무인비행기들이 낮게 활강하더니 커다랗게 윙윙 소리를 냈다. 아파치 헬기와 F-16 전투기가 폭격하면서 서로 엄호했다. 그리고 가자 시 동부 슈재야 일대가 호되게 두드려맞기 시작했다.

중단 없는 폭격. 나는 이 모든 소리를 내 집에서 들었다. 폭발과 포격 횟수를 셀 수조차 없었다.

수백 가구가 집과 살림살이를 두고 떠나 어디라도 피난할 곳을 찾았다. 가자 지구에서는 어느 곳도 안전하지 않지만 말이다.

그들은 자식들 말고는 아무 것도 챙긴 것 없이 죽음을 피하려고 거리를 걸었다. 심지어 어떤 이들은 불도저의 삽날에 올라가 숨으려고 했다. 많은 사람들이 목적지도, 갈 수 있는 데도 없이 그저 헤매 다녔다.

그들은 결국 알 쉬파 병원에 모이게 되었으니, 속속 도착하는 친척이나 이웃, 친구의 시신을 보기 위해서였다.

나는 그날 밤을 어떻게 표현해야 될지 모르겠다. 단어가 떠오르지 않고 숨도 쉴 수가 없다. 그 밤에, 슈재야가 타올라서 가자 시는 거대한 불덩이처럼 보였다.

다른 지역은 거의 온종일 정전이었다. 우리는 TV를 통해서가 아니라 우리의 눈과 귀로 슈재야에 퍼부어지는 무자비한 공격과 사람들의 비명을 듣고 타오르는 불길을 보았다.

우리가 가진 것은 라디오뿐이었다. 라디오는 우리가 이미 알고 있지만 부인하려고 했던 바를 알려 주었다. 진실에 직면해야 될 때까지, 우리는 실낱같은 희망을 놓지 않으려 했다. 그러나 슈재야의 주민들이 도륙당하고 있었다.

밤마다 우리는 어서 시간이 가고 새벽이 와서 하늘을 밝히고 가자 지구에 햇살을 퍼부어주기를 기다린다. 그러나 그날 밤은 아니었다. 우리는 태양이 천천히 뜨기를, 그래서 햇빛 아래 드러나는 것을 좀 더 늦게 볼 수 있기를 바랐다.

예상은 했지만, 햇빛이 보여주는 것은 참상 이상이었다.

우리는 슈재야를 알아볼 수 없었다. 쓰나미나 지진 같은 자연 재해에 강타당한 것 같았다. 그러나 이는 자연적으로 일어난 일이 아니었다. 1948년 나크바*가 1982년 사브라와 샤틸라 학살 사건**의 장면으로 재현된 것 같았

---

* 나크바 : 아랍어로 재앙. 1948년 이스라엘의 건국으로 선주민인 팔레스타인인들 70만 명이 쫓겨나고 수백 개의 마을이 파괴되었다. 이 난민들의 후손 수백만 명이 현재 요르단, 레바논, 팔레스타인 서안 지구와 가자 지구 등지에 흩어져 있다. 매년 5월 15일은 이스라엘들에게는 '독립기념일'이지만 팔레스

다. 5년 반 전 이른바 '캐스트 리드'* 공습의 회상 장면 같기도 했다.

적십자사가 슈재야의 시신과 부상자들을 수습하기 위해 '인도적인 정전'을 제안했다. 이스라엘은 처음에 거부했다가, 받아들였다가, 약속을 깨고 의료진과 구급차를 포격했다.

그 와중에도 의료진들은 길바닥에 널려 있던 72구의 시신과 400명이 넘는 부상자들을 병원으로 옮겼다. 사상자 숫자는 급증할 거라고 했다.** 외국 방송의 특파원들과 현지 언론인들은 이 믿을 수 없는 사태에 경악했다. 그들은 안 볼 수가 없는 학살의 현장을 보도했다. 누구를 막론하고 겁에 질려 있었다.

참상의 이런저런 모습들이 TV의 여러 채널에 비치기 시작했다. 그중에서도 차마 볼 수 없는 것은, 죽거나 다친 아이를 부모가 울면서 나르는 장면이었다. 그들은 산이라도 옮기는 듯했다.

언제쯤 팔레스타인인들이 사람으로 여겨질까? 인간으로? 민간인으로?

언제 우리 아이들은 인권을 갖고 안전하게 클 수 있을까?

타인인들에게는 '나크바의 날'이다.

** 사브라와 샤틸라 학살 사건 : 1982년 레바논의 무슬림 마을 사브라와 샤틸라를 기독교 근본주의 민병대가 습격하여, 대개 팔레스타인인들인 주민들을 학살했다. 학살된 이들은 3,500명에 이른다. 이 학살의 배후는 이스라엘 정보기관 모사드(Mossad)였고, 학살이 일어난 날 이스라엘 군대가 주민들이 도망치지 못하도록 마을을 포위하고 있었다.

* 캐스트 리드 : 2008년 말~2009년 초 가자 지구에 혹독한 공습을 퍼부은 이스라엘군의 작전명. 이 공습으로 팔레스타인인 1,417명이 사망하고 수만 명이 다쳤다. 이를 팔레스타인들은 '가자 학살 사건'이라고 부른다.

** 이 글은 2014년 7월 중순에 쓰였다. 이스라엘의 공습은 7월 8일 시작되었으며, 8월 11일까지 사망자 1,900명 이상, 부상자 약 1만 명으로 추정된다. 이 날 이스라엘과 하마스는 72시간 정전에 합의하였으나 이후의 전망은 불투명하다.

죽은 자식을 안고 있는 아버지의 심정이 어떨까? 그의 상실감이? 자식을 보호하지 못했으니 그는 얼마나 부끄럽고 죄스럽게 느낄까?

그렇기 때문에 나는 여기 가자에 사는 한 아이를 갖지 않겠다고 맹세했다. 나는 자식을 이 세상에 내놓고는 속절없이 희생당하게 하지 않을 것이다. 내 자식이 죽는 모습을 보지 않을 것이다. 다른 아이들이 죽고 그 부모가 우는 모습을 보는 것만으로도 너무 고통스럽다. 내 자신이 그런 일을 감당할 수는 없다.

어떻게 세상은 한 지역과 그 거주민들을 쓸어버리는 것을 '자기 방어'요 '정당 방어'라 할 수 있나? 어찌 어린이들이 '전투원'이고 '테러리스트'란 말인가?

가까운 모스크에서 성금 모으기 운동을 시작했다. 나는 더욱 무력감을 느낄 뿐이다. 사랑하는 이와 집과, 이제까지의 삶을 잃어버린 사람들에게 우리가 무엇을 줄 수 있을까?

나는 어떻게든지 그들에게 내 마음을 전하고 그들의 고통을 덜어주고 싶지만 그럴 수가 없으므로, 소액이지만 성금을 냈다. 하지만 잃어버린 자식의 빈자리를 돈이나 물건이 메워줄 수는 없을 것이다.

몇 시간이나 나는 멍하고, 손 하나 까딱 할 수 없고, 숨이 막히고, 어지러웠다. 눈물 한 방울 나오지 않았다.

그리고 눈물이 흐르기 시작했다. 펑펑 쏟아져 나왔다. 뺨을 태우는 뜨거운 눈물이었다. 사람들이 자기 집에서 자다가 폭탄의 세례를 맞았다. 도망치지 못하면 파편에 깔려 죽었다.

오늘 나는 내 인간성과 영혼에 작별을 고한다. 그것들의 죽음을 애도한다. 또한 나는 죽어버린 아랍 민족과 지도자들에게 작별을 고하는데, 이 경우에는 애도도 없다. 인권 단체들에게도 마찬가지로 작별을 고한다. 그들은 인권을 보호하는 데 늘 실패해왔다. 보고서와 기록물이 무고한 아이들을 구하지는 못한다.

나는 결코 적지 않은 수의 '구호 대행사'들에게도 작별을 고한다. 그들은 팔레스타인인들의 피를 선전거리 삼아 돈벌이를 해왔기 때문이다. 나는 세계의 어느 곳에 있는지 알게 될 때까지는, 세계 인도주의란 것에도 작별을 고하고자 한다.

가자의 일기

유시프 알자말, 말라카 무함마드

유시프 알자말 Yousef M. Aljamal | 번역가

팔레스타인 가자 지구를 기반으로 활동하는 번역가이자 블로거. 『감옥 일기』『이스라엘 수용소의 팔레스타인 목소리』를 공동 번역했다. (Website: www.yeljamal.wordpress.com. Twitter: @YousefAljamal)

말라카 무함마드 Malaka Mohammed | 학생

팔레스타인 가자 지구의 이슬람대학 영문학과를 졸업했다. 현재 영국 셰필드대학에서 국제 정치와 법에 관한 석사 과정을 밟고 있다.

되는 일 없는 가자에서 기다리기

2013년 9월 18일 오후 1시, 팔레스타인 가자 지구와 이집트의 국경에 있는 라파 출입국 관리소.

수백 명의 여행자들―대개 학생과 환자―이 팔레스타인 쪽 대기실에서 기다리고 있다. 모두들 팔레스타인 자치 정부가 인가한 여행 서류를 손에 쥐고, 자기 이름을 불러주기를 바라며 이집트 쪽 공무원을 쳐다보고 있다. 호명된 사람은 입국 허가증을 받아 내일 국경을 통과할 수 있을 것이다.

운 좋게 이름이 불리면 주위의 열렬한 축하를 받는다. 수십 명은 좀 유리할까 싶어 창구에 바짝 붙어서 있다.

대기자는 늘고 대기실은 점점 더 비좁아진다. 좌절, 분노, 절규, 기도와 눈물이 어디에서나 들리고 보인다.

"학생! 학생! 학생!"

옴짝달싹 못하는 학생들 중에 하나가 외친다. 학생들에게 우선권이 주어져야 한다는 것이다. 그러나 이 요구는 외국에 있는 집이나 직장으로 돌아가야 하는 다른 대기자들의 불만을 산다.

"이번에는 여기가 특별히 학생들에게 허가를 내주기 위해 문을 연다고 했단 말입니다."

또 한 학생이 말한다.

"우리는 까딱하면 장학금을 놓쳐요."

검은 옷의 여자가 울부짖는다.

"내 영주 허가가 만기예요. 아랍에미리트의 직장 상사는 내가 일주일 안에 업무로 복귀하지 않으면 해고하겠다고 했다고요. 우리 집에서 돈 버는 사람은 나 하나뿐이에요. 제발 허가증을 내주세요, 선생님! 신이 축복하실 거예요, 제발요!"

"다른 사람들을 보세요. 모두가, 이 사람들 전부 다 다급한 사정이 있어요. 도와드렸으면 좋겠지만 어쩔 수가 없군요."

공무원의 대답은 대기실에 꽉 찬 모든 이들을 더욱 좌절시킬 뿐이다.

가자 지구 북쪽 에레즈 검문소를 내가 통과할 수 있었다면, 이 고생을 할 필요가 없었다. 그러나 이스라엘은 수년 째 가자 지구의 팔레스타인인 거의 대부분을 통과시키지 않는다.* 그리고 이제 이집트가 이스라엘과 똑같은 이유, 곧 국가 안보를 들먹이며 비슷한 조치를 시행하고 있다.

---

* 팔레스타인 서안 지구와 가자 지구는 떨어져 있다. 중간에 이스라엘 땅이 끼어 있기 때문이다. 이스라엘은 팔레스타인인들이 그 땅을 통과하도록 웬만해선 허락하지 않는다. 서안 지구 사람들이 지척에 있는 예루살렘에 평생 가볼 수 없듯이, 대부분의 가자 지구 사람들은 '차로 1~2시간 거리'인 서안 지구에 평생 가볼 수 없다. 더군다나 팔레스타인인들이 외국으로 나가기란 그야말로 지난하다. 서안 지구와 가자 지구에 하나씩 공항이 있으나 이스라엘에 의해 폐쇄되었기 때문이다. 특히 가자 지구의 '야세르 아라파트 국제공항'은 1995년 오슬로 협약으로 요약되는 팔레스타인-이스라엘 화해의 상징으로 화려하게 개관하였으나, 2001년 제2차 인타파다 때 이스라엘의 공습으로 대파되었다.
서안 지구 사람들이 외국행 비행기를 타려면 '알렌비 출입국 관리소'에서 요르단 입국 허가를 받아 요르단 공항으로 가야 한다. 가자 지구 사람들은 일단 서안 지구로 가야하고 그러려면 이스라엘의 '에레즈 검문소'를 통과해야 하나 이는 거의 불가능하다. 따라서 '라파 출입국 관리소'에서 이집트 입국 허가를 받아 이집트 공항으로 가야 한다. 이 또한 하늘의 별따기이다.

나는 이달 초에 요르단의 암만에서 열리는 번역 회의에 참석하고, 곧바로 내가 유학 생활을 하고 있는 말레이시아로 갈 예정이었다. 나처럼 가자 출신인 친구 둘과 함께 나는 요르단의 입국 허가를 받았지만, 요르단으로 가려면 거쳐야만 하는 이스라엘의 허가를 받지 못했다. 요르단과 팔레스타인 서안 지구 사이에 알렌비 출입국 관리소가 있고, 그곳까지 가려면 에레즈 검문소를 통과해 이스라엘을 거쳐야 한다. 번역 회의 주최 측에 이스라엘 공무원이 전한 바에 따르면, 내 신청이 거부된 이유는 여행 목적이 '인도적으로 긴급한 사안이 아니기 때문'이라는 것이었다.

서안 지구 제리코의 외갓집 식구들을 만나겠다는 꿈은 누군가의 눈 한 번 깜박임으로 사라졌다. 서안 지구 방문은 가자에 사는 대다수 팔레스타인인들에게 불가능한 일이며, 나로서는 14년 만의 기회였다. 허가를 받지 못했으므로 제리코 묘지의 조부모님 무덤에 가보겠다는 꿈도 물론 물거품이 되었다.

서안 지구의 친척들은 깜짝 선물을 받지 못했다. 나는 제리코에 도착하기 1시간 전에 그들에게 전화로 알릴 작정이었다. 그런데 내가 사는 가자 지구의 난민촌에서 차로 1~2시간 거리밖에 안 되는 제리코의 친척 방문이 깜짝 선물이라니, 말이 안 되지 않나? 하지만 여기서는 말이 되는 게 아무 것도 없다.

놀랍게도, 창구의 공무원이 내 이름을 부른다. 국경을 통과하여 공항으로 갈 수 있는 허가증을 받기 위해 내가 창구까지 가는 데 2분쯤이 걸린다. 사람들이 창구를 빽빽이 둘러싸고 있는 탓이다. 겨우 창구에 닿아 나는 공무원에게 말한다.

"방금 제 이름을 부르셨습니다."

그는 내게 기다리라고 한다. 나는 기다린다. 그러자 그는 내 이름을 부른 적이 없다고 한다. 그가 갖고 있는 명단을 확인해달라는 요구는 무시한다.

나는 허가증을, 그 빌어먹을 허가증을 받지 못한다. 그래서 여행을 갈 수 없다.

"내일 다시 와요, 아침 일찍 말이오. 내가 명단을 확인해 볼 테니, 거기 당신 이름이 있으면 내일 통과할 수 있을 거요."

공무원은 내게 말한다.

시간은 오후 4시. 여기서는 말이 되는 게 없다. 줄 서는 것마저 그렇다. 팔레스타인 사람들은 UN의 보급품 도장을 받기 위해 줄을 서야 한다. 이스라엘이 가자를 봉쇄하고 이집트가 밀수 터널마저 막기 때문에 고갈된 휘발유와 연료 같은 필수품을 구하기 위해 줄을 서야 한다. 언젠가 호명될 수 있도록 이름을 등록하기 위해 줄을 서야 한다. 그리고 어쩌면 창구에 2분 늦게 도착할지도 모른다. 그러면 이동을 가능하게 해주는 증명서를 받을 기회가 날아간다.

다음날 아침 8시.

공무원은 명단을 훑어보기에는 너무 바쁘다. 이는 내가 다시 아무런 기약도 없이 이 국경의 출입국 관리소에서 8시간을 보내야 한다는 뜻이다.

나는 다시 줄을 선다. 내 이름을 다시 등록하는 데 4시간이 걸린다. 한 여자가 바닥으로 쓰러진다. 그녀는 기절했다. 나는 짐을 끌고 집으로 돌아간다.

비행기 표를 바꿔야 한다. 라파 출입국 관리소가 또 일주일 동안 닫힌다.

9월 25일, 아침 7시 45분.

작년 11월에 이스라엘이 폭격한 아부 카르다 정부 종합청사. 역시 여기서는 말이 되는 게 없다. 한 공무원이 우리의 이름을 다시 등록한다.

오후 2시. 내 이름이 불린다. 마침내 나는 내 이름을 '긴급 명단'에 올린다.

라파 출입국 관리소가 학생들과 긴급한 경우를 위해 3일간 열린단다. 그 3일은 9월 28일부터이다.

9월 28일, 아침 7시.

나는 누세이라트 난민촌의 집에 있다. 그 동안의 과정을 되새기며, 이 말도 안 되는 상황을 말이 되게끔 이해해보려고 애쓴다. 오늘 국경에 나가 제 운을 시험해보기로 한 친구의 전화를 나는 집에서 기다린다. 그 전화는 아무리 기다려도 오지 않는다.

궁금증을 못 이겨 친구에게 전화한다.

"이집트인들이 버스 한 대만 통과시켰어. 뭐라고 이유를 대느냐 하면, 컴퓨터 시스템 장애 때문이래."

친구는 말한다.

나는 오늘은커녕 내일도 국경을 통과할 수 없음을 깨닫는다. 두 번째로 비행기 표를 바꿔야 한다.

여기 가자 지구, 세계에서 제일 큰, 지붕 없는 감옥에서, 나는 놓칠지도 모를 말레이시아 대학의 내 장학금을 애도한다. 장학금 수령 기한인 9월 22일까지 돌아가지 못한 까닭이다. 국경을 넘기 위해 4번 시도했으나, 아직도 언제 떠날 수 있을지 알지 못한다.

최근에 국경이 열리기를 기다리다가 환자 2명이 죽었다. 매일 수백 명이 국경을 통과하려고 출입국 관리소로 몰리며, 대개는 헛수고로 그친다. 그러나 그들은 기적이 일어날지도 모른다는 희망에 매달린다. 수백 명의 학생들과, 환자들과, 가자 지구 바깥에 가족이나 일자리가 있는 이들을 구원해 줄 기적. 그들은 모두 어떤 나라의 자비도 구걸하지 않고 여행할 수 있는 날을 꿈꾼다. 가자에 대한 봉쇄가 더욱 조여 갈수록, 눈들은 '큰 누나'-이집트-로 향한다. 가자와의 국경을 열어주기를.

그 남자는 어디로?

그는 이라크에서 태어나고 자랐다. 부모님은 팔레스타인의 아키르라는 마을에서 쫓겨나 이라크로 오게 되었다고 했다.

1948년 5월 4일, 아키르에 시오니스트 민병대가 들이닥쳐 주민들을 죽이고 집을 부숴버렸다. 마을 사람들은 대개 도망쳤으며 남은 이들은 몇 주 후에 추방되었다. 그해 12월까지 이스라엘 군대는 쫓겨난 팔레스타인인들의 귀환을 철저히 봉쇄하면서, 역사학자 벤니 모리스의 '팔레스타인 난민 문제 발생의 재고찰'에 기록되었듯이, 그들의 집에 신생국 이스라엘로 온 유대인들을 입주시켰다. 오늘날 아키르는 이스라엘의 키랴트 에크론으로 불린다.

그의 이름은 무함마드, 신변의 안전을 위해 성씨는 밝히지 않기로 한다. 무함마드의 얘기를 듣고 있으면 팔레스타인 소설가 이브라힘 나스랄라의 말이 생각난다.

"이 모든 비극을 담으려면 우리의 심장은 보다 크게 만들어졌어야만 했다."

1948년에 시작되어 지금까지 계속되는 팔레스타인의 수난이 그의 인생담에 담겨 있다.

2003년에 미국이 이라크를 침공한 뒤, 무함마드는 요르단으로 이주하려 했다. 그러나 이라크와 요르단 사이 국경 지대에 있는 알 뤠셰드 난민 캠프에서 넉 달 동안이나 오도 가도 못하게 되었다. 사십 줄은 족히 되어 보이는 이 홀쭉한 남자는 백혈병을 앓던 아들을 그 난민 캠프에서 잃었다. 나중에 그는 팔레스타인계 요르단인인 아내 덕분에 요르단으로 들어갈 수 있었다.

"우리 아이의 이야기로 언론이 떠들썩했어요. 요르단인의 자식이 사막에서 죽어간다고 말이죠."

그는 회고했다. 요르단 법으로는, 요르단 여성의 외국인 배우자는 시민권과 이에 따르는 영주권을 취득할 수 없다. 그런데 그 난민 캠프에서 아내가 요르단인인 팔레스타인인들에게만은 황송한 예외가 적용되어 입국이 허락되었다. 남은 팔레스타인인들은 그 후로도 4년 동안 사막에 고립되었다가, 다른 난민들과 함께 브라질로 추방되었다.

요르단에서도 사정은 좋지 않았다. 무함마드는 가족을 먹여 살릴 일자리를 찾는 데 애를 먹었다. 이라크로 돌아가는 수밖에 없지만, 그 또한 여의치 않았다. 미국이 주도한 이라크 침략은 이라크 안의 분파 간 내분을 불러 일으켰기 때문에, 그로서는 이라크에서 일하는 것은 물론 사는 것조차 위험했다. 2006년에 그는 가족들과 시리아로 간신히 옮겨 갔다. 그러나 2011년 3

월부터 시작된 시리아의 위기 사태는 다시 한 번 그를 쫓아냈다.

2013년 11월, 무함마드는 먹을 것을 구하러 나갔다가 검문소에서 걸려 시리아군에 체포되었다. 감옥에 갇혀 있는 40일 동안 그는 고문을 당해 체중이 30킬로그램이나 줄었다. 감옥은 환경이 대단히 처참하고 극도로 비좁았다고 한다.

"부상당한 수감자들을 누이기 위해 나머지는 서로 몸을 압착시켰지요."

수감 생활 끝에 그에게는 두 가지 선택이 주어졌다. 하나는 이라크의 감옥으로 이송되는 것. 왜냐하면 그가 이라크에서 태어났기 때문이라는 것이었다. 아니면 어느 나라라도 그를 받아주는 곳으로 추방되는 것. 그의 아내는 그의 비행기 표와 시리아 보안 당국 공무원에게 바칠 뇌물을 사기 위해 최후의 금붙이를 팔아야만 했다. 이집트는 그가 국경을 통과하여 팔레스타인의 가자 지구로 들어가는 것을 허락하지 않았다. 그는 팔레스타인 자치 정부가 발행한 여권을 갖고 있음에도 불구하고, 신원 증명 번호를 갖고 있지 않기 때문이라는 것이었다. 이 번호는 팔레스타인 자치 정부를 통해 이스라엘이 발급한다.

말레이시아의 쿠알라룸푸르에서 유학 중인 히샴은 고향인 팔레스타인의 가자 지구에서 걸려온 전화를 받았다. 가자의 가족들은 그에게 옆집 아주머니의 아들이 시리아에서 출발하여 다음 날 말레이시아에 도착할 거라고 말했다. 히샴은 다음 날 공항에 가서 그 옆집 아주머니의 아들의 이름이 적힌 전단을 들고 기다렸다. 한 남자가 손을 흔들었다. 무함마드였다.

그는 한 무리의 팔레스타인인들과 말레이시아에 머물렀다. 그 숙소에서 나는 그를 만났다. 짐을 풀자마자 그는 시리아에 있는 가족들에게 전화 걸고, 또 팔레스타인과 이라크에도 전화했다. 그 다음에는 말레이시아에 있는 각국의 대사관들에게 전화를 걸기 시작했다. 비자를 발급해 달라고. 하지만 어느 나라도 그에게 비자를 내주지 않았다.

그는 허용된 체류 기간보다 오래 말레이시아에 머물렀으므로 무거운 벌금을 물어야 했다. 뿐만 아니라 1주일 안에 떠나야만 하며 향후 2년 동안 입국 금지라는 통보를 받았다. 그동안에 이라크에 있는 그의 형이 어렵사리 그의 '방문 허가'를 받아냈다.

무함마드는 팔레스타인인들이 외국에서 처한 상황을 씁쓸하게 전했다.

"시리아 사태에서 팔레스타인인들이 가장 많이 희생당했지요. 시리아 국민의 한 쪽은 우리에게 정부를 돕는다는 혐의를 씌우고, 다른 쪽은 정부를 배신하고 반역한다는 혐의를 씌웠어요."

여러 도움으로 무함마드는 비행기 표를 사서, 2014년 2월에 이라크를 '방문'했다.

시리아에 있는 가족들과 자기의 미래, 자기에게 주어진 선택 사항들, 앞으로도 겪을 추방, 팔레스타인 사람으로서 자기들의 운명을 그는 아주 잘 알고 있다.

그의 아버지가 시오니스트들에 의해 팔레스타인의 고향 마을에서 내쫓겼으며, 그는 망명 중에 태어났고 살아왔다.

그는 추방된다는 것의 실상을 알고, 팔레스타인 사람이라는 원죄를 안다. 아들이 사막에서 죽었고 가족은 시리아에 묶여 있으며, 자신은 시리아 감옥에서 고문당했다. 그는 여권에 대해서 알며, 잃어버린 조국을 안다.

그는 지구상에서 갈 곳이 아무 데도 없다는 것이 어떤 건지 안다.

그와 가족들은 여전히 떨어져 있다. 자신과 형은 이라크에, 아이들과 아내는 시리아에, 어머니와 그의 마음은 팔레스타인에 있다.

유시프 알자말

운명을 가르는 무심한 손

지난주 수요일, 그러니까 2013년 9월 18일 이른 아침이었다. 아버지는 한 관리에게서 당분간은 가자 지구의 어떤 학생도 라파 출입국 관리소를 통과할 수 없을 것이라는 전화를 받았다. 나는 충격을 받았지만 그래도 가보겠다고 우겼다. 몇 군데 더 전화하고 안절부절못하던 끝에 아버지는 마지못해 승낙하셨다.

2시간 안에 영국을 향한 길고 고된 여정이 시작되었다. 나는 몇 차례 하마스의 검문을 받으면서 국경으로 향했다. 출입국 관리소를 닫겠다는 결정은 해외에서 공부할 권리를 부인당한 학생들의 격한 반응에 부딪친 듯했다. 그곳은 저항의 구호와 외침으로 둘러싸여 있었다. 많은 학생들이 동참하여 건물 앞 도로를 점거하고 연좌시위를 벌였다. 불행히도 이는 위험한 짓이었다. 부상자가 생겼다고 보도되기도 했다. 인간 장벽을 뚫고 돌진하는 차에 깔려 한 학생이 다리가 부러졌다는 것이었다.

경찰이 허둥지둥하며 물러나라고 했지만 학생들은 꿈쩍하지 않았다. 시위가 1시간 더 지속되자 라파 출입국 관리소의 최고 책임자가 도착해서 말하기를, 우리가 즉각 시위를 그만둔다는 조건으로 다음 날 문을 열겠다고 했다. 이 약속은 당연히 의심을 샀다. 학생들의 대표가 그 말을 문서로 확약해달라고 요구했다가, 시위대를 통솔하고 대표단을 꾸려 이름과 여권 내역을 수집하는 책임을 온통 떠맡게 되었다. 이집트 공무원들은 히죽거리며 보고만 있었다.

각자 자기 이름을 적어내는 동안 침묵과 긴장이 팽팽히 드리웠다. 일부는 미래를 생각하며 눈물을 흘리기도 했다. 단 한 번의 선택으로 바깥세상으로 나가 질 높은 교육을 받고 꿈을 추구하게 될 것인가, 아니면 뒤에 남겨질 것인가가 결정될 터였다. 몇 명은 지나친 걱정과 더위와 억압적인 분위기 때문에 정신을 잃었다.

10시간 동안의 시위와 기대 끝에, 1,800명이 넘는 대기자들은 한 경찰관의 어처구니없는 공지에 얼어붙었다.

"여기서 나가시오! 오늘 근무 시간이 끝났소. 내일 다시 오면 아마 통과할 수 있을 거요."

격렬한 항의가 일자 그날 입국 허가증을 받게 되는 30명의 이름을 부르겠다고 경찰관이 재빨리 알렸다. 이름이 하나씩 불렸다. 30명이 다 차도 그중에 내 이름은 없었다. 몇 명이 대답하지 않아 추가로 몇 명의 이름이 더 불렸다.

'말락'과 '말라카'가 불렸다. 말락은 대답이 없었다. 나는 경찰관이 내 이름을 다시 한 번 나지막이 발음하는 것을 볼 수 있었다. 그러나 그는 군중 건너편에 있었으므로, 나는 가까운 데 있는 다른 두 명의 경찰관을 향해 사람들을 헤치고 나아갔다.

"내가 말라카예요!"

어안이 벙벙했다. 따가운 햇볕 아래 10시간 동안 시위를 벌인 1,800명 중에 내 이름이 불린 것이었다. 마치 기적처럼.

나는 창구로 가서 허가증을 받았다. 그리고 다음날 아침 6시 정각까지 거기로 다시 오라는 말을 들었다. 돌아서니 한 친구가 눈에 들어왔다. 온종일 기다렸으나 이름이 불리지 않은 그녀는 엉엉 울고 있었다. 무성의한 공무원의 손에 누구는 해외로 나가고 누구는 남을 것인가가 달려 있다. 이 갈림이 학생들의 인생을 결정한다.

다음날 아침 나는 전날 나처럼 이름이 불린 친구 라나와 줄 서 있었다. 주변은 컴컴하고 이집트 공무원들도 보이지 않았다. 우리는 불안한 눈길을 주고받다가 얘기했다. 시위가 또 일어나서 우리가 이렇게 어둠 속에 서 있나 보다고. 우리는 어떻게 된 일이냐고 경찰에게 몇 번이나 물었지만 허가증을 가진 사람들을 태울 버스가 곧 온다는 대답뿐이었다. 버스가 왔다. 그러나 다른 사람들을 태우고 떠났다. 다음 버스도, 그 다음 버스도 그랬다. 우리가 탈 버스는 2시간 후에야 왔다.

그러나 우리는 버스에 오를 수 없었다. 대신에 이 줄에서 저 줄로 넘겨지며 여권에 도장을 받고 똑같은 질문들에 거듭 답변해야 했다. 목적지는? 여행 목적은? 마침내 우리는 버스에 탔고, 한층 더 높은 적의로 우리를 기다리고 있는 이집트 군인과 탱크, 경찰들을 보았다.

버스에서 내린 우리에게 경찰관이 저쪽으로 가라는 손짓을 보냈다. 우리는 그쪽으로 갔다. 또 경찰관은 더 이상 움직이지 말라는 손짓을 보냈다. 우리는 그 자리에 섰다. 점점 달아오르는 햇볕에 고스란히 노출되어 살이 익어갔다. 우리는 멍하고 혼란스러운 머리로 1시간을 서 있었다.

라파 출입국 관리소의 이집트 쪽 대기실. 한 시설의 다른 편인데도 먼 길이었다. 짐을 검색대에 맡기기까지 얼마간을, 여권을 심사 창구에 맡기기까지는 한참을 기다려야 했다. 여권 심사가 그로부터 5시간이 걸릴 줄이야! 경찰관이 1시간 안에 국경이 닫힌다고 했던 말을 나는 떠올렸다. 1시간 안에 내 여권을 돌려받아야만 했다!

카프카의 소설 『심판』에 나오는 K처럼, 나는 납득할 만한 답변과 내 여권을 찾아 이 공무원과 저 공무원, 또 다른 공무원들을 거쳤다. 어떤 사무실로 가보라고 해서 가면 비어 있고, 다른 사무실로 가 봐도 마찬가지였다. 어디에도 내 여권은 보이지 않았다. 외국으로 나갈 수 있는 기회가 모래처럼 내 손가락 사이로 빠져나가고 있었다. 나는 바닥에 무릎 꿇고 젖 먹던 힘까지 짜내 기도를 올렸다. 그때 내 이름이 불렸다. 심사 도장이 찍힌 여권이 내게 돌아왔다.

혼자 이집트 땅에 발을 디뎠을 때는 해질녘이었다. 라나와 언제 헤어졌는지 기억도 나지 않았다. 그런데 카이로까지 타고 갈 택시가 없었다. 급박한 정치 상황으로 통행금지가 엄격히 시행되어, 늦은 시간에 국경까지 손님을 태우려고 오는 택시 기사가 드문 탓이었다. 나는 무슨 수를 써서라도 빨리 택시를 잡든지 아니면, 경찰이 친절히 알려주었듯이, 시나이 사막을 홀로 건너야 했다. 그 지역은 성별이나 국적에 상관없이 모든 여행자들에게 위험하다.

발을 동동 구르다가 외국인들을 만났다. 행운은 내 편이었다. 그들은 잘 아는 이집트 운전기사의 차를 예약해 두었으며, 나를 태워주었다. 시내까지 가는 동안 이집트 군인들에게 여러 번 검문 당했다. 군인들은 특별히 팔레스타인인을 조사하는 데 열심인 듯했다. 내가 적합한 답변을 했음에도, 그들은 못마땅한 표정과 경멸적인 몸짓으로 마지못해 차를 통과시켰다. 무례하게 거듭 치근덕거리기도 했다. 말을 아끼더라도, 그 모두가 굴욕적이며 비인간적이었다.

호텔에 도착하여 객실에 들어간 뒤에도, 이집트의 위협적인 분위기에 질린 나는 불안을 떨치지 못했다. 무슨 일이라도 터질 것만 같아서 단 한숨도 잘 수 없었다. 방보다는 차라리 나을 듯해 호텔 로비로 내려갔다. 로비에서 나는 휴대전화로 인터넷에 접속하고 노트북 컴퓨터를 두드려, 비행기 예약을 좀 더 앞당겼다. 한시라도 빨리 그곳을 떠나고 싶었다.

로비의 대형 TV에서는 시나이 사막에서 여행자가 납치당하거나 살해되었으며, 범인들은 어딘가 모래 언덕에 숨어 있는 가자 사람들이라는 확인되지 않은 소식이 흘러나오고 있었다. 나 자신이 사기꾼이며 낯선 타지의 불청객이라는 기분이 들었다. 이집트와 팔레스타인은 같은 종교와 문화를 가졌으며, 같은 언어를 말하고 같은 유전자 풀에서 공히 나왔음에도 말이다.

마지막으로 공항에서 심문의 장애물 넘기를 하고, 나는 영국으로 향하는 비행기에 몸을 실었다. 다른 승객들이 곤히 잠든 동안 내 머리 속에는 이집트에서 겪은 고초가 줄지어 지나갔다. 유일한 위로는 내가 영국에 도착하여 원하던 대로 국제 정치와 법을 공부할 수 있으리라는 사실이었다.

영국 공항에 도착하자마자 느껴졌다. 정말로 다른 세상이었다. 얼마나 친절하고 공손한지! 여권을 심사하는 공무원은 내게 셰필드대학에서 장학금을 받기로 했다는 증명서가 있는지 물었다. 그 증명서는 다른 가방에 있다는 내 대답에 그는 다만 "됐어요."라고 말했다. 그의 부드러운 미소가 내 여정의 마지막을 장식했다.

여전히 가자에서 대기 중인 수백 명의 학생들과, 비자 인터뷰를 하러 이집트로 오지 못했기 때문에 캐나다 트렌트대학의 장학금을 놓쳤을 친구 마나를 나는 생각한다. 그 대학은 이미 학기가 시작됐건만, 라파 출입국 관리소는 지난 5일 동안 닫혀 있었다. 가자에서 인생은 불확실성으로 가득 차 있다. 당연히 얻을 수 있는 건 아무 것도 없다. 부패, 잔인함, 인생이 걸린 기회를 놓칠 가능성뿐이다. 언제나 그 공포가 제 그림자에서 두 발자국 이내에 있다.

외국 대학에서 장학금을 받기란 극히 어렵지만, 그보다도 우리가 어쩔 수 없는 정황이 더욱 어렵다. 짧은 기한 안에 비자를 받고 재정 증명을 해야 하며, 악명 높은 라파 출입국 관리소를 통과해야 하고, 이집트의 불안한 정치 상황에 직면해야 하고, 시나이 사막의 통금 장막을 뚫어야 하고, 젊은 여성의 안전에 대한 반복적인 위협에 맞서야 하며, 군인들의 무지막지함과 차별을 견뎌야 한다. 그러고 나야 비행기는 뜬다.

아무 것도 확실하지 않다. 어떤 목적을 위해 어떻게 노력하겠다고 차곡차곡 쌓아올린 인생 계획을 누군가의 손이 무심히 쳐서 무너뜨려 버린다.

말라카 무함마드

도시에 밀어닥친 폭풍우

자밀 힐랄

자밀 힐랄 Jamil Hiilal | 사회학자

라말라에 거주하며 『이스라엘의 대 중동 경제 전략』(베이루트, 1996), 『오슬로 협정 이후 팔레스타인의 정치
구조』(베이루트, 라말라, 1998), 『팔레스타인의 사회보장제도를 위하여』, 『팔레스타인 엘리트 층의 성립』(라
말라, 암만, 2002) 등을 집필했으며, 가장 최근에 출간된 것으로 『팔레스타인 중산층 형성』(베이루트, 라말라,
2006)과 논문 『팔레스타인의 정치정당들』(라말라, 2006)이 있다. 힐랄은 민주화를 위한 팔레스타인 기구 무
와틴의 명예 회원이며, 비르제이트대학의 법률연구소 여성학 기구의 고문 연구원이기도 하다. 또 이 대학에서
힐랄은 『팔레스타인의 형법 체계』(2003)를 출간했다.

2002년 4월 1일

　오늘은 이스라엘이 라말라를 침공한 지 나흘째 되는 날이다. 갈수록 재점
령이 끝날 기미가 보이지 않는다. 탱크들이 라말라의 중심가를 집중 공략
해, 건물 네 채가 파괴되고 불에 탔다. 수많은 팔레스타인 경찰과 보안요원
들이 항복하고 끌려갔다는 소식도 있다(일부는 즉결 처분을 당했다는 소문과 함
께). 목요일 아침부터 최소한 25명이 라말라에서 살해됐다(이는 24시간 통행
금지 탓에 묘지에 묻히지 못하고 아직 병원 시체실에 보관되어 있는 주검의 숫자이다. 시
민들은 다쳐도 치료를 받으러 가지 못할 뿐만 아니라 기본적인 생필품을 구하러 나갈 수
조차 없다). 침략군은 조직적으로 건물을 포격하고 집집마다 수색하여 시민
들을 공포에 몰아넣고 있다. 오늘 오후 3시 30분쯤 탱크 여섯 대와 장갑차
두 대를 타고 특수부대원이 40명 정도 몰려와서 내가 사는 건물을 포위했
다. 군인들이 확성기로 열두 살 이상 된 남자와 여자는 모두 건물에서 내려
와 거리로 나오라고 소리쳤다. 내려오지 않으면 건물과 함께 폭탄에 날아
가 버릴 거라고도 했다(이 아파트는 대부분 다양한 용도의 사무실이다). 나와 아내,
이웃집 남자와 부인 그리고 두 아이가 내려가니, 이미 10명쯤 되는 사람들
이(그들 가운데 넷은 비르제이트대학 학생들이었다) 벽을 향해 무릎을 꿇고 머리
에 손을 올리고 있었다. 나도 똑같이 하도록 명령받았다. 여자들은 아이들

과 함께 한 아파트에 갇혔다. 그들은 신분증도 모두 걷어갔다. 완전무장한 군인들이 건물에 있는 살림집과 사무실을 수색하기 시작했다. 그들은 비어 있는 집들의 문을 부수고 들어갔다. 두 시간 정도 건물을 들쑤시더니, 그들은 느닷없이 신분증을 우리에게 돌려주고는 아무 말 없이 탱크와 장갑차를 몰고 가버렸다. 우리가 집에 돌아와 보니 아수라장이었다. 아마도 무기를 찾으려고 한 것 같았다. 그러나 그들은 무기만 찾은 것이 아니었다. 내가 지난 목요일 침공당하기 직전에 은행에서 돈을 좀 찾아 책상 서랍에 넣어두었는데(약 800셰켈 : 약 3,600달러), 서랍이 부서진 채 열려 있고 돈은 보이지 않았다. 어떤 집에서는 카메라도 훔쳐가고 생일 케이크도 먹어치웠다고 한다. 그러고 보면 사람들이 이스라엘군에 대해 하는 말이 사실인지도 모르겠다. 그들이 무기는 제1세계의 것을 갖고 있지만 정신 상태는 이디 아민*의 군대라는……. 팔레스타인 자치정부가 사라진 또 다른 정치 상황이 시작된 것 같다. 우리는 무력으로 점령당한 식민지 상태이며 장기적 저항 조직이 필요할 것이다. 탱크가 동네에 돌아왔지만(저녁 8시), 다행히 내가 사는 건물에는 오지 않았다.

---

* 이디 아민 : Amin, 1928~2003. 우간다의 독재자. 영국 식민지 부대에서 근무하다 1962년 우간다 독립 후 우간다 총사령관이 되었다. 1971년 쿠데타로 정권을 장악, 5만여 명의 우간다 거주 아시아인을 추방하였고, 반대파를 대량학살 하는 등 군부 독재자의 표본이 되었다. 리비아로 망명하였다가 사우디아라비아에서 죽었다.

4월 2일

아침 일찍부터 라말라에서 몇 킬로미터 떨어진 비투니아에서 커다란 폭음이 들려왔다. 비투니아에 있는 보안본부(Preventive Security Headquarters)가 공격을 받고 있다는 뉴스가 나왔다. 보안본부장 말로는 건물 안에 400명의 직원과 보안요원이 있다고 했다. 우리 건물 옆길에서 제지당하는 프랑스 텔레비전 차량을 나는 창문으로 보았다(아침 9시 15분). 군인들은 차에 타고 있던 언론인들에게 머리에 손을 올리고 차에서 내리라고 명령했다. 언론인들이 차에서 내려서자 총알이 발사되어 그 몇 미터 앞에 박혔다. 군인들이 그들에게 셔츠를 벗고 가슴을 드러내라고 소리쳤다. 그들은 기자증을 검사당한 후 되돌아가라는 명령을 받았다. 같은 시간에 그 길 맞은편(자파 거리)에서도 팔레스타인 적신월사 의사들이(그들이 붉은색이 그려진 흰색 재킷을 입고 있어서 나는 알았다) 제지를 받아, 비가 억수같이 쏟아지는데 손을 등 뒤로 묶인 채 길바닥에 꿇어앉았다. 그들은 거기에 최소한 한 시간은 그렇게 앉아 있다가 장갑차에 실려 갔다(오전 11시쯤). 이스라엘 군대가 구급차와 기자는 물론 비투니아로 향하는 모든 움직임을 막았다. 보안본부는 여전히(오전 10시까지) 맹렬한 공격을 받고 있었다.

점령군이 통행금지를 두 시간 동안(오후 4시부터 6시까지) 풀었는데, 약 30분 동안은 통금 해제가 진짜인지 아니면 군대가 젊은이들을 잡으려는 덫인지 혼란이 있었다. 우리 동네에서는 4시가 몇 분 지났을 때 군인들이 상점에 가려고 나온 듯한 한 소년과 소년의 어머니에게 소리를 질렀다. 군인들이 총을 겨누어 그들은 머리에 손을 올리고 끌려갔다. 무함마드(우리 건물을 관리하는 소년인데, 통금이 해제되자 우리 층에 올라와 남아 있는 두 가족에게 가게에서 사야 할 물건이 무엇인지 물었다)와 우리 옆 건물에 사는 열여섯 살도 안 된 소년도 끌려갔다. 소년과 어머니, 옆 건물의 소년은 조사를 받고 10분쯤 있다가 풀려났으나, 무함마드는 또 다른 소년(그가 어디서 체포되었는지 나는 보지 못했다)과 함께 여성 르네상스 협회로 끌려갔다. 시청각 장애 아동들의 재활을 돕는 그 협회는 아침 일찍 이스라엘 군대에 점거 당했다.

우리는 오후 4시 20분에 문을 연 상점을 찾으러 나섰다. 차들이 분명히 자유롭게 다니고 있는 것 같았기 때문이다. 우리는 2킬로미터쯤 떨어진 막스 슈퍼마켓에 갔다. 예상대로 슈퍼마켓은 사람들로 가득했다. 주요 출입구는 박살이 났는데, 슈퍼마켓 주인 말로는 군인들이 숨어 있는 자들을 찾겠다며 들이닥쳤다고 했다. 장을 본 뒤 우리는 피해 상황을 살피러 시내 중심가로 갔다. 뿌리 뽑힌 나무들과 파헤쳐진 포장도로, 산산조각이 난 원형 교차로와 불에 탄 건물들을 보니 슬펐다. 장갑차 다섯 대가 라말라 중심가에 서 있었다. 5시쯤 라말라 병원에 갔으나, 저격병들 때문에 차를 돌려야 했다. 우리는 나중에 한 여자가 부상당한 다리를 치료받고 나오다 저격병이 쏜 총에 목숨을 잃었다는 사실을 알았다. 우리는 또 병원 당국이 병원 주차장에 시체 25구를 묻어야 했다는 것도 알았다. 병원의 시체 보관소 냉동실을 더 이상 가동시킬 수 없고, 점령군이 묘지에 묻는 것도 허락하지 않은 탓이다.

내 친구 M. 지아다(그는 노동조합주의자이다)의 집은 라말라 구시가지에 있는데, 다른 집들과 함께 오늘 아침 일찍 포격을 받았다. 그는 아들(열일곱 살쯤 되었다)과 함께 체포되어, 많은 이들과 함께 멀지 않은 정착촌(아마 피싸쿠

트일 것이다)에 있는 군부대(오파르)로 끌려갔다. 그곳에는 그들 말고도 끌려온 사람들이 수백 명이나 있었다고 한다. 그는 처음에는 정착촌에서, 나중에는 군부대에서 구타를 당한 뒤 새벽 3시쯤 조사를 받고 몇몇 사람과 함께 풀려났는데, 풀려나면서 보니 그 지역 전체가 아주 큰 군사지대였다고 한다. 그 군사지대는 이제껏 알려지지 않았던 곳이다.

4월 3일

밤새도록 비가 억수같이 내리더니 오늘도 하루 종일 큰비가 내리고 라말라 전역에 짙은 안개까지 끼었다(이 때문에 공습이 줄었고, 아마 탱크와 지상군의 공격도 조금 저지되었을 것이다). 이스라엘군이 어제는 베들레헴*과 툴카렘**을 공격하더니 오늘은 쌀피트***와 제닌****, 라말라 근처의 난민촌(알 잘라존)까지 공격했다. 그 다음 공격에 만신창이가 될 곳은 말할 필요도 없이 나불루스일 것이다. 팔레스타인 자치정부도 박살이 나고 있다. 여러 기관(학교, 병원, 대학, 시청, 경찰서는 이제 모두 파괴됐거나 운영이 중단되었다)과 사회 기반시설(도로와 전기, 수도), 그리고 독립 국가 수립 계획은 모두 박살났다. 그러나 지금 붕괴되고 있는 것은 팔레스타인 자치정부만이 아니다. 정치 집단의 사무

---

* 베들레헴 : 요르단 서부의 작은 도시로 예수 그리스도의 탄생지다. 1967년 이스라엘이 점령하였다가 1995년 팔레스타인에 반환하고 철수하였다.
** 툴카렘 : 요르단 강 서안의 작은 도시. 아리하 시와 함께 이스라엘이 관할권을 가지고 있으며, 이슬람 지하드 소속 민병대 토벌을 명목으로 숱한 민간인 학살이 자행되었다.
*** 쌀피트 : 나불루스의 거리 이름.
**** 제닌 : 팔레스타인 서안 북부에 있는 도시로, 2002년 이스라엘 군대가 난민촌에 난입하여 적어도 오십 명 이상(팔레스타인 쪽 주장은 3백 명)을 학살한 제닌 학살 사건이 벌어졌다.

실이나 유명인사의 사무실처럼 정치적인 조직과 관련된 모든 설비도 파괴되고 정치인들은 체포되고 있다. 의료기관과 인권단체를 포함해 비정부기구도 업무를 보지 않거나 보지 못하고 있다. 물론 경제도 완전히 목을 비틀려 질식당했다. 팔레스타인 정부가 봉급이나 임금을 지불하지 않으면 적어도 노동력의 4분의 1이 소득원을 잃는다. 이스라엘에서 일해 수입을 얻는 20퍼센트도 마찬가지다. 사기업이나 비정부기구에서 일하는 나머지도 대부분 일자리를 잃었다. 아무리 길게 잡아도 두세 달 안에 UNRWA의 역사상 볼 수 없었던 대규모 기아 사태가 일어날 것이다.

샤론이 어제 방송을 통해 팔레스타인 자치정부와 PLO의 상징인 아라파트를 내쫓아버리겠다고 떠들었다. 만일 샤론이나 이스라엘의 누군가가 그들의 탱크와 아파치 헬기 아래서 협상할 다른 지도부를 찾을 수 있다고 생각한다면, 그들은 팔레스타인과의 분쟁에서, 아니 요르단 강 서안과 가자지구에 대한 오랜 점령에서 아무것도 배우지 못했다. 만일 오슬로 협정이 완전히 무효가 되었다면, 대안으로 다른 무엇(국제회의나 UN의 평화 노력, USA-EU-아랍연맹의 강력한 개입)이라도 나와야만 한다. 아니면 이 상황을 고전적인 식민지 상황으로 재정의해야 할 것이다. 고전적인 식민지 상황에서는 그에 맞선 장기 투쟁, 새로운 지도부와 보다 발전된 투쟁 방식이 출현할 것이다.

4월 5일

점령군이 네 시간 동안(오후 1시부터 5시까지) 통금을 해제했다. 사람들이 통금이 공식적으로 해제되기 전인 12시 30분부터 집에서 나오기 시작했다.

몇몇씩 무리 지어 걸어가기도 하고, 차로 상점을 찾아 돌아다니기도 했다. 피에라*가 이탈리아 평화 봉사단을 만나 팔레스타인에 의료 봉사자들을 데려오는 문제를 상의하고 싶어 했기 때문에, 나도 같이 라말라 병원에 갔다. 이탈리아 평화 봉사단은 병원 밖에 나와서, 포위당해 갇혀 있는 아라파트를 방문할 준비를 하고 있었다. 그러나 그들은 아라파트의 청사를 막고 있는 탱크와 장갑차들 때문에 그냥 돌아와야 했다. 병원 입구에 쓰레기가 산더미처럼 쌓여 있었다. 시청의 행정 서비스가 중단된 탓에 지난 여드레 동안 라말라 거리에 쓰레기가 계속 쌓여, 말할 필요도 없이 시민들의 건강을 위협하고 있다. 특히 어제부터는 여름 날씨로 바뀌어 더욱 문제가 심각하다. 장을 보러 차를 몰고 알 암마리 난민촌에 갔다. 문을 연 빵집과 슈퍼마켓을 발견했으나, 슈퍼마켓은 편의점 수준이었다. 친구들이 말하기를 이스라엘군이 라말라 중심가를 집중공략 하느라고 그 난민촌은 아직 그냥 놔두는 모양이라고 했다. 시내에 나가 보니 거리에 장이 서 있었다. 사람들이 뿌리 뽑힌 채소와 과일을 썩기 전에 팔려고 내놓았으나, 일부는 이미 썩어 있었다. 교통 체증 탓에 피에라는 차를 돌려 다시 병원으로 가고, 나는 걸어서 알 마나라 광장으로 갔다. 광장 주변에는 장갑차 세 대와 군용 지프 한 대가 서 있고, 군인 몇 명이 구경 나온 사람들에게 총을 겨누고 있었다. 아이들(10~12세)이 그들과 마주서서 제 얼굴을 잡아당기고 짓궂은 몸짓을 해가며 군인들을 놀려댔다. 10분쯤 지나자 군인들이 총을 휘둘렀다. 그제야 아이들이 도망가 멀찍이 서성거렸다. 우리는 돌아다니다 엉망진창이 된 낫샤 빌딩을 보

---

* 피에라 : 글쓴이의 아내.

왔다. 창문과 발코니가 모두 부서졌으며, 몇몇 가게 주인들이 재산을 일부라도 건지려고 애를 쓰고 있었다. 한 작은 정당(피다. 공인된 좌파 정당)의 홍보국과 노조 사무실, 그리고 신망 있는 의료기관이 들어 있는 다른 건물도 불에 탔다. 건물이 포격 당했을 때 3층의 정당 사무실에 있던 두 사람(내가 우연히 알게 된 히샵과 아부 후사인)이 죽었다. 그리고 창문으로 뛰어내린 한 사람(아흐메드 가나임)은 등에 큰 부상을 입고 이스라엘군에 끌려갔다. 탱크가 암만-아리한 은행과 팔레스타인 경제정책 연구소로 가는 길을 봉쇄했다.

4월 6일

이스라엘의 군사 작전으로 지금까지 제닌과 나불루스에서 약 35명이 죽고, 베들레헴에서 10명이 죽었다. 이른 아침부터(새벽 4시 30분쯤) 라말라 구시가지 쪽에서 폭음이 들려와 불규칙하게 이어졌다(오전 10시까지). 멀지 않은 곳에 사는 친구 자카리아와 와심이 전화를 걸어 말하기를, 지난밤 이스라엘군이 확성기에 대고 아무도 밖에 나오지 말아야 하며 나오는 사람은 누구든 위험에 처할 것이라고 외쳤다고 했다. 내 생각에 폭발하고 있는 건 사람들을 겁주기 위한 소음 폭탄과 연막탄들이다. 왜냐하면 이스라엘은 라말라와 알 비리에서 다른 지역으로 이미 탱크를 이동시켜, 저항 활동을 하지 못하도록 사람들을 겁에 질리게 할 필요가 있기 때문이다. 지난밤에 확성기로 위협하기까지 했다니 거의 확실한 것 같다.

오후 3시에 제닌 난민촌과 나불루스의 옛 시가지가 탱크와 아파치 헬기의 강습을 받고 있다는 뉴스가 속속 나왔다. 적어도 30명이 피살됐다고 한다(죽은 사람이 그보다 훨씬 많다는 주장도 있다). 기자들이 군 작전 지역에 접근할 수가 없어 제닌과 나불루스의 시민들이 휴대전화로 소식을 전하고 있다.

4월 7일

제닌 난민촌과 나불루스 옛 시가지에 대한 공격이 계속되고 있다. 죽은 사람들의 숫자가 아직도 확인되지 않았다. 거기 시민들이 독자적으로 보내주는 정보가 부족한 탓이다. 오늘(오후 2시 30분에) 탱크 두 대와 장갑차 두 대가 우리 동네에 왔다. 군인들이 우리 옆 건물을 포위하고, 일부는 안으로 들어갔다. 언덕배기에 살아 창문으로 동네를 내려다볼 수 있는 친구(M-A-D)가 내게 전화해, 군인들이 우리 건물에 들이닥쳤느냐고 물었다. 내가 그들의 목표가 옆 건물이라고 대답했더니, 친구는 군인들이 거주자들을 모두 1층으로 내몰고 그 건물을 차지할 거라고 예상했다. 그 건물을 호스텔 삼아 거기서 자고(심지어는 자기들이 쫓아낸 거주자들의 침대에서) 썼고 휴식을 취할 거라고 했다. 그런데 바로 그런 일이 우리들의 친구(S-A-H)를 비롯한 많은 가족에게 일어났다. 군인들은 돈과 카메라(우리 건물을 약탈했을 때와 마찬가지로) 같은, 들고 갈 수 있는 물건들은 훔쳐가고 가족사진과 가구 같은 자기들에게 필요 없는 물건들은 부숴놓았다고 한다.

4월 8일

내 친구(마쇼르)가 전화해 이스라엘군이 아침 일찍 떠나는 것을 봤다고 했다. 그렇다면 그들이 옆 건물에서 밤을 보낸 게 틀림없다.

오늘 라말라의 주요 사건은 통행금지가 네 시간 동안 해제된 것이다. 사람들은 장을 보고 잠시 서로 방문도 할 수 있었다. 신선한 우유와 채소, 과일, 신선한 고기, 생선이 부족하다. 그러나 더 부족한 것은 돈이다. 일도 수입도 없어 대다수 사람들이 돈이 없다. 다른 생필품은 아직 구할 수는 있지만 침략과 통금이 계속되면 사흘마다 네 시간씩(이것이 통금이 해제되는 주기인 것 같다) 문을 여는 일부 빵집과 상점들도 재고가 바닥나고 말 것이다. 오늘 무함마드가 돌아왔다(통금이 해제된 첫날 끌려간 무함마드. 그는 우리 아파트 밑에 있는 카페에서 일하며 거기서 잔다. 기자 출신이기 때문이다). 그는 라말라에서 가까운 군부대에 끌려가 구타당하고(다리 하나가 많이 상했다) 어제 칼란디아에서 풀려났다고 한다. 그래서 어젯밤은 거기서 보냈는데(아마도 UNRWA 학교에서 잔 것 같다) 오늘 아침에 적신월사에서 군부대로부터 풀려난 이들을 라말라 병원으로 데려갔다고 한다. 무함마드는 병원으로 가지 않고 아픈 다리로 걸어서 집으로 돌아왔다(그래도 그는 다른 많은 이들처럼 군부대에서 가자로 보내지지는 않았다).

나는 라말라와 알 비리를 돌아다닌다(칼란디아 난민촌까지 가보았다) 새삼 가슴이 철렁했다. 어느 정도 상황이 정상으로 돌아온 것처럼 보이지만, 이제 자치정부도 없고(중앙정부든 시정부든) 경찰도 없고, 세금을 걷거나 신호등을 관리할 사람도 없고, 행정 조직도 없는 것이다. 이게 샤론이 추구하는 바일까? 팔레스타인을 수많은 반투스탄*으로 갈가리 찢어놓으려는 것일까? 한

---

* 반투스탄 : 남아프리카공화국 아파르트헤이트 시절 반자치흑인구역.

때 있었던 팔레스타인 자치정부는 부시의 청신호와 일부 아랍 국가들의 묵인으로 붕괴되었다.

샤론이 키네세트*에서 한 연설을 들어보면, 그는 아라파트와 팔레스타인인을 인간이 아닌 악마로 생각하는 게 분명하다. 그들에게는 평화를 위한 어떤 계획도 없고 어떤 형태의 팔레스타인 국가(실제적인 팔레스타인 정부는 말할 나위도 없고)도 허용할 생각이 없다. 아라파트는 자신에 대한 포위 공격에도 불구하고 (알 자지라 방송에 크게 또 반복적으로 방송된 대로) 이스라엘에 의해 추방이나 투옥을 당하거나 조용히 암살당하느니 차라리 순교자가 될 각오로 죽을 때까지 싸우겠다고 결단하였다. 그럼으로써 적어도 일반적인 아랍인들(하마스와 이슬람 지하드와 같은 이슬람 당파들까지 포함해)의 상상력 속에서는 나세르에 가장 가까운 지도자가 되었다(많은 점에서 놀랄 만한 차이가 있지만).

오늘 저녁 5시 30분쯤 장갑차와 탱크(이번에는 각각 두 대씩)가 동네에 들이닥쳐 우리 건물 맞은편에 있는 집을 에워싸더니 대문을 밀어붙였다. 내가 창문으로 내려다보았더니 군인이 나를 향해 총을 겨누었다. 나는 포기하고 창문에서 떨어졌는데, 곧바로 폭음이 났다. 대포 소리처럼 들렸지만 사람들에게 겁을 주기 위한 소음 폭탄이거나, 그 집 대문을 폭발시키는 소리였을 것이다. 지금은 저녁 7시 30분. 그들이 아직도 안에 있다. 오늘밤 거기서 머물 것 같다(7시 50분에 밖에서 또 한 번 폭음이 울려, 아파트가 흔들렸다).

위성방송에서 나오거나 사람들이 전화로 전하는 주요 뉴스는, 제닌 난민

---

* 키네세트 : 이스라엘 국회.

촌과 나블루스의 옛 시가지가 여전히 공격을 받고 있다는 것이다. 목격자들에 따르면, 제닌 난민촌에서는 대량 학살이 벌어졌고 옛 시가지도 많이 파괴되었다고 한다. 탱크와 아파치 헬기에 맞서 자동소총은 거의 무력하다.

4월 9일

날이 밝자 우리 동네에서 두 가지 사실이 확인되었다. 하나는 길 건넛집의 전면이 뻥 뚫렸다는 것이고, 또 하나는 대각선으로 맞은편 집의 돌담이 후진하는 탱크에 받혀 무너졌다는 것이다. 길로 물이 흘러나오는 것을 보니 수도관이 터진 모양이었다. 우리가 언덕 위에 있는 수도국에 전화하자 한 시간쯤 뒤에 하얀 깃발을 단 밴 두 대가 와서 물을 대충 막았다.

어제 통금이 해제되었을 때 내 친구(G. A.)가 라말라를 한 바퀴 돌며 저들이 공공기관에 무슨 짓을 했는지 둘러보았다. 그가 조사한 결과는 다음과 같았다.

오늘(4월 8일) 통금이 해제되었을 때 우리는 교육부와 라말라 시청에 가보았다. 두 곳 다 반갑지 않은 방문객들에게 무참히 파괴당했다. 물론 한때 아름다웠던 도시가 추하게 일그러졌다는 것을 확인하러 거기까지 가볼 필요는 없다. 도시가 난파됐음은 어디서 봐도 확연하다. 건물마다 시커먼 구멍이 뚫렸고 거리에는 파편이 널렸으며, 모퉁이를 돌면 예기치 않은 커다란 탱크와 불도저를 맞닥뜨리게 되니까. 우리의 목적은 사회 기반시설에 대한 이런 파괴가 단지 보안시설과 정치 관련 시설을 겨냥한 것인지, 아니면 팔레스타인 자치정부의 행정적 기능을 완전히 붕괴시키려고 의도된 것인지 알아내려는 것이다. 그리고 군인들 각자는 순전히 파괴 행위에만 몰두했는지 또는 그 와중에 도둑질까지 하려 들었는지도 알아내고자 했다. 우리가 받은 인상으로는 후자인 것 같다. 저들은 모든 컴퓨터 서버와 중요한 파일들, 관공서의 복사 자료를 가져갔을 뿐만 아니라 마구 부수어 난장판을 만들어놓았다. 우연히 그렇게 된 건 결코 아니었다. 개인 컴퓨터에서 마더보드와 하드 디스크를 제거한 것과 돈과 귀중품을 넣어둔 금고를 파손한 것이 똑같은 도둑의 짓이었다. 그리고 그런 행위를 이스라엘 국방군들이 정말이지 아주 흔하게 저지르는 듯하다. 기자들에 따르면 오늘도 이스라엘군이 알비리에 있는 의회 건물과 마시운에 있는 산업부 건물에 난입해 무자비한 파괴를 저질렀다고 한다.

날이 갈수록 이번 침략이 경찰과 보안군, 정당(샤론이 '테러 조직의 기반'이라고 부르는)으로 대표되는 저항 기반만을 파괴하기 위한 것이 아니라는 사실이 분명해지고 있다. 이것은 경제와 시민사회단체를 포함해 신생 팔레스타인 정부의 물질적-사회적 기반을 파괴하기 위한 전쟁이며, 그것도 민간인들에 대한 전쟁이다. 경찰과 보안군의 건물과 시설에 대한 파괴는 이미 오래 전에 시작되어 아직도 계속되고 있다. 그리고 거듭 보고된 바대로 이 과정에서 정부의 각 부처뿐 아니라 시청을 비롯한 여러 공공기관들이 대규모의 파괴와 도적질을 당했다. 탱크의 사나운 돌진에 전기와 수도, 전화 시설이 심각한 손상을 입었고, 도로 포장이 깨져 자갈더미로 돌아갔다. 많은 비정부기구와 공공단체도 난입당해, 어떤 것들(라말라에 있는 알 하크와 같은)은 이스라엘군의 숙소로 쓰이고, 어떤 것들은 약탈을 당했다. 무와틴*에서는 그들이 철문을 부수고 들어가 아수라장을 만들었을 뿐 아니라 금고에 있던 얼마 안 되는 돈마저 훔쳐갔다. 이스라엘군의 목적의 순수성은 자기들만의 신화일 뿐이다.

제닌 난민촌의 목격자(아부 무함마드, 지역 지도자)가 증언하기를, 이스라엘군이 난민촌을 조직적으로 파괴하고 있으며 소총으로 저항한 투사 수십 명을 사람들이 보는 앞에서 즉결 처분했다고 한다. 지금 난민촌에는 식량과 물, 의약품 등이 고갈되었다. 여드레가 된 지금 사람들은 썩은 물을 마시고 있다. 리야드 알 아르다(제닌 시의 비상대책위원회 위원)에 따르면, 어젯밤에 난민촌에 이스라엘 의료보조원들이 네 무리가 와서 난민촌 곳곳에 흩어져 있던 시체들 일부를 부상자들과 함께 이스라엘로 이송했다고 한다. 한편으로는 부상자 3명을 태우고 가던 구급차를 이스라엘군이 저지하고 그들 가운데 두 사람을 체포했다고도 한다. 또한 현재 난민촌에는 불도저 열입곱 대가 집들을 모두 무너뜨리고 있어, 아이들이 부모를 찾아 사방으로 뛰어다니고 있다고 한다. 이스라엘 불도저들은 죽은 사람들을 한꺼번에 묻으려고 큰 구덩이를 팠다는데, 아수라장을 깨끗이 청소한 다음 외부에 보여줄 작정인 것 같다. 난민촌에 들어가려는 UNRWA, 적신월사, 제닌 의료종사자들은 지금껏 접근도 못하고 있다. 이 모든 일이 1976년에 베이루트 외곽 탈 알자타르 난민촌에서 일어난 참사를 떠올리게 한다. 그때도 침략자들은 모든 것을

* 무와틴 : 팔레스타인 민주주의 연구소

갈아엎어, 난민촌 주민들은 죽든지 피난을 가야 했다. 지금 샤론은 파월이 금요일(4월 12일)에 도착하기 전에 난민촌을 싹 쓸어버리려고 서두르고 있다.

야스미나 지구에 공습이 있었고 한 건물의 잔해 아래서 14구의 시체가 발견되었다는 뉴스가 나왔다. 구급차들이 구시가지(알 카사바)에 접근할 수 없어 자원봉사자들이 위험을 무릅쓰고 직접 부상자들을 나르고 있다.

4월 10일

아래는 2002년 4월 10일 밤 11시에 지닌 시민 메이 B가 전화로 한 증언을 라말라에서 프랑스인 3명과 사는 그리스계 캐나다인이 받아 적은 것 중 일부이다.

"이스라엘군은 엿새 동안 난민촌에 들어갈 수 없었다. 사람들이 항복한 이유는 식량과 물, 전기가 없고 아이들이 굶주리며 집들이 불타버렸기 때문이다. 탱크가 일층을 포격하고 헬리콥터가 꼭대기 층에 미사일을 발사해 집이 전소되곤 했다. 나는 우리 집 창문을 통해* 지난 월요일(4월 8일)에 난민촌 주민들이 대거 떠나는 것을 보았다. 화요일에 또 한 차례, 그리고 오늘(10일) 세 번째로 주민들이 떠났다. 아들이 지하 저항조직에 가담한 가족들은 끝까

---

* 나는 우리 집 창문을 통해 : 증언자는 난민촌 바로 옆에 살고 있어 창문으로 난민촌을 내려다볼 수 있다.

지 버텼으나, 그들도 결국 떠났다. 저항조직이 무기가 떨어지자 그들에게도 떠나라고 말했기 때문이다……. 월요일에 처음 주민들이 난민촌에서 나올 때 이스라엘군은 그들을 난민촌과 제닌 시내를 가르는 하이파 거리에 모아 놓고, 여자와 아이들을 남자들과 분리시켰다. 남자들은 150명쯤 되었다. 투사였을지도 모르는 그들이 옷과 신발을 벗고 벌거숭이가 되어 다섯 명씩 다리가 묶인 채로 서 있어야 했다. 그들은 롬마네라는 마을과 다른 세 마을로 끌려갔다……. 통행금지가 지난 일요일에 잠깐 해제되었다. 그러나 사람들이 집 밖으로 나가면 군인들이 그들의 발밑에 총을 쏘아대는 바람에 누구도 생필품을 사러 가지 못했다. 지금 우리 가족도 물과 전기, 식량이 없으며, 이웃들한테 오늘 빵을 좀 나눠 받았다. 오늘 마지막으로 난민촌을 나온 사람들 중에 15세 이하거나 60세 이상인 이들만이 이스라엘군의 허락을 받아 제닌으로 올 수 있었다. 약 70명이 우리 지역으로 왔는데 어떤 이들은 맨발이었다. 그들은 갈증과 허기에 시달리고 있었다. 동네에서 그들을 위해 먹을 것을 모았다. 최근에 아들이 죽은 70세 노인은 자신이 1948년 전쟁도 겪었는데 이번이 그때보다 훨씬 나쁘다고 말했다. 이스라엘군은 그들을 제닌으로 내보내기 전에 여자들을 한 방에 몰아넣었는데, 군인 하나가 한 여자를 때리자 다른 군인이 큰 소리로 말렸다고 했다. 그들은 거리에 쓰러져 있는 시체들을 집 안에 들여놓고는 불도저로 집을 무너뜨리고 불을 질러, 시체들을 잔해 아래 감추고 있다고 한다."

저녁 5시쯤 우리 건물에서 300미터쯤 떨어진 곳에 탱크들이 나타나더니, 7시쯤에는 바로 우리 건물 밖에 진을 쳤다(어두워서 그들이 무얼 하는지 볼 수 없다. 신경이 곤두선 군인들에게는 누군가 발코니에서 내려다보는 것도 달갑지 않을지 모른다). 오늘 그들은 라말라 구시가지에 있는 아랍 은행 지점(알 하라 알 타흐타) 앞에서 청년 한 명을 죽였다. 그 지역 사람들 말로는 희생자가 귀가 먼 장애인이었다고 한다. 우리는 오늘 아침 10시부터 11시까지 시내 중심가에서 들려오는 폭음을 몇 번이나 들었다. 거기 사는 친구들은 군대가 특정한 건물과 상점들을 향해 포격하고 있다고 추측했다.

　오늘은 세 가지 중요한 사건이 있었다. 먼저, 하이파 근처에서 버스에서 폭탄이 터져* 버스에 타고 있던 승객 9명(일부는 군인이었다)이 죽고 많은 사람이 부상을 당했다. 그리고 마드리드에서 파월과 EU 대표인 스페인 외무장관, 러시아 외무장관, 코피 아난이 만나 정상회담을 했다. 주요 성과는 아라파트가 팔레스타인 국민의 적법한 대표자임을 다시 한 번 확인한 것일 게다. 이는 의심할 여지없이 샤론에 대한 아라파트의 승리이다. 그러나 나머지는 평화와 안보에 관한 횡설수설일 뿐이다. 예루살렘을 수도로 하는 존속 가능한 팔레스타인 국가를 수립하기 위한 뚜렷한 계획도 없고, 이스라엘 정착촌이나 팔레스타인 난민 문제에 대한 해결책도 없다. 세 번째 사건은 저항이 분쇄되고 투사들이 모두 검거되어 제닌 난민촌(약 11,000명)이 붕괴되었다는 사실이다. 이스라엘 군대의 무자비한 즉결 처분, 대량 파괴와 대학살, 커다란 구덩이에 한꺼번에 묻힌 시체들, 끔찍하고도 비통한 이야기들이 떠돈다. 예수탄생교회 안에서 이스라엘군의 포위 공격을 받는 20명의 운명

---

* 폭탄이 터져 : 팔레스타인 저항세력이 이스라엘 버스에 폭탄을 터뜨린 것이며 피해자들은 이스라엘인들이다.

은 아직 결정되지 않았다.

4월 11일

탱크와 장갑차들이 오늘 아침 10시쯤 떠났다. 어젯밤 바깥에서 큰 소음과 소란이 있었는데 우리는 아침까지 그 이유를 알 수 없었다. 알고 보니 탱크(마르카바. 그 명성은 과대평가된 듯하다)가 길가에서 예전에 작은 아몬드와 무화과나무 과수원이었던 저지대로 떨어져 군인들이 그걸 끌어올리느라 소동을 벌인 것이었다. 내 친구 마쇼르가 전화해서 어제 오후 5시부터 그가 입주해 있는 건물의 모든 가구가 한 아파트에 감금되어 있었다고 말했다. 지금까지 이스라엘 군인들의 조직적인 약탈을 익히 본 터라 이번에는 주민들이 꼼꼼하게 귀중품을 챙겼다고 했다.

오늘 4월 11일 오후 1시에 다시 4시간 동안 통금이 해제되었다. 그동안 우리는 사흘 전에 군대에 유린당한 두 집을 둘러보았다. 길 건넛집은 1923년에 지어진 멋진 석조 건물로, 라말라와 레바논 산악지대의 전형적인 붉은 기와지붕이었다. 그러나 이제 그 집은 대문이 몇 미터나 날아가 집 안에 나가 떨어져 있고, 가구를 비롯한 모든 세간이 부서져 있었다. 가족사진첩, 전등, 도자기, 종교적인 성상(이 집은 중산층 기독교 집안으로, 침략이 시작되었을 때 요르단으로 떠났다.)이 바닥에 함께 나뒹굴었다. 그 꼴을 보니 나는 집주인을 동정하면서도 절대로 그들 신세가 되고 싶지 않았다. 그런데도 전기는 아직 연결되어, 모든 등이 밝게 켜져 있었다. 점령된 또 한 집(현대적인 건물)도 대문은 같은 운명을 겪었으나 집 안은 무사했다. 이제 시에는 쓰레기통이 하나도 없다. 탱크가 하도 깔아뭉갠 탓이다.

마시운 동네에 있는 막스 슈퍼마켓에 갔더니, 통금 해제 한 시간 전에 이스라엘 장갑차 세 대와 탱크 한 대가 거기 또 왔다 갔다고 했다. 장갑차 가운데 하나에는 '3'이라는 숫자가 쓰여 있었다고도 했다. 동네 사람들은 출입문이 폭파되는 것을 보았고 이어 안에서 폭탄이 터지는 소리를 들었는데, 그것은 금고가 폭파되는 소리였다. 주인은 이스라엘군이 모두 합쳐 56,000세켈(약 12,500달러)을 노략해갔다고 말했다.

4월 13일과 14일

4월 13일에는 그리 멀지 않게, 때로는 가깝게, 가끔은 아주 가깝게 계속 폭음이 들렸다. 어제만큼 빈번하지는 않지만 오늘(14일) 저녁에도 그런 소리가 들렸다. 길 건너 두 집이 폭파될 때 났던 소리하고 비슷했다. 친구가 보낸 이메일에는 군대가 여기저기서 공공기관과 비정부기구, 상점들을 폭파하며 난입하고 있다고 쓰여 있다. 그가 언급한 곳 가운데는 칼릴 사카키니 문화센터도 있다. 이메일에서 이스라엘군이 사카키니 문화센터의 출입문을 폭파하고 난입했다는 시간(오전 10시 50분)에 우리도 폭음을 들었다. 5층인 우리 아파트 창문으로 탱크 두 대가 장갑차 네 대와 함께 문화센터 방향으로 올라가는 것도 보았다.

4월 15일

오늘이 라말라가 침공당한 지 17일째 되는 날인 것 같다. 오전 9시부터 오후 1시까지 통금이 해제되어 우리는 모두 밖에 나갔다. 지난 나흘 동안 우리는 사실상 가택연금 상태였다. 그러나 통금이 해제되었다고 해서 정상으로 돌아온 것은 아니다. 우리는 그저 장을 좀 볼 수 있을 뿐이다. 그러나 많은 사람들은 이제 이런 것마저 할 수 없다. 돈이 바닥났기 때문이다(사실 일부는 이스라엘군이 침공해오기 전부터 이미 그런 상태였다. 이스라엘의 봉쇄로 회사 문은 닫히고 많은 사람이 일자리를 잃었다). 나는 장을 보고 나서 시내 몇 군데를 돌아다녔다. 1995년에 요르단 강 서안으로 돌아온 이후 나는 죽 라말라에서, 내가 사랑하게 된 이 도시에서 살았다. 지난 17일 동안 기회 있을 때마다 나가서 돌아다녀 보았는데, 그때마다 주민들의 등 뒤에 총을 겨눈 채 저들이 저지른 또 다른 만행을 목격했다. 모수운 거리에 서 있던 서양 협죽도들은 탱크에 받혀 넘겨졌고, 몇 년 전 라말라 시에서 자파 거리 중앙 분리대에 자랑스럽게 조성해놓은 꽃밭도 탱크에 짓밟혔다. 어린 나무들과 붉은 쇠뜨기 꽃, 관목과 화초들은 곤죽이 되었다. 교통 신호등도 작동하지 않았다. 길바닥에 쓰러진 전신주와 전선들, 찌그러진 쓰레기통, 터진 수도관, 깨진 벽돌과 콘크리트에 뒤덮인 골목, 납작하게 찌그러진 차, 불에 타거나 총과 대포에 맞아 구멍이 숭숭 뚫린 새 건물들. 밖에 나갈 수 있을 때마다 우리는 도시에 난 새로운 상처를 발견해야 했다.

아내와 함께 사카키니 센터를 보러 갔다. 센터의 관장인 아딜라가 남편과 함께 벌써 와서, 잔해 한가운데에 아연실색한 표정으로 서 있었다. 군인들은 첫 번째 출입문을 폭파하고 들어와 2층에 있는 철문도 부수고 난입했다. 건물 창문이 모두 박살나고, 사무실은 아수라장이었다. 깨진 유리와 부서진 가구, 뜯어진 책과 갈가리 찢긴 종이조각이 사방에 흩어져 있었다. 금고도 폭파되어 안에 있던 얼마 안 되는 돈이 사라졌다. 약탈은 이번 재점령의 두 드러진 특징이다.

사카키니 건물은 전통적인 팔레스타인 건축 양식을 잘 보여주는 뛰어난 표본이다. 원래 1927년에 지어졌고 1995년에 새로 단장한 이 건물에는 칼릴 사카키니가 기증한 아주 귀중한 예술작품과 고대 사본들이 소장되어 있었으며, 시인 다르위시의 사무실도 여기 있었다. 이번 침략이 시작되기 일주일 전에도 국제적인 작가 대표단이 방문했었다. 그들 가운데는 노벨문학상을 수상한 소잉카*와 사라마구** 뿐만 아니라 고이티솔로***와 콘솔로****, 뱅크스*****, 베리튼바흐******, 살로몬*******도 있었다.

이 센터가 이스라엘인들이 약탈한 첫 번째 문화 시설은 아니다. 그들은 카사바극장과 시립도서관에 며칠 전에 난입했다. 그러나 체계적인 붕괴 작전은 공공기관을 겨냥했다. 특히 알 베이라 지역에 몰려 있던 교육부와 보건부, 재무부, 사회부, 농업부, 내무부, 시청은 모조리 파괴되었다. 그리고 이

---

* 소잉카 : Oluwole Soyinka. 나이지리아 작가. 1986년 노벨문학상 수상.
** 사라마구 : Jose Saramago. 포르투갈 작가. 1998년 노벨문학상 수상.
*** 고이티솔로 : Juan Goytisolo. 스페인의 시인이자 소설가. 프랑코 독재에 항거하여 망명하였으며, 프랑코가 죽기 전까지 스페인에서 그의 작품은 출판 금지되었다.
**** 콘솔로 : Vincenzo Consolo. 이탈리아의 소설가이자 수필가.
***** 뱅크스 : Russell Banks. 미국의 소설가이자 시인.
****** 베리튼바흐 : Breiten Berytenbach.
******* 살로몬 : Christian Salomon.

야만적인 파괴 행위가 상점과 LAW와 같은 인권단체를 포함한 비정부기구로까지 확대되었다.

제닌 난민촌에 국제기구들이 아직도 들어가지 못한다는 소식 말고도, 오늘 나를 침울하게 만든 여러 요인 중 하나는 라말라 거리 곳곳에서 쓰레기를 태우는 냄새였다. 공기에 배어 있는 썩은 내를 없애려고 시민들이 산더미 같은 쓰레기를 태우기 시작했다. 파리의 숫자도 갈수록 늘어만 갔다. 나는 전에도 이 모든 것을 본 적이 있다. 20년 전 지금과 동일 인물 샤론이 베이루트를 포위 공격했을 때였다.

세 시간에 걸친 파월과 아라파트의 회담은 어떤 실질적인 결론도 없이 끝났다. 미국은 여전히 인종차별적인 샤론의 견해에 충실하다. 이스라엘이 즉각 철수해야 한다고 주장하기는커녕, 엉뚱하게도 시리아, 레바논 없이 미국의 우산 아래서 아라파트와 국제평화회담을 하자는 샤론의 제안을 받아들였다. 샤론의 제안은 사람들의 주의를 딴 데로 돌리려는 얄팍한 속임수일 뿐이다. 진정한 역사적 타협을 토대로 문제를 해결하겠다는 전망을 가진 새 이스라엘 지도부가 등장하지 않는 한, 그들이 자기 땅에서 자유와 독립을 누리겠다는 팔레스타인인들의 정당한 요구를 받아들이고 팔레스타인인들이 고국으로 돌아올 수 있는 권리를 인정하지 않는 한, 이 분쟁은 끝나지 않을 것이다. 오늘 마르완 바르구티*를 체포한 것 같은 팔레스타인 지도자들

* 마르완 바르구티 : Barguti, Marwan al(1958~). 팔레스타인 인티파다의 지도자. 1980년대 PLO에 참여하면서 정치활동을 시작한 뒤, 1987년부터 1992년까지 계속된 1차 인티파다 때 주도적 역할을 하였다. 이스라엘과 미국에서는 팔레스타인에서 가장 위험한 테러리스트로 분류하고 있다. 이스라엘은 2002년 요르단 강 서안에서 바르구티를 체포하였다. 2004년 아라파트가 사망한 뒤 팔레스타인 자치정부 수반 선거 때 옥중 출마를 선언하였으나, 다시 불출마를 선언하였다.

에 대한 탄압은, 장차 화해 방안 모색에 걸림돌이 될 것이다.

4월 16일

저들의 독립 54주년 기념일(이스라엘인들은 해방운동의 언어를 전유해 시온주의 계획의 식민지적 성격을 은폐하려고 한다.)이자 팔레스타인인들은 '나크바'라고 부르는 날에,《하아레츠》*는 이렇게 썼다.

이스라엘은 지금껏 무력으로 이 나라를 위협하는 안보 문제를 해결하려 했지만 성공하지 못했다. 팔레스타인의 살인적 공격에 대한 다양한 군사적 대응 - 포위 공격과 암살, 침입, 방벽작전 - 은 바라던 결과를 가져오지 않았다. 이스라엘 국방군은 제 목숨을 희생한 이스라엘 병사를 포함하여 모든 것을 퍼부었지만, 팔레스타인의 적대감만 불러 일으켰으며 이스라엘의 거리를 아수라장으로 만들려는 사람들에게 힘을 실어주었다. 안보에 대한 우려는 이스라엘의 삶의 모든 차원 - 국가 경제와 외교적 위상, 대중의 정서, 창조적인 활력과 개인의 생활양식 등에 영향을 미쳤다. 이스라엘은 팔레스타인의 도시와 농촌을 포위했을지 몰라도 그 자신 역시 포위당했다. 이 전쟁은 전 세계에 충격파를 던져 유대인에 대한 뿌리 깊은 반감을 불러일으킴으로써, 세계 곳곳에 흩어져 있는 유대인 공동체를 위험에 빠뜨리고 있다. 결론은 자명하다. 자신의 목을 조르는 압박에서 해방되기 위해서 이스라엘

*《하아레츠》: 다소 좌파적인 이스라엘의 일간신문 - 글쓴이 주

은 반드시 (팔레스타인) 영토에서 철수해야 한다.

다음은 국제연합 팔레스타인 난민구제사업국(UNRWA)의 2001년 4월 16일자 보고서의 일부이다(공보국).

오늘 트럭 두 대 분량의 식량과 의약품을 싣고 제닌 난민촌에 들어간 UN 난민 구호 활동가들은 다음과 같이 알려왔다. 난민촌은 마치 지진이 일어난 것처럼 처참하게 파괴되었다. 주택가와 중심가, 상가가 한꺼번에 모두 날아가 버려, 난민들은 길바닥에 나앉게 되었다. 가장 충격적인 일은 주민들이 붕괴된 건물 밑에 깔렸으나 아직도 살아 있는 사람들의 신음을 들으면서도 그들을 구조할 수가 없었다는 사실이다. 이스라엘 당국이 구호물자를 실은 트럭 단 두 대만 난민촌에 들어가도록 허용하여, 불도저 같은 구조장비나 무너진 건물 더미를 파헤치고 생존자들을 구해낼 구조요원들은 현장에 접근할 수가 없다. 하지만 지난 24시간 동안 7명의 생존자들을 잔해에서 끌어냈다는 보고가 있다. 이스라엘 국방군은 탱크와 내부 검문소를 그대로 둔 채 여전히 난민촌에 주둔하고 있다. 오늘 탱크 하나가 식량을 반 정도 실은 빈민구제사업국 트럭 앞을 가로막고 구호 식량 배급을 방해했다.

4월 18일(목요일)

오늘 아침 9시 45분쯤 그들이 우리 건물에 왔다. 이번에는 마르카바 탱크 한 대와 장갑차 세 대였다. 탱크는 마시운 거리와 자파 거리의 교차로에 서고, 장갑차들은 우리 건물 옆에 섰다. 어떤 이유에서인지 나는 그들이 우리 건물로 가까이 오면 늘 신발을 신는다. 무의식적으로 신발을 신어야 점령군에 맞설 준비가 된다고 느끼나 보다. 그들은 이미 우리 건물에 들이닥쳐 총부리로 우리를 거리로 내몰고 아파트를 약탈한 적이 있지만, 그래도 나는 준비를 하는 게 좋겠다고 생각했다.

그들은 엔진을 끄고 15분 동안 잠잠했다. 그러나 그것은 그들이 빨리 가버리지 않을 거라는 표시였다. 이윽고 첫 번째 폭음이 들렸다. 우리 건물에서 나는 소리였다. 나는 서둘러 모든 창문을 열었다(창문이 닫혀 있으면 유리가 깨지기 때문이다). 몇 분 뒤 또다시 폭음이 들렸다. 그들이 잠긴 아파트 문을 일일이 폭파하고 있는 게 분명했다. 지아드가 전화해 그들이 우리 아파트에서 무슨 짓을 하느냐고 물었다. 그는 길 건너편 건물에 살아 자기 집에서 우리 쪽을 볼 수 있다. 마쇼르도 전화를 걸어 똑같이 물었다. 세 번째 폭음이 들렸다. 또다시 전화벨이 울렸다. 이번에는 가자에서 온 전화였다. UNDP(국제연합개발계획) 사무실에서 일 이야기를 하자고 했다. 나는 그들에게 나중에 전화하겠다고만 말했다. 그리고 와심이 전화해서 내게 괜찮으냐고 물었다.

또다시 폭음이 들렸다. 폭음이 들릴 때마다 유리창 깨지는 소리와 함께 화약 냄새가 났다. 그때까지는 그들이 건물의 중간 구역에서 작업을 하고 있었다. 그곳에는 거주자가 없고 모두 잠긴 사무실뿐이다(대부분이 건축가와 미디어 사무실). 첫 번째 구역에는 우리 세 번째 구역처럼 두 가구가 살고 있다. 우리 아파트와 마찬가지로 그들의 아파트도 전번에 난입 당했다. 우리는 우리 구역에 사람이 살고 있다는 사실을 이스라엘군에게 알려야 함을 깨달았다. 아무래도 그들이 건물 전체를 샅샅이 뒤질 생각인 듯한데, 그들이 지금 사용하는 폭발물을 계속 터뜨린다면 우리 아파트의 유리가 모두 박살 날 것 같았기 때문이다(우리 아파트는 삼면이 그의 유리로 되어 있다). 우리는 또 건물 뒤에 있는 가스관과 실린더(온수와 난방을 위한)도 걱정해야 했다.

우리가 5층 문을 열자 그 소리를 듣고 우리 이웃(이 가족에게는 어린아이가 둘 있다)도 층계참으로 나왔다. 나는 아래쪽을 향해 소리치기 시작했다. 여기 두 가구가 살고 있으며 누군가 내려가 이야기를 하겠다고. 피에라가 이탈리아 여권이 있는 자기가 내려가겠다고 했다. 그녀는 아래쪽을 향해 우리가 민간인이라고 외쳤다. 피에라가 거리로 내려가자 장교가 다가와서 중간 구역이 모두 사무실이라 다른 구역에 거주자들이 있는지 몰랐다고 해명했다. 그리고 군인 다섯이 우리 집을 수색하겠다고 올라왔다. 그들은 나더러 먼저 들어가 모든 찬장과 서랍을 천천히 열라고 지시했다(라말라에서 지난 열흘 동안 전혀 저항이 없었는데도 그들은 여전히 신경이 곤두서 있었다). 그들은 옆집도 똑같이 수색했다. 우리가 전에 이미 한 번 수색을 당했다고 말하자 그들은 몰랐다고 대답했으나, 그렇다고 행동이 달라지지는 않았다. 그들은 내 신분증을 빼앗고(내 이웃 남자 것은 가져가지 않았다.) 우리에게 이웃 아파트로 가라고 명령했다. 그들은 우리 모두를 그 집 침실에 집어넣고 거실은 자기들이 차지했다. 그들이 우리에게 일절 움직이지 말라고 경고했다. 장교 하나가 와서 건물에 있는 아파트에 대해 묻더니, 모든 문을 폭파해야 하지만 우리들 아파트에는 손상을 입히지 않겠다고 했다. 다른 문들을 폭파하기 전에 미리 알려주겠다는 말까지 했다. 그들은 꼬마들에게 껌도 주고 담배를 피우는 사람에게는 담배도 주면서 이번에는 좋은 사람처럼 보이려고 했다. 내가 우리가 마실 커피를 끓여도 되겠느냐고 물었더니 한 사람만 부엌으로 가라며 거실에 있던 세 군인 중 하나가 따라왔다. 그들은 우리에게 커다란 철문이 있는 1층 가게들에 관해 물었다. 우리가 하나는 카페이고 하나는 상점, 하나는 미용실이라고 설명했지만, 그들은 거기 총이 숨겨져 있을지 모르니 문을 폭파하겠다고 고집했다. 그러자 이웃 남자가 그들에게 건물 뒤에 작은 문이 있으니 폭발물 없이도 부수고 들어갈 수 있다고 말했다. 그 작은 문을 보여주러 그가 군인들과 함께 내려갔다 왔다.

그들은 또 (2층에 있는) 아파트 하나가 팔레스타인 자치정부가 쓰는 사무실인지 물었다. 이웃 남자가 그 아파트가 유럽연합의 지원을 받아 젊은 지도자를 양성하는 곳이라고 설명했다(1년 전쯤까지 그 아파트에는 실제로 그런 간판이 붙어 있었다). 그들은 거기서 자기들이 발견한 문서 일부를 번역하라고 그를 데려갔다. 그가 30분쯤 있다 돌아와서 그들이 아무것도 발견하지 못했으며 장교 하나가 컴퓨터에서 파일을 찾고 있다고 말했다. 그들이 서너 차례 올라와 아래층 아파트 문을 폭파할 거라고 말해주었다(그러면서 우리에게 손가락으로 귀를 막으라고 했다). 1층에서 그들이 망치로 문을 치는 소리가 났는데, 아마도 문을 여는 데 성공한 것 같았다. 금발의 군인이 와서 자기들은 일을 마쳤고 이제 떠날 거라면서, 그러나 자기들이 떠난 뒤 30분 동안 지금 있는 자리에서 꼼짝도 말아야 한다고 명했다. 그러나 우리는 그들이 떠나는 소리가 들리자마자(오후 2시 5분 전) 아래층에 내려가 보았다. 우리 구역에 있는 아파트의 문들이 모두 폭파되고, 실내는 난장판이 되어 있었다. 그러나 중간 구역은 더 심했다. 창문이 모두 날아가고 계단도 크게 파손되었으며, 벽도 일부 부서져 있었다. 컴퓨터를 비롯한 기계들도 많이 파손되었다. 엔

지니어인 이웃 남자의 스카이맵과 몇 가지 항공측량기에는 아주 값비싼 장치들이 있는데, 모두 고칠 수 없을 정도로 망가졌다고 했다.

오후 5시 30분쯤 그들이 근처에 있는 골목으로 다시 왔다. 같은 탱크와 장갑차였다. 우리는 폭탄이 터지는 소리와 또 소동이 일어나는 소리를 들었고, 그들은 한 시간쯤 뒤에 떠났다.

4월 19일(금요일)

오늘 아침 10시쯤 그들이 탱크와 장갑차로 구색을 맞춰 와서는 길 건너편의 또 다른 건물(우리 집 창문으로 보이는 언덕 위에 있는) 앞에 섰다. 5층 건물인 그곳에는 아파트가 15~20채 정도 된다. 우리는 그곳에 친구가 있어 서로 무슨 일이 있으면 지켜보았다. 그들은 늘 몇 번의 발포와 함께 작전에 들어갔다. 아마도 사람들에게 잔뜩 겁을 주어 최악의 상황도 받아들일 준비가 되게 하려고 그러는 것 같다. 우리와 마찬가지로 그 건물도 이번이 두 번째 방문이었다. 이유는 아무도 모른다. 군인들은 우리에게나 맞은편 건물 거주자들에게나 설명하지 않았다. 그들은 사람들을 모두 한 집에 몰아넣고 집집마다 수색했다. 그러나 아파트 전체에 사람이 살고 있어 폭파하지는 않았다. 그들은 정오에 통금이 해제되자마자 떠났다(오늘은 통금 해제가 정오부터 오후 5시까지로, 한 시간이 덤으로 주어졌다).

4월 20일(일요일)

　오늘 아침 이스라엘군이 라말라에서 대부분 철수했다. 그러나 알 무카타
는 여전히 엄중하게 포위된 상태. 이스라엘은 나불루스에서도 철수한 것
같으나 베들레헴에서는 예수탄생교회를 점령한 채 아직도 출입을 통제하
고 있다. 그들이 철수했다 해도 무장봉쇄는 계속될 것이다. 아침에 비가 와
서 4월 말인데도 아직 춥다.

4월 22일(월요일)

　이스라엘이 라말라와 알 비리의 일부 지역에서 철수한 다음날, 사람들이
가게와 앞길을 쓸고 닦느라 바쁘다. 자원봉사자들도 거리에 나와 시의 지도
아래 열심히 일하고 있다. 길 아래쪽에 있는 미용실과 아부 유시프의 가게
도 다시 문을 열었다(그러나 청소 도구와 담배, 화장지 말고는 물건이 거의 없다). 내
가 단골인 알 싸아 광장(시계 광장) 모퉁이 채소가게에서도 귀가 먼 주인과
다 큰 두 아들이 분주히 일하고 있다. 지역 신문도 다시 나온다 ─ 오늘 내 우
편함에서 《알 아이얌》 신문을 발견했다. 이것 역시 정상으로 돌아오고 있다
는 표시다. 그러나 사람들은 여전히 충격에서 벗어나지 못해 당혹스러워하
며 이번 사태의 의미와 파장을 점쳐본다. 오늘 공무원들이 피해 상황을 조
사하러 우리 동네에 왔다.
　우리(어떤 조직에도 속하지 않은, 친구들끼리의 작은 모임)는 이메일로 아는 사
람들에게 4월 24일에 이번 점령에 항의하는 시위를 하자는 글을 돌렸다. 이

것은 곧 많은 정치 집단의 호응을 받았다. 〈그날 이후〉라는 제목의 성명서는 다음과 같다.

파괴된 집과 직장, 도시와 난민촌의 잔해 아래서 다시 일어나, 우리는 이스라엘 정부에게 고한다. 너희들은 우리의 의지를 꺾지 못했고, 앞으로도 꺾지 못할 것이다. 너희들은 죽이고 투옥하고 고문하고 훔치고 파괴했지만, 자유롭고 존엄하게 살려는 우리의 의지는 결코 꺾지 못할 것이다. 그날 이후에도 우리는 정당한 대의를 가진 국민으로 남았다. 우리는 다시 일어나 말한다, 한목소리와 하나의 의지로.

첫째, 우리의 정당한 권리를 박탈하고 우리에게서 안전하고 평화로운 땅을 빼앗아간 너희들은 결코 안전과 평화를 누리지 못할 것이다. 너희가 팔레스타인 영토에서 1967년 6월 4일 이전의 국경 밖으로 철수하지 않는 한, 그리고 우리가 우리 땅과 물, 하늘, 국경에 대해 완전한 주권을 행사하는, 동예루살렘을 수도로 하는 팔레스타인 국가가 수립되지 않는 한, 모든 이스라엘 정착민과 정착촌이 팔레스타인 땅에서 뿌리 뽑히지 않는 한, 국제법과 특히 UN 결의안 194호를 토대로 팔레스타인 난민 문제가 정당하게 해결되지 않는 한은.

둘째, 아무도 우리에게 지도자를 강요할 수는 없다. 우리는 샤론이나 부시의 순한 양떼가 아니다. 어느 누구도 우리에게 우리의 운명을 명령할 수 없다. 누가 우리를 이끌고 누가 우리의 이름으로 협상할지는 우리가 정하고 우리만이 정할 수 있다.

셋째, 우리는 UN 사무총장의 요구, 점령자들로부터 팔레스타인 국민을 보호하고 팔레스타인 사회와 공공시설의 파괴를 막기 위해 국제연합군을 보내야 한다는 요구를 지지한다. 연합군의 배치가 지연됨으로써 우리가 이 전부터 경고한 전쟁 범죄와 대량 학살, 민간인에 대한 인권 유린과 사적 재산, 공공시설의 파괴가 발생했다. 우리는 이 전쟁 범죄와 대량 학살에 책임 있는 자들을 국제 정의의 심판대에 세울 것을 요구한다.

넷째, 팔레스타인 국민은 우리 땅에서 점령자와 정착민들이 철수할 때까지 국제법이 승인한 모든 방법을 이용해 점령자들에게 대항할 권리가 있다.

다섯째, 팔레스타인 국민은 정치적–외교적 수단을 비롯한 모든 의사 표현 방법을 동원하여, 또한 대중 매체를 적극 활용하여, 우리가 점령에 어떻게 맞서고 투쟁할 것인지 우리의 의지를 표명할 것이다. 그리고 내부 상황을 냉철하게 판단하여 우리가 얻은 교훈을 표명할 것이다.

그리고 점령자들에게 우리의 의지가 꺾이지 않았음을 보여주기 위해서, 그들이 야만적인 만행으로 그토록 많은 생명을 해치고 경제적 손실을 입혔음에도 불구하고 우리의 권리와 의지는 털끝만치도 건드리지 못했음을 보여주기 위해서, 그들이 우격다짐으로 우리의 생각과 언술을 바꿔놓는 데 실패했음을 보여주기 위해서, 우리는 모든 팔레스타인인 동포들에게 일련의 행동에 나서자고 요청한다. 모든 팔레스타인 공동체에서 그날 이후 벌이는 시위로 이 행동을 시작하자. 우리는 꺾이지 않았고 앞으로도 꺾이지 않을 것이며, 우리 땅에서 자유롭고 존엄한 삶을 누리는 우리의 목표를 반드시 달성할 것임을 점령자들에게 각인시키고, 세계 만방에 보여주자. 시위는 2002년 4월 24일 수요일 오전 11시에 시작한다.

개 같은 인생

수아드 아미리

수아드 아미리 Suad Amiry | 작가·건축학자

암만과 다마스쿠스, 베이루트, 카이로 등지에서 자랐다. 베이루트 소재 아메리칸대학에서 건축학 학사학위, 미국 미시간대학에서 도시계획학 석사학위, 영국 에딘버러대학에서 건축학 박사학위를 취득했다. 1981년 이래 팔레스타인의 라말라에 살고 있으며 대학에서 건축학을 가르친 바 있다. 1991년에서 93년까지 워싱턴에서 열린 팔레스타인과 아스라엘간 평화회담에 팔레스타인측 공식 대표의 일원으로 참석하였으며 1995년에서 97년까지 문화부 장관보를 지냈다. 팔레스타인 전통 건축에 관한 여러 권의 저서가 있고, 2003년 출판한『샤론과 나의 어머니』는 탁월한 외국문학에 주는 이탈리아의 비아레지오 상을 수상했고 세계 15개 언어로 번역 출판되었다. 현재 라말라 소재 리왁(Riwaq, 라말라건축보존센터)의 소장으로 일하고 있다.

내가 망설임도 없이 사람을 죽일 뻔한 순간이었다.

아마 라말라*에(어쩌면 이 지역 전체에) 단 하나뿐인 수의사 히샴 박사를 죽였다면 전국이 떠들썩했을 것이다. 1934년에 이브라힘 파샤**에게 저항한 농민반란만큼은 아니어도, 농민들이 가만있지 않았지 싶다.

평화로운 도시 아리하***에서 일은 시작되었다.

1987년 봉기****가 일어났을 때, 쌀림과 나는 주말에는 골치 아픈 라말라를 떠나 아리하에 머물곤 했다. 하루는 히대위 거리(나는 이 이름도 무함마드 알리 파샤의 후손인 이집트의 히대위 이스마일과 관계가 있지 않을까 생각한다)를 차로 달리는데 길가 도랑에서 떨고 있는 두 마리 강아지가 내 눈에 들어왔다. 나는 급히 차를 멈추고 달려갔다. 강아지들은 이미 따뜻한 도시 아리하에서 더욱

* 라말라 : 요르단 강 서안의 도시로 팔레스타인 자치 정부가 있다. 예루살렘에서는 북쪽으로 15Km쯤 떨어져 있으며, 북쪽에는 나불루스가 있다. 이스라엘이 강제로 점령하면서 주요 분쟁지역이 되었고, 인티파다(intifada, '봉기'를 뜻하는 아랍어)로 주민들이 많이 희생되었다.
** 이브라힘 파샤 : 이집트의 통치자 무함마드 알리 파샤의 아들. '파샤'는 오스만투르크의 문무(文武) 고급 관료에게 주어진 명예적인 칭호.
*** 아리하 : 요르단 강 서안에 있는 도시. 성서를 통해 '여리고'로 많이 알려져 있으며 영어 표기로는 제리코(jericho).
**** 1987년 봉기 : 제1차 인티파다를 이르며, 1987년 이스라엘군 지프에 치여 팔레스타인인 네 명이 사망한 사건을 계기로 팔레스타인인들이 자발라의 한 검문소를 습격하면서 시작되었다. 팔레스타인의 독립을 쟁취하려는 전면적 민중 봉기로, 제1차 인티파다는 1987년에 시작되어 1993년 오슬로 협정으로 마무리 되었다. 그러나 약조사항이었던 이스라엘 정착촌과 검문소 철수 등이 이행되지 않아 팔레스타인인들은 크게 실망했다.

따뜻하게 둘이 껴안고 엎치락뒤치락했다.

나는 강아지를 한 마리씩 양손에 들고 신이 나서 쌀림을 바라보았다. 쌀림이 아주 걱정스러운 표정으로 내 눈을 똑바로 쳐다보며 단호히 말했다.

"안 돼."

"불쌍하잖아. 이러다 곧 차에 치여 죽을 거야." 내가 말했다.

"아냐. 그렇지 않을 거야." 쌀림이 다시 한 번 단호하게 말했다.

"얘네들 좀 봐. 정말 귀엽잖아." 나는 부드러운 배가 보이게 강아지 두 마리를 들어올렸다.

"나도 알아." 쌀림이 강아지들한테서 눈을 돌리며 말했다.

"그런데 왜 안 돼?" 내가 물었다.

"누가 강아지를 돌볼 건데?" 쌀림이 물었다.

"물론 내가 돌보지." 나는 내가 승기를 잡았다는 생각에 기쁘게 말했다.

"당신은 바쁘고 출장도 많이 다니잖아. 개는 아기보다 더 힘들어. 끊임없이 관심을 쏟아주어야 해…… 애정도." 그가 덧붙였다.

맙소사. 이 언쟁은 쌀림과 내가 아기를 가질 것인가 말 것인가를 두고 지치도록 벌인 논쟁을 상기시켰다. 이번에는 내가 타협하지 않을 것이다.

하지만 나는 가슴 아픈 선택을 할 수밖에 없었다. 강아지 두 마리를 다 받아들이도록 쌀림을 설득할 재간이 없었기 때문이다. 짙은 갈색 강아지가 뒤에 남고, (물론 더 적극적인 금발) '아타르'가 우리를 따라 라말라 집에 왔다. 안타르를 얻은 기쁨과 흥분에는 오랫동안 무거운 죄책감이 뒤섞였다. 어쩌면 그래서 안타르가 천방지축이었는지도 모른다. 안타르는 아마 자기를 형제(또는 자매)와 떼어놓은 나를 절대 용서하지 못했을 것이다.

"발의 크기를 보면 개가 얼마나 크게 자랄지 알 수 있어." 친구가 안타르의 커다란 두 발을 쥐어보며 말했다.

분명 고무적인 말은 아니었다. 안타르는 발이 자기 몸의 3분의 1이나 되었으니까. 또 친구는 내게 안타르라는 이름도 바꿔야 한다고 했다(아랍 문학에서 고전시의 영웅인 안타르 빈 샤다드는 기사도와 영웅적인 전투행위로, 달리 말하면 마초의 상징으로 유명했다). 안타르가 암컷으로 밝혀진 탓이었다. 그러나 이름을 바꾸기에는 너무 늦었다. 그 후로도 우리는 계속 안타르라고 불렀다.

"오후 4시가 좋겠어요? 그럼 그때 가죠." 안타르에게 광견병 백신을 맞혀야 한다는 내 말에 히샴 박사가 대답했다.

수의사 히샴은 정확히 4시에 초인종을 울렸다. 나는 문을 활짝 열고 그를 거실로 안내했다. 우리는 30분 동안 전형적인 팔레스타인식 대화를 나누었다. 끔찍한 정치상황에 대한 불평과 팔레스타인인들, 특히 젊은 세대가 얼마나 이기적으로 변했는지, (히샴과 나를 빼고는) 지역 전체에 전망이 부재하다느니 하는 이야기들이었다.

15분 동안은 수의사 히샴의 성공담을 들어야 했다. 수르다 마을에서 아부 엘 아베드의 양을 구한 이야기에서부터 아타라 마을에서 최근에 쌍둥이 송아지를 받아낸 이야기(나는 보통 송아지가 한 번에 몇 마리나 태어나는지 몰랐지만, 감히 묻진 못했다), 아부 니자르의 병든 말을 기적적으로 살려낸 이야기, 그런데 사실은 전에 나불루스* 출신의 마헤르 박사는 그 5천 달러짜리 말이 가망

* 나불루스 : 예루살렘 북쪽 64Km에 위치한 도시. 모세의 후계자인 여호수아의 유적지가 있다.

이 없다고 진단한 적이 있다는 이야기였다. 나는 그의 성공담에 좀 안심이 되기는 했지만, 그중에 개와 관련된 이야기는 하나도 없다는 점도 놓치지 않았다.

"히샴 박사님, 이제 안타르에게 광견병 백신을 놓아주세요." 나는 참을성 없이 그의 말을 가로막고야 말았다.

"예, 물론이지요." 그도 내 인내심이 바닥났음을 눈치 채고 대꾸했다.

"안타르는 품종이 뭐예요?" 히샴 박사가 커피를 홀짝이며 권위 있게 물었다.

"아…… 품종이라…… 음…… 잘 모르겠는데요, 박사님! 똥개도 품종이라고 할 수 있을까요?" 내가 사과하듯 우물쭈물 웅얼거렸다. 내게 안타르는 아주 말썽 많은 사랑스러운 개일 뿐이었다. 히샴 박사가 나를 쏘아보는 걸 보니 아마 똥개는 품종이 될 수 없는 모양이었다.

"신경 쓰지 마세요, 박사님. 그럼 안타르를 불러들일까요, 아니면 우리가 뜰로 나갈까요?" 나는 자기 임무에 대한 히샴 박사의 흥미를 북돋우려고 애썼다.

"불러들이지요, 뭐." 그가 대답했다.

나는 문을 열고 안타르를 불러들였다. 안타르는 뛰어 들어오자마자 집 안을 뒤집어놓았다. 긴 꼬리를 마구 흔들어 쟁반을 뒤엎고, 꼬리에 묻은 커피를 사방에 뿌리더니, 발랑 드러누워 배를 토닥여주기를 기다렸다. 내 생각에는 그게 바로 안타르였다. 히샴 박사의 눈길은 안타르의 생식기에 머물러 있었다.

"잡것이군요." 히샴 박사가 무척 실망하여 말했다.

"그러니까 암컷이라고요?" 나는 그의 말을 정정했다.

"내 말이 그 말입니다." 히샴 박사가 말했다.

"그래서요……?" 내가 날이 선 목소리로 물었다.

"정말 똥개 잡것에게 30달러짜리 백신을 낭비하고 싶으세요?"

"히샴 박사님, 아니 어떻게 그런 말을!" 나는 부아가 치밀었다. 그러나 자신이 민족감정과 여권주의적, 동물보호적 감정으로 지나치게 격양돼 있음을 깨닫고 입을 다물었다. 히샴 박사가 안타르에게 백신을 놓기 위해 몸을 구부렸을 때, 나는 하마터면 다른 광견병 백신 병을 따서 뒤로 내민 그의 커다란 엉덩이에 꽂을 뻔했다.

몇 년 뒤.

밤 10시 반이 다 됐는데 밖에서 끙끙거리는 소리가 났다. 나는 뜰로 난 문을 열었다가 곧바로 뒤를 물러섰다. 작고 검은 생물이 뛰어 들어왔기 때문이다. 작은 생물은 금세 앞 베란다에 있는 화분들 틈으로 사려졌다. 나는 불을 켜고 조심스럽게 화분 하나하나 뒤를 살펴보기 시작했다. 그리고 오래지 않아 박쥐처럼 생긴 커다란 두 귀를 축 늘어뜨린 아주 작은 검정 강아지를 발견했다. 나는 가늘게 떨리는 손을 뻗어 나보다 더 덜덜 떠는 강아지를 집어 들었다. 꼭 내 손바닥만 했다.

강아지는 내 눈에서 눈물이 날 정도로 귀여웠다.

몇 시간도 안 돼 누라와 나는 영원히 떨어질 수 없는 사이가 되었다.

그것은 작고 불안한 내 그림자가 되었다.

누라는 내 두 손바닥보다 조금 크게 자라 나를 졸졸 따라다녔다. 그래서 직장에도 같이 가고, 공사장에도 같이 가고*, 시어머니 집에도 같이 가고, 친구들 집, 다는 아니고 몇몇 집에도 같이 갔다.

곧 나는 개에 관한 책을 엄청나게 모았다.『당신의 개에 대해 알고 싶은 모든 것』,『개를 데리고 자도 괜찮다』,『남편보다 개를 더 사랑하기』,『당신의 개 몰래 바람피우기』,『당신의 개는 어떤 품종일까?』 내 마지막 책은『레즈비언의 대가와 함께 성장하기』였다.

나는《암캐》라는 잡지도 정기 구독했다. 죽은 안타르와 달리 누라는 아주 특별한 품종이었다. 맨체스터 토이 테리어임에 틀림없었다. 그러나 누라의 특별한 품종에 대해 아무리 많이 읽고 공부해도 엄연히 달라지지 않는 사실이 있었다. 누라도 광견병 백신을 맞아야 하며, 그것을 놓아줄 사람이 히샴 박사 말고는 없다는 사실 말이다. 그러나 나는 그 노골적인 성차별주의자이며 품종차별주의자인 히샴 박사를 다시는 대면하지 않겠다고 결심한 터였다.

어영부영 몇 달이 지나자 나는 결정을 내려야 했다. 성차별주의자인 히샴 박사에 대한 진료 거부를 중단하는 것과 아타루트의 이스라엘인 수의사에게 진료를 받는 것, 어느 쪽이 보다 어려운지 알 수가 없었다. 그러나 이스라엘인 수의사는 아마도 아랍인에게 인종차별적이겠지만, 개의 품종을 차별하지는 않지 않을까. 라말라와 예루살렘을 잇는 도로변, 팔레스타인 땅에 건설된 이스라엘 산업단지(실은 불법적인 정착촌) 아타루트에 동물학대방지

* 공사장에도 같이 가고 : 글쓴이가 건축가라서 현장을 자주 간다.

협회와 부속 동물병원이 있다. 동물학대방지협회는 팔레스타인인들의 예루살렘 출입을 통제하는 검문소에서 1, 2킬로미터밖에 안 된다. 1992년 3월 워싱턴에서 팔레스타인과 이스라엘이 평화회담을 하고 있는 동안에 그 검문소가 은근슬쩍 세워졌다.

"이 개는 맨체스터 토이 테리어예요." 내가 영국식 억양으로 이스라엘인 수의사 타마르 박사에게 자랑했다.

"정말 멋지군요. 이름은 뭐죠? 타마르 박사가 누라를 꼭 껴안으며 물었다.

"누라." 내가 자랑스럽게 말했다.

"그리고 당신 이름은?"

"수아드. 우리 누라 정말 귀엽지 않아요?" 누군가 동물학대방지협회에 몰래 들어가는 나를 봤을지도 모른다는 생각이 든 뒤로, 나는 되도록 침착하게 행동하려고 애를 썼다. 동물학대방지협회 간판을 보고 어찌나 안도감이 들었는지. 그러고 보면 명백히 아랍인은 동물로 취급되지 않았다. 아랍인은 아무리 학대당해도 아랍인학대방지협회는 없으므로.

"이제 볼까요. 먼저 눈과 귀와 작은 이빨을 검사한 다음에, 광견병 백신과 독감 백신을 섞은 칵테일 백신을 놓아주어야 해요." 타마르 박사가 진료실 한가운데 있는 수술대에 누라를 올려놓으며 말했다.

"물론 알코올 없는 칵테일이겠지요."

나는 민감하게 농담을 하고는, 덧붙여 물었다.

"혈압은 어때요? 당뇨병은 없나요?"

타마르 박사는 내 말을 들은 척도 않고 진료실에서 나갔다. 에구, 바보같이 그따위 농담을 하다니! 그러나 나는 긴장을 풀고 싶었다. 잠시 후 타마르 박사가 빈손으로 돌아왔다.

"수아드, 문제가 좀 있는 것 같군요."

그녀가 예의 그 심각한 영국식 억양으로 말했다.

"무슨 일이죠, 박사님?" 나는 내가 처리하지 않은 문제가 무엇인지 알고 싶었다.

"누라가 라말라에 산다고 했지요?" 그녀가 물었다.

"예, 물론 나와 함께." 내가 초조하게 대답했다.

"그런데 예루살렘 시 백신은 예루살렘 개에게만 줄 수 있어요."

"하지만 박사님도 알다시피 우리가 예루살렘에서 사는 것은 불법이잖아요. 우리는 라말라 신분증을 가지고 있으니까요."

내가 당황해서 그녀의 말을 가로챘다.

"주거지를 바꿀 필요는 없지요. 그럼 백신 값을 지불할 용의가 있어요?"

"물론이지요." 나는 열정적으로 지갑에 있는 돈을 모두 꺼냈다.

"120세켈*." 그녀가 말을 끝내기도 전에 나는 돈을 건네주었다. 그녀는 돈을 받아들고 다시 진료실에서 나갔다.

나는 떨고 있는 누라를 꼭 껴안고 창가에 있는 의자에 털썩 주저앉았다. 적지 않은 팔레스타인 여자와 남자들이 타마르의 도움을 받으려고 개와 고양이를 데리고 들어왔다. 나는 그들도 히샴 박사에게서 도망쳤는지 궁금했다. 그러나 그들은 모두 나보다 훨씬 느긋하고 자신 있어 보였다.

"그래도 약간 문제가 있는 것 같은데요." 타마르 박사의 목소리를 듣고 나

---

* 세켈 : 이스라엘의 통화 단위.

는 고개를 돌렸다.

"이번에는 뭐죠?" 내가 튀어 일어났다.

"음, 이 증명서는 예루살렘 시에서 발급하는 거예요. 라말라의 팔레스타인 자치정부가 이 증명서를 인정할지 모르겠네요."

이 여자가 농담을 하고 있나, 나는 속으로 생각했다. 그러나 불행히도 타마르 박사는 굉장히 진지해보였다.(그때까지는 사람들이 오슬로 협정*을 진지하게 받아들였다). 타마르 박사는 왜 그렇게 심각한 투로 말할까? 엉뚱한 생각이 들어 나는 피식 웃고야 말았다.

"걱정 말아요, 타마르 박사님. 팔레스타인 자치정부는 아주 친절해서 자기들이 발급한 증명서는 물론 예루살렘에서 발급된 아랍 개의 증명서도 인정할 테니까요."

나는 타마르 박사가 누라의 신분사항을 채워 넣는 노랗고 검은 예루살렘 여권**을 질투 어린 시선으로 바라보았다. 이름, 아버지 이름, 어머니 이름, 나이, 품종. 아버지와 어머니의 품종, 접종한 백신의 종류, 접종한 날짜, 다음에

---

* 오슬로 협정 : 1993년 팔레스타인과 이스라엘간에 맺어진 평화협정으로 양측이 서로를 인정하고 평화공존을 유지한다는 내용이다.
** 예루살렘 여권 : 글쓴이는 예루살렘의 이스라엘인 수의사가 써주는 개의 건강진단기록을 '예루살렘 여권'이라고 부름으로써, 신분증이나 여권 발급의 조건과 절차를 까다롭게 만들어 팔레스타인인들을 옥죄는 이스라엘의 행정을 풍자하고 있다. 이스라엘은 1967년 이른바 '6일 전쟁'에서 승리하여 팔레스타인을 점령한 후, 팔레스타인 서안지구에 속했던 동예루살렘을 이스라엘 쪽으로 합병했다. 그리고 예루살렘에 살던 팔레스타인인들에게 이스라엘 신분증을 발급했다. 만약 이들이 팔레스타인 자치정부 관할인 라말라에 직장을 얻으면, 이스라엘 신분증을 빼앗기고 예루살렘에서 쫓겨나게 된다. 또한 이들에게는 이스라엘 신분증이 발급될지언정 이스라엘 여권은 발급되지 않는다. 이들은 팔레스타인 여권도 가질 수 없는데, 그 여권을 갖는 순간 마찬가지로 예루살렘에서 쫓겨나기 때문이다. 그러므로 예루살렘의 팔레스타인인들은 요르단 여권을 갖고 있다. 고향에서 졸지에 외국인 신세가 되어버린 셈이다.

접종할 날짜, 소견, 의사의 이름, 마지막으로 주인의 이름.

"사진 있어요?"

"내 사진요? 아니면 누라 사진요?" 나는 그 증명서가 유용하기를 바랐다.

"누라 거요." 타마르 박사가 대답했다.

누라와 타마르 박사는 내가 얼마나 진지하게 누라의 사진을 내 사진으로 바꿔치기 할까 고민하는지 알아채지 못했다. 그러나 팔레스타인인이, 여권이야 말할 것도 없고, 이스라엘 신분증을 얻기가 얼마나 어렵거나 불가능한지 둘 다 모르지는 않았을 것이다. 나는 예루살렘 시민인 내 친구 나즈미 자베의 아내 하이파를 떠올렸다. 그녀는 예루살렘 시민과 결혼했음에도 불구하고 예루살렘 신분증을 얻기 위해 16년이나 기다려야 했다.

물론 나는 누라의 여권을 사미르 헬레헬레가 보지 못하게 감추어야 할 터였다. 그는 예루살렘 시민인 사우산과 결혼한 지 24년이 되었는데도 아직 예루살렘 신분증을 받지 못했다. 나는 사우산과 사미르의 외동딸인 사랑스러운 야스민에 대해서는 생각하기조차 괴로웠다. 야스민은 다섯 살이지만, 아직 이스라엘에서 발급하는 예루살렘 신분증도, 팔레스타인에서 발급하는 라말라 신분증도 없었다. 이스라엘인들은 야스민의 어머니가 예루살렘 시민인데도 그 아이에게 예루살렘 신분증을 주지 않았고, 또 팔레스타인 정부는 그 아이를 예루살렘 시민으로 간주하여 라말라 신분증을 발급해주지 않았다. 유대와 아랍의 전통을 서로 존중한다면, 야스민은 신분증이 두 개여야 했다. 그러나 야스민은 하나도 없었다.

나는 또 사랑하는 친구 아탈라 쿠탑도 떠올렸다. 그는 최근에 독일인 에바와 결혼하면서 예루살렘 신분증을 잃었다. 예루살렘 신분증을 잃은 수천 수만의 팔레스타인인들과, 또 예루살렘 신분증을 얻으려고 헛되이 몇십 년을 기다리는 수많은 사람들을 나는 떠올리지 않을 수 없었다.

그런데 여기 어린 누라가 예루살렘 여권이 생겼다.

"넌 행운아야, 아가." 나는 누라를 들어 안아 힘껏 입맞춤을 해주었다.

"그거 잃어버리지 마세요. 해외에 갈 때 가지고 가야 하니까."

"여권 말이지요?" 나는 다시 한 번 확인했다.

"예." 타마르 박사가 대답했다.

누라와 타마르 박사가 나를 이상한 표정으로 쳐다보았다. 그들은 그렇게 정치적이지 않았으니까. 자기들이 예루살렘 시민임을 어쩌나 당연하게 생각하는지, 나는 돌아버릴 것 같았다. 나는 왼손으로는 작은 누라를 안고, 오른손으로는 누라의 여권을 조심스럽게 들고 걸어 나왔다.

"누라, 너 아니? 내가 검문소를 지나 예루살렘에 가려면 나와 차, 각각 하나씩 두 가지 허가증이 있어야 하는데, 넌 이 증명서만 있으면 무사통과란다."

누라가 작은 머리를 갸웃하고 나를 쳐다보며 꼬리를 흔들다가, 차창 밖으로 머리를 내밀고 킁킁거렸다.

다음에 동물병원에 갈 때 나는 누라의 여권을 이용하기로 했다.

"당신과 차의 허가증을 볼 수 있을까요?" 예루살렘 검문소를 지키는 군인이 말했다.

"나는 없지만, 이 개가 있답니다. 나는 이 예루살렘 개의 운전사예요." 내가 군인에게 누라의 여권을 건네며 말했다.

"마제*? 뭐라고요?" 군인이 우스꽝스러운 표정을 지었다. 내 말이 재미있는 모양이었다. 그는 누라의 여권을 받아들고 획획 넘겨보았다.

"나는 이 개의 운전사예요. 보시다시피 이 개는 예루살렘 개인데, 차 운전을 못해서 혼자서는 예루살렘에 갈 수가 없지요."

"그래서 당신이 이 개의 우운전사가 됐고요?" 이스라엘 군인이 킥킥 웃으며 말했다.

"예. 누군가는 이 개를 위해 운전을 해줘야 하니까요." 나도 웃었다.

군인이 차창으로 내 얼굴을 들여다보더니 여전히 창밖으로 나와 있는 누라의 머리를 쓰다듬었다. 그리고 그는 내게 누라의 여권을 돌려주며 크게 말했다.

"자, 가세요."

나는 가속 페달을 밟았고, 누라는 조그만 몸을 반쯤이나 창밖으로 내밀었다. 우리 둘은 예루살렘을 향해 질주했다. 누라와 내가 이따가 라말라로 돌아갈 때도 검문소에 저 군인이 서 있다면 또 농담이 통할 텐데, 나는 생각했다.

* 마제 : 히브리어로 "이게 뭐야?"

먼지

아다니아 쉬블리

아다니아 쉬블리 Adania Shibli | 소설가

팔레스타인의 소설가. 1974년 갈릴리 출생. 예루살렘 헤브루 대학 및 대학원에서 언론학 전공. 이후 라말라
에 있는 카탄 문화재단에서 코디네이터로 근무했다. 영국 이스트런던대학 미디어문화학과에서 박사학위 취득
한 후 영국 노팅엄대학과 독일 베를린자유대학교를 거쳐, 2013년 팔레스타인 비르제이트대학교에서 연구와
강의를 맡은 바 있다. 아랍어로 두 권의 장편소설 『접촉』(2002)과 『우리 모두는 사랑에서 똑같이 멀리 있다』
(2004)를 발표했는데, 이 작품들로 젊은 팔레스타인 작가 중 그해의 최고 작가에게 주는 알 카탄 상을 거푸 수
상했다. 『접촉』은 팔레스타인의 한 소녀가 겪는 일상적 감각 경험들을 소재로 팔레스타인에 대한 외부의 도식
적 인식에 섬세하게 균열을 내는 수작으로 미국, 프랑스, 이탈리아 등지에서 번역, 출간되었다. 두 번째 소설은
현대 팔레스타인 사회를 배경으로 사랑과 증오, 불안과 소외를 집중적으로 다루고 있다. 희곡 〈실수〉는 2005
년 런던 뉴컴퍼니극단에서 연극으로 상영되었다. 2005년 광주에서 열린 아시아문학포럼에 처음 참가한 이래
몇 차례 한국을 방문한 바 있으며, 최근 두 소설작품이 모두 한국어로 번역되어 출간을 기다리고 있다.

검문소 앞에서 기다리는 동안 제일 신경 쓰이는 것은 옆에 서 있는 차다. 저 차가 내 차보다 먼저 가나, 내 차가 먼저 가나? 이에 따라 우리의 희망과 절망이 갈린다.

옆 차보다 앞서 가면 우리는 기쁨에 겨워 그날 하루가 잘 풀릴 것만 같다. 흠, 오늘은 내가 시작부터 운이 좋군. 그러나 뒤처지면 내면이 붕괴되기 시작한다. 저 차를 따라 옆 차선으로 깜박이를 켜고 들어갈까? 아니 그랬다가 이쪽 차선이 더 빨리 가면 억울하지! 그 순간부터 갈등이 커지고, 결국은 무마할 수 없는 지경에 이른다. 그건 아무도 피할 수 없다. 아무도 신경쇠약을, 최소한 전초 증상이라도 겪지 않고는 칼란디아 검문소*를 지날 수 없다.

그리고 사람들은 기다린다.

그리고 사람들은 지켜본다.

지켜보는 것만큼 하기 쉬운 일은 없다. 게다가 우리는 사방을 쳐다볼 수 있는 자유마저 있다. 주변에 있는 모든 차의 모델을 알게 된다. 어떤 게 더 흔하고 어떤 게 덜 흔한지, 차에 이스라엘 소속임을 뜻하는 'IL'이라는 글자가 있는지, 번호판이 초록색인지 노란색인지,** 운전자가 여자인지 남자인지.

---

* 칼란디아 검문소 : 요르단 강 서안지구 라말라 시 인근 칼란디아에 소재한 이스라엘군 검문소.
** 초록색인지 노란색인지 : 노란색 번호판은 아스라엘 정착민들의 차량이고 초록색은 팔레스타인들 차량이다.

여자면 머리에 스카프를 썼는지, 나이가 어느 정도인지, 얼마나 매력이 있는지도. 남자면 선글라스를 썼는지, 잘생겼는지, 손가락에 결혼반지를 꼈는지, 흘긋 이쪽에 눈길을 주는지도. 그러나 이쪽 차선이 조금이라도 움직이는 기미가 보이면, 그저 앞 차의 브레이크 등만 꺼져도, 순간 우리는 관찰 대상을 싹 잊어버린다.

나는 이제 차를 타고 검문소를 지나겠다는 생각 따위는 하지 않는다. 무엇보다도 나는 차가 없다. 차를 가진 친구가 있어 한두 번 차를 빌렸는데, 그 친구와 오해가 생겨 더는 만나지 않는다. 그래서 나는 수많은 사람들과 함께 흙먼지가 이는 인도로 검문소를 지난다.

여름에 걸어서 검문소를 통과하려면 몹시 덥다. 눈에 보이는 모든 사물이 지표가 되어 열기가 더욱 뜨거워지고 있음을 알린다. 특히 길바닥에 희뿌연 먼지를 뒤집어쓰고 나뒹구는 비닐봉지들은 사람을 더할 나위 없이 우울하게 만든다. 한때 그 안에 사탕이나 과자가 담겼다고는 도저히 상상이 안 된다.

고새 숙여 아래만 내려다보며 걷다 보면 여름 신발을 신은 사람은 아무도 없음을 알게 된다. 하이힐이나 샌들은 검문소 패션과 어울리지 않을뿐더러, 검문소의 조건과도 어울리지 않는다. 발이 온통 먼지에 뒤덮일 터이므로 사람들은 대게 운동화를 선호한다. 먼지 때문에 온몸이 솜 더미에서 뒹군 것처럼 근질거린다. 하지만 먼지를 덜 뒤집어쓰려고 갓길로 벗어난다면, 갓길에서 양말 파는 청년이 열 켤레에 10셰켈이라고 외치는 소리와 함께 검문소의 군인이 내지르는 호통 소리도 들어야 할 것이다.

보통 서너 명의 군인들이 검문소를 지킨다. 그들은 자기들이 칼란디아라는 무대에 선 배우라고 생각하지 않겠지만, 사실은 그렇다. 많은 관객이 자 발적으로 또 자연스럽게 몰려든다. 저기 오른쪽에 있는 군인은 휴대폰으로 전화를 하고 있다. 상대방이 여자친구일지도 모르겠다. 신분증을 검사하는 군인은 정말 느려터졌다. 아무래도 자기 임무에 싫증이 난 것 같다. 옆에 군 인 하나가 앉아 그를 성의 없이 엄호하고 있다. 길 왼쪽에 있는 네 번째 군인 은 갑자기 등을 돌리더니 오줌을 누기 시작했다. 시간이 한참 걸린다. 마치 오후의 가장 따분한 시간에 집 안 화장실에서 오줌을 누는 것처럼. 그는 오 줌을 다 누더니 관객 쪽으로 몸을 돌리고 바지의 단추를 잠근다. 그러나 반 밖에 잠그지 않았다. 신분증을 검사하고 차를 통과시키던 군인이 그에게 마 실 물을 건넸기 때문이다.

여름이 끝나고 가을이 왔다, 이 지역에서 유명한 바람과 함께. 나는 멀리 서 보았다, 가을을. 나는 가능한 한 가장 중립적인 자세로 검문소를 향해 걸 어가다가 보았다. 비닐봉지와 흙먼지를 불러일으키며 밀어닥치는 바람을. 나는 멈췄다. 어찌 해야 좋을지 알 수가 없었다. 어떡하지? 더 빨리 가야 하 나, 서 있어야 하나, 아니면 그냥 걷던 대로 걸어야 하나. 왼쪽으로 가야 하 나, 오른쪽으로 가야 하나. 내가 먼지를 뒤집어쓰지 않고 저 먼지기둥 사이 로 빠져나갈 수 있을까? 나는 휘몰아치는 바람 앞에, 나 자신 앞에, 다른 모 든 방안들 앞에 무력하게 서 있다.

출구는 없다.

바람은 더 머뭇거릴 시간을 주지 않고 내 입 속으로 들어왔으며, 나를 삼 켜버린다.

먼지. 재난은 이렇게 모든 이들, 가능한 한 가장 중립적인 자세로 걷는 사람들조차 삼켜버릴 수 있다. 내 머리카락, 얼굴, 손, 옷이 모두 먼지와 절망에 휩싸인다.

내 스스로 내린 결정은 저 검문소를 걸어서 지나가라고 한다. 검문소를 양쪽으로 마주 보고 서 있는 차들의 행렬 끝까지. 설사 그 줄이 라말라에서 끝나더라도. 나는 차들이 검문소를 통과하느라고 늘어서 있는 광경을 참을 수 없으므로, 무슨 목적이라도 있는 양 뚜벅뚜벅 걷는다. 지금 내 목적은 줄 맨 끝에 서 있는 차의 모델명을 알아내는 것이라고나 할까.

긴 흰색 수바루*에 중년 남자가 운전대를 잡고 있고, 오른쪽에는 남자의 아내가 앉아 있으며, 두 사람 사이에 어린 여자애가 서서 아이들이 흔히 그러하듯 바깥을 내다보고 있다. 나는 근처에 서서 택시를 기다린다.

나는 내게 경적을 울리지 않는 차를 세울 것이다. 그래야 운전사에게 들볶이지 않을 테니까. 요금을 낼 수 있는 움직이는 물체가 보이기만 하면 운전사가 경적을 울려 내 내면의 평화를 깨지 않을 테니까. 게다가 내 친구들은 늘 늦는다. 그런데 왜 나만 늘 시간 맞춰 도착해서 하염없이 기다리면서 약속 시간, 장소, 날짜 심지어 분명하다는 개념 자체를 의심하느라 고생해야 하나.

나는 또 노란색 번호판을 단 차는 타지 않을 것이다. 번호판이 노란차들은 예루살렘 차일 테고, 라말라 사람들이 어떤 수입이든 더 필요하니까. 나

---

* 수바루 : 일본의 수바루사가 생산한 승용차.

는 또 7인승 메르세데스*만 탈 것이다. 새 차를 모는 젊은 운전사들은 깡패처럼 난폭하지만, 이런 차들은 오래되어 운전하는 사람도 늙었을 테니까.

이 모든 이데올로기적인 생각을 하는 동안 15분이 흐르고, 나 말고는 장애물이 없는 거리의 바람이 내 위에 거듭 먼지를 덮어씌운다.

내가 바라는 이상적인 운전사가 와서 나는 요금을 지불했다. 차에 타기는 했으나 나는 더럽고 불쾌한 느낌을 견딜 수 없어서 살갗을 쥐어뜯고 싶은 지경이다.

도착했다. 친구가 내 꼴을 보고 샤워를 하라고 했다. 나는 머리나 좀 감겠다고 했다. 친구의 어린 아들이 머리 감는 걸 도와주겠다며 나를 욕실로 데려갔다. 아이는 자기로서는 신기하기만 한 이 모든 일을 놀이로 여기는 모양이다. 내가 수도꼭지 아래 머리를 들이밀자 아이가 작은 손으로 샴푸를 붓기 시작했는데, 병 속에 샴푸를 거의 반이나 들이부어 버렸다. 나는 깜짝 놀라 비명을 질렀다.

나는 하마터면 아이를 때릴 뻔했다. 저리 꺼져, 바보 같은 자식!

그러나 난 가까스로 자신을 억누르며 아이에게 말했다.

"아가야, 이렇게 샴푸를 쏟으면 안 되지!"

그러나 이 말에도 아이가 겁에 질려 달아나서, 나는 물 아래 혼자 남았다. 다행히 아이의 여동생이 내 머리를 빗겨주겠다고 여전히 밖에서 기다린다. 누가 내 머리를 빗겨준 지도 참 오래되었다.

---

* 메르세데스 : 독일의 다임러모토렌과 벤츠사가 합병하여 생산한 승용차. 90년 이상 생산되고 있다.

함께 동화책을 읽을 시간은 없다. 나는 다른 친구들도 방문해야만 한다.

명단을 지워가다 보니 이제는 친구가 기껏해야 셋밖에 남지 않았다. 나는 되도록 검문소를 지나지 않으려고 일주일에 한 번씩 그들을 한꺼번에 방문한다. 그래서 연달아 세 집을 방문하는 일이 시간과의 경주가 되어버렸다. 나는 친구들의 말을 중간에서 끊기 시작했다. 더 이상 참고 끝까지 듣지 않았다. 어떤 화제도 결말이 나지 않았다. 앞머리만, 그마저도 대충 이야기하다 말았다. 나는 한 시간 반마다 움직여야 했다. 아니 한 시간, 한 집에서 한 시간 이상은 머물 수 없었다. 반 시간은 이 집에서 저 집으로 이동하는 데 써야 했다.

친구 집을 나설 때마다 내가 왜 왔는지 스스로 묻지 않을 수가 없다. 친구들을 방문하는 일은 일종의 의무이자, 어느 정도는 검문소에 대한 도전이 되어버렸다. 그러나 이제 검문소들이 내 안에 세워져 있는데, 내가 다른 어떤 것에 도전한단 말인가!

친구들이 이런 방문을 반기는지조차 알 수가 없다. 그들이 여전히 날 사랑하는지도. 나는 더 이상 느낄 수가 없다. 그러나 느낄 것이다. 다음 주에도 올 것이다. 특히 내가 때릴 뻔한 아이에게. 내가 해 지기 전에 도착하면, 우리는 함께 보러 갈 것이다. 석양을.

고통은 참을 수 있을지도 모른다. 그러나 그 위에 먼지가 쌓이는 것까지 참고 싶지는 않다. 새로운 결심 : 이제부터 먼지를 가리도록 모자를 쓰고 다녀야겠다.

나는 모자 같은 걸 쓰기에는 수줍음이 많은 사람이지만, 단단히 마음먹고 모자를 가방에 넣는다. 검문소 앞에서 그것을 꺼내 쓸 것이다.

가는 길에 외국으로 보낼 소포가 있어 우체국에 들른다. 전화요금도 내야 한다. 시간이 지날수록 전화벨을 울리는 소리가 줄면서 전화요금도 줄어들었다. 우체국 창구 앞에 줄을 선다. 얼마나 오래 줄을 서야 하건 나는 더 이상 상관하지 않는다. 기다리는 일이 일상이 되어버렸다.

내 앞에 세 사람이 있고, 나는 내 침묵을 안식처 삼는다. 나는 실내에 붙은 모든 광고를 읽는다. 엄마의 푸른 치맛자락에 매달린 조그만 여자 애가 날 빤히 쳐다본다. 때로는 한 발로 서서 금방 지은 노래를 부르는 듯 소리 없이 입술을 달싹거린다. 아이가 입만 움직이며 내가 들고 있는 상자와 나를 바라본다. 아이 어머니가 옆에 서 있는 여자의 귀에 대고 뭐라고 속삭인다. 그 여자도 줄에 있는 거니. 그렇다면 내 앞에는 대기자가 네 명이 있다. 두 여자 앞에는 한 남자와 그 딸이 있다. 딸이 앞뒤로 서성이더니 아버지에게 돌아가 귀에 대고 속삭인다.

나중에 한 여자가 와서 줄 끝에 선다.

줄 맨 앞에 서 있는 이스라엘인 말고는 다 팔레스타인인들이다. 다른 사람들은 모두 속삭이는데, 그 이스라엘 남자의 목소리만 미국식 억양이 있는 히브리어로 우체국을 가득 채운다. 팔레스타인인들은 조심스럽게 사방을 둘러보며 기어들어가는 목소리로 종알거린다.

그럼 나는? 내가 창구에 말할 차례가 되어 입을 열면 내 목소리는 어떻게 나올까? 내 목소리를 상상해보려고 애쓴다. 머릿속으로 내 어조를 연습해본다.

나는 영어로 말해야겠다. 헬로, 인사부터 할까 아니면 바로 용건만 말할까?

　여자아이 둘이 나를 쳐다본다. 왜 그런지 모르겠다. 나는 그들에게 미소 짓고 싶지 않다. 둘이 나를 끈질기게 쳐다보는데, 특히 내 앞에 있는 아이가 그렇다. 나도 아이를 한참 동안 마주 쳐다본다. 이윽고 아이의 눈에 두려운 빛이 어리고, 내 눈에는 눈물이 고인다. 내가 눈길을 내려뜨리자 눈물방울이 내 두 발 사이 바닥에 떨어진다. 그래도 아이는 나를 계속 쳐다본다.

　이스라엘인이 간다. 그러자 딸을 데려온 남자가 창구에 다가가 주거하는 듯한 낮은 목소리로, 히브리어와 아랍어로, 가능한 모든 것으로 말한다. 통장에 있는 돈을 모두 인출하고 싶다고. 창구 직원은 또렷하고 아무 감정이 실리지 않은 히브리어로, 금고에 있는 돈이 충분하지 않다고 말한다. 남자가 알아듣지 못하자 여직원이 똑같은 말을 되풀이한다. 남자는 그래도 멍청히 서 있다가, 내 앞에 있는 두 여자에게 창구 직원이 뭐라고 하는 거냐고 묻는다. 여자들은 자기들도 히브리어를 모른다고 한다. 둘 중 하나가 어쩌면 저 여자는 알지 모른다며, 내 뒤에 있는 여자를 가리킨다. 내 뒤의 여자가 히브리어를 조금 안다고 앞으로 나간다. 천천히, 애를 써서, 속삭이듯이, 그 여자는 직원에게 무슨 말을 했느냐고 묻는다.

　그들은 내게 도와달라고 하지 않는다. 도와달라고 하지 않으므로 나는 도와주지 않는다. 나는 히브리어를 아주 잘하지만, 그들을 돕지 않는다. 나는 가만히 있다. 그들의 말소리를 고스란히 다 들으면서도, 가만히 있다. 나는 그들을 모른 체한다.

　창구 직원이 인종차별주의자라고 백 퍼센트 확신할 수 없을지라도, 나는 내가 아랍인이기 때문에 내 소포가 목적지에 제때 도착하지 않을까봐 두렵다. 창구 직원은 그것을 거들떠보지도 않고 몇 주 동안이나 팽개쳐둘 것이다. 아랍인의 것이 아닌 다른 소포들이 받는 세심한 관리를 내 소포는 받지 못할 것이다. 나는 여전히 말이 없다.

나는 소포를 보내기 위해 내가 아랍인임을 감추고 있다. 그런데 내가 아프리카 사람이었다면, 나는 내 살갗을 어디에 감췄을까?

지금 나는 내 침묵 뒤에 숨어 있다. 나는 입을 열지 않는다. 나는 아무도 내게 부탁하지 않았다고 자신을 정당화한다. 그러나 외면하지는 못하고 눈으로는 그들을 바라본다. 나는 일이 어떻게 돼 가는지 바라보고, 그들의 노력을 바라보고, 그들이 머뭇거리며 속삭이는 모습을 바라보고, 내 배신을 바라본다.

아랍어를 이토록 배신해놓고 어떻게 다시 그 말을 할 수 있겠는가!

나는 내 앞으로 다시는 말을 하지 않기를 바란다. 아니 몇 초 전에 내가 말했기를 바란다. 그러나 나는 말이 없다. 내 턱과 이는 얼어붙지 않았건만, 한마디도 나오지 않는다.

검문소가 갑자기 조용해졌다. 그러고 보니 흙먼지 길에 행인이 하나도 없다. 사람들은 죄다 뒤쪽에 서 있다. 곧 총성이 울릴 조짐이다. 나는 먼지를 막는 모자가 있으므로, 멈추지 않고 걷는다. 남자아이들 몇이 손에 돌을 들고 차 뒤에 숨어 있다. 나는 그들을 지나친다.

그들 가운데 하나가 내게 속삭인다. "이봐요, 조심해요!" 그러나 나는 대꾸한다. "날 내버려둬."

그는 군인들 쪽으로 가리킨다. 나더러 뭘 보라는 건가, 내게 총을 겨누고 있는 군인?

귀를 막는다. 나를 죽일지도 모를 총알이 날아오는 소리는 무시무시하다. 어쩌면 내가 총알들 사이로 걸어갈 수 있을 거야, 나는 중얼거린다. 그럴 수 없다면 내게 발생할 가능성이 있는 최악의 사태는 죽음이지.

나는 걷는다. 몇몇 차들이 내게 경적을 울렸다. 그러나 나는 내게 경적을 울리는 차는 타지 않는다. 한 운전자가 손짓으로 내가 정말 죽을 수도 있다는 신호를 보냈다. 나는 중얼거렸다. 그러니 당신은 계속 경적이나 울리시지.

나는 걷고 또 걷는다. 주변이 다시 고요해져 내 마음도 가라앉을 때까지. 차들의 행렬이 끝났다. 그것은 길었다. 맨 끝에 있는 차는 흰색 알파수드*이다.

나는 서서 기다린다. 총소리의 여운이 공기를 짓누른다. 한 소년이 내 옆에 서서 돌 던지는 연습을 하다 나를 칠 뻔했다. 다른 소년들이 내게 사팔뜨기라며 대신 사과했다.

마침내 라말라 번호판을 단 낡은 택시 한 대가 어렴풋이 보인다. 뒤이어 들려오는 차 소리에 삶이 서서히 되돌아오는 것 같다. 나는 운전사가 경적을 울릴 겨를도 없이 손을 흔든다.

늙은 운전사는 차를 천천히 몬다. 얼마 가지 않아 차가 멈추고 젊은 남자를 태운다. 그리고 운전사는 주유소에 들러 차에 기름을 넣는다. 차 한 대가 와서 우리 앞에 서고, 또 한 대는 뒤에 선다. 이제 우리는 움직일 수 없다. 앞차의 승객이 내게 말을 걸려고 애쓰는데, 나는 그 사람이 왜 그러는지 모르겠다. 내가 모자를 쓰고 있어서? 만일 내가 스카프를 쓰고 있다면, 그가 내

---

* 알파수드 : 이탈리아 알파로메오사가 1972년 생산한 승용차.

게 말을 걸었을까?

나는 퉁명스럽게 답한다.

그는 휘발유 냄새가 인체에 미칠 수 있는 해악에 대해 이야기하는데, 나는 응대하지 않는다. 나를 어떻게 보기에 말을 거는 걸까? 그가 검문소에 대해 물어 나는 약간의 총성이 있었다고만 말했다. 그가 또 다른 얘깃거리를 꺼내지만, 나는 적대감에 가득 차서 그의 말소리를 알아들을 수조차 없다.

주유소 직원이 나를 쳐다보고 있다. 뭐야? 내 얼굴에서 피라도 흘러내리는 거야?

나는 그의 시선을 피하려고 담에 그려진 그래피티*를 바라본다. 누가 그렸는지 필체가 아주 좋다.

뒤 차가 떠나자 운전사가 돌아와서 우리는 다시 길로 들어선다. 조금 가다 말고 차가 멈춘다. 나는 주변을 둘러보았으나 이유를 알 수 없다. 거기에는 아무도 없다.

한 사람도 없다.

주의 깊은 탐색 끝에 나는 멀리서 느릿느릿 걸어오는 두 여자를 발견했다. 설마 저 두 여자를 기다리는 건 아니겠지. 전혀 서두르는 기색 없는 저 여자들을 기다린다면, 말도 안 돼.

이 운전사가 미쳤나? 나는 차 안에 붙어 있는 증명서에서 그의 이름을 찾는다. 그의 이름은 아흐마드 마흐무드 하마달라**이다.

---

* 그래피티 : 벽 따위에 낙서처럼 긁거나 스프레이 페인트를 이용해 그리는 그림.
** 아흐무드 마흐무드 하마달라 : 발음도 그렇지만 뜻도 거듭 중복되어 우스꽝스럽다. 은혜롭고 은혜로우시며 은혜로 충만하신 하나님이란 뜻.

이게 이름이야, 말장난이야?

두 여자는 산책하듯 한가로이 걸어와서 마침내 차에 도달한다. 그들이 의자를 미는 바람에 나는 등에 충격을 느낀다. 나는 당신들을 모두 죽여버릴 수도 있어.

우리는 다시 천천히 달리기 시작한다.

놀아라, 놀아, 아흐마드. 사람 목숨을 가지고 놀아! 이 사람들이 당신에게 요금을 지불했으니 당신은 이들에게 뭘 해줄 거지?

그가 또 멈춘다. 거리에는 아무도 없다. 아니 사실은 상점에서 한 남자가 나왔다. 그러나 남자는 승용차로 걸어가, 문을 열고, 시동을 걸고, 떠난다.

그래도 우리는 여전히 기다린다. 하지만 도대체 누구를 기다리는 거야!

얼마 뒤 골목에서 한 여자가 걸어 나온다. 운전사가 어떻게 저 여자를 봤지? 귀신이 곡할 노릇이군. 아흐마드 마흐무드 하마달라. 만일 내가 미친다면, 당신 탓도 클 거야.

돌아가는 길에는 내가 노란색 번호판을 단 새 차, 이스라엘 소속 표시인 'IL'이라는 글자가 붙어 있고 운전사는 깡패 같은 차를 탄다. 이 모두는 내가 자신을 혐오한다고 만천하에 공표하기 위함이다.

택시는 검문소에 길게 늘어선 차들을 앞지르기 위해 모든 교통 법규를 어긴다. 그 안에서 나는 또 내 안의 고통을 못 이겨 중얼거린다. "나는 느낌이 없어."

삶은 내게 자기 파괴만을 요구하는 것 같다.

검문소 앞에서 기다리는데 느닷없이 택시에 합승한 여자아이가 귀여움을 떨며 묻는다. "왜 여기서 기다려요?"

나는 아이에게 설명해주려다가, 마음이 바뀌어 아이를 질투한다. 아이는 저 고달픈 인시식의 오솔길을 아직 지나지 않았으므로.

집에 돌아왔다. 이제 내게 남은 일은 애인의 전화를 기다리는 것뿐이다. 기다리는 동안 배수관에서 흐르는 물소리가 꼭 전화벨이 울리는 소리처럼 들렸다.

집 안에서 살짝 움직이기만 해도 먼지가 풀풀 일어, 나는 큰마음먹고 대청소를 했다. 그리고 잠시라도 내 몸에 닿았던 것들은 죄다 빨려고 라말라에 가져갈 커다란 여행 가방에 넣었다. 나는 또한 피부과 의사하고 만날 약속도 했다.

내가 느끼기로 오랜 친구인 피부과 의사는 내 앞에서 자신의 정치적 견해를 솔직하게 드러내지 않는다. 나를 믿지 못하나? 그의 반대에도 불구하고 나는 연고를 달라고 해보지만, 그는 내 피부에 아무 문제가 없다는 말만 되풀이한다. 나는 항복하고, 우리는 문학 이야기나 한다.

병원에서 나온다. 길을 따라 뚜벅뚜벅 걷는다. 바닥만 내려다보며 걷다 보니 사람들이 뱉어놓은 침 자국을 보지 않을 수가 없다. 내 입 안에 침이 고인다. 구역질이 치민다. 나는 고개를 한껏 젖히고 눈을 돌린다. 하필 상점에 걸려 있는 커다란 그림이 눈에 들어온다. 헬리콥터가 미사일 발사해 아이의 가슴에 구멍을 냈다.

돌아가는 길에는 산뜻한 빨래 냄새가 택시 안에 가득해, 나까지 청결해지는 느낌이다.

나불루스가 고향인 친구가 한 말이 떠오른다. 검문소에서 통과 허락을 받지 못해 가족들을 보러 갈 수 없으므로, 친구는 가족들을 너무 그리워하는 것을 자신에게 허락하지 않는다고 했다.

그런데 내가 왜 이 모든 일에 신경을 쓰지? 어쩌면 내가 쓸데없이 많은 생각을 하고 쓸데없이 많이 느끼기 때문인지도 모른다. 쓸데없이, 쓸데없이, 쓸데없이……

나는 언제나 다시 필요한 만큼만 생각하고 느끼게 될까? 영영 그러지 못하는 것은 아닐까?

10셰켈에 양말 열 켤레. 세상은 여전히 똑같다.

검문소를 지나며 길바닥의 먼지를 뒤집어썼다. 이즈음 먼지가 10센티미터나 쌓여, 발밑이 벨벳처럼 부드럽고 폭신하다.

그래서 더 이상 먼지를 개의치 않기로, 아니 오히려 반기기로 했다. 나는 집에 돌아갈 거고, 깨끗이 씻을 거니까. 그런데 이 비참한 기분은 어쩌지?

나는 기분 따위는 무시하고 아무렇지도 않게 검문소를 지나려고 한다. 그러기 위해서 내 모든 감각을 동결시키고, 잠시 부정하기만 하면 된다.

갑자기 겁이 덜컥 났다. 검문소를 지나 몇 미터 걸어간 뒤, 내가 감각을 느낄 수 있는 능력을 회복하지 못할까봐 두렵다. 벌써 얼마 남지 않은 이 감각마저 잃어버리면 어떻게 될까!

내게는 겨우 그날 그날 살아낼 만큼, 아침에 시작한 날을 저녁까지 간신히 버텨낼 만큼의 감각밖에 남지 않았는데. 삶을 지탱하기 위해 끌어 모을 수 있는 의욕의 총량이 이것뿐인데.

택시를 타고 가는 동안 뭐라도 끄적이고 싶지만, 다른 승객들이 내가 자기들에 대한 정보를 수집하고 있다고 생각할까봐 그만둔다. 도리 없이 나는 내 구두만 바라본다. 구두는 더럽다. 먼지투성이다. 그걸 닦기 위해서라도 나는 어서 빨리 집에 가고 싶다.

모든 것이 더럽다. 소름이 끼치도록 더럽지만 충격적이지는 않다. 이유 있는 먼지니까. 이유가 있는 정도가 아니라 아주 많으니까. 먼지는 내가 다른 사람들과 마찬가지로 검문소를 지났다는 증거이므로, 나는 참아내야 한다. 최소한 먼지만큼은 참아낼 수 있어야 한다.

알 바야키*가 말하기를,

"아부 하즘의 여동생 앗 삼라비트 카이쓰, 얼마 전에 두 아들을 잃은 그녀가 다가왔다. 예언자께서, 신의 은총과 평화가 그분께 깃들기를, 그녀의 슬픔을 위로했다. 그러자 그녀가 하는 말, 어떤 불행도 당신이 겪은 고난에 비하면 아무것도 아니랍니다. 신께 맹세코, 내 슬픔보다 내가 당신의 얼굴에서 보는 먼지가 더 무겁답니다."

* 알 바야키 : AD 4세기에 활동한 종교지도자.

나는 눈앞에 스쳐가는 풍경과 그 위에 쌓인 먼지로부터 눈길을 돌리기 위해 가방에서 팸플릿을 꺼낸다. 여기저기서 벌어지고 있는 문화 활동에 대한 것이다. 나는 건성으로 뒤적이다가 팸플릿을 도로 가방에 넣는다. 다만 광고에 나와 있는 커피숍 전화번호가 혹시라도 필요할지 몰라서다.

차에서 내려 집까지는 오래 걸어야 한다. 늘 그렇듯이 우리 집은 골목 끝 집이다. 나는 시장을 지난다. 너무나 많은 눈길이 내게로 쏠린다. 한 떼의 젊은이들이 심상찮게 보였는데, 갑자기 한 녀석의 손짓에 다른 녀석이 일어난다. 나는 그가 나를 총으로 쏘리라고 생각했다.

그러나 그는 나를 그냥 지나친다. 그러자 또 한 녀석이 일어나 나를 가로막는다. 가당찮아 나는 비껴갔다. 그는 날 죽이지 않았다.

가다가 커피 250그램을 샀다. 3분의 2는 살짝 볶은 것이고 3분의 1은 바짝 볶아 향을 넣은 것이다. 나는 상인의 얼굴에서 이상한 미소를 본다. 그는 잔돈을 거슬러 주면서 내 손에 닿지 않으려는 듯 손을 높이 들어 동전을 떨어뜨린다. 일부러 그러는 걸까? 마치 내 몸에 무슨 병균이라도 묻어 있어서 그가 비위를 상한 것처럼.

나는 계속 걷고 집으로 가는 길은 멀다. 그러나 나는 뛰어서는 안 된다. 평정을 유지해야 한다. 내 눈은 땅에서 떠나지 않는다. 나는 사방에 흩어져 번쩍이는 유리 파편들에 대해 은밀히 숙고한다. 이 조각에서 저 조각으로 내 눈이 움직인다.

나는 다시는 시장을 지나가서는 안 된다. 길을 바꾸어야 한다.

앞으로 몇 번이나 더 내가 그 셋집에서 외출해야 하는지 세어본다. 내가 다시 집 밖으로 나올 수 있을까? 아무래도 그러지 못할 것 같다.

나는 아무렇지도 않게 한 걸음 한 걸음 내딛으려 애쓴다. 마치 내가 배신자가 아닌 것처럼.

나는 배신자다.

집에서 나가기가 무섭다. 너무나 무서워서 숨이 막힐 지경이다. 공포가 내 이마와 눈과 코에 몰려오고, 목구멍을 조여 온다. 이 공포를 끝장내려면 목을 자르는 수밖에 없다고 나는 생각한다.

침대에 앉아 방바닥을 바라본다. 이제 난 천장을 올려다볼 수 없다.

시간이 흐르고 냉장고가 비었다. 집에 먹을 게 하나도 없다. 나는 장을 보러 내려가야 한다. 내가 어떻게 날마다 시장에 갈 수 있었는지, 내 오랜 습관을 곰곰이 따져본다. 아무리 생각해봐도 비결은 단 하나, 약간의 무심함이었다. 그러므로 나는 신발을 신고 밖으로 나간다.

이웃을 만난다. 요즘 나를 보지 못했다면서 어디 다녀왔느냐고 묻는다. 그러나 그들과 이야기하고 싶지 않다. 그들을 더 이상 참을 수 없음을 깨닫는다.

무엇을 사야 할지 모르겠다. 아무것도 먹고 싶지가 않다. 정육점 골목을 지난다. 그러나 눈을 들어 진열된 고깃덩어리들을 쳐다볼 용기가 없다. 나는 비틀거리지 않고 여느 여자들처럼 걸으려고 애쓴다. 내가 이방인이 아닌 것처럼. 나는 이 동네에 친밀한 듯 위장하기 위해 몇 번 갔던 푸줏간에 간다.

고깃덩어리가 나를 둘러싸고 있다. 붉은 송아지 넓적다리, 발굽이 달린

발, 혀, 양 대가리에 박혀 있는 얼어붙은 눈깔. 안 되겠다. 나는 고기를 자를 힘이 없다. 그것은 내 능력 밖이다. 나는 시장을 거슬러 집으로 돌아간다.

사내아이 하나가 내 옆을 지나며 손가락으로 나를 쏜다. 내가 자기한테 뭘 어쨌다고.

간신히 걸어가는데 얼굴에서 땀방울이 뚝뚝 흘러내린다.

친구가 자동응답기에 메시지를 남겼다. 라말라에 언제 올 거냐고.

다시 시장을 지난다. 누군가 내 이름을 부르더니 저주한다. 돌아보니 아무도 없다. 나는 그냥 집으로 돌아온다.

울지 않았는데 꼭 울었던 것 같다.

밤이다. 이스라엘 군인들이 나를 세운다. 한 명이 내게 왜 신분증이 아니라 여권을 갖고 다니느냐고 묻는다. 내가 답한다. 나는 자유로우니까. 그가 다시 묻는다. 내가 다시 답한다.

나는 자유로우니까, 나는 자유로우니까, 나는 자유로우니까, 나는 자유로우니까, 나는 자유로우니까. 그저 그뿐이다. 나는 자유로우니까.

그가 내게 한쪽에 서 있으라고 한다. 내가 소리를 지르고, 지르고, 또 지른다. 그저 그럴 뿐이다. 미친 여자처럼 소리를 지른다. 나는 배신자가 아니기 때문에 소리를 지른다. 나를 붙잡아둘 이유를 찾지 못했으므로 장교가 와서 내 여권을 돌려준다. 그래도 내가 소리를 지르자, 그가 정중히 그만 가달라고 한다.

왜 그가 내게 정중히 말하는지 모르겠다. 누가 지나가다 그가 내게 정중히 말하는 걸 보면 어쩌라고. 다음번에는 이 장교가 순번이 돌아와 여기 있다가 내게 정중하게 말하면, 나는 어쩌라고. 그가 내 이름을 기억하고 있다가 내가 수많은 이들과 함께 지나가는데 불러 안녕하시냐고 인사라도 하면, 나는 어쩌라고.

그러면 나는 주위 행인들에게 뭐라고 변명할까! 다시 소리를 질러야지. 그러면 그들이 내가 배신자라고 쑥덕거리지 않고 내가 미쳤다고 하겠지.

작은 개가 울부짖는 소리에 잠을 깼다. 나는 나답지 않게 벌떡 일어나 집 밖으로 나가 개를 찾는다. 저 울부짖는 작은 개를 구해야 하건만 어디서 소리가 나는지 알 수 없다.

지붕에 올라가 눈과 귀로 애타게 개를 찾는다. 개는 끈질기게 아우성쳤다, 마치 나 대신 울부짖는 듯이.

문득 유대인 지구에서 어떤 여자가 지붕 위로 올라온다. 나는 여자에게 손을 흔들고 저 울음소리가 들리느냐고 영어로 물었다. 그러나 여자는 내 질문을 묵살했다.

슬픔이 덮쳐온다.

내가 예루살렘을 수도로 한 독립 국가를 달라고 한 것도 아닌데. 그저 울부짖는 작은 개를 찾아내자는 것뿐인데.

침대로 돌아왔다. 그러나 작은 개의 울음소리는 다시 내 머리에 친친 감기고, 그 개가 흘리고 있을 짠 눈물은 연료가 되어 내 머리를 불태운다. 나는 눈을 방바닥에 고정시켰다. 한쪽 눈을 감고 한쪽 눈은 뜬 채 의자와 책상다리를 흔들어본다.

심문

아이샤 오디

아이샤 오디 Aisha Odeh | 소설가

1944년 라말라 근처의 마을에서 태어났다. 1967년 이스라엘 점령에 대항하는 저항군에 참여한 최초의 여성 단체 일원이었으며, 1969년 체포되어 종신형을 선고받았다. 그러나 10년 후 이스라엘과 팔레스타인 간의 포로 교환 때 석방되어 요르단으로 추방되었다. 1994년 팔레스타인으로 돌아갈 때까지 요르단에서 살았으며, 1994년 팔레스타인 국회의 하원의원이 되었다. 『자유를 꿈꾸며』(2004)는 그녀의 첫 책으로 이스라엘 감옥에서의 경험을 토대로 쓴 것이다. 그녀는 단편소설들을 주로 집필했으며 조형예술에도 조예가 깊다.

가파른 계단을 오르기 시작했다. 머리가 벗겨진 남자가 앞장서고 내가 그 다음, 내 뒤로도 여러 명이 헐레벌떡 따라왔다. 다른 무리가 계단을 내려오 다 맞부딪쳤다. 그 속에 손에 수갑을 찬 남자가 끼어 있는데, 턱수염이 잡초 처럼 자라 도망자나 사형 선고를 받은 죄수처럼 보였다. 바쉬르 알 하이리 였다. 오랫동안 자지 못해 눈이 충혈되고 눈 밑은 늘어졌다. 그의 몰골에 나 는 가슴이 아팠다. 심문자들을 향해 분노가 솟구쳤다.

대머리가 바쉬르를 손가락질하며 내게 물었다.

"저 사람 알아?"

나는 바쉬르의 눈을 쳐다보았다. 그가 말하라는 뜻으로 고개를 끄덕였다. 나는 답했다.

"예."

"그에 대해 아는 대로 말해봐."

"저 사람은 유명한 변호사예요."

"어떻게 알게 되었지?"

"당신들이 우리 자동차를 빼앗아가서 고발하려고 변호사인 그와 상의했 어요."

"그가 뭐라고 했지?"

"사건을 맡지 않겠다고 했어요."

"왜?"

"물어보지 않았어요."

"왜?"

"안 맡겠다면 그만이니까요."

"그 밖에 아는 것은?"

"없어요."

*

그녀가 손에 빗자루를 들고 내게 물었다.

"손바닥으로 송곳에 맞설 수 있어?"

"예." 내가 말했다. 그녀는 같은 어조로 또 물었다.

"어떻게?"

"우리는 손바닥에 쇠를 입혔거든요."

그녀의 눈에 애정이 듬뿍 담긴 따뜻한 미소가 떠올라 나는 당황했으나, 이내 빗자루로 엉덩이를 얻어맞고 냉큼 꺼지라는 소리를 들었다.

그때 이미 나는 아랍민족주의자운동*의 일원이었다. 첫 번째 세포는 12학년인 내 동급생들로 구성되었고(라우다 알 파르흐, 샤리파 하무다, 마하센 알 타르

* 아랍민족주의자운동 : 범아랍민족주의 운동. 1950~60년대에 가장 강했고 팔레스타인에서는 조지 하바쉬가 이끌었다.

114

티르, 솔라파 알 바르구티 그리고 나), 로트피야 알 하우와리가 지도자였다. 우리는 매주 로트피야의 집에서 만나 민족주의 책들과, 더불어 우리가 학교와 지역 사회에서 벌이는 순회 활동에 대해 토론했다. 나중에 로트피야의 어머니가 모임의 목적을 알아내고는 우리를 박살내려 안간힘을 썼다. 우리가 모여 있는데 쳐들어와 쫓아내려 했다. 로트피야가 굴복하지 않자 어머니는 우리더러 비어 있는 자기 오라버니의 집으로 가라면서 열쇠를 가지러 갔다. 우리는 회의를 마무리하려고 옥상으로 올라갔으나, 어머니가 또 고래고래 고함치며 쫓아왔다. 우리는 어쩔 줄 몰라 도망치거나 숨으려 했다. 그러나 어디로 어떻게? 나는 정면으로 돌파하기로 하고 계단을 내려갔다. 계단 밑에서 손에 빗자루를 든 어머니와 대면하게 되었다. 어머니가 내게 호통 치기 시작했다.

"내가 경고하지 않았니? 너희들은 불장난을 하고 있는 거야!"

"하지만 아주머니, 그럼 세상은 어떻게 바뀌요?"

"이스라엘인들은 무자비해. 정치 협상은 벌써 글렀어. 너희들은 가족들까지 파멸의 구렁텅이로 몰아넣을 거야."

"우리가 꽁무니를 빼고 다른 사람들도 꽁무니를 빼면, 세상은 누가 바꿔요?"

"손바닥으로 송곳에 맞설 수 있어?"

"……."

*

지금 내가 송곳에 맞서는 손바닥이다.

나는 심문받을 때 그럴듯하게 꾸며서 답변하는 전략으로 나가기로 했다. 그게 통할까? 전부 다 부인하는 전략이 나을까? 그러나 사람들은 스스로 깨닫지는 못할지라도 자신의 정신과 심리 구조에 맞는 전략을 쓰지 않는가?

계단을 내려오던 무리가 옆으로 비켜서서 나를 데려가는 무리가 올라갔다. 앞장선 남자는 기차를 놓칠까봐 겁내는 사람처럼 서둘렀다. 2층에는 폭이 2미터쯤 되는 긴 복도가 있어, 우리는 왼쪽 첫 번째 문으로 들어갔다. 고급스런 사무실이었다. 초록 벨벳이 깔린 책상 너머, 목받이까지 달린 검은 가죽 의자에 말끔히 면도한 금발의 사내가 앉아 있었다(그를 두목이라 부르겠다). 책상 주변과 방 안에 흩어져 있는 남자들은 많았다.

"환영해요, 여장부님!"

왼쪽의 남자가 빈정거렸다. 남자들이 득실거리는 방 안에서 여자는 나 하나뿐이었다. 만감이 교차하다가 절대 굴하지 않겠다는 결의가 확고해졌으나, 어쩔 수 없이 두려움도 뒤섞였다. 이를 테면 이런 느낌이었다.

'나 혼자 저들과 맞서야 해.'

나는 그 자리에서 내가 우리의 대의를 고수해야 한다는 의무감을 느꼈다.

'그래, 나는 혼자고, 혼자서 의무를 다해야 해.'

"이 여자가 바쉬르를 알아봤어." 대머리가 말했다.

두목이 내게 호화로운 책상 옆에 있는 의자에 앉으라는 신호를 했다. 그가 똑같은 질문을 되풀이했다.

"그 사람 알아?"

"누가 모르겠어요. 그 사람은 아주 유명한 변호사예요."

"어떻게 알게 됐지?"

"당신들이 우리 차를 몰수했을 때요. 나는 고소해서 차를 돌려받으려고 변호사인 그를 찾아갔어요."

"그랬더니 뭐래?"

"그는 사건을 맡지 않겠다고 거절했어요."

"왜?"

"물어보지 않았어요."

"그의 사무실에 몇 번이나 갔지?"

"딱 한 번."

나는 내 대답에 허점이 있음을 깨달았다. 내가 차를 몰수당한 적이 있고 바쉬르가 변호사라는 건 사실이지만, 나는 그의 사무실 위치를 몰랐다. 그들이 내게 바쉬르의 사무실이 어디 있느냐고 묻는다면 내 거짓말이 들통나 버릴 터였다.

두목이 계속 밀어붙였다.

"알 잡하 알 샤비야*에는 들어간 지 얼마나 되었지?"

"나는 PFLP의 일원이 아니에요."

"그럼 파타**야?"

"아니, 난 어느 당하고도 관계가 없어요."

그들 가운데 하나가 내 얼굴에 침을 뱉고 말했다.

---

* 알 잡하 알 샤비야 : 팔레스타인인민해방전선(PFLP)
** 파타 : 팔레스타인해방기구(PLO)는 세속적 정당들의 연합이며 주요 정당이 파타 당이다. 여기서 '세속적'이라는 말은 secular, 즉 '종교적'의 반대말이 아니라 종교와 관계없는, 또는 종교의 사회지배를 반대하는 개념이다.

"야, 샤르무타*. 언제부터 알 잡하 알 샤비야의 일원이었어?"

"나는 PFLP의 일원이 아니고 어떤 당에도 들어가지 않았어요."

다른 남자가 내게 다가와 말했다.

"어느 당이 네게 슈퍼소울에 폭탄을 장치하라고 시켰어?"

나는 슈퍼소울 폭파사건**때문에 체포되었음을 알고 긴장했다. 전적으로 부인하기로 했다. 내가 자백하지 않는 한 그들은 확인할 도리가 없을 테니까.

내가 단호히 말했다.

"나는 어디에도 폭탄을 장치하지 않았어요."

손 하나가 날아와 내 뺨을 세차게 갈겼다. 내가 소리쳤다.

"왜 때려요?"

"너는 샤르무타니까."

---

* 샤르무타 : 매춘부라는 뜻 - 글쓴이 주
** 슈퍼소울 폭파사건 : 이스라엘이 67년에 팔레스타인 땅(서안 지구와 가자 지구)을 강점한 초기에, 이스라엘은 동예루살렘을 이스라엘에 합병하기 위한 방도와 과정을 가속화했다. 집단적으로 피해를 주는 주택 철거 정책을 채택하고 공식적으로는 팔레스타인인들의 존재 자체를 부정하는 언사를 남발했다. 가장 대표적인 것이 당시 이스라엘 여수상 골다 메이어가 기자들에게 한 말이었다.
　"당신들이 내게 묻는 그 팔레스타인인들이 도대체 누구예요? 그런 사람들은 있지도 않고, 난 그런 사람들 몰라요." 나는 그때 젊었고 점령 과정은 나나 내 세대에게는 참을 수 없는 것이었다. 우리가 적을 내버려두면 우리가 존재할 수 있는 모든 세계가 점령당할 터였다. 따라서 우리는 비록 아무런 경험이 없었으나, 우리 조국과 자유를 방어하기 위해 대단한 결의로 저항 운동에 뛰어들었다.
　우리는 어떻게 해서든 우리 같은 저항 세력이 있다는 걸 알려야만 했다. 이스라엘이 은폐하고 끝내 버리려고 서두르는 팔레스타인 문제를 되살리기 위한 모든 방법 중에, 우리로서는 비행기 납치와 공공 장소에 폭탄을 설치하는 것만이 가능했다. 그 중 한 가지가 실행되었다. 이스라엘 군인들이 정기적으로 들르는 장소들을 우리는 조사했고, 하나를 선택했다. 주말에 이스라엘 군인들이 많이 몰리는 서예루살렘의 슈퍼소울. 폭발 시간이 다른 두 개의 폭탄이 설치되었다. 나중 것은 첫 번째 폭탄이 터진 후에 들이닥칠 군인들과 특무대를 겨냥한 것이었다 - 글쓴이 주

"아니에요."

"그럼 뭔데? 얼마나 많은 남자하고 잤는지 말해봐!"

"아무하고도 자지 않았어요. 어쨌든 당신들이 신경 쓸 일 아니잖아요."

"그러나 네가 돌아다니며 폭탄을 장치하고 다른 사람들도 그러도록 조직하고 부추겼다면, 그건 우리가 신경 쓸 일이겠지?"

그들이 계속 얼굴을 때렸다. 나는 아픔을 느끼지 않았다. 내가 옳다는 확신에다 오기까지 덧붙여 맞서 싸울 수 있었다.

한 명이 뒤로 묶은 내 머리채를 잡아채어 나를 번쩍 들어올렸다가 바닥에 내동댕이쳤다. 수많은 발들이 나를 차기 시작했다. 나는 다시 머리채를 잡혀 높이 들어올려졌다가 바닥에 내동댕이쳐지고 발길질을 당했다. 무슨 놀이 같았다. 그들은 그 짓을 서너 번 되풀이했다.

나는 고통을 느낄 경황도 없이 뺨 한 대, 발길질 한 번마다 결의를 더욱 굳혔다. 나는 자신에게 거듭 말했다. '내가 맞섰기 때문에 그들이 이러는 거야. 내가 당당하게 맞섰기 때문이라고.'

누군가 말했다.

"이 갈보가 비명도 안 지르네."

내가 비명도 안 질렀다고? 저 오만한 자들한테 굴하지 않았다는 자부심을 나는 느꼈다. 저들은 내 비명을 들을 자격이 없어. 내가 이기고 있는 거야, 아이샤! 우월감에 가슴이 뿌듯하고 나 자신이 점점 커지는 느낌이 들었다. 나는 나 개인을 넘어 우리가 추구하는 대의와 완전히 하나가 되었다.

또 한 명이 의자를 두목 앞으로 옮기더니 내 어깨를 움켜쥐어 그 위에 앉혔다. 벨벳 책상이 내 앞에 있었다. 가죽 의자에 편안히 등을 기댄 두목은 의자를 좌우로 흔들다가 멈추고, 몸을 굽혀 책상에 두 손을 올려놓았다. 그는 위협적인 눈빛으로 쏘아보았으나 그것은 내 영혼에 미치지 못했다. 오, 턱도 없었다. 나는 공을 받아치듯 똑같은 눈빛을 그에게 돌려보냈다. 그는 몸을 약간 젖히더니 왼손으로 서랍을 열어 길이 30~40센티미터에 지름은 3센티미터쯤 되는 금속관 두 개를 꺼냈다. 그리고 하나를 책상에 놓고 오른손에 든 다른 하나로 톡톡 두드리기 시작했다. 왼손으로는 의자 등받이를 짚은 채 그는 의자를 좌우로 빙빙 돌렸다. 그러다가 멈추고는 팔꿈치를 책상 가장자리에 괬다. 그는 다시 나를 빤히 쳐다보았다. 그의 눈동자가 내 눈과 두 개의 금속관을 번갈아 쳐다보며 오르락내리락했다. 마침내 그가 말했다.

"발뺌해봤자 소용없어. 네가 관련됐다고 자백한 사람들이 있으니까."

"나는 아무하고도 상관없어요."

"우리가 널 어떻게 잡게 됐는지 설명해볼래?"

"내 알 바 아니죠."

"괜히 고문당할 필요 없어. 그냥 네가 알고 있는 것만 말하면 돼."

"할 말 없어요."

"그렇다면 맛 좀 봐야겠군."

그가 금속관 두 개를 내 뒤에 선 남자에게 주었다. 남자가 마치 북을 두드리듯 내 머리를 때리기 시작했다. 내가 손으로 머리를 감싸려 하자 그는 손까지 후려쳤다. 두목이 말했다.

"이 여자를 납득시킬 사람을 데려다 줘."

구타가 멈췄다. 잠시 뒤 그들이 바쉬르를 데려왔다. 그들은 호통 치며 그를 닦달했다.

"저 여자에게 말해, 이 카하바*의 자식아!"

그는 입술을 달싹거렸다. "나는 모르는······."

그가 그 한 마디를 다 하기도 전에 그들이 내 앞에서 그를 두드려 패기 시작했다. 실컷 팬 후 온갖 욕설과 저주를 퍼부으며 그를 방 밖으로 밀어냈다.

나는 그때 처음으로 남자가 자신을 방어하지 못하고 일방적으로 맞는 것을 보았다. 바쉬르는 동료이자 지도자였다. 그는 여느 남자가 아니었다. 우리는 모두 상냥한 그를 존경했다. 내 마음 깊숙한 곳에서 분노가 터져 나왔다. 나는 그들의 얼굴에 대고 비명을 지르고 고함치고 싶었다. 이 나치, 범죄자들아!

두목이 말했다.

"봤지? 그가 자백했어!"

나는 속으로 되뇌었다. 얼마나 무례한가? 저런 뻔한 거짓말을 해놓고 우리더러 속으라니!

"거짓말!"

그 말을 하는 순간 분노에 불이 붙어 내 주먹이 책상을 내려쳤다. 벨벳을 덮은 유리가 깨졌다. 나는 얼굴을 강타당해 의자에서 앉은 채로 날아가 벽에 머리를 찧었다.

"우리가 거짓말을 한다고? 샤르무타!"

(그들은 군사법정에서 어떤 형태의 구타와 고문도 하지 않았다고 주장했다. 그들이 받

---

* 카하바 : 매춘부라는 뜻의 욕설.

아들인 것은 이 주먹질밖에 없었다. 그들은 내가 발작하며 유리를 깨는 바람에 진정시키려다 그런 일이 생겼다고 주장했다. 그러면서 내가 유리 값을 물어내야 한다고 말했다.)

그 일격에 끓어오르던 내 감정이 가라앉았다. 폭풍우가 지나간 뒤처럼 나는 차분해졌다. 다른 남자가 다가와 내 얼굴에 침을 뱉었다. 나는 그것을 닦아내고 또다시 결전에 임할 준비를 했다. 그는 내 팔을 의자 뒤로 꺾어 수갑을 채웠다. 또 다른 일격이 내 뒤통수에 날아왔고 나는 넘어질 뻔했다.

"이 계집이 우리하고 해보자고 드는데."

그가 비아냥거렸다.

그가 다시 금속관 두 개를 움켜쥐더니 계산된 강도로 내 머리를 쳤다. 몇 번 치고는 멈췄다. 다시 치다가 멈췄다. 그는 계속 치다가 멈추고, 치다가 멈추고는 했다.

그가 마침내 금속관을 거두었다.

잠시 뒤 내 머릿속에서 화산이 터졌다!

세상이 굉음을 내며 흐릿해졌다.

내 주위에 있는 모든 것이 안개에 싸인 듯 가물거렸다.

엄청나게 큰 주먹이 내 귀를 가격한 결과였다.

내 주위에 있는 모든 것이 우렁우렁하는 소리와 뒤죽박죽 혼돈으로 변했다. 이제 우주 전체가 우렁우렁했다. 모든 사물과 사람은 우렁우렁하는 소리일 뿐이었다. 모든 고통은 다 내 머리에서 나왔다. 몽롱함이 좀 가시는가 싶었는데 또 다른 주먹이 내 머리에 날아들었다. 나는 화산이 폭발하는 순간으로 도로 끌려갔다. 안개가 눈앞을 가렸다.

주먹이 시계추처럼 양쪽에서 번갈아 내 머리를 강타했다.

세상이 우렁우렁했다. 영원히 이렇게 계속되는 걸까? 나는 청력을 아주 잃게 되는 걸까? 폭풍우나 급류 한가운데에 나 혼자 갇혀 있는 것 같았다. 내가 할 수 있는 일은 기다리는 것뿐이었다. 신의 자비를.

마침내!

주먹질이 멈췄다. 누가 내 수갑을 풀었다. 나는 수갑이 풀리자마자 손으로 내 머리와 귀를 만져보았다. 그것들이 아직 제자리에 있는지 보려고! 어쩌면 내 머리 모양이 변했을지도 모를 일이었다. 머리가 길쭉해지고 귀는 머리에 딱 달라붙었거나, 귀가 짓뭉개져 머리와 범벅이 되지나 않았을까.

점차 우렁우렁하는 소리가 멀어지고 얼떨떨했다.

내 귀가 괜찮을까? 제 역할을 할까? 내가 다시 들을 수 있을까? 여전히 내 귀에는 우렁우렁 소리밖에 들리지 않았다. 그들은 한동안 나를 내버려두었다. 우렁우렁하는 소리는 서서히 멀어져 갔다. 다른 남자들은 사무실을 나가버리고 둘만 남았다. 나는 그들의 입술이 움직이는 것을 보았으나 말소리는 들리지 않았다. 내 귀가 먹었나?

둘 중 하나가 잠시 나갔다 왔다. 두 남자는 팔을 잡아 나를 일으켜 세우고 등을 떠밀었다. 나는 계단으로 두 층을 끌려 올라갔다. 긴 복도 오른편에 열 명이 넘는 젊은 남자들이 벽을 향해 서 있었다. 그들은 팔을 치켜 올린 채라 마치 공중에 매달려 있는 것처럼 보였다. 나는 첫 번째와 두 번째 사람을 지나 세 번째 남자 뒤에 세워졌다. 나를 끌고 온 심문자 하나가 그의 어깨를 잡아당겨 고개를 돌리게 했고, 다른 심문자는 내 팔을 움켜쥐고 내 몸을 흔들어댔다.

"이 여자야?" 심문자는 남자에게 물었다.

"예."

그리고 젊은 남자는 부끄러워 고개를 숙였다. 그는 자기가 뛰어들어야 할 바닥 없는 심연을 들여다보는 것처럼 아래만 쳐다보았다. 내게 주먹이 날아왔다. 앞서 맞은 주먹질과 발길질보다 훨씬 셌다.

"이 사람 알지?"

"몰라요."

심문자들은 나를 다시 두 층을 끌고 내려와 아까 나를 구타했던 사무실의 옆방으로 데리고 들어갔다. 무장한 군인 하나가 들어와 문 옆에 섰다. 두 심문자는 나가고 나는 혼자 남겨졌다.

나는 고통과 우렁우렁하는 소리를 잊었다. 동지의 약하고 비겁한 모습만이 머릿속에 꽉 차고 혼란스러웠다. 그는 언제 체포되었지? 왜 그렇게까지 무너졌을까? 어쩌다가 등이 구부정하니 열 배는 늙어버렸지? 사람이 며칠이나 몇 시간 만에 저토록 변할 수가 있을까? 그는 내가 처음 보자마자 반해버린 그 잘생기고 매력적인 남자가 아닌 듯만 싶었다.

나는 암만*에서 그를 처음 만났다. 내가 팔레스타인으로 돌아오기 전날 오빠가 나를 팔레스타인인민해방전선의 지도자 가운데 하나인 무함마드 라비야의 집에 데려갔고, 거기 그가 먼저 와 있었다. 오빠는 그와 반갑게 악수하고 이야기를 나누었다. 내가 그를 라비야의 형제라고 착각할 정도로 그는

* 암만 : 요르단의 수도. 팔레스타인 난민들이 가장 많이 거주하는 나라는 요르단이다. 요르단 내 팔레스타인 난민들은 두 차례에 걸쳐 이주했다. 1948년 1차 난민, 1967년 제3차 중동전쟁 후 2차 난민이 이주하였다.

그 집 식구처럼 허물없이 행동했다.

서안지구 라스미야의 집에서 폭발물을 만드는 모임에 그가 보여서 나는 놀랐다. 그와 나는 서로 모른 체했다. 그가 내 이름을 알고 있어서 나는 몹시 켕겼다. 만일을 위해 동지들끼리는 본명을 밝히지 않는 게 원칙이었다. 그러나 한편으로는 그 우연한 재회에 나는 가슴이 떨렸다. 라스미야를 구석으로 데려가 물었다. 우리는 충분히 훈련받았는데 왜 낯선 사람을 데려왔느냐고. 그녀가 대꾸하기를 그는 폭발물 전문가라 도움을 받는 편이 더 안전하다고 했다. 나는 나보다 라스미야가 그 남자하고 중요한 관계라는 걸 알았다. 나는 그를 존경의 눈길로 바라보지 않을 수 없었다. 매력적일 뿐만 아니라 애국자에다 전문가란 말이지!

나는 그의 모순된 이미지들을 반추했다. 그가 내 앞에서 무너지던 모습이 공간을 가득 채웠다. 화가 났다. 어떻게 항복할 수가 있단 말인가. 그러나 나는 그를 변호해주고 싶기도 했다. 틀림없이 고문을 많이 받았을 거야. 다음 순간 나는 스스로 반발하며 그를 위한 어떤 변명도 거부했다. 남자가 그래도 되나? 하물며 남자가 자존심도 없이 무릎을 꿇다니. 약골이고 게다가 밀고자로 전락하다니. 오, 삼촌! 어디 있어요? 남자가 여자보다 우월하다고 믿었던 삼촌. 오, 당신이 살아 있어서 당신의 견해를 뒤집는 이 결정적 증거를 봤어야만 했는데. 남자가 여자보다 우월하지도, 믿을 만하지도 않아. 버텨, 아이샤. 그러면 세상은 남자가 여자보다 잘나지 않았다는 걸 깨닫게 될 거야. 세상이 견해를 바꿀 수밖에 없을 거야.

내가 생각에 빠져 있는데 키 큰 남자가 채찍을 들고 들어왔다. 노란 상의를 입은 그는 눈이 검고 얼굴선이 예리하여, 매의 발톱 같은 인상이었다. 그가 내 앞에 서서 얼굴을 들이댔다. 그리고 채찍을 휘두르며 말했다.

"너는 남자보다 강하고 싶지?"

나는 그의 질문이 마음에 들었다. 그래서 속으로 중얼거렸다. '그래, 나는 남자보다 강하고 싶어.'

"그 남자 알지? 그가 폭발물 만드는 거 본 적 있지?"

그가 채찍을 휘둘러 내 다리를 때리고는 말했다.

"네가 얼마나 견디는지 보자."

그가 위협적으로 채찍을 치켜 올렸다. 나는 채찍이 내 머리를 두 쪽으로 갈라놓을 거라고 생각했다. 그러나 채찍은 탁자를 내리쳤다. 그는 그런 식으로 위협하다가 갑자기 나갔다. 나는 결의를 더욱 다졌다. 그의 위협은 내 영혼을 조금도 건드리지 못했고, 나는 저항할 것이다. 다른 두 명의 남자가 들어섰다. 하나는 키가 크고 약간 뚱뚱했으며 검은 콧수염이 더부룩했다. 그리고 채찍을 들고 있었다. 그는 쇼를 보여주려는 것처럼 채찍을 흔들어댔다. 다른 하나는 키가 크고 말랐으며 담배를 피웠다(그는 나를 심문하면서 담배를 피운 유일한 사람이었다). 그가 담배를 깊이 빨아들이더니 연기를 내 얼굴에 확 뿜었다. 기침을 하자 그가 물었다.

"오라, 담배를 안 피운단 말이지?"

나는 대꾸하지 않고 계속 기침을 했다. 그가 또 물었다.

"담배연기가 괴롭지?"

역시 답하지 않자 그는 내 머리를 때렸다.

"내가 물으면 대답해, 알았어?"

그가 또 한 차례 때리며 똑같은 질문을 되풀이했다.

"담배연기가 괴롭지?"

무슨 말을 해야 할지 나는 당황스러웠다. 왜 그따위를 묻는단 말인가. 나는 애매하게 답하기로 했다.

"가끔은."

그러자 뚱뚱한 남자가 채찍으로 탁자를 내리치며 소리쳤다.

"샤르무타, 남자보다 강하고 싶지? 네가 얼마나 오래 견디는지 보자."

그가 채찍을 치켜들더니 어깨에서 등 쪽으로 후려쳤다. 내 머리에서 불이 나는 것 같았다. 그가 말했다.

"이건 준비운동에 불과해, 이 갈보의 딸년아!"

그는 내게 온갖 모욕과 욕설을 퍼부었다. 마른 남자는 다만 바라만 보면서 가학적인 미소를 띠고 장면을 즐겼다. 그는 담배연기를 꼭 내 얼굴에 대고 내뿜었다. 담배 한 개비를 다 태우자 그가 다가와 내 눈을 똑바로 들여다보았다. 그리고 내 얼굴에 맞닿을 정도로 얼굴을 바짝 들이대며 물었다.

"지금까지 얼마나 많은 남자하고 자봤어, 너?"

내 가슴속에서 폭탄이 터졌다. 나는 단호히 말했다.

"아무하고도 안 잤어요."

"오라, 한 번도 안 했다는 네 말을 나더러 믿으라는 거야?"

그의 상스러운 말에 정말 넌더리가 났으나, 나는 간신히 참아냈다. 그의 도발에 반응하지 않기로 진작 마음먹은 터였다. 그는 온갖 추악한 이야기를 지어내어 집요하게 수치심을 자극했다. 채찍을 든 뚱뚱한 남자가 나가고 다른 남자가 들어오며 물었다.

"아직 말 안 했어?"

"이년 독종이야."

"알았어. 얼마나 버티나 보자고." 새로 온 남자가 말했다.

그는 다가와 머리채를 잡아 내 머리를 뒤로 젖히고 나를 때리기 시작했다. 그는 침착한 자세로 끈질기게 나를 때렸다. 그리고 같은 말만 되풀이했다.

"자백하고 싶지 않아?"

무너지던 동지의 모습이 내 머릿속에 떠올라 내게 그 꼴이 되지 말라고 경고했다. 굴복하지 마, 아이샤. 버텨내, 넌 할 수 있어. 넌 끝끝내 버텨낼 수 있어. 나는 얼굴을 얻어맞으면서 쉴새없이 그 말을 되뇌었다. 그런데 이 남자는 지치지도 않나?

그가 나가면서 다른 남자들에게 자기들 히브리어로 뭐라고 했다. 얼마 뒤 그들은 나를 사무실에서 끌어내어 건물 밖으로 데리고 나갔다. 밤이었다. 불이 켜져 있었다. 차가운 바람이 흠씬 얻어맞은 내 얼굴에 불어왔다. 날씨가 이렇게 빨리 변하나? 찬바람이 닿자 얼굴은 화끈거리는데 몸은 얼어붙었다. 그들은 나를 건물과 연결된 막사 중 하나에 밀어 넣었다. 거기 라스미야가 탁자 곁에 앉아 있었다. 그녀는 굳건해보였다. 나는 그녀에게 어떤 암시라도 받고 싶었으나 그녀는 무표정했다. 그들이 내게 물었다.

"이 여자 알지?"

"예."

"어떻게 알아?"

"자기 학교 운동부원이에요. 우리 학교하고 그 학교는 자주 운동시합을 했어요."

"그 밖에 아는 것은?"

"없어요."

"이 여자 집에 간 적은?"

"없어요."

그들이 나를 다른 막사로 끌고 갔다. 그곳에는 아무도 없었다. 그들이 나를 벽을 향해 세우고는 손을 들고 움직이지 말라고 명령했다. 그들의 발소리가 멀어져 갔다.

나는 안도의 한숨을 내쉬었다. 비로소 저들의 보기 싫은 얼굴과 구타와 저주에서 벗어났군. 나는 막사를 살피려고 뒤를 돌아보았다. 무장한 군인이 문 옆에 서 있었다가 내게 고개를 다시 돌리라고 소리쳤다.

오래 서 있었다. 그러나 내가 얼마나 오래 서 있었는지 가늠하기는 어려웠는데, 그런 경우에 시간은 영혼을 짓누르고 좀처럼 지나가지 않기 때문이다. 나는 팔에 힘이 빠지고…… 다리도 마찬가지였다. 피로가 엄습해왔다. 끔찍한 느낌이 스멀스멀 기어 올라왔다. 벽을 바라보고 있으니 내가 마치 온 세상을, 대의를, 모든 일을 등지고 있는 것 같았다. 이 느낌이 실제로 맞는 것보다 더 고통스러웠다.

머리에 퍼뜩 한 가지 생각이 떠올랐다. 반항하자. 스스로 자신을 고문할 필요 없어. 나는 팔을 내리고 바닥에 쓰러졌다. 군인이 내게 다시 일어나 손을 들고 있으라고 호통 쳤다. 나는 꿈쩍하지 않았다. 그가 달려와 개머리판으로 나를 찔러댔다. 그가 때리고 소리쳐도 나는 반응하지 않았다. 그가 포기하고 나를 잡아올려 일으켜 세우려 했으나, 설 마음이 없는 나를 어떻게 세워놓겠는가. 하고 싶은 대로 하라지, 내 스스로 서 있지는 않을 테니까.

내가 다니던 초등학교에는 교실이 하나밖에 없었다. 학년이 다른 전교생이 한 교실에서 공부했다. 교실이 하나 더 늘어난 뒤에도 선생님은 한 명뿐이었다. 그래서 선생님은 늘 5학년 학생들의 도움을 받아야 했다. 나는 큰역할을 했다. 사실상 나도 선생님이었다. 나는 선생님이 하는 대로 그대로 따라했다. 나는 하급생들에게 쓰레기통 옆에서 벽을 향해 손을 들고 서 있으라고 벌을 주기도 했다. 그러면 아이들은 울기 시작해서 내가 자리로 돌아가라고 허락할 때까지 계속 울었다. 여자아이 하나가 집에 갈 때까지 우는 바람에 당황한 적도 있다. 그런 경우는 처음이라 나는 어쩔 줄을 몰랐다. 아베드 알 할리크만이 내 명령을 우습게 알았다. 그 아이는 낙제해서 다시 1학년에 다니고 있었는데, 공부하기를 싫어했다. 그는 떠버리에다 온갖 못된 짓만 골라 했다. 내가 구석에 가서 벽을 보고 서 있으라고 했더니, 그는 즐겁게 걸어가서는 겨드랑이로 소리를 내어 다른 학생들을 웃겼다. 모두들 웃음을 터뜨렸다. 학생들을 수업에 집중시킬 수가 없어 나는 그에게 자리로 돌아가라고 했다. 그런데 그 아이는 자리에 돌아가서는 계속 손을 치켜들고 있었다. 나는 그가 수업 내용에 대해 질문하려는 줄 알았다가 된통 당했다. 그의 질문은 "다시 저 구석에 가서 서 있으면 안 될까요?"였다. 내가 안 된다는데도 그는 벌을 서겠다고 고집을 부렸다. 그는 나를 놀리고 있었다. 결국 나는 선생님께 다시는 그 아이의 반을 감독하게 하지 말아달라고 간청했다.

어쩌면 그는 가치 기준을 뒤엎고 마술사에게 마술을 거는 철학자였다. 내가 지금 그 일을 떠올리며 교훈을 얻는다. 나는 더 이상 서지도 손을 들지도 않을 것이다.

나를 일으켜 세우려는 시도는 성공하지 못했다. 바닥에 도로 쓰러지자마자 나는 내가 얼마나 휴식과 잠이 필요한지 실감했다. 나는 바닥이 담요처럼 접혀 내 몸을 덮어주는 상상을 했다.

아! 나는 잠시라도 눈을 붙이고 쉬지 못하면 죽을 것만 같았다.

군인이 문에 대고 뭐라고 했다. 곧 어떤 사람이 양동이를 들고 와서는 말없이 내게 물을 끼얹고 나갔다. 나는 몸이 떨렸고 이가 딱딱 맞부딪쳤다. 뼛속까지 시려왔다. 나는 웅크렸다. 떨림이 심해져 이는 더욱 요란하게 부딪고 몸이 와들와들 떨렸다. 한기가 골수에 사무쳤다. 더는 바닥에 누워 있을 수도 없었다. 나는 구석으로 기어가서 벽에 기대 앉았다. 몇 분 뒤 다시 양동이 물이 내게 쏟아졌다. 나는 흠뻑 젖은 채 홀로 남아 추위에 압도당했다. 이가 낡은 차 엔진처럼 딸각대는 소리를 냈다.

얼마쯤 지나서야 군인이 내게 담요 한 장을 던졌나? 모르겠다. 나는 담요를 움켜쥐어 몸에 둘둘 감았다. 온기를 짜내기라도 하려는 듯 담요를 잡아당기고 또 잡아당겼다. 떨림이 조금씩 가라앉고 피로로 눈꺼풀이 절로 닫혔다. 동지들이 숨어 들어와 군인의 무기를 접수했으며, 우리는 감쪽같이 도망쳤다. 그러나 그것은 군인이 총에 달린 불빛을 내 감은 눈에 쏘아대자 날아가버린, 꿈이었다.

그는 내 꿈속을 들여다보고 있었을까? 내 닫힌 눈꺼풀 밑에 있는 무언가를 찾고 있었을까? 아니면 자기가 졸려서 졸음을 쫓으려고 해본 짓이었을까? 내가 겁에 질린 것을 알아채고 그는 만족스러워했다. 그는 내가 졸지 못하도록 내 눈이 감길 때마다 불빛을 쏘아댔다. 그 보초병은 잠이 내게 접근하지 못하도록 감시하는 보초까지 섰다. 그는 내가 담요로 얼굴을 가리면 다가와서 발로 차고 담요를 끌어내렸다. 그리고 다시 자리로 돌아가 내 눈을 겨냥하여 불빛을 쏘았다. 아, 나는 간절히 잠과 휴식을 원했으나, 그것들은 군인에게 총 끝으로 갖고 놀 수 있는 적당한 놀잇감이었다.

몸아, 왜 나를 배신하느냐? 네게 지지 않겠어. 나는 정신력으로 육체에 도전했다. 나는 자고 싶지 않아. 나는 속으로 완강하게 선언했다. 그리고 군인이 피곤을 느끼기를 바라며 지켜보았다. 그는 전혀 피곤해보이지 않았고, 졸음이 다가오기만 하면 죽여버릴 태세로 꼿꼿이 서 있었다. 나는 창 밖으로 밝아오는 여명을 바라보았다. 동이 트면 좀 좋은 일이 생기지 않을까.

아침 햇살이 방 안에 가득 찼다. 누군가 음식 쟁반을 들고 와 탁자 위에 놓았다. 냄새 좋은 빵과 뜨거운 차를 내 눈이 쫓아갔다. 군인이 나이프를 들어 빵을 가르고 버터와 잼을 발랐다. 그리고 맛있게 먹었다. 아니면 나한테 더욱 그렇게 느껴졌든지. 내 위 속에서 효소가 활동하기 시작했다. 배고픔은 또 다른 반갑잖은 손님이었다. 나는 단식을 할 때처럼 배고픔에 저항했으나 어쩔 수 없이 입 안에 침이 고였다. 내가 몇 번씩이나 침을 꿀꺽 삼키자 군인은 눈치 채고 나한테 차 한 잔 하겠느냐고 물었다. 창피했다. 나는 마치 현행범으로 잡히고도 발뺌하는 사람처럼 재빨리 아니라고 답했다. 그래봤자 내 머릿속에서는 한 잔의 따뜻한 차가 떠나지 않았다. 나는 고개를 돌리고 어머니가 차려주시는 아침 밥상, 뜨거운 아침 차 그리고 제이트, 자타르와 함께 먹는 타분*을 생각했다. 집을 떠난 뒤로 내가 어머니를 한 번도 생각하지

---

* 제이트, 자타르, 타분 : 원래 타분은 전통적인 화덕인데, 그 화덕에 구운 빵을 뜻하기도 한다. 이 빵을 팔레스타인인들은 최고로 친다. 제이트는 올리브 혹은 올리브기름이며, 자타르는 백리향이다. 둘 역시 팔레스타인인들에게 중요한 먹거리다. 뜨거운 빵을 먼저 올리브기름에 찍고, 다음에 백리향 가루에 찍

않았다는 걸 깨달았다. 어머니의 이런저런 모습이 영화의 장면들처럼 지나갔다. 어머니가 신의 자비를 구하며 기도하는 모습은 지나가지 않고 멈추어 내 눈 앞에 오래 머물렀다.

청소부가 와서 나한테 눈길조차 주지 않고 담요를 낚아채서 음식 쟁반과 함께 밖에 내놓고, 바닥을 청소하고는 나갔다. 두 남자가 들어왔다. 그들은 빠르고 당당하게 걸어 들어와, 군인에게 방에서 나가라고 명령했다. 하나는 나를 채찍으로 때렸던 뚱뚱한 남자였으며, 손에 여전히 채찍을 들고 있었다.

나는 정신을 바짝 차리고 맞설 채비를 했다. '벽을 보고 서 있느니 차라리 맞서는 게 나아.' 다른 남자가 팔짱을 끼고 서 있다가 내게 일어나서 의자에 앉으라고 했다. 그리고 자신은 탁자에 걸터앉아 내 뺨을 꼬집어 당기며 말했다.

"어제처럼 행동할 거야?"

나는 대답하지 않았다.

"너에 대한 정보는 이미 다 갖고 있어. 네가 슈퍼소울 폭파사건에 관여했다는 걸 알아. 우리는 좀 더 자세히 듣고 싶을 뿐이지."

"난 아니에요."

그가 노려보며 내 볼을 더 세게 잡아당겼다.

"이 뻔뻔스러운 거짓말쟁이, 반항하지 마. 우리는 다 알고 있지만 네가 네 입으로 말하라는 거야."

어 먹는다. 그래야 백리향 가루가 빵에 잘 묻는다. 백리향 가루와 올리브기름을 넣어 '백리향 빵'을 굽기도 한다.

나는 도전 의욕과 오기가 다시 솟구쳤다. 이런 근성이 어떻게 생겼는지는 모르겠으나, 어릴 때부터 이 때문에 나는 고생도 많이 했다.

"다 알고 있다면서 나한테 왜 물어요?"

그가 손바닥으로 후려치는 바람에 나는 의자에서 나가떨어졌다. 내가 비명을 질렀나? 생각이 나지 않았다. 얼굴 한쪽이 떨어져 나간 것만 같았다. 손으로 더듬어보니 모든 게 아직 제자리에 있긴 있었다. 그가 소리쳤다.

"일어나!"

나는 일어났다.

"이리 와."

그가 의자를 가리켰다. 내가 맞은 뺨을 손으로 가리며 앉았다. 그가 거칠게 내 손을 잡아 얼굴에서 떼어냈다.

"한낮에 별 본 적 있어?"

그가 무슨 생각을 하는지 잠시 말이 없었다.

"한낮에 별을 본 적 있냐고!"

내가 대답하지 않자 그가 소리쳤다.

"물으면 대답해!"

그가 다른 쪽 뺨을 잡아당기며 말했다.

"알겠어?"

나는 고개를 끄덕여 알겠다는 표시를 했다.

"그럼 대답해. 한낮에 별 본 적 있어?"

"예."

나는 한낮에 별을 보고 싶다고 했다가 골탕 먹은 일을 떠올리며 말했다.

내가 교원대학에 다닐 때였다.

그가 누그러지며 자세를 바꿨다. 얼굴에 미소까지 떠올라 인상이 영판 달라졌다. 도무지 몇 초 전에 나를 후려쳤던 사람 같지가 않았다.

"좋아, 말해봐."

그가 너무나 친절하게 말해 나는 어리둥절했다. 무슨 속셈인지 알 수 없었다. 하지만 나는 그 바보 같은 이야기를 하고 싶었다. 말하는 동안만이라도 한숨 돌리고 심문을 지연시킬 수 있을 테니까. 나는 이야기하기 시작했다.

기숙사에 같이 있던 학생 하나가 큰소리로 낮에 별을 보는 법을 배웠다며, 누구 보고 싶은 사람 있느냐고 물었다. 지원자들을 그녀는 한 사람씩 방 밖으로 불러냈다. 내 차례가 되자 그녀가 소매 긴 셔츠를 주고는, 천문관측용 망원경처럼 소매를 위로 들어 올리고 셔츠 안쪽 구멍으로 들여다보라고 시켰다. 그녀는 지시했다, 소매를 잘 들어올려, 위로, 자세히, 좀 더 자세히 들여다보면 별이 보일 거야! 갑자기 찬물이 소매를 통해 내 얼굴에 쏟아졌다.

그들은 웃었다.

그러나 금방 그는 눈썹을 찡그리고 말했다.

"네가 어리석든지, 아니 너는 우리가 어리석다고 생각하겠지. 하지만 오늘 별을 볼 때는 네 입에서 단내가 날 거야. 우리가 여태까지는 봐줬지만, 좀 있으면 드루즈*가 오거든. 그들은 인정사정 안 봐주지. 무지막지하게 때리기만

---

* 드루즈 : 이스라엘은 팔레스타인 사회의 내부 갈등을 조장하여 분리시키려 했으며, 10만 명쯤 되는 종교적 소수 드루즈를 포섭하는 데 어느 정도 성공했다. 드루즈인들은 이스라엘의 하수인이 되어 팔레스타인인들을 고문하기도 했다. 그러나 드루즈인들 중에도 이스라엘을 거부하는 이들이 많다.

해. 네가 자초한 거지."

다른 남자가 말했다.

"네가 불기만 하면 그런 꼴을 안 당해도 되는데."

고문을 금지하는 제네바 협정을 들이댈까 하는 생각이 들었으나, 부질없는 짓일 터이므로 나는 가만히 있었다. 그들은 나가면서 되풀이했다.

"드루즈인들이 들이닥칠 거야. 그들이 할 줄 아는 것이라곤, 구타와 고문뿐이지. 인정사정없다니까."

몇 분 후 두 남자가 들어섰다. 하나는 손에 채찍을 들고 있었는데, 내 머리를 무자비하게 때렸던 남자였다. 다른 하나는 배가 불룩 나오고 몸집이 무지 커서 짐마차 같았다. 그는 콧수염이 무성하고 머리가 많이 벗겨졌는데, 험악하게 인상을 썼다. 내가 보기에 그는 공포를 퍼뜨리기 위해 만들어진 사람 같았다. 내 영혼에 공포가 스며들었다. 나는 속으로 비명을 질렀다. '엄마! 이건 구울*이야!'

내 머리를 때렸던 남자가 공중에 채찍을 휘두르더니 내 어깨와 등을 갈겼다. 구울이 내 머리를 잡아채어 나를 바닥에 내동댕이쳤다. 그리고 몇 번 발길질을 하더니 내 옷깃을 움켜쥐어 나를 의자에 돌려놓았다. 이 모든 동작이 순식간에 이루어졌다. 그는 나를 무게가 없는 물건처럼 다루었다. 그리고 그는 탁자에 걸터앉아 싸우려는 황소처럼 머리와 목을 곧추세웠다. 나는 어려서부터 황소를 무서워했다.

어린 시절 우리는 황소를 보면 비명을 지르며 사방으로, 산으로 들로 계

---

* 구울 : 송장 파먹는 귀신.

곡으로 달아났다. 황소는 도망치는 아이들 중에 하나를 쫓아가기 마련이었다. 황소를 화나게 하는 못된 아이들이 꼭 있었다. 아흐마드는 황소에게 다가가 막대기를 휘둘러서 자극했다. 마침내 황소가 그에게 돌진하면 그는 바람처럼 내달려, 뒤에서 황소가 쫓아오지 않는다면 결코 오르지 못할 담 위로 뛰어올랐다. 그는 뒤를 돌아볼 경황은 없었기 때문에, 황소가 자기가 아니라 하니를 쫓아가도 그런 줄 모르고 뛰어가곤 했다. 하니는 뻐기기를 좋아하는 데다 여자아이들이 비명을 지르게 만들려고 황소를 유인했지만, 여자애들은 이미 나무에 올라가 구경하고 있곤 했다. 그러나 나무 위에서도 우리는 어김없이 계곡이 떠나가라 비명을 질러댔다.

그는 내 눈을 똑바로 바라보았다. 그 눈에서 공포의 미사일이 발사되어 내 몸을 뚫고 지나가는 것 같았다. 나는 무서운 이야기 속에서 구울과 마주친 어린애나 마찬가지였다. 무시무시하고 잔인하며 막강한 저 전설적인 괴물을. 내가 눈길을 피하자 그가 호통쳤다.

"내 눈을 똑바로 봐. 네가 무슨 거짓말을 하는지 알아낼 테니까."

나는 그럴 수 없었다. 그랬다가는 그가 내 눈에 가득한 두려움을 보고야 말 것이었다. '이 자가 최면을 걸지도 몰라, 오 신이여!' 나는 속으로 말했다. '아냐, 두려워하지 마, 아이샤, 정신 똑바로 차려. 네 의지에 반하는 어떤 느낌이나 생각도 스스로 허락하지 마.'

그가 다시 고함을 질렀다.

"내 눈 똑바로 보라고 했지!"

그러나 나는 그러지 않았다.

"네 눈에 쓰여 있는 거짓말을 내가 읽어낼까봐 두렵지?"

나는 궁지에 빠졌다. 내가 그를 쳐다보지 않으면 뭔가 숨기는 것처럼 보일 테고, 그를 쳐다보면 내가 겁에 질렸다는 걸 알아챌 테니. '아이샤, 용감하게 맞서. 도전에 응해.'

병사가 구명조끼를 걸치는 것처럼, 나는 눈에 보이지 않는 가리개를 덮어 씌웠다. 두려움이 줄고 점차 자신감이 생겼다. 나는 그의 눈을 똑바로 바라보았다. 두렵지 않았다. 그는 괴물이 아니라 그저 못생긴 평범한 사람이 되어버렸다. 내가 어떻게 두려움을 극복했지? 아니 왜 그가 괴물처럼 보였지? 잠깐 새 그가 변했나? 그가 말했다.

"순진한 척할 필요 없어. 네 눈을 보면 네가 거짓말을 하는 게 뻔히 보여. 너는 우리가 생각했던 것보다 악랄하군. 자백하는 게 좋을 거야. 고집 부려봤자 좋을 거 하나도 없어."

생각했던 것보다 악랄하다. 이 구절 덕분에 나는 의기양양해졌고 도전 의욕이 솟구쳤다. 그는 소리쳤다.

"순진한 척하지 말라니까!"

그리고 목적을 더욱 높여,

"꺼져!"

그가 발로 의자를 걷어차 나는 의자와 함께 넘어졌다. 다른 남자가 내게 다가와 마구 채찍질을 해댔다. 채찍이 등과 허리를 파고들었다. 나는 폐가 찢어지도록 비명을 질렀다. 고통의 불길이 나를 태웠다. 내 비명소리에 남자는 더욱 흥분하여 광적으로 온몸에 채찍을 휘둘렀다. 채찍질 소리와 비명소리가 뒤엉켰다. 마침내 그가 물러났다. 내 몸은 한 무더기의 잿더미, 미동도 없었다. 누군가 내게 차가운 물을 부었다. 그들은 나를 그대로 놔두고 나갔다. 나는 몸이 많이 상한 듯했다. 건초를 집어삼키는 불길처럼 고통이 내 몸을 먹어 들어갔다.

2분, 5분, 아니 어쩌면 한 시간이나 그 이상이 흘렀는지도 몰랐다. 시간 감각은 내게서 완전히 빠져나가 버리고 남은 것은 고통뿐이었다. 나는 바닥에 쓰러져 꼼짝도 하지 않았다. 한 사람이 조용히 들어왔다.

"안녕, 아이샤."

뜻밖에도 그가 부드럽게 말했다. 아, 나는 더러운 욕지거리가 덧붙지 않은 내 이름을 듣고 충격을 받았다. 심문을 받으면서 처음으로 인간으로 대접받았다. 그는 욕설과 채찍질을 퍼붓는 대신 안녕이라고 했다. 그 말 한마디는 사막에서 길을 잃고 헤매던 나그네에게 주어진 한 잔의 물과도 같았다.

그는 내가 일어나 의자에 앉도록 손을 잡아주었다. 그리고 자기도 탁자 맞은편에 앉았다.

사십대의 남자였다. 자식을 둔 아버지임직하고, 키와 몸집이 적당하며, 가무잡잡한 얼굴은 말끔히 면도를 했다. 머리가 약간 벗겨졌는데 그래서 이마가 더 훤해 보였다. 검은 눈이 그리 크지는 않았다. 목소리만큼이나 그의 얼굴도 다정한 느낌이었다.

그가 부드럽고도 조심스럽게 물었다.

"그들이 많이 때렸어?"

이 말은 상처를 다독이는 진통제와 같은 효과가 있었다. 나는 그들의 잔혹성과 무자비함을 고해바치기 시작했다. 그는 동정 어린 얼굴로 주의 깊게 귀를 기울여주었다. 나는 일장연설을 마치고 결론을 맺었다.

"젊은 여자를 두드려 패는 게 영웅적인 행동인가요?"

"물론 아니지."

그는 단호히 고개를 젓고 고문을 비난했다. 그가 설명하기를 심문에도 여러 종류가 있는데, 어떤 이들은 육체적 고문이 효과적이라고 믿지만 또 어떤 이들은 찬성하지 않고, 절대로 반대하는 사람들도 있다고 했다. 자기야 물론 구타와 고문에 강력하게 반대한다고 했다(나중에 풀려나서야 나는 알게 됐는데, 그도 라스미야를 잔인하게 구타한 사람 중 하나였다). 그는 자신이 이런 특별한 입장을 고수하기 위해 겪어야만 했던 온갖 어려움을 늘어놓았다. 그는 또 자기가 키부츠*에 산다며 키부츠 공동체에 대해, 구성원들간의 평등한 관계와 사회주의적 생활양식에 대해 이야기했다. 키부츠야말로 무조건적인 평등이 실현된 지상의 낙원이라고 표현했다(나 또한 그때까지는 키부츠 생활이 이상적이라고 믿었다). 그리고 그는 아랍 사회에 대해 말하기 시작했다. 그는 전문가 못잖게 달변이었고 나조차 모르는 세세한 면까지 알고 있었다. 그의 폭넓은 지식과 논리에 나는 압도당했다. 경쟁심을 잃고 그의 탁월함을 인정했다. 아랍인인 나보다 그가 아랍인에 대해 잘 알고 있는 데야, 어쩌겠는가?

그는 내게는 아무것도 묻지 않고 혼자 대화를 끝냈다. 그리고 탁자에서 일어서기 전에 다시는 다른 심문자들이 나를 때리지 못하도록 조치하겠다고 약속하고, 한 마디 덧붙였다.

"그러나 너도 자신을 돌봐야 해."

---

* 키부츠 : 이스라엘의 집단농장의 한 형태. 공산주의식 집단농장과 달리 철저한 자치조직으로 만들어진 생활공동체이다. 1909년 시오니즘 운동의 일환으로 탄생하였다. 구성원들은 사유재산을 가지지 않고 토지는 국유, 생산 및 생활재는 공동소유로 하며, 구성원의 수입은 키부츠에 귀속된다. 그러나 아랍과의 긴장관계 때문에 민병대(民兵隊)의 성격도 가지고 있다.

"어떻게요?"

"자백해! 그들에게 너를 때릴 수 있는 어떤 명분도 주지 마! 너 자신을 위해서 그래야만 해."

그의 마지막 말이 채찍처럼 나를 후려쳤다. 그는 다르다는 미망에서 나는 깨어났다. 그가 나가면서 말했다.

"누가 못 살게 굴거나 뭐든 필요한 게 있으면 바로 나, 아부 알 니메르를 불러."

그가 문간에서 돌아보며 물었다.

"뭐 좀 먹었어?"

그리고 내가 대답할 틈도 없이 연이어 말했다.

"먹을 걸 갖다 주라고 할게."

그는 나갔다. 그 남자는 두 번이나 나를 놀라게 했다. 한 번은 지식과 예의 바름으로, 또 한 번은 내게 자백하라고 충고해서 그 모든 것을 날려버림으로써. 그러나 그가 키부츠에 산다면, 진심으로 구타와 고문에 반대할 수도 있지 않을까? 그게 단지 속임수였을까? 키부츠 구성원들 중에는 인간미가 있는 사람들이 있지 않을까? 그럴까? 아마도 그는 자기 성격에 맞는 역할을 하고 있을 뿐일 터였다.

나는 그가 보여주었던 인간적인 태도를 되새겼다. 설령 그가 진심이 아니었다 해도, 나는 가혹한 현실의 중압감을 견딜 수 없어서 그런 사소한 친절에라도 매달리고 싶었다. 그들 중에도 괜찮은 사람이 있지 않을까?

우리 아랍인들이 모두 들었듯이, 모셰 다얀 장군*한테 그 부하 미하가 용감하게 맞섰다고 하지 않나? 다얀이 알 비리를 점령하여 시청으로 뚜벅뚜벅 걸어 들어갔을 때, 시장 압달 자우와드는 일어서서 그를 맞이하지 않고 고집스럽게 앉아 있었다. 다얀은 격노했다. 장교 미하가 자신의 상관에게 직언하기를, "장군께서 손님이 아니라 점령자로 왔는데, 어떻게 이들이 경의를 표하기를 기대하십니까?"

나는 그들 가운데 괜찮은 사람들이 있기를 간절히 바랐으나, 내 마음은 경고했다. 그는 천사의 탈을 쓴 악마요, 연기를 하고 있을 뿐이야. 데리야씬 사태**에서 살아남은 여자들이 증언했듯이, 사기 치는 건 유대인들의 고질적인 습성이 아니던가? 데리야씬 주민들은 이웃해 있는 탈피오트 정착촌의 유대인들과 사이가 좋았다고 했다. 유대인들은 자주 놀러 와서 커피를 함께 마시고 기쁨과 슬픔도 나누었다. 바로 그 이웃들이 데리야씬에 들이닥쳐 살육을 자행하자 주민들은 어안이 벙벙했다. 이른 새벽 군복으로 갈아입고 손에는 총을 든 코헨이 마흐무드 조디의 집에 문을 박차고 뛰어들었을 때, 마흐무드는 코헨을 알아보고 물었다. "어떻게 된 거야, 코헨? 너는 친구로서 우리 집에 와서 나랑 커피를 같이 마신 거야, 아니면 나를 죽이고 내 집을 차지하려는 음모를 꾸미고 있었던 거야?"

나는 혼자 남았다. 다시 온몸이 쑤시기 시작해 통증이 이는 데를 더듬어 보았다. 내 몸뚱이는 온통 곪고 터져 손이 가는 데마다 아팠다. 실제로 맞을 때 빼고는 아무 느낌이 없었는데, 왜 이제 통증이 한꺼번에 밀려올까?

---

* 모셰 다얀 장군 : Dayan, Moshe(1915~1981). 이스라엘 건국의 영웅. 전쟁에서 한쪽 눈을 실명하여 검은 안대를 하고 다녔다.
** 데리야씬 사태 : 1948년 4월 9일 새벽. 이스라엘 군대가 팔레스타인인들의 오래된 마을 데리야씬에 들이닥쳐 주민들을 학살하고 쫓아내어 마을을 없애버렸다. 이후 팔레스타인인인들 모두에게 닥칠 비극을 예고한 유명한 사건이다.

저녁이었다. 전쟁터에서 보내는 두 번째 밤이로군. 나는 혼잣말을 했다. 밖을 내다보려고 창문에 다가갔다. 자동적으로 내 상상력은 탈출 장면을 만들어냈다. 모험, 영웅적인 싸움과 공상 영화 같은 요소들. 자유의 투사들이 침투해 들어와 이 지옥 같은 곳에서 나와 동지들을 구해낸다. 나는 심문자들 가운데 한 명으로부터 총을 탈취해 그들을 차례차례 쏘아버린다. 그냥 쏘는 것도 아니고 이마 한가운데에 총알을 박아버린다. 아부 알 니메르 차례가 되자 나는 주저한다. 어쩌면 그는 나쁜 사람이 아닐지도 몰라. 내가 상상하고 또 꿈꾸는데 누군가 근처에 있는 막사로 음식을 나르는 모습이 보였다. 꿈은 당장 달아나고 배고픔이 밀려왔다. 전날 아침식사 후로 나는 아무것도 먹지 못했다.

몇 분 뒤에 한 사람이 음식 쟁반을 들고 들어왔다. 그가 무심하게 물었다. "먹고 싶지?" 그는 탁자 위에 쟁반을 놓고 나갔다. 쟁반에 담긴 것은 빵 한 조각과 노란 치즈 한 장, 마가린 약간과 차 한 잔이 전부였다. 음식이 눈앞에 놓이자 심장이 고동쳤으나, 나는 망설였다. 저들이 음식에 뭘 넣었을 거야! 아무것도 먹지 말아야 해. 그러나 굶주림은 인내를 몰랐다. 나는 스스로 친 경계망을 빠져나갈 구실을 찾기 시작했다. 저들이 뭔가를 넣었더라도 빵이나 치즈보다는 차에 넣었을 테지. 나는 차는 마시지 않고 빵과 치즈를 먹었다. 그리고 마가린까지.

마가린 하면 내 머릿속에는 곧바로 난민이 떠올랐다. 심문실에서조차 그랬다. 우리는 고모 댁을 방문했을 때 고모가 UNRWA*에서 받아온 마가린을

---

* UNRWA : United Nations Relief and Works Agency. 국제연합 팔레스타인 난민구제사업국.

주면 먹지 않았다. 우리는 맛이 없다는 핑계를 댔지만, 실은 우리에게 난민이라는 딱지가 붙는 것을 거부하듯이 난민에게 배급되는 그 마가린 또한 거부하고자 했다. 그 마가린은 우리 것이 아니며, 우리가 먹어서는 안 되는 것이었다. 그 냄새와 맛은 내게 우리가 난민이며 우리 땅에서 쫓겨난 자들이라는, 인정하고 싶지 않은 사실을 상기시켰다. 하지만 심문실에서 내가 먹는 마가린은 맛있기만 했다. 여태껏 내가 어떻게 그 맛을 좋아하지 않을 수 있었는지 이해가 안 될 지경이었다. 나는 빵 없이 마가린을 꿀꺽 삼킬 수도 있었다.

두 남자가 들어왔다. 처음 보는 사람들이었다. 하나는 얼굴이 유럽인처럼 희멀건 삼십대였다. 또 하나는 초록색 눈에 키가 크고 피부가 아주 깨끗했는데 엷은 갈색 머리 한 줄기가 훤한 이마에 드리워져 있었다. 그는 배우를 하면 좋을 것 같았다.

첫 번째 남자가 손가락질하며 말로 나를 깔아뭉개기 시작했다.

"야, 헤픈 계집. 네가 이스라엘하고 싸우겠다고? 하하하……"

그는 짓궂게 낄낄거리더니 말을 이었다.

"네가 6일이 아니라 여섯 시간 만에 아랍국 전체를 물리친 이스라엘과 싸우고 싶단 말이지. 정말 머리가 텅텅 비었군. 웰렉,* 너처럼 교육받은 젊은 여자들은 우리한테 감사해야 해. 우리는 너희를 개화시키고 있는 거라고. 너를 위해서 말해주겠는데, 머리가 돌아가는 작자들은 죄다 우리한테 협력한다고."

---

* 웰렉 : 너. 비하하는 표현.

그의 오만한 말에 나는 짜증이 치밀었다. 폭발 직전이었으나 간신히 참고 나는 딱딱하게 말했다.

"당신 말대로 당신들이 강하고 문명화되었다면, 나같이 헤픈 계집을 왜 두드려 패는 거죠?"

"건방지게 따지지 말고 우리가 하는 말을 잘 듣고 생각을 좀 해보라고."

그는 계속 공격했다. 약하고 뒤떨어진 아랍 국가들을, 나를 팔아치운 우리 지도부를.

젊은 남자가 처음으로 끼어들었다.

"네가 왜 정치 따위에 신경 쓰지? 너는 정치하고는 아무 상관없는 예쁜 아가씨잖아. 너를 이런 일에 얽어 넣고 자기들은 숨어버린 놈들이 나쁜 거야."

그의 말은 내게 생뚱맞게만 들렸다. 배우 못잖은 그의 외모 또한 그 상황에서 생뚱맞았다. 그는 첫 번째 남자보다 더 성가셨다. 나는 그들의 논리에서 모순을 잡아내고 역공했다. 논리가 최고였다.

"그러면 왜 당신네 아가씨들은 군에 입대해서 싸워요? 당신네들은 남자가 없어요? 남자들이 다 죽었어요?"

첫 번째 남자가 손에 힘을 실어 내 뺨을 후려쳤다.

"건방지게 굴지 마! 입 닥쳐!"

그가 내 입을 틀어막고 뭉개버리려는 듯 짓눌렀다. 나는 아프기는 해도 내 말이 정곡을 찔렀으므로 후회되지 않았다. 그가 다시 공세를 폈다.

"웰렉! 네 지도부한테 말대꾸해본 적 있어? 이 바보야, 네가 얻어맞으면서 보호하려고 하는 그 자들이 너를 밀고한 거야. 우리가 너를 어떻게 체포할 수 있었겠나? 네가 한 번 설명해봐. 당장 대답해. 그 유창한 혓바닥이 굳어

버렸나?"

나는 답할 수 없었고, 그 질문을 나 자신에게 해보기도 싫었다. 그러고 싶지 않았다. 그 상황에서 그런 문제는 생각해봤자 소용이 없었다. 나는 묵묵히 앉아 있었고, 그는 계속 밀어붙였다.

"네 상부 지도자들은 타락했어. 장담하건대 그들은 지금 해변에 있는 멋진 호텔에 묵으면서 수영하고 마음껏 즐기고 있을 거야. 그리고 너는 이리로 보냈지, 이 멍청아. 폭탄을 터뜨려 어린애들을 죽이라고 말이야. 말해봐. 네 지도부는 도대체 왜 이 모양이야? 이 바보, 너는 감옥에서 푹푹 썩겠지."

그러나 그는 내게 그렇게 하도록 시킨 자들이 바로 자기들이라는 사실을 결코 깨닫지 못했다. 내가 싸울 수밖에 없도록 강요한 자들이 다른 사람 아닌 자기들, 이스라엘인들이라는 것을. 기억할 수 있는 아주 어린 시절부터, 데리야씬에서 쫓겨난 우리 아주머니네 식구들과 주민들을 보았을 때부터, 나는 그들이 자기 마을로 돌아갈 수 있도록 내가 싸워주겠다고 마음먹었다. 모든 난민들이 자기 집과, 도시와 마을로 돌아갈 수 있도록! 라말라여자학교 도서관에서 잔 다르크에 관한 책을 찾아내어 읽은 뒤로, 나는 늘 팔레스타인 해방군을 이끌고 나가 싸우기를 꿈꾸었다. 그들은 자기들이 제기한 문제, 민족적 정체성 문제가 실은 얼마나 심각한지 모른다.

나는 스스로 생각하기에도 또 누가 보기에도 팔레스타인인이지만, 팔레스타인인이라는 정체성을 가질 수 없다. 그것은 금지되었다. 팔레스타인은 지중해 서쪽 연안에 있다. 나는 늘 지중해에 가보고 싶었지만 서쪽을 바라볼 수 없었다. 서쪽은 금지되고 동쪽만 바라보아야 했다. 우리에게는 '임 라쉬 라쉬*라는 작은 만(灣) 말고는 바다가 없다. 그는 자기가 '여섯 시간 전쟁'이라고 표현한 그 전쟁이 우리에게 얼마나 큰 영향을 남겼는지 이해하지 못한다. 쓰디쓴 패배가 아직도 우리의 영혼과 실존을 지배하고 있다는 것을.

그들이 아니었다면, 그들이 우리나라에 와서 우리를 공격하지 않았다면, 우리가 지금 이런 고생을 하고 있지 않을 것이다. 어떤 일도 일어나지 않았을 것이다. 자기 땅에서 쫓겨나는 일도, 난민이 되어 각지로 흩어지는 일도 없었을 것이다. 전쟁도, 패배도, 감옥도, 체포도. 그는 이런 건 절대로 생각하고 싶지 않겠지. 나는 속으로 중얼거렸다. 그는 나를 거듭 밀어붙였다.

"이스라엘에 대한 투쟁은 정치가들에게 맡겨. 어떤 패배든 그들 책임이야. 너는 네 자신의 미래를 생각해야 해. 어떻게 하면 결혼해서 아이 낳고 행복하게 살까, 비단옷에 금과 보석을 두르고 안락하게 살까, 이런 걸 고민해야지. 감옥에서 썩지 말고 말이야."

그러나 나는 내 개인의 미래는 안중에도 없었다. 내 고민은 우리 팔레스타인인들의 미래뿐이었다. 나는 자유 투사가 아닌 사람과 결혼하겠다는 생각은 한 번도 해보지 않았다. 내가 결혼할 사람은 반드시 자유 투사여야 했다. 우리는 텐트와 오토바이 말고는 가진 게 없겠으나, 오토바이를 타고 돌아다니다가 마음에 드는 곳에 텐트를 칠 것이었다. 내 꿈은 그랬다. 나는 금이나 보석, 비단옷 따위는 꿈꾸지 않았다. 그런 걸 생각하기만 해도 불쾌해질 정도로, 내 꿈은 아주 멀었다. 내 기억에 나는 보석상 앞에서 발걸음을 멈

---

* 임 라쉬 라쉬 : 걸프만의 아카바 항구를 팔레스타인인들이 부르는 이름. 요르단에 있으므로 팔레스타인인들은 비자를 받아야 갈 수 있다.

췄본 적이 없었다. 내 눈에는 여자들이 목이나 손목에 두른 금이 아름답기는커녕 흉측해보였다. 나는 왜 그랬을까? 내 또래 여자들이 그러듯이 결혼해서 아이 낳고 행복하게 살 생각을 해보지 않았을까? 내가 역사를 만들고 조국과 민족을 해방시키기를 원했기 때문인가?

우리 동지들은 자유를 꿈꾸었다. 우리 자신의 땅과 바닷가를 자유롭게 다니기를 꿈꾸었다. 우리는 번쩍이는 금과 예쁜 옷에 현혹되지 않았다. 조국과 아랍국 전부와, 전 세계를 해방시키기 위해서 우리는 아주 크고 중요한 인물들이 되어야만 했다. 우리는 모든 사람의 영혼을 파고들어 새롭고 아름답고, 무엇보다 자유로운 세상을 만들 것이었다. 내가 조국과 대의를 위해 살기로 작정한 게 이기적인 생각인가? 내 꿈에는 결혼해서 아이를 기르는 개인적 삶의 여지가 없었을까?

내 삶의 목표는 내 집을 짓는 것이 아니라, 내 나라를 일으켜 세우는 것이었다. 내 생애의 의미는 우리 민족을 위해 사는 데 있었다. 점령당한 상태에서 자유는 물론 생명조차 보장받지 못하는 내 자식 몇 명을 기르는 데 있지 않았다. 원대한 꿈이었으며, 그 꿈을 위해서라면 어떤 고난도 겪을 만한 가치가 있었다. 우리는 늘 말했다. "내가 타오르지 않고 네가 타오르지 않으면, 어떻게 우리가 빛을 얻을 수 있겠나?" 마침내 그가 내 속을 뒤집어놓았다.

"웰렉, 정치는 정치가들에게 맡겨. 웰렉, 지금 너 때문에 고통당하는 네 어머니를 생각해. 웰렉, 네 어머니 말고는 아무도 너에 대해 생각하지 않아. 웰렉, 나는 수많은 어머니가 우는 건 참아도 우리 어머니가 우는 것은 못 참아!"

그가 우리 어머니를 들먹이자 나는 너무 가슴이 아파, 곧잘 하던 말대꾸도 나오지 않았다. 내면을 강타당해 심장이 멎는 것 같았다. 길 한가운데에 서서 구슬프게 우는 어머니의 모습이 떠올랐다. 그는 어머니에 대한 내 애정을 집중 공략했다. 내 얼굴이나 눈에서 달라진 기미를 알아챈 걸까? 내가 슬픔을 드러내고야 말았나?

"휴, 네가 미치거나 신체가 마비되어 버리면 네 어머니는 어떨까? 네가 머리를 맞아 미치든지, 눈이 멀든지, 마비가 되면 말이야."

나는 이번에도 대꾸하지 못했다. 충분히 생길 수 있는 끔찍한 사태가 두려워졌다. 미치거나 마비가 된다고? 안 돼, 안 돼, 나는 그렇게 되고 싶지 않아! 그는 내 두려움을 집요하게 쑤셔댔다.

"우리는 미치광이처럼 때릴 줄밖에 모르는 우둔한 드루즈인들에게 널 맡길 거야. 그들은 심장이 돌로 만들어져 피눈물도 없지. 너는 마비되든지, 미치든지, 눈이 멀어버리겠지. 그래서 네게 좋을 게 뭐야? 네가 그렇게 되면 누가 너를 돌아보기나 하겠어? 고생할 사람은 너 자신과 네 어머니뿐이야. 여태껏 우리는 충고했지만, 이제 인정사정 안 봐주는 냉혈한들이 온다니까."

이렇게 말하면서 그들은 방을 나갔다. 나는 내가 처한 상황을 다시 생각해보기 시작했다.

끔찍한 운명에 대한 두려움과 걱정에 나는 사로잡혔다. 시력 상실, 신체마비, 정신 이상, 또는 이 세 가지가 한꺼번에 내게 일어날 수 있다. 그러면 어머니는 어떻게 된단 말인가. 두려움이 병균이나 바이러스처럼 내 신경과 의지를 갉아먹었다. 나는 좀 전까지의 저항적인 인간이 더 이상은 아닌 듯했다. 내가 미치든지 몸이 마비되든지, 눈이 먼다고? 무서워! 내가 그렇게 되면 우리 엄마는 어쩌라고! 아냐, 아냐, 그럴 리 없어. 아니, 그러지 말란 법도 없지! 지금도 머릿속에서 우렁우렁하는 소리가 나잖아? 그들이 정말 인정사정없는 미치광이일까? 아냐, 자밀라 부하이레드*는 고문을 많이 받았지만 미치지 않았어. 그런데 내가 왜? 버텨, 아이샤. 내가 신경이 약해지고 있는 거야.

우리에게 닥칠지도 모를 고난에 대해 라시다와 했던 이야기들이 떠올랐다. 그녀는 그 어떤 끔찍한 일도 우리에게는 일어날 수 있으며, 대가를 치를 각오를 해야만 한다고 말했다. 이스라엘의 점령은 절대악이며, 그에 맞서기 위한 우리의 고통은 상대적이므로.

우리는 모든 가능성을 열거해보았으나, 미치는 상황은 목록에 없었다. 미쳐버릴 수도 있다는 생각까지는 차마 우리에게 떠오르지 않았다. 그런데 내가 왜 미치거나 마비가 된다든지, 그래서 우리 어머니가 충격을 받는다든지, 이런 걸 생각하며 떨고 있지? 어머니를 생각하려면 이스라엘 점령에 맞서 싸우러 나오기 전에 생각했어야지, 왜 이제야 생각하지?

객관적으로 말하기야 쉽지만, 막상 상황에 봉착하여 그런 문제를 따지기는 힘들었다. 아이샤, 어떻게 된 거야? 왜 미칠지도 모른다는 생각에 떨어? 미친다고? 아, 무서워. 이건 장난이 아냐. 그런 일이 정말 일어날 수도 있어. 그들은 무자비해. 내가 미친다? 아냐, 그러느니 차라리 죽는 게 낫지. 아이

---

* 자밀라 부하이레드 : 아랍 세계에서 유명한 알제리 여성 독립 운동가. 1935년에 태어나 학생 시절 알제리 민족해방전선(Algerian National Liberation Front)의 일원이 되었다. 1957년에 총상을 입고 프랑스 군대에 잡혀 끝끝내 말하기를 거부하다가 처형당할 뻔했으나, 언론 캠페인 덕분에 살아남았다. 1962년에 풀려났으며 알제리의 영웅이 되었다. 그녀의 일생은 영화로 만들어지기도 했다.

샤, 자백해야만 할까? 아냐, 자백하려고 이제껏 그들과 맞선 게 아니잖아. 그런데 내가 마비되거나 미쳐버린다고? 아냐, 차라리 죽는 게 낫다니까! 그러면 자백할까? 아냐, 아냐, 자백하는 건 수치이고 참을 수 없는 패배야. 오, 맙소사, 여기서 벗어날 길은 없을까? 오, 맙소사. 지금껏 내가 어떻게 의지력과 오기로 버틸 수 있었지? 이제는 맞을 생각만 해도 이렇게 무너지는데.

인간의 영혼에서 약한 곳과 강한 곳은 어디일까? 머리를 맞으면서 나는 미치거나 마비가 될지도 모른다는 생각은 하지 않았다. 내 존재의 세포 하나하나의 에너지를 일깨워, 내가 떠올릴 수 있는 모든 말들로 스스로 부추기며 버텨냈다. 나는 내가 그들과 맞선 강력한 경쟁자이며, 그들을 능가한다고까지 생각했다. 그런데 상대가 던진 위협 한 마디, 말 그대로 될 것 같지는 않은 하나의 가능성 때문에 떨고 있다. 하지만 정말로 내가 미치거나 마비가 되면 어쩌지?

아냐, 절대로 그럴 리 없어!

왜? 그러지 말란 법도 없잖아?

내가 갈등의 틈바구니에서 발버둥치고 있을 때, 두 남자가 방에 들어와 나를 데리고 나갔다. 밤이었다. 나는 추운지 더운지 느낄 경황조차 없었다. 질병처럼 갈등이 나를 휘어잡고 있었다. 이틀 전 심문을 받았던 건물의 방 하나로 나는 끌려갔다. 방 안에는 아무것도 없었다. 그들은 나 혼자 남겨두고 나갔다. 텅 빈 방 안에서 나는 뭘 해야 하는지 알 수 없었다. 바닥에 앉을까, 벽에 기대 서 있을까? 아니면 거닐며 생각할까?

옆방에서 사람들이 고문당하는 소리가 들려오기 시작했다. 비명, 신음, 채찍질, 때리는 소리, 욕하는 소리, 도와달라고 외치는 소리! 마치 최후의 심판일 같았다. 내가 어느 지옥에 와 있는 거지?

나는 아무것도 듣지 않으려고 손으로 귀를 막았다. 그러나 소용없었다. 고문 받는 사람들의 비명소리가 나무둥치를 자르는 톱날처럼 내 신경을 파고들었다. 내가 당하는 것도 아니며 내 눈앞에서 벌어지는 일이 아닐지라도, 그 간접적 고문은 내 신경과 지구력을 더욱 고갈시켰다. 고통을 못 이긴 비명소리에 내 신경은 무너졌다. 내가 맞을 때는 저항하고 버텨낼 수 있었지만, 이제 나는 저항하지도 맞서지도 그들과 고통을 나누지도 못했다. 비명소리가 바늘처럼 내 살갗을 찔러댔다. 비명소리는 나를 고문하는데, 나는 맞서거나 피할 도리가 없었다. 나는 고문자들을 향해 소리를 지를 수조차 없었다. 그곳은 출구 없는 감옥이었다. 그곳은 지옥이었다.

심문자 하나가 손에 채찍을 들고 들어와 내게 고함쳤다.

"너, 네 올케랑 친하지?"

묻는다기보다는 당연히 알고 있다는 투였다. 그는 옆방의 심문자들에게 외쳤다.

"가서 이년의 어미와 올케를 잡아다가 젖가슴을 매달아. 이년이 그들의 찢어지는 비명소리를 들을 수 있게."

그는 그렇게 말하면서 방을 나갔다. 한동안 나는 그들이 정말 그런 짓을 할 거라고 생각했다. 온몸에 소름이 쫙 끼치고 머리카락이 곤두섰다. 만일 저들이 어머니와 올케언니를 데려다 고문한다면 끝장이야. 그건 정말 참을 수 없어. 내가 맞지 않아도 나는 미쳐버릴 거야! 어떻게 그런 생각을 할 수가 있지? 맙소사, 저들은 도대체 어떤 인간들이야? 어떻게 그런 짓을 할 수가 있는 거야? 우리 어머니하고 올케언니가 무슨 상관이 있다고. 맙소사, 저들의 머리와 심장에는 무자비함만 가득 차 있어.

내 안의 무언가가 말했다. '정신 차려, 아이샤! 마음을 다잡아. 아직 일어나지도 않은 일에 난리야. 그렇게 되지 않을 수도 있잖아. 그냥 협박하는 소릴 거야.' 나는 구명보트에 매달리듯 그 생각에 매달렸다. 그래, 그냥 협박이야. '맞아, 협박일 뿐이야. 단단히 심신을 가다듬어. 의지가 꺾여서는 안 돼, 아이샤.'

밤이 이슥해지자 소란이 잦아들었다. 구타와 고문의 소음, 호통과 욕설은 그치고 가까운 방들에서 나지막한 신음소리만 났다. 두 남자가 들어와 나를 첫날 심문받았던 방으로 데려갔다. 그들은 거기 나를 한 시간정도 놔두었다. 무척 조용했으나 내 귀에는 고문당하는 사람들의 비명이 들려오는 듯했다. 밤의 정적을 깨고 비명이 터져 나와 그 건물을, 온 세상을, 내 마음을 뒤흔들었다. 나는 심문자들의 얼굴에 대고 "나치, 점령자, 압제자, 너희들은 반드시 망할 거야!" 라고 소리 치고 싶었다. 나는 말하고 싶었다. "폭탄을 장치한 사람은 나야. 너희 점령자들은 그런 벌을 받아 마땅해!" 그들 앞에서 폭발해버리고만 싶었다. 내가 그들의 점령, 그들의 불의, 그들의 무자비함에 맞서는 가장 강한 적수라고 선언하고 싶었다. 그들이 나를 감옥에 넣을까? 좋아, 그래도 나는 거기 오래 있지 않을 테니까! 그들한테 본때를 보여주고 당당하게 걸어서 나올 거야. 자유의 투사들이 나를 감옥에 오래 두지 않을 거야. 나는 그들 앞을 당당하게 걸어서 나올 거야. 하지만 온전한 몸으로 걸어나와야만 해, 마비되지도 미치지도 말고.

나는 자신에게 자백을 정당화하고 있었다. 이른 새벽에 전에 나를 때렸던 두 남자가 걸어 들어왔다. 나를 의자에 앉히고 그들은 탁자 양쪽 가장자리에 기대섰다. 하나가 시작했다.

"우리가 네 몸뚱어리를 마비시켜 버리려고 왔다는 걸 알아?"

그 말에 나는 가슴이 쿵 내려앉았다. 그가 내 얼굴을 후려쳤다. 또 다시 손바닥이 날아오기 전에 나는 결심했다. 작전에 대해 자백할 것이다.*

---

* 이 글은 자서전 『자유를 꿈꾸며』의 일부분이다. 필자는 끝내 동지들에 대해 자백하지 않고 버텼으며, 종신형을 선고받았다.

취한 새

자카리아 무함마드

자카리아 무함마드 Zakaria Mohammed | 시인·소설가

1950년 나블루스 출생. 이라크 바그다드대 아랍문학과를 졸업했다. 한동안 이라크, 요르단, 레바논, 시리아, 키프로스, 튀니지 등에서 살았다. 《알 카멜》 등 문학잡지의 편집장을 지냈으며 현재 저널리스트와 편집자로 일하고 있다. 그의 시는 현대 아랍시의 가장 모범적인 사례로 간주된다. 이스라엘의 점령에 저항하면서도 자살폭탄운동에 대해서 강력한 반대 입장을 표명해 이슬람 율법회의에 회부되기도 했다. 시집으로 『마지막 시들』(베이루트, 1981), 『손으로 만든 물건 Hand Crafts』(런던, 1990), 『아스카다르를 지나가는 말 The Horse passes Askadar』(런던, 1991), 『햇살』(암만, 2001) 등이 있으며 장편소설 『검은 눈동자』(라말라, 1996), 『자전거 타는 사람』(암만-카이로, 2003), 비평집 『팔레스타인 문화론』(라말라, 2003) 등과 다수의 아동물을 펴냈다.

2004년은 너무도 끔찍하게 끝났다. 나는 비극이 인도네시아가 아니라 팔레스타인에서 일어날 줄 알았다. 우리 땅은 상처받고 모욕당하고 있다. 콜라 깡통, 비닐봉지, 휴지와 구겨진 담뱃갑들, 모든 것이 흙먼지에 덮여 있다. 땅의 분노는 극도에 다다라서 나는 우리 땅이 자기 위에 있는 거주민과 건물들과, 우리의 존재 자체를 뒤흔들어버릴 거라고 생각했다. 마치 화난 낙타가 등에 진 짐을 떨쳐버리듯이.

그러나 나는 이 모든 일들을 잊으려 애쓰며, 신화 속의 이상한 새를 좇고 있다. 목을 틀어 뒤를 바라보며 눈을 기다리는 새. 해마다 이맘때면, 한 해가 저물고 다음해가 시작될 무렵 눈에 대한 내 집착이 시작된다. 눈을 기대하며 나는 틈만 나면 집 밖에 나가 검은 구름을 찾고, 북극에서 불어오는 바람의 냄새를 맡는다. 적어도 2, 3일간은 내 안을 정화하고 먼지 쌓인 땅을 가릴 필요가 있다. 새해가 이틀간만이라도 하얀 날들로 시작된다면, 나는 한 해를 견딜 수 있다. 눈이 내려 내 앞의 풍경을 덮을 때, 나는 지구가 하나라고 느낀다. 장화를 신고 걸으면 어떤 장애물에도 막히지 않고 극지방까지 갈 수 있을 것만 같다. 두 아들들이 아직 어렸던 몇 해 전까지는 함께 눈을 기다렸다. 아이들이 묻곤 했다.

"아빠, 눈은 어디서 와?"

"들어봐, 북극의 하얀 곰이 긴 겨울잠이 지겨워지면 깨어나는 거야. 그리고 우리한테로, 남쪽에서도 가장 따뜻한 곳으로 걸어오기로 마음을 먹어. 하얀 곰이 지중해에 도착하면 멈춰 서서 털을 흔들어 등에 실린 눈을 뿌리지. 그 눈이 팔레스타인과 지중해 동쪽에 내리게 되는 거야."

아이들은 내 이야기를 믿긴 했지만, 곰의 등에 실린 눈이 충분할 거라고 생각하지는 않았다. 이야기의 약점을 감추기 위해서 나는 이렇게 말했다.

"분명 곰들이 무척 많을 거야!"

이제 아이들은 십대가 되었다. 곰 이야기는 더 이상 통하지 않는다. 눈이 내리면 아이들은 그저 내 새하얀 거짓말을 기억하고 웃을 뿐이다. 이제는 나 홀로 기다린다. 내 눈에서 흐르는 비통한 눈물을 수습하기 위해서, 내게는 그 이틀이 간절히 필요하다.

*

아라파트*가 사망했을 때 팔레스타인에 와 있던 한 외국 언론인이, 그 이후에 벌어질 선거에 관해 의견을 들으려고 나를 만나자고 했다. 아라파트가 더 이상 존재하지 않으니 어떤 느낌이 드느냐고 물었다. 나는 속으로 혼잣말을 했다. '모든 사람이 그가 독살되었음을 알고 있지만, 아무도 그 사실을 입에 올리려 하지 않지.' 나는 그에게 이런 말은 하지 않았고, 대신 아라파트

---

* 아라파트 : Yasser Arafat(1929~2004) 팔레스타인해방기고(PLO) 의장과 팔레스타인혁명군 최고사령관을 지낸 팔레스타인 민족 지도자. 1988년 가자지구와 요르단 강 서안지구를 영토로 하는 팔레스타인 독립국을 선포하고, 1996년 팔레스타인 자치정부 수반으로 선출되었다. 2004년 11월 11일 지병으로 사망하였으나 이스라엘에 의한 독살설이 제기되고 있다.

의 사망 소식을 들었을 때 내가 받은 느낌을 간결하게 표현하려고 애썼다. 1
분쯤 침묵한 후에 나는 말했다.

"같은 감옥에 갇혀 있던 동료 죄수가 죽은 것 같은 느낌이요. 그가 죽어서
나는 너무나 슬퍼요. 나는 그의 옆방에 몇 년간이나 갇혀 있었고, 감옥에서
나가게 되면 그를 더 잘 이해하기 위해 만나봐야겠다고 생각했지요. 그런데
그는 나만 남겨놓고 죽어버렸어요. 나 또한 그처럼 이 감옥에서 죽을까봐
두려워요."

그러자 외국 언론인은 물었다.

"희망이 없다고 느낀다는 뜻인가요?"

나는 그 어디에서도 따오지 않은 한 문장으로 답했다.

"가물거리는 빛이 있지요."

그리고 엄청난 고통이 있다.

우리는 라말라 시 작은 거리 한가운데 있는 알 마나라 광장에 있었다. 외
국 언론인은 인터뷰를 마치고 갔고, 나는 지구의 네 모퉁이를 응시하고 있
는 광장의 사자상을 보려고 남았다. 네 마리의 수사자들인데, 그 중 한 마리
는 부인인 암사자와 두 마리 새끼 사자들과 함께 있다. 내가 알기로 수사자
는 새끼를 돌보지 않고 암사자가 주로 책임을 지지만, 광장을 만든 사람들
은 가족의 가치를 강조하려는 의도가 있었던 것 같다.

5, 6년 전, 광장에 사자상이 세워질 때 나는 무척 화가 났다. 다른 사람들
도 역시 화가 났다. 건축대학 학생들이 사자상과 광장의 구도에 반대하는
시위를 연달아 벌이기도 했다. 사자상을 정말 추했다. 우리는 단지 고통으

로 울부짖는 불쌍한 사람들일 뿐이지, 포효하는 거대한 사자와는 조금도 닮지 않았다고 나는 개탄했다. 철거되기만을 바랐던 그 사자상들은 결국 남았다. 생각을 거듭한 끝에 이제 나는 마음을 바꾼다. 광장의 사자상들이 여기에서 벌어진 일들에 대한 목격자로서, 이대로 남았으면 좋겠다. 지금 그 사자상들은 우리하고 똑같다. 그들은 우리가 겪은 사건들을 같이 겪었다.

이스라엘 탱크가 이 도시에 들이닥쳤을 때, 이스라엘 군인들은 곧바로 도심을 장악하고 두 달 동안이나 라말라 시 전체에 통금령을 내렸다. 텅 빈 도시에서 그들은 장밋빛 사자들 말고는 심심풀이할 대상을 찾지 못했다. 그들은 사자의 꼬리를 겨누고 총을 쏘았다. 그들은 명사수들이었다. 한 마리 사자를 빼고는 나머지 모든 사자들이 꼬리를 잃었다. 그 사자는 꼬리가 몸 안으로 말려들어간 덕분에 꼬리를 보전했다. 두 마리 새끼 사자들조차 지금 꼬리가 없다. 나는 깊은 동정심을 느끼며 사자들을 만져보았다. 지금 그 것들은 우리와, 나와 똑같다. 나 또한 꼬리가 없다. 우리 모두는 꼬리가 잘린 존재들이다. 열일곱 살짜리 내 아들이 작년에 이 사자상에 대해 시를 썼다. 그가 시 창작에 뜻이 있었던 건 아니고, 영어 선생이 아무 주제로나 시를 쓰라는 숙제를 내주어서 그가 글감으로 사자상을 택했다.

알 마나라 광장의 사자들

아흐마드 에이드

IB 11반

160

네 방향을 바라보는 네 마리 장밋빛 사자들

한 마리는 시계를 차고 있네

3시 30분, 팔은 움직이지 않고

아무것도 기다리지 않네

사자들의 꼬리는 잘려나갔네

초록빛 악마들이 잘라버렸지

아무것도 기다리지 않는 네 마리 회색 사자들

상처가 땜질된 얼굴은 장엄한데

으르렁… 으르렁… 사자들이 울부짖는다

꼼짝 않고 서 있는 네 마리 사자들

끝없이 포효하면서.

이제, 나는 광장과 사자상의 모양에 대해서는 잊어버렸다. 그것들이 아름답지도 멋지지도 않다는 데 신경 쓰지 않았다. 그 사자상들을 여기 간직하기 위해서라면 나는 싸움도 마다하지 않을 것이다. 그들은 내 친구들이다. 그들의 입은 한껏 벌어져 있지만, 내가 보기에 그 사자들은 포효하고 있지 않다. 그들의 소리 없는 으르렁거림이야말로, 내게 그들이 고통 받고 모욕당해 울고 있다는 느낌을 준다.

예전 라말라 라디오 송신탑을 향해 얼굴을 들고 있다고 해서 '송신 사자'라고 불리는 북쪽 사자에게 나는 다가갔다. 아라파트의 파괴된 집무실에 가까웠던 예전 송신탑은 3년 전에 이스라엘 탱크에 깔려 없어졌다. 어떤 글에서 나는 북쪽 사자를 '시계를 찬 사자'라고 불렀는데, 이후로 사람들도 이 사자를 그렇게 부르기 시작했다. 그들은 갑자기 사자의 왼쪽 발에 채워진 시계를 발견했다. 그전에는 눈치 챈 이가 거의 없었건만, 우리 동네 한가운데 독특한 사자 한 마리가 있질 않나! 왼쪽 앞발에 시계를 찬 사자! 어쩌면 세상에서 단 한 마리뿐일지도 모르는, 이 시계 찬 사자의 사연은 이렇다.

사자상을 도안한 조각가가 일을 마쳤을 때가 새벽 3시 반이었다. 그는 마무리로 사자의 앞발에 그 시각을 가리키는 시계를 그려 넣어 관청에 보냈다. 공무원들은 시계에 대해 주의하라는 말과 함께 도안을 공장에 보냈다. 공원들은 그 시계가 신비한 상징이라고 생각했고, 재미난 시계를 찬 사자를 조각했다. 그리하여 우리는 우리의 특이한 사자를 갖게 되었던 것이다.

기분이 좋을 때면 나는 자신에게 말하곤 했다. 사자의 시계가 새벽 3시 30분을 가리키는 건 우연이 아니라고. 그건 우리에게 자유의 새벽이 곧 온다는 신호임에 틀림없다고. 그러나 텔레비전에서 우리를 저주하고 협박하는 미국의 부시 대통령을 보았을 때, 나는 자신에게 중얼거렸다. 새벽이니 자유 따위는 잊어버리고 눈이나 기다리자고. 시계 찬 사자는 아라파트의 파괴된 집무실을 바라보고 있고, 나는 내 새를 찾고 있다.

*

아라파트가 주최한 모임에 나는 몇 번 참석한 적이 있다. 그는 대중과 특히 지식인들에게 문을 넓게 개방했다. 그러나 나는 늘 유명 인사들을 피해 왔다. 그들과 함께 있으면 도무지 편하지가 않았다. 그러나 내가 아라파트를 자주 만날 수 없었던 보다 중요한 이유는, 내 정치적 입장이 언제나 그의

162

왼쪽에 있었기 때문이다. 나는 그를 비판하는 사람들 중 하나였다.

그러나 나는 언덕이 많은 도시에서 보냈던 1982년 여름, 마침내 그를 존경하게 되었음을 실토해야 한다. 그해 6월 샤론*이 이끄는 이스라엘의 끔직한 전쟁 기계들이 레바논에 몰아닥쳤다. 불과 며칠 만에 그들은 베이루트까지 도달해서 도시를 포위했다. 그들의 목적은 PLO**를 레바논 밖으로 몰아내고, 아라파트를 잡아 우리에 넣어 이스라엘인들에게 구경시키는 것이었다. 당시 나는 베이루트에 있었고, 신문-잡지에 글을 써서 겨우 먹고 사는 가난한 젊은 시인이었다. 총과 전쟁의 시기였으나 나는 무장하지 않고 버텼다. 평생 나는 단 한 발의 총알을 쏘아보았다. 친구가 내게 자신을 지키는 방법을 가르쳐주려고 했다. 그는 내게 총을 주었고 나는 과녁을 향해 한 발 쏘았다. 그것은 빗나갔으며, 오늘날까지 나는 그 짓을 다시는 반복하지 않았다.

지금 나는 그때를 기억한다.

나는 그 언덕 위의 날들을 기억한다.

나는 8월 4일을 기억한다.

그날 하루 동안 25만 발의 폭탄이 하늘에서, 바다에서, 지상에서 도시로

---

* 샤론 : Sharon(1928~2014). 군인 출신으로 이스라엘 총리를 역임했다. 1982년 레바논 침공 당시 국방장관이었던 그는 베이루트에 있던 팔레스타인 난민촌 학살사건의 책임자였다.
** PLO : 팔레스타인해방기구(Palestine Liberation Organization). 팔레스타인을 대표하는 정치조직으로 1964년 비밀저항운동을 전개하던 다양한 조직의 지도부를 통일하여 결성. 파타(Fatah), 팔레스타인 해방인민전선(PFLP), 팔레스타인 해방인민민주전선(PDFLP) 등이 PLO와 관련을 맺고 있다. 1969년에 팔레스타인 조직 가운데 가장 큰 집단인 파타의 지도자 야세르 아라파트가 의장으로 임명되어 사망할 때까지 PLO를 이끌었다.

퍼부어졌다. 그들은 아침 5시에 공격을 시작했고 거의 밤 8시가 돼서야 멈췄다. 지금까지도 나는 그때를 생각하면, 내 머리와 위장 속에서 폭탄이 계속 폭발하고 있는 듯한 느낌이 든다. 폭격이 멈춘 후 방공호에서 나올 때, 나는 도시의 전 인구가 다 죽었으리라고 생각했다. 그렇지는 않았다. 많은 이들이 죽었으나, 내 친구들은 대부분 살아남았다! 가공할 폭격 이후의 기적이었다. 이스라엘군은 도시를 항복시키려 했지만 실패했다. 도시는 항복의 백기로 물결치지 않았다.

1982년 여름날들이 아라파트에 대한 내 입장을 변화시켰다. 아라파트는 다른 이들을 놀래주었듯이, 나 또한 놀라게 했다. 이스라엘군은 건물과 건물을 누비며 그를 잡으러 다녔다. 그들은 비행기로 그를 추적하고 있었으며, 아라파트가 어떤 건물에 있을지도 모른다는 정보를 듣기만 하면 그 건물을 통째로 파괴해버렸다. 절충은 없었다. 당시에 우리는 '진공 폭탄'이라는 신무기에 대해 알게 되었다. 그것의 기능은 건물 내부의 공기를 완전히 방출시켜 외부의 압력이 건물을 찌부러뜨리게 하는 것이었다. 그 폭탄에 맞은 건물은 마치 그 자리에 건물 따위는 없었던 것처럼 박살이 났다.

그런 광경을 보고 팔레스타인인과 레바논인들은 공포에 떨었다. 그래서 아라파트가 이 건물이나 저 건물에 있다는 소문이 돌면, 사람들은 겁에 질려 그곳에서 도망쳤다. 나 자신이 직접 겪기도 했다. 나는 세든 건물의 10층 방에서 잠을 자고 있었는데, 바깥에서 떠드는 소리가 들렸다. 나는 일어나서 문을 열어보았다. 많은 사람들이 계단을 뛰어 내려오고 있었다. 도시 전체가 정전이어서 승강기는 작동하지 않았다. 나는 사람들에게 영문을 물었다. 그들은 아라파트가 그 건물 안에 있어서 이스라엘군이 곧 공격할 거라고만 말하고 계단을 뛰어 내려갔다. 나는 잠시 친구와 의논해보았다. 우리는 단지 소문일 뿐이라고 확신했다. 하지만 건물이 점차 비어간다는 걸 느꼈을 때, 우리는 다가오는 죽음에서부터 도망치기 위해 계단으로 달려갔다.

이스라엘군은 우리 건물이 아니라, 거기서 500미터 떨어진 다른 건물을 폭격했다. 우리는 우리 눈으로 그 비극적인 사건을 보았다. 우선 전투기의 굉음이 들렸고, 그리고 그 건물에서 먼지구름이 솟아올랐다. 구름이 걷히자 우리는 구름과 함께 '싸나야 법원'이었던 그 건물 또한 사라진 것을 발견했다. 그 건물 안에는 300명 이상의 사람들이 있었다. 레바논 남쪽 지역에 살던 사람들이 친지들과 함께 베이루트로 피난 와 그런 건물에 머물고 있었다. 그 폭발로 300명 모두가 죽었다. 건물이 완벽하게 붕괴되어 어느 누구도 구조할 방법이 없었다.

아라파트는 그 건물에 없었다. 그는 사무실이나 방공호에도 머물 수 없고, 있을 수 있는 곳은 아무 데도 없었다. 어떤 이가 내게 말해주기를, 그는 차를 타고 거리를 계속 달리고 있었다고 한다. 더 이상 피로를 견딜 수 없을 때면, 그는 운전사에게 길가에 차를 세우라고 하고 차 안에서 잠깐 눈을 붙이곤 했다는 것이다.

*

나는 기억한다. 내 마음속에서 과거는 아직도 그때에 멈춰있다. 이상한 새 필리스트*의 사진은 내 눈앞에 있고, 나는 눈이 오기를 꿈꾼다. 텔레비전이 고장 났는데, 나는 눈을 고대하고 있기 때문에 일기예보를 봐야만 했다. 수

리회사에 전화를 하자 한 젊은이가 왔다. 나는 텔레비전의 고장에 대해 그에게 설명했건만 말이 잘 통하지 않았다. 그가 내 말에 귀를 기울이지 않는다고 생각되어 화가 났다. 귀라도 멀었느냐고 그를 질책했다. 그는 희미한 미소를 짓고는 말했다.

"그들이 내 귀를 갈겨버렸죠."

그가 이스라엘 군인들을 이야기하고 있음을, 나는 즉각 알아챘다. 언제 그랬느냐고 내가 묻자 그는 답했다.

"첫 번째 인티파다**가 시작될 때요."

그리고 덧붙였다.

"1988년이었죠."

그때 이스라엘 총리 라빈***이 이스라엘군에게 그들을 향해 돌을 던지는 팔레스타인 아이들의 팔을 부러뜨리라는 명령을 내렸다. 그 명령은 문자 그대로 수행되었다. 화난 군인들은 길에서 수백 명 어린이들의 팔을 부러뜨렸다. 어린 소년을 잡으면 그들은 소년의 팔을 벽에 대고 돌이나 총개머리판으로 내려쳤다. 이제는 아마 물리적으로 가능하기만 하다면 배로 아이들의 팔을 들이받든지, 자동차로 아이들의 팔을 타넘을 것이다. 아이들은 비명을 질렀고 어머니들은 군인들에게 애걸하며 울었지만, 명령은 완수되었다!

---

* 필리스트 : 팔레스타인 남쪽 지방인 가자, 아슈켈론, 에크론 등지에서 발견되는 도자기류 위에 그려진 신화적인 새. 이 문양은 기원 전 2세기경에 출현했으며, '필리스틴 새' 혹은 '필리스트 새'라고 불리나 그 의미는 아직 명확히 밝혀지지 않았다.
** 인티파다 : '봉기'를 뜻하는 라틴어
*** 라빈 : Rabin(1922~1995). 이스라엘 총리. 1993년 PLO 의장 야세르 아라파트와 팔레스타인 자치원칙선언을 체결하여 그 공로로 1994년 아라파트와 이스라엘 외무장관 시몬 페레스와 함께 노벨평화상을 공동수상하였으나, 1995년 극우파 청년에게 암살당하였다.

"그들이 네 팔을 부러뜨렸나?"

"아뇨, 그들은 내 팔을 부러뜨렸다고 생각했지만 사실 다 부러지지는 않았죠. 그들은 또 총으로 내 귀를 갈겼어요. 귀의 일부가 뜯겨나가 땅에 떨어졌죠. 그들이 떠난 후 나는 의사에게 갔는데, 의사는 내게 뜯겨나간 귀 조각이 어디에 있느냐고 물었어요. 나는 말했죠. 길바닥에 떨어져 있다고요. 그는 나를 차에 태우고 그 지역으로 가서 내 귀 조각을 찾아 다녔죠. 마침내 그걸 찾아서 그가 그의 병원에서 내 귀에 다시 붙여주었지만, 나는 이쪽 귀로는 들을 수가 없게 되었어요."

그는 일을 끝내고 내가 평소에 지불하던 수리비의 두 배쯤이나 요구했다. 나는 그의 고용주에게 전화를 걸겠다고 했다. 그러자 그는 말했다.

"괜찮아요, 괜찮다니까요. 그럴 필요까지는 없어요."

나는 그가 요구한 돈의 절반을 주었다. 그가 떠나자마자 나는 그가 원한 대로 돈을 주지 않은 나 자신을 비난하기 시작했다. 그는 살아남기 위해서 이런 속임수를 배울 수밖에 없었던 것이다. 속임수 없이는 그가 자신의 팔이 부러진 것처럼 군인들에게 위장할 수가 없었을 것이다. 살아남으려면 그는 그런 술수가 필요하다.

*

아라파트와 인티파다를 잊어버리자.

눈이 오면 벌어질 내 하얀 축제를 준비해야만 한다.

그리고 나는 뒤를 바라보는 새, '필리스트'라는 새를 사냥해야만 한다.

3년 동안 나는 그 새를 따라다녔다. 나는 그 새를 사냥해야만 한다. 나는 그 개념과 의미를 사냥해야만 한다. 나는 왜 그 새가 뒤를 돌아보고 있는지 알 필요가 있다. 주류 이론은 필리스트인들이 기원전 12세기에 그리스 주변 섬에서 팔레스타인으로 왔다고 말한다. 당시에 해양 민족이 이집트를 공격했고, 이집트인들이 그들을 격퇴하여 팔레스타인에 머물게 했다고. 이것이 이 분야에서 인정받는 이론이다. 이제 나는 이 이론이 단지 거짓말이고, 정치적 의도가 있는 거짓말이라는 사실을 파헤치기 시작했다. 이 이론의 목적은, 고대의 팔레스타인인들을 그리스로 이주시켜서, 오늘날의 팔레스타인인들을 그들 자신의 땅에서 추방시키는 것을 의미하는 이스라엘의 완곡한 표현이다. 어떤 종족을 그들의 땅에서 뿌리 뽑으려면, 그들의 역사적 뿌리를 잘라야만 한다. 그들이 그 땅에 나중에 왔음을 증명하면 되는 것이다. 이 이론은 바로 그런 목적에 따라 조작된 것이다. 이것은 역사가 아니라 단지 정치적인 거짓말이다.

나는 거짓말이 아니라 신화의 새를 따르려 한다. 나는 그것을 사냥해야만 한다. 왜 그 새는 제 목을 뒤로 돌려 등에 머리를 얹고, 뒤를 바라보고 있는가? 기원전 천 년 이전에 그려진 그림 속의 새를 나는 응시하고 있다. 나는 고대인들이 당시 실재하던 어떤 새를 이 새로 형상화했는지 알아내려고 한다. 많은 요소들로 보아 그건 타조일 것이다. 기다란 목, 뒤를 돌아보는 얼굴, 불길처럼 갈라진 꼬리. 그러나 아직 나는 확신하지는 못한다.

날이면 날마다, 몇 시간이고 거듭해서 나는 컴퓨터 모니터로 그 그림을 바라보며, 그 개념을 사냥하고 위해 그림을 확대하기도 하고 축소해보기도 한다. 나도 이 새처럼 뒤를, 과거를 바라보고 있다. 진실로 모든 팔레스타인인들이 과거를 바라보고 있다. 600만 난민들이 뒤를 바라보고 있다. 그들이 자기들이 제 땅에 있던 시절을 회고하고 있다. 그들은 자기들의 잃어버린 천국을 그리워한다. 내게는 이 새가 그런 사람들의 상징으로 여겨진다. 하지만 나는 눈이 오기를 꿈꾼다.

*

며칠 안에 팔레스타인인들은 새 대통령을 선출하기 위해 투표를 하러 갈 것이다. 우스꽝스럽게도 대통령을 선출하긴 하는데 그 대통령이 다스릴 나라가 없다. 그래서 나는 나라가 생길 때까지 대통령 선거에 참가하지 않을 생각이다. 나는 나 자신이나 세계의 여론이 바보가 되길 원하지 않는다. 팔레스타인에서 선거가 치러진다는 말을 들으면, 세계는 우리가 점령당한 상태가 아니라고 생각할지도 모른다. 많은 사람들이 선거에 참가할 테지만, 나는 아니다. 이스라엘 군대는 선거가 순조롭게 진행되도록 며칠 동안 우리 도시에서 물러나겠다고 선언했으나, 그들은 선거 후에 우리를 점령하려고 되돌아올 것이다.

나는 이스라엘의 통제가 느슨해진 며칠간을 이용하여 내 고향 마을을 방문하기로 결심했다. 2년 전 어머니가 돌아가셨을 때 이후로는 고향에 가보지 못했다. 나는 차를 몰고 출발했으며, 고향에서 6킬로미터 떨어진 투표소가 있는 마을에 이르기까지는 모든 것이 순조로웠다. 그 마을 앞에서 우리는 검문소를 통과하기 위해 기다리는 차들의 긴 행렬을 발견했다. 4년 전 이스라엘은 거기에 벽과 문을 만들고 검문소를 세웠다. 그들은 검문소를 아침

7시 반에 열었고 저녁 6시에 닫았다. 그 시간 전후에는 6개 마을의 주민들이 발이 묶인다. 그 검문소가 닫혀 있었다. 군인들은 분명 점심을 먹고 있을 터였다. 우리는 그들이 우리를 알아챌 때까지 기다려야만 했다. 우리는 따질 수가 없다. 만약 어떤 사람이라도 그의 차에서 내린다면 그는 모욕당할 것이고, 대기 행렬 전체가 처벌받을 것이다.

한 시간 후 그들은 차를 통과시키기 시작했다. 5분마다 차 한 대가 보내졌다. 보통은 군인들이 차가 지나가도 된다는 신호를 손으로 하지만, 그날은 탑 꼭대기에 의자를 올려놓고 앉은 군인이 발로 신호를 보냈다. 그래서 우리의 진행은 그의 발에 달려 있었다. 그가 발을 까딱하면 우리는 긴 줄에서 차 한 대가 빠져나갔음을 알았다. 우리의 시선은 온통 그의 다리에 쏠렸다. 하지만 노란 숫자의 차들은 그의 다리에 개의치 않았다. 그들은 즉시 건너갔다. 초록색 숫자의 차들은 반드시 군인의 발동작을 기다려야만 했다. 노란색은 이스라엘 정착민들이었다. 초록색은 팔레스타인 사람들이었다. 초록과 노랑의 전쟁이다. 노랑은 신성한 색이다. 초록은 악마다.

일반적으로 유대인들은 그들만의 넓고도 현대적인 도로로 다닌다. 우리가 그 도로를 지나가려면 우선권을 그들에게 주어야만 한다. 고가도로가 있어도 그들은 그것을 타넘지만 우리는 그 밑으로 가야만 한다. 여기에 타협이란 없다. 노랑은 위쪽, 초록은 아래쪽에 있어야만 한다. 그 검문소를 통과하느라고 우리는 한 시간 반을 기다려야 했다.

고향의 좁고 더러운 길을 걷다가, 나는 학교 동창을 만났다. 학창시절 우리는 몇 년 동안 같은 반이었다. 그는 손을 흔들었고 나도 그랬으나, 우리는 얘기를 나누기 위해서 멈춰서지는 않았다. 내가 망명지에서 돌아와 고향을 처음 방문했을 때, 나는 그를 기다렸다. 그는 웃으면서 왔다. 나는 그 모습에 충격을 받았다. 내가 아직 젊게 보이는 반면에 그는 너무나도 늙어 보였다. 우리는 앉아서 이야기했다. 그때 다른 친구들이 왔다. 과거가 우리의 주제였다. 10분 후 나는 그들이 더 이상 내 친구가 아님을 실감했다. 25년 동안이나 내가 망명지를 떠도는 동안 우리의 관계는 단절되었다. 그들이 떠났을 때 나는 그들과 두 번 다시 만나게 되지 않으리라는 사실을 깨달았다. 우리는 과거 말고는 얘기할 게 아무 것도 없었다. 나는 너무나 미안하고 슬펐다. 나는 내 친구들을 잃었다. 나는 그들을 또 만나고 싶지 않았다. 내 기억 속의 그들은 사랑스러운 악동들이었다. 그 인상은 깨져버렸다. 이제 그들은 인생의 막장을 기다리는 늙은이들이었다. 새로운 인상이 과거의 것을 대체해버렸다. 이빨 없는 늙은이들이 사랑스러운 악동들의 기억을 지워버렸다.

그때가 10년 전, 오슬로 협정이 체결된 직후였다. 나는 25년의 망명생활을 끝내고 간신히 내 나라로 돌아올 수 있었다. 돌아오는 길에 나는 국경의 다리*를 건넜다. 나는 첫 번째로 그 다리를 건넜던 때를 되새겼다. 당시 나는 공부를 하러 간다고 생각했으므로 다리를 건너면서 행복했다. 그러나 그

---

* 국경의 다리 : 요르단 강 서안과 동안을 잇는 다리.

출발이 망명으로 바뀌었다. 고등학교를 마친 후 나는 외국 대학에 진학하고 싶었는데, 그런 사람들은 이스라엘 군사정부로부터 출국 허가를 받아야만 했다. 그들은 한 가지 조건, 즉 2년 동안 돌아올 수 없다는 조건을 걸고 허가를 내주었다. 외국에 나갔다가 공부할 대학을 찾는 데 실패한다고 해도, 2년이 경과하기 전에는 고향으로 돌아오지 못했다. 미친 소리 같지만 당시에는 그랬다. 더욱이 그 2년이 끝나는 날 일정한 시간에 국경에 반드시 돌아와야만 한다. 어떤 이유로건 그 정해진 시간에 국경에 도착하지 못한다면, 고국에 돌아올 수가 없었다!

내게 일어난 일은 이렇다. 나는 가난한 유학생이었으므로 차표를 살 돈이 없었다. 겨우 돈을 구했을 때는 정해진 시간에 맞출 수가 없었다. 나는 그들이 지정한 시간보다 늦게 국경의 다리에 도착했고, 이스라엘인들은 나를 돌려보냈다. 그래서 나는 망명자가 되었다. 그들은 내 얼굴 앞에서 내 고국의 문을 닫았으며, 그것은 25년 동안 열리지 않았다.

내 아내의 이야기는 조금 다르다. 그녀는 예루살렘 출신인데, 이스라엘인들이 동예루살렘을 점령했을 때 그녀는 아버지와 함께 쿠웨이트에 있었다. 이스라엘인들은 자기들이 점령한 날 팔레스타인에 있지 않았던 사람들은 시민으로 인정하지 않겠다고 발표했다. 1967년 6월 6일, 여기 있지 않았던 사람들은 고향으로 돌아오는 것이 허락되지 않았다. 내 아내와 가족들은 예루살렘으로 돌아올 권리를 잃었다. 1년 전 우리 어머니의 이모가 예루살렘에서 돌아가셨을 때, 내 아내는 문상을 가기 위해 이스라엘군에게 허가를 받아야만 했다. 그들은 그녀에게 단 이틀의 방문 기간만 허락했다. 아내의 집안은 적어도 6세기 동안 예루살렘에서 살아왔음에도 불구하고, 허가를 받고도 이틀밖에 고향에 머물 수가 없었다.

　나와 아내가 오슬로 협정 후에 우리나라로 돌아왔을 때, 도리어 여기가 외국 같았다. 모든 풍광이 바뀌었다. 나는 고향 마을로 가는 길을 찾지 못했다. 내가 알던 나라는 사라져버렸다. 나는 내가 또 다른 타국이 아니라 고국에 와 있다고 확신할 수가 없었다. 마치 화난 발이 개미들의 집을 부수고 길을 뭉개버린 것 같았다. 개미들은 집과, 집으로 가는 길을 찾으려고 맴을 돌지만 찾을 수가 없다. 그들을 인도할 냄새도 사라져버렸다. 화난 발은 집과 길과, 익숙한 냄새조차 파괴해버렸다. 너무나 낯설어져버린 고국에 적응하는 데만도, 나는 3년이나 걸렸다. 고향을 방문했던 그날 역시, 우리는 고향에 도착하자마자 귀가 길을 서둘러야만 했다. 왜냐하면 저녁 6시, 이스라엘군이 지정한 바로 그 시간 이전에 검문소를 또다시 통과해야만 했기 때문이다.

*

　작년 가을 첫 비가 내린 날 보았던 개미떼들을 나는 기억한다. 밤새 하늘이 첫 번째 물줄기를 보내주었고, 나는 젖은 흙냄새가 좋아서 아침 일찍 우리 집 개를 데리고 나갔다. 녀석은 도시가 유린당할 때도 우리 가족과 함께 있었는데, 이스라엘 마르카바 탱크가 거리에서 불을 뿜을 때마다 침대 밑으로 기어들곤 했다. 내가 줄을 풀어주자 녀석은 미친 듯이 달려가서 다른 개들의 냄새를 맡고 다녔다. 햇살이 비쳤고, 이슬비가 내렸으며 무지개가 떴다. 신비스런 땅 냄새가 내 콧구멍을 채웠다. 나는 돌 위에 걸터앉았는데, 그 옆에 개미굴이 있었다. 개미들은 두 종류였다. 하나는 연한 붉은색에 날개가 있으며 머리는 작고 등이 휘어졌다. 다른 하나는 날개가 없고 검붉은색이며, 강한 머리에 등은 작았다. 나는 이상하다고 생각했지만, 날개가 있는 것들은 다 큰 것들이고 날개가 없는 것들은 아직 어려서 그렇겠거니 짐작했다. 나는 개를 집에 데려다주고 약속 때문에 다시 나왔다. 근사한 이슬비를 맞으며 나는 걸었다. 약속 장소에 도착해보니 문이 닫혀 있었다. 아마도 약속 시간은 11시가 아니라 11시 30분인 모양이었다. 나는 건너편 길가에서 기다리기로 했다. 거기에도 무척 많은 개미들이 있었으며, 예의 그 두 종류였다. 나는 그들을 지켜보다가, 갑자기 검붉은 개미들이 붉은 개미들을 공격하고 있다는 사실을 발견했다. 그들은 함께 살고 있지 않았다. 검붉은 것들이 붉은 개미들을 기습하고 있었다. 오, 세상에! 날개 달린 개미의 교배시기였다! 다른 종류의 개미가 그 시기를 알고 적극 활용하고 있었다. 나는 날개 없는 개미들이 강한 턱으로 날개 달린 개미의 날개를 잡아채는 모습을 보았다. 날개 달린 개미들은 그들을 떨쳐버리려고 안간힘을 썼으나 소용이 없었다. 검붉은 개미들이 붉은 개미들을 사냥하고 있었고, 그들이 먹이를 절대로 놔주지 않았다.

그제서야 나는 상황을 명확히 이해했다. 검붉은 개미들은 날개 달린 개미들을 죽이고 먹기 위해서 그들의 교미시간을 기다렸던 것이다. 그들은 날개 달린 개미들이 교미를 위한 일시적인 날개 때문에 매우 약하다는 것을 알고 있었다. 붉은 개미들은 천상의 결혼 때문에 정신이 없고, 하늘로 올라야만 한다. 그리고 검은 개미들은 매복했다가 결정적 순간에 습격한다. 첫 비는 내게 비극으로 바뀌었다.

나는 붉은 개미 암컷에 매달린 수컷을 보았다. 암컷은 수컷과 함께 날아오르려고 버둥거렸지만 균형이 맞지 않았다. 암컷은 수컷이 바른 위치를 잡을 수 있도록 기다리면서 회전했으나 수컷은 그러지 못했다. 암컷은 지쳤다. 천상의 결혼식은 실패했다. 비행은 없을 것이다. 하지만 갑자기 암컷은 간신히 날아올랐다. 나는 하늘에서 그 개미가 사라질 때까지 지켜보았다.

어떤 개미들은 내 어깨에 떨어졌다. 나는 그것들을 집어 땅바닥에 내려놓았다. 그들은 쌍쌍이었다. 수컷과 암컷이 꼭 달라붙어 있었다. 그들은 하늘의 결혼식 이후에 떨어졌고, 나는 그것들이 죽은 줄 알았다. 그들은 의식을 잃고 움직이지 않았다. 그러나 2, 3분 후 그들은 움직이기 시작했다. 수컷이 암컷을 떠났다. 암컷은 혼자 다시 날아올랐다. 그녀는 원했던 파티를 했고 살아남았다. 다른 많은 개미들은 살아남지 못했다. 그들은 다른 종류의 개미나 다른 곤충들한테 먹히고 있었다.

약속 때문에 나는 길을 건넜다. 거리는 빗방울로 뒤덮였다. 굵은 빗방울이라고 나는 생각했다. 내가 틀렸다. 그것들은 하늘에서 떨어져 차바퀴 아래 깔리는 개미들이었다. 기력이 다한 개미들이 어디나 떨어졌다. 그것들은 위험조차 아랑곳없이 자신을 내던졌다. 나는 그들의 착륙을 관찰했다. 그건 나는 데 익숙하지 않은 생물의 착륙이었다. 정말로 날줄 아는 곤충들은 이런 식으로 착륙할 리가 없다. 착륙 전에 그들은 선회할 것이다. 그 개미떼들은 자신을 죽이고 있었다. 그것들은 마치 어떤 손에 휩쓸린 듯이 내렸다. 차들이 개미들을 짓밟았다.

사랑과 죽음은 함께한다. 단지 동전의 양면일 뿐이다. 결혼과 죽음!

때로 사랑은 살인자다. 날개는 가끔 위험한 것이다.

사랑의 날개는 죽음의 날개이다.

날개를 버려라. 개미를 떠나라.

눈을 기다리고 신화의 새들을 잡을 시간이다.

그 새가 왜 뒤를 돌아보고 있는지 알아내려고, 나는 필리스트 새를 뒤쫓고 있다.

나는 신화적인 새들의 물결 속에 잠겼다. 그들은 하늘에서 떨어져 대지를 덮는다. 그들은 개미들처럼 착륙한다. 망할 개미들을 잊어라. 그들은 진짜 날개를 달고 있는 진짜 새들이다. 아니, 그들은 형상화된 새들이다. 그들은 불사조와 같은 불새들이다. 내 새는 분명 불사조의 일종임에 틀림없다. 그의 꼬리와 날개는 불길처럼 보인다. 하지만 나는 그것의 기원이 타조라고 추측한다. 타조는 뛸 때 목을 뒤로 돌리는 단 하나의 새이다. 고대의 위대한 아랍 작가 알 자헤다*는 말했다.

"타조는 바람을 맞을 때 훨씬 빨리 달릴 것이다. 그 새는 목을 뒤로 돌리고 바람을 돌파한다."

이 말이 맞다면 필리스트 새는 단지 과거를 돌아보기 위해서만이 아니라, 더 잘 달리려고 고개를 뒤로 돌리는 것이다. 앞으로 전진하기 위해 뒤를 보고 있는 것이다! 내 마음은 새들로 가득 차 있다. 20년 전 나는 취한 새라고 불리는 이상한 새에 관한 얘기를 들었다. 한 농부가 내게 말해주었다.

---

* 알 자헤다 : 본명 아믈 벤 바하르. 기원전 10세기 이라크에서 활동했다. 눈이 튀어나올 정도로 책을 많이 읽어 '눈이 튀어나온 자'라는 뜻의 '자헤다'라는 필명을 갖게 됐다. 집에 커다란 사설도서관을 만들었는데, 그 도서관에서 책을 꺼내다 책장이 무너져 책에 깔려 죽었다고 전해진다.

"그 새는 포도가 익는 시기에 오지요. 석류 열매를 따서 붉은 씨를 비우고, 포도나무에서 잘 익은 열매를 따 석류 속에 채워 넣어요. 석류가 포도로 가득 차면, 그 새는 진흙으로 구멍을 덮고 즙이 술로 익을 때까지 보관한답니다. 술이 익으면 새는 그것을 열고 신성한 술을 마신 후, 자기가 올라갈 수 있는 가장 높은 하늘까지 날아 올라가지요. 행복하게 취해서 새는 노래를 부르고, 하늘과 땅은 그 붉은 노래를 듣게 된답니다."

이 이야기를 들은 이후로 나는 늘 그 새가 나와 함께 있다고 느꼈다. 매년 가을에 나는 그 새를 찾기 위해서 하늘을 훑어본다. 그 새처럼 할 수 있기를 나는 열망한다. 신성한 술에 내 부리를 담갔다가, 취한 노래를 부르기 위해 하늘로 높이 높이 날아오르기를.

*

내 머리는 새들로 가득 차 있다.
내 코는 북극 바람의 냄새를 맡는다.
그러나 아직 눈은 오지 않는다.

자식이 자라기를 바라지 않았던 아버지

수아드 아미리

수아드 아미리 Suad Amiry | 작가·건축학자

암만과 다마스쿠스, 베이루트, 카이로 등지에서 자랐다. 베이루트 소재 아메리칸대학에서 건축학 학사학위, 미국 미시간대학에서 도시계획학 석사학위, 영국 에딘버러대학에서 건축학 박사학위를 취득했다. 1981년 이래 팔레스타인의 라말라에 살고 있으며 대학에서 건축학을 가르친 바 있다. 1991년에서 1993년까지 워싱턴에서 열린 팔레스타인과 이스라엘간 평화회담에 팔레스타인측 공식 대표의 일원으로 참석하였으며 1995년에서 1997년까지 문화부 장관보를 지냈다. 팔레스타인 전통 건축에 관한 여러 저서가 있고, 2003년 출판한 『샤론과 나의 어머니』는 탁월한 외국문학에 주는 이탈리아의 비아레지오 상을 수상했고 세계 15개 언어로 번역 출판되었다. 현재 라말라 소재 리왁(Riwaq, 라말라건축보존센터)의 소장으로 일하고 있다.

"그쪽으로 가지 말아요. 그쪽은 너무 혼잡해요."

라말라 거리에 나온 수많은 젊은이들 중 하나가 우리에게 말했다. 우리는 되도록 가까운 곳에 주차를 했지만, 그래도 시어머니 집까지 15분쯤은 걸어야 했다. 시어머니 집은 아라파트의 자치정부 청사 알 무카타 바로 맞은편이다. 가면 갈수록 걷기가 힘들어졌다. 한 걸음마다 밀집된 군중의 벽이 더욱 두터워지는 듯했다. 우리는 아미라 하스*와 그녀의 사진작가를 만났다. 사진작가는 사다리를 들고 있었다.

"알 무카타 주변에서 방을 빌리려면 비싸잖아. 사다리를 들고 오는 편이 싸게 먹히겠다 싶었지" 하고 아미라가 설명했다. 맙소사, 아미라 같은 진보적인 이스라엘인도 이번 경우는 사다리 이상을 투자할 가치가 있다는 것을 모르다니.

"걱정 마, 아미라. 내가 우리 시어머니 댁 발코니로 데려갈 테니."

"정말?" 그녀가 무척 기뻐했다.

"그럼, 물론이지. 아미라, 그런데 우리 시어머니나 다른 사람들에게 네가 이스라엘인이라는 말은 하지 마. 오늘은 그런 말을 하기에 좋은 날은 아니

---

* 아미라 하스 : 이스라엘인이지만 팔레스타인에 살면서 팔레스타인의 시각에서 팔레스타인과 이스라엘의 분쟁을 보도하는 언론인. 책을 여러 권 썼고 국제 언론 단체에서 상도 많이 받았다.

니까." 내가 약간 난처해하며 말했다.

"그럼 뭐라고 하지? 난 거짓말 잘 못해."

"아무 말도 하지 마." 우리는 사람들을 헤치고 나아갔다.

"두 개만 줄래?… 세 개… 아니 네 개!"

아라파트의 흑백 사진이 인쇄된 하얀 풍선 다발을 든 십대 소년에게 내가 말했다. 순간 일리아 술라이만의 〈신의 간섭〉*에 나오는 한 장면이 떠올랐다. 비슷한 풍선(그 영화에서는 풍선이 빨간색이었다)이 이스라엘 군대를 무시하고 하늘 높이 날아올라가 칼란디아 검문소를 넘고, 알 람 검문소도 넘어 예루살렘까지 날아가서는 바위 돔 사원** 위에 내려앉는 장면이었다. 아, 오늘 아라파트의 관이 그렇게 날아오른다면, 아라파트 자신과 모든 사람들이 얼마나 기뻐할까. 그러나 그러려면 훨씬 풍부한 상상력과 어마어마한 기적이 필요할 터였다.

가는 길에 《뉴욕타임스》 기자를 소개받았다. 미국 언론은 늘 아라파트에게 공정하지 않았으므로, 나는 그에 대한 내 사랑과 존경을 부풀려 말하기로 했다.

"아라파트는 역사적인 지도자였어요. 하나의 아이콘과 같은 인물이었지요. 그는 팔레스타인 민족운동의 상징이었어요. 팔레스타인 사람은 누구나 그를 좋아해요. 그를 지지하는 사람들 못지않게 그에게 반대하는 사람들도.

---

* 〈신의 간섭〉: 2002년 칸 영화제에서 심사위원상을 받은 팔레스타인 영화. 팔레스타인의 암울한 상황을 상상과 풍자를 섞어 독특하게 그렸다.
** 바위 돔 사원: 동예루살렘 템플 마운트 안에 있는 이슬람 사원. 이 자리에서 아브라함이 아들 이삭을 희생 제물로 바치려 했다고 일컬어지며, 무슬림들은 또 이 자리에서 예언자 무함마드가 천국으로 날아올랐다고 믿는다. 흔히 예루살렘 전경 사진에서 한가운데 빛나는 황금돔이 이 건물이다.

아부 암마르*에 대한 감정에 있어서는 우리 모두 광적이에요. 나를 비롯한 많은 사람이 아라파트와 PLO 덕분에 팔레스타인인이라는 자부심을 갖게 되었지요. 국제정치 지도와 의제에 팔레스타인과 팔레스타인인들을 올려놓은 사람은 그였어요. 아라파트는 사방으로 흩어진 팔레스타인 난민들을 끌어 모으는 자석이자, 해방운동 전체와 우리 민족의 구심점이었지요."

내가 생각하기에도 판에 박힌 말들이었다. 물론 우리 친구와 동료들끼리는 일상 대화나 저녁 모임에서 아라파트에 대해 그렇게 평하지 않았다. 그러나 옛말에도 죽은 자는 오로지 축복과 칭찬만 들을 자격이 있다고 하지 않는가! 내 말에서 광고 냄새가 난다는 것을 깨닫고 영리한 《뉴욕타임스》 기자는 정중하게 내 말을 끊고는, "저엉말 고맙습니다. 아주 유익했습니다" 하고 말했다. 예의바름이 미국인들의 장점이라고 나는 생각하지만, 진지함은 다른 문제였다. 그는 등을 돌리고 보다 치밀하고 복잡한 분석을 해줄 사람을 찾아갔다. 나는 시라크와 프랑스의 우호적 태도에 고맙기도 해서, 《프렌치 리버레이션》의 기자 크리스토퍼에게는 보다 비판적으로 이야기해주었다.

"아라파트는 해방운동의 지도자에서 국가의 수반으로 도약하지는 못했어요. 정부청사가 아라파트의 본성과 맞지 않다는 점을 잊지 맙시다. 오늘 아침 마흐무드 다르위시가 썼듯이 말이에요. '아부 암마르는 자식이 자라서 독립하기를 바라지 않는 아버지와 같았다.' 그러나 샤론과 부시가 주장하듯이 아라파트가 평화에 걸림돌이 되었던 것은 아니에요. 평화의 걸림돌은 오히려 샤론이지요. 그는 아직도 포기하지 않고 아랍인의 땅을 몰수해 유대인

---

* 아부 암마르 : 암마르의 아버지. 곧 아라파트.

정착촌을 만들고 있어요. 그 때문에 아라파트는 이스라엘이 진정으로 평화를 원한다고 믿지 않았어요. 나는 우리나 이스라엘이나 정말 중요한 기회를 놓쳤다고 생각해요. 아라파트가 평화를 실현시켜 줄 유일한 지도자였으니까. 그러나 라빈이 죽는 순간 오슬로 협정도 끝났지요."

두 번째 인터뷰가 끝날 즈음 나는 시어머니의 아파트 옆에 서 있었다. 알무카타가 내려다보이는 다른 모든 건물과 마찬가지로, 수많은 사람들이 지붕에 올라가려고 건물 안으로 밀려들고 있었다.

"안 돼요, 못 들어가요." 건물 입구를 지키는 거대한 경비가 내게 말했다.

"무슨 말이에요. 나 여기 살아요." 나는 권위적이면서도 짜증스러운 목소리로 대꾸했다.

약간의 언쟁과 얼버무림 끝에 우리는 안으로 들어갔다. 더욱 붐비는 계단을 간신히 지나 2층에 닿았다. 움 쌀림*의 아파트 문이 활짝 열려 있고, 시어머니가 망연자실하게 서 있었다. 아라파트에 대해 애증을 느끼는 우리 대부분과 달리, 그녀는 그를 사랑하기만 했다. 그녀는 입버릇처럼 말하곤 했다.

"아이고 불쌍해라. 아라파트를 생각하면 정말 슬퍼. 지금껏 그처럼 자신을 희생한 사람은 없었어. 그가 어떻게 그런 끔찍한 환경에서 살아갈 수 있는지 모르겠어. 먼지투성이인 그런 데서 말이야."

모든 가정주부들처럼 시어머니는 아라파트에게 가장 심각한 문제가 먼지라고 생각했다. 누가 알겠는가? 어느 날 프랑스 의료진의 진단서가 그녀가 옳았다는 것을 증명할지!

---

* 움 쌀림 : 쌀림의 어머니라는 뜻.

"안녕하세요, 어머니. 예슬람 라세크.*" 내가 시어머니의 볼에 입을 맞추었다. 그녀는 완전히 넋이 나간 것 같았다.

"이 사람들이 다 누구냐? 낯선 사람들이 내 발코니를 차지해버리다니. 내 평생 이렇게 무례한 사람들은 처음 봤다. 오겠다는 말도 없이 들이닥쳤어. 나는 제일 친한 친구네 집도 미리 허락을 받고야 가는데. 이 사람들은 내가 알지도 못하는 사람들이야." 그녀가 애원하듯 같은 말을 되풀이했다.

"하지만 어머니, 오늘은 특별한 날이잖아요. 아라파트가 매일 죽는 건 아니니까요. 사람들은 그저 이 역사적인 순간을 보고 싶을 뿐이에요." 나는 그녀를 진정시키려고 했지만 소용없었다.

"가구를 옮기지마!" 시어머니가 소리쳤다.

"더 많은 사람이 볼 수 있게 자리를 만들려고요." 사우산의 말소리가 들렸다. 가엾은 사우산.

"뭐? 더 많은 사람? 안 돼!" 시어머니가 아파트 문으로 달려갔다. 문을 걸어 잠그느라 두 번 딸깍이는 소리가 들렸다. 그리고 그녀는 창문이 잘 내다보이도록 화분을 치우려는 무함마드에게 달려갔다. "그러지마!" 그녀는 외쳤다.

"화초를 옮기지 않으면 사람들이 망가뜨릴 거예요."

시어머니는 무함마드의 선의를 깨닫고 내버려두었으나, 화분을 나르는 그의 뒤를 졸졸 따라다녔다. 내가 응접실을 지나 발코니로 걸어가자 쌀림, 리마, 알렉스, 아미라, 그리고 사다리를 든 그녀의 사진작가가 줄줄이 따라

---

* 예슬람 라세크 : 죽은 사람을 애도하는 말로 '그는 당신에게 남은 인생을 주었다'라는 뜻이다.

왔다. 내가 곁눈질로 보니 시어머니는 이스라엘 사진작가에게도 다가가 호통쳤다. "사다리는 왜?" 나는 그에게 사다리는 밖에 두고 오는 게 좋겠다고 말했다. 그는 틀림없이 자기가 이스라엘인이라는 걸 그녀가 알아채서 그런다고 생각했을 것이다. 나는 우리 시어머니를 잘 아는지라, 그녀가 뭐라든 신경 쓰지 않고 오늘의 행사를 위해 에너지를 아끼기로 했다. 그러나 발코니에 다다라 입이 딱 벌어지고 말았다. 시어머니가 정말 옳았다. 그녀의 발코니를 차지한 인원은 엄청났다.

"하이(안녕) 사우산, 사미라! 차오(안녕) 로즈! 마르하바(안녕) 지한! 살람(안녕) 나즈미! 키파크(안녕) 이야드! 사하르, 야라! 오, 어서 와 디나. 이 아이가 네 아들이야? 그리고 이 아이들은 두 딸이고? 와, 이제 다 컸네. 이게 몇 년 만이야!"* 나는 내가 여기 왜 왔는지도 거의 잊고 상냥한 안주인 노릇을 했다. "오, 하이, 무함마드! 살람 모하나드, 파드와! 살베(안녕) 베이비 마르셀, 키파크 하비비?"** 내가 아이의 머리를 쓰다듬었다. "하이, 다우드, 차오 나일라, 예멘에서 언제 돌아왔어? 마르하바 칼둔, 알리사르, 이마드, 라나, 누라, 마이클."

나는 이 많은 사람들이 어떻게 우리 발코니에 들어왔는지 열심히 생각해보았다. 그때 상황의 어색함을 깨닫고 한 여자가 내게 다가와 말했다. "아마 너는 나를 기억하지 못할 거야. 나는 지넌의 시누이야. 이쪽은 내 남편이고, 여기는 내 세 딸과 아들들, 그리고 저 응접실에 있는 아이들은 내 손

---

* "… 이게 몇 년 만이야" : 여러 나라 인사말이 총동원됐다.
** 키파크 하비비 : 사랑스러운 이. 귀염둥이.

자손녀야."

쌀림과 리마가 무함마드를 거들어 발코니에서 가구를 치워버렸다. 시어머니도 결국 상황을 받아들여, 가구를 나르는 이들에게 지시를 내리고 있었다. 자주 그러듯이 나는 멀찍이 떨어져서 우리 시어머니를 안 보는 척하면서도 집요하게 관찰했다. 맙소사, 사랑하는 우리 수반의 장례식을 보러 와 놓고, 다들 쓸데없는 일에 정신을 팔고 있네. 나는 우리 모두를 여기 모이게 한 행사에 집중하기로 했다.

발코니 아래로 거친 바다가 펼쳐졌다. 수천 수만의 젊은이가 알 무카타 안팎을 가득 채웠다. 건물 꼭대기와 물탱크, 발코니, 테라스, 차고 지붕, 공원의 담, 정부청사의 담, 반쯤 파괴되고 남은 알 무카타 건물 등, 장례식장보다 조금이라도 높은 곳은 모두 사람들로 뒤덮였다. 보다 날렵한 젊은이들은 온갖 종류의 크고 작은 나무들을 타고 올라갔다. 우리 발코니 바로 밑 정원에는 올리브 나뭇가지에 젊은이 수십 명이 원숭이처럼 매달렸다. 몇 분 뒤에는 아라파트의 시신이 묻힐 돌무덤을 둘러선 세 그루의 커다란 사이프러스 나무마저 젊은이들로 빼곡히 뒤덮였다. 그들은 한손으로는 나뭇가지에 매달려 다른 한손으로는 큰 깃발과 아라파트의 사진을 흔들었다. 전봇대에 올라가는 젊은이들을 보고 나는 팔레스타인이 러시아와 루마니아의 서커스와도 어렵지 않게 맞붙을 수 있음을 깨달았다. 우리 바로 앞 전봇대에는 다섯 명이 올라가 있는데, 셋은 전봇대에 매달려 있고 하나는 전봇대에 달린 박스에 앉아 있으며, 운 좋게 일등석을 차지한 나머지 하나는 전봇대 꼭대기에 편히 앉아 있었다. 오른쪽 전봇대를 독차지한 젊은이는 아주 우아한 자세였다. 그는 전봇대 꼭대기에 엉덩이를 걸치고 왼쪽 다리를 쭉 뻗어 약 8

미터 높이 전선에 올려놓았다.

원래 장례식에는 검문을 받고 정부청사의 철문을 통과한 공직자들과 고위 성직자들만 참석할 수 있었다. 그러나 팔레스타인 각지에서 온 수백 명의 보안요원(소속에 따라 카키색 제복, 군청색 제복, 게릴라 같은 제복을 입고 붉은 베레모나 녹색 베레모를 썼다)은 인파에 묻혀 버렸다. 사람들은 꼭대기에 가시철조망이 박힌 3미터 높이 콘크리트 담마저 뛰어 넘었다. 철조망은 더 많은 젊은이들을 참여시키려는 배려로 군데군데 갈라져갔다. 보안요원들은 담장에서 소나기처럼 쏟아져 내리는 젊은이들을 막아보려고 안간힘을 썼으나 소용없었다.

이 소동의 한가운데에 군악대가 있어, 뭔가 해낼 것 같았다. 그러나 멀리서 그들이 연주하는 모습이 보이기는 해도, 트럼펫과 드럼, 트롬본, 워터 파이프 소리는 전혀 들리지 않았다. 게다가 그들과 그들의 악기도 곧 인파에 파묻혀버렸다. 대부분 군청색과 따분한 회색 정장을 입은 관료들과 성직자들(나는 신사양반들이 많은 시간과 돈을 들여 유명 디자이너의 작품을 골랐을 텐데도 왜 그렇게 모조리 비슷해 보이는지 이해가 안 된다)은 사방에서 밀어대는 젊은이들의 압박에도 불구하고 공식 장례식 절차를 고수하려고 했다. 그러나 그럴 틈도 없이 보안요원과 군악대, 정부 관리와 고위 성직자들이 뒤섞여버리고 말았다. 성난 파도처럼 밀려드는 다채로운 색깔의 군중에, 수백 개의 팔레스타인 국기와 몇몇 프랑스 국기 그리고 하나 보이는 캐나다 국기에 그들은 완전히 파묻혔다. 이슬람 정당의 녹색 깃발도 알 무카타 근처 건물 꼭대기에 꽂힌 한 개만 빼고 나머지는 죄다 인파에 휩쓸렸다. 군악대가 뭘 연주하려고 하든 잇따른 총성과 함성으로 대체되었다.

야세르* 짝 짝 짝

야세르 짝 짝 짝

야세르 짝 짝 짝

알라후 악바르, 알라후 악바르, 알라후 악바르**

우리는 아라파트의 시신이 카이로에서 공수되어 오기를 애타게 기다렸다. 정확히 오후 2시 30분에 머리 위에서 헬리콥터 소리가 들렸다. 마침내 결정적인 순간이 왔다. 즉각 하늘이 뒤흔들렸다. 수백 명의 보안요원들과 정치 활동가들이 쏘아대는 애도의 총소리, 날카로운 울음소리, 지붕 위에서 외쳐대는 구호, 나무에 매달린 원숭이들이 내지르는 고함, 알 무카타 주변에 인산인해를 이룬 군중의 함성이 한데 어울려 천지를 진동시켰다. 두 대의 이집트 헬리콥터가 불러일으킨 흙먼지 바람은 이미 극적인 광경에 비극적인 분위기를 더할 뿐이었다. 몇 초 동안 무대가 흙먼지에 휩싸였다. 앞이 다시 보였을 때는 이미 나무에 매달렸던 젊은이들은 상당수가 떨어졌고, 전봇대에 올라갔던 이들은 간신히 매달려 흔들거리고, 서서히 내려앉는 헬리콥터 부근의 몇 백 명은 말 그대로 바람에 달려갔다. 꼭 브뢰겔***의 그림 같았다. 어느 그림인지 나는 당장 생각이 나지는 않았으나, 아마 〈맹인을 인도하는 맹인〉이 아니었을까.

* 야세르 : 야세르 아라파트.
** 알라후 악바르 : 신은 위대하다라는 뜻.
*** 브뢰겔 : 16세기 후반 북유럽에서 활동한 네덜란드 화가. 농민 생활을 사실적으로 그려 '농부의 브뢰겔'이라고 불린다. 대표작 〈결혼잔치〉, 〈사육제와 사순절의 투쟁〉, 〈바벨탑〉, 〈베들레헴의 인구 조사〉 등.

헬리콥터 바람이 만들어낸 두 개의 원형 공간은 순식간에 타우즈*같은 군중으로 메워졌다. 1초도 안 되는 짧은 순간이지만 나는 언뜻 붉은 카펫을 따라 늘어선 군 의장대를 보았다. 군악대가 팔레스타인 국가를 연주했다. 인파는 헬리콥터 바로 밑에서 끝까지 버티다가, 헬리콥터가 착륙하자마자 둘러싸고 삼켜버렸다. 헬리콥터가 완전히 정지하기까지 우리가 무엇을 기다리는지, 또는 두려워하는지 분명치 않았다. 몇 분 동안 심사숙고한 끝에 군중은 몰려갈 방향을 정했다. 아라파트의 시신을 수행하고 온 사에브 아에레트**와 야세르 아베드 라보***가 헬리콥터의 왼쪽 문으로 고개를 내밀었다. 그러나 문을 열어젖히면 바깥에서 기다리는 많은 사람이 다칠 지경이었다. 두 사람의 머리는 금방 문 안으로 사라지고 문은 다시 닫혔다. 이로써 두 정치가는 선거운동을 할 금쪽같은 기회를 놓치고 말았다. 한참 뒤에 팔레스타인 국기가 덮인 아라파트의 관이 헬리콥터의 반대편 문으로 나왔다. 인파가 오른쪽으로 거세게 쏠렸다. 그 순간부터 장례식은 그 자체의 힘으로 진행되었다. 사에브와 야세르는 다른 정부 관리나 고위 성직자들과 마찬가지로 군중에 휩쓸려버렸다. 대중은 결정했다, 아라파트는 우리들의 아라파트라고. 아라파트의 시신이 손에서 손을 거쳐 사람들 머리 위로 둥둥 떠갔다. 마치 때맞춰 불어오는 강한 바람을 타고 순조롭게 파도를 타는 보드 같았다.

PLO의 고참들과 정부 관리들은 군중에게 항복했으나 젊은 보안요원들은 버티려고 했다. 제복을 입고 무기를 든 보안요원들과 제복은 입지 않았

---

* 타우즈 : 높은 모래언덕.
** 사에브 아에레트 : 팔레스타인 자치정부 대변인이며 팔레스타인 평화협상 대표였다.
*** 야세르 아베드 라보 : 전 팔레스타인 자치정부 공보장관.

으나 일부는 무기를 들기도 한 젊은이들 사이에 모두들 사랑하는 사람의 시신을 놓고 쟁탈전이 벌어졌다. 잠시 총성이 울려 퍼졌다. 아라파트의 불멸성을 서로 차지하기 위한 결전이었다. 우리는 인파를 뚫고 나가려는 군용 지프를 보았다. 아라파트의 관이 지프 위에 올려져 있다니 거의 기적이었다. 보안요원들이 경기에서 먼저 득점한 듯했다. 헬리콥터에서 새로 만들어진 무덤까지는 3백 미터밖에 안 됐지만, 양 팀이 아라파트의 관을 붙들고 행진하느라 두 시간이나 걸렸다. 겹겹이 둘러싼 군중이 흩어지기 시작한 후에야 우리는 시신이, 그리고 우리 자신도, 비로소 쉴 수 있게 되었음을 알았다. 다음날 《알 아이얌》 신문에 장례식에 모인 인언의 공식 집계가 나왔다.

　그날은 민중이 나라를 다스렸다. 타히아 알 자마히르.*

---

* 타히아 알 자마히르 : 민중 만세.

나를 너무 밀지 마

알리 제인

알리 제인 Alie Zein | 자유기고가

언론인. 팔레스타인의 일간지들을 비롯하여 베이루트 등 아랍 여러 지역의 매체에 글을 쓰고 있다. 1차 인티파다(반이스라엘 저항운동)에 관한 책을 쓰기도 했다.

총선 며칠 전, 나는 시내 작은 서점에 신문을 사러 갔다. 내가 서점을 나오려는데 60대 정도로 보이는 키 작은 사내가 들어섰다. 그는 모든 정당을 저주하기 시작했다. 마치 어떤 이와 격론을 벌이다 방금 헤어졌건만, 성에 안차 혼자 반론을 더 하고 있는 것처럼 보였다. "그래서 당신은 투표하지 않을 건가요?" 나는 그에게 물었다.

"할 거요." 그가 대꾸했다.

"누구한테 투표할 건데요?" 나는 또 물었다.

"물론 하마스*죠."

"하지만 왜 하마스죠?" 나는 의아했다.

그는 화난 투로 말했다. "다만 하피에 솔라나가 싫어서요."

이 지역에 파견된 유럽 공사 솔라나는, 만약 하마스가 선거에서 이긴다면 유럽의 경제 원조가 끊길 거라고 팔레스타인인들을 위협한 적이 있다. 나는 서점에서 나와 시내 중심가를 걸었다. 선거 포스터가 벽을 온통 채웠다. 나는 커다란 하마스 포스터를 보았는데, 적혀 있는 문구는 이랬다.

"미국과 이스라엘은 단지 하마스를 떨어뜨리려고 투표했다. 당신은 어느

---

* 하마스 : 1987년 1차 인티파다와 함께 시작된 이슬람 무장 독립운동 단체. 이스라엘을 포함한 팔레스타인 지역에 팔레스타인 독립 국가를 건설하고자 한다. 2006년 1월 총선에서 132석 중 74석을 차지하여 당시 여당인 파타당을 누르고 제1당이 되었다. 총선 후 유럽연합, 러시아, 미국, 유엔은 하마스에게 폭력포기, 이스라엘 인정, 중동평화 유지 협력이라는 세 가지 원칙을 지켜줄 것을 요청했으나, 하마스는 불공정하다며 거부하였다.

당에 표를 줄 것인가?"

하마스는 대중을 다루는 법을 안다. 그들은 팔레스타인인들이 미국의 불공정한 정책에 얼마나 분개하는지 잘 알고 있다. 이 포스터로 그들은 팔레스타인인들의 심금을 울렸다.

지난 몇 년간 어느 모로 보나 하마스가 점점 더 많은 지지를 얻어내고 있음이 분명했다. 나도 안다. 아마도 하마스는 의석의 40~50퍼센트를 차지할 것이다.

투표함이 닫힌 지 한 시간 후, 우리 세속적 좌파* 무리는 한 친구의 집에 모였다. 텔레비전으로 개표 상황을 지켜보려는 모임이었다. 우리 모두는 하마스가 집권당 '파타'를 바짝 따라잡으리라고 예상했으나, 누구도 하마스가 이길 거라고는 생각하지 않았다. 출구 조사에서는 파타가 6, 7석 앞설 거라고 나왔다. 그러나 두 시간 후 우리는 출구 조사가 거짓이었음을 알게 됐다. 하마스가 132석 중에 74석을 차지했다.

뭐라고? 누구나 중얼거렸다. 처음 몇 분간 모두들 선거 결과를 도저히 믿을 수 없어 했다. 그러나 그것은 사실이었다. 아랍권에서 가장 세속적인 팔레스타인인들이 원리주의 그룹을 당선시켰다!

이건 과연 사람들이 생각하듯이 경천동지의 놀라운 사건인가? 또는 팔레스타인인들을 궁지로 밀어붙인 정책의 당연한 결과인가?

* 세속적 : '종교적'의 반대말이 아니라 종교와 관계없는, 또는 종교의 사회 지배를 반대한다는 의미.

며칠간 나는 왜 일이 이렇게 됐는지 이해해보려고 애썼다. 어딜 가나 사람들한테 물었다. 도대체 왜?

나는 파타 당원인 한 언론인에게 물었다. 당신은 왜 사람들이 파타가 아니라 하마스를 뽑았다고 생각합니까?

"단지 모파즈에게 멍청하다고 말하기 위해서죠." 모파즈는 현재 이스라엘 국방장관이며, 과거에도 군부의 실질적 지도자였다.

"모파즈?" 나는 물었다.

"2002년 그의 군대가 우리 도시를 급습할 때, 그가 한 말을 잊었어요? 자기 작전의 목표는 팔레스타인인들의 자의식 자체를 불태워버리는 것이라고 선포했잖아요. 이제 그는 자신이 실패했다는 걸 깨닫겠죠. 팔레스타인인들의 자의식은 더 날카로워졌을 뿐이니까."

나도 모파즈의 진술을 기억하고 있다. 당시에 그가 뜻한 바는 다음과 같았다. 자기는 강제로 팔레스타인인들의 마음을 바꾸어놓고야 말겠다, 팔레스타인인들은 이스라엘인들이 주지 않는 한 그 무엇도 얻을 수 없다는 걸 확실히 알아야만 한다, 이스라엘에 저항할 수 있는 길은 절대로 없다. 그가 말한 "자의식을 태운다"는 이런 의미였다.

그 언론인은 파타가 선거에서 져서 화가 났을지언정, 하마스를 택함으로써 팔레스타인인들이 이스라엘에 항거하고자 했다는 점을 인식할 만한 이성은 있었다. 하마스의 압승은 팔레스타인인들이 하마스에 찬성한다는 뜻이 아니다. 그들이 이스라엘에 반대한다는 뜻이다.

이스라엘 군대에게 도시를 유린당한 후, 사람들은 몹시 지쳤다. 이스라엘 병사들은 집집마다 들이닥쳤고, 사람들을 공포에 질리게 만들었다. 집단의

자의식을 태워버리고자 한다면, 각 개인들을 일일이 다 목표로 삼아야만 한다. 그들은 실제로 그렇게 했다.

극도의 피로감에 빠져 있던 순간에 팔레스타인인들은 마흐무드 압바스를 대통령으로 선택했다. 3년이 넘게 관저에 포위당해 있던 아라파트가 이스라엘인들에 의해 은밀히 독살된 직후였다. 아라파트 살해에 대해 일언반구도 없던 미국 대통령 부시가 팔레스타인인들에게 경고하기를, 새 지도자로 좋은 사람을 택해야만 하며 그렇지 않으면 그에 따른 결과에 직면하게 될 것이라고 했다. 팔레스타인이 아니라 미국에게 좋은 사람 말이다. 앞에서 이미 얘기했듯이 그때 너무나 지쳐 있던 팔레스타인인들은 휴식을 원했다. 그래서 압바스를 뽑았다. 최소한 한 번은 조지 부시에게 귀를 기울여보라고 했다.

1년 뒤 팔레스타인인들은 좋은 압바스가 이스라엘인들과 부시로부터 아무것도 얻어내지 못했음을 확실히 알았다. 그들이 압바스를 축구공처럼 발로 걷어차 버렸을 뿐이라는 사실을 확실히 알았다. 팔레스타인인들은 무척 상처받았으며, 지난 선거에서 압바스를 당선시킨 자기들의 결정이 잘못이었다고 느꼈다. 그건 그때 지나치게 피로한 탓이었다. 이번에 하마스에 투표함으로써 그들은 자신들의 죄를 떨쳐버리고자 했다.

몇 달 만에 그녀를 만났다. 그녀는 차를 세우고 내게 손을 흔들며 말했다. "축하해요." 비꼬는 말이었다. 그녀는 자신과 나를 조소하고 있었다. 그녀는 차에서 내렸다. 나는 응대했다. "축하?" 그녀는 말했다. "이봐요, 친구. 10년이나 협상해서 정착촌만 늘었지, 토지 강탈도 늘었지, 우리의 고생도 늘기만 했잖아요. 평화나 협상에 대한 말을 아무도 들으려 하지 않아요. 팔레스타인인들은 다정한 압바스가 뭔가 얻어다줄 줄 알았지만, 이스라엘인들이 그를 변기에 처넣고 물을 내려버렸죠."

이스라엘인들은 평화나 평화를 위한 절차 따위를 얘기하는 사람은 누구나 변기에 처넣고 물을 내려버린다. 절차는 있었지만 평화는 없었다. 최근 2년 동안에는 절차조차 없었다. 그리하여 사람들은 하마스를 뽑으면 세계에 충격을 줘서, 고생하는 자기들을 돌아보게 만들 수 있지 않을까 생각했던 것이다.

동네에서 나는 한 가난한 과부에게 왜 하마스한테 투표했느냐고 물어보았다. 그녀는 대답했다. "우리는 우리를 보살펴주는 사람들을 뽑지요." 후에 여동생이 내게 말해주기를, 하마스가 자식 넷 딸린 그 과부를 도와주었다고 한다. 때때로 소액의 생활 보조금을 주고, 고기와 설탕, 쌀을 주기도 했다는 것이다. 인구 절반 이상의 소득 수준이 최저 생계비를 밑도는 팔레스타인의 현실에서는, 이런 소소한 도움이 감동스러울 수밖에 없다. 하마스는 가난한 사람들을 도와왔다. 그들은 '자카'라는, 자발적으로 내는 일종의 종교세를 걷어 빈곤층을 보살폈다. "선거 날 사람들은 자신들을 돌보았던 이들을 돌보았던 거죠." 여동생이 말했다.

거리에서 그를 우연히 만났다. 내가 묻기도 전에 그가 묻기 시작했다.
"누구 찍었어요?" 나는 대답 대신 되물었다.
"바딜, 당신은요?"

바딜은 좌파 정당이다. 그는 말했다.

"내 콧구멍을 틀어막고 파타를 찍었건만, 그들이 지고 말았네요."

코를 막았다는 건 그가 파타 당의 악취 진동하는 부패를 잠시 잊어주려고 노력했다는 뜻이다.

그와 헤어진 후 나는 작은 정당에 표를 주지 말았어야 했나 회의가 들었다. 어쩌면 나도 콧구멍을 틀어막고 파타를 찍는 게 훨씬 낫지 않았을까.

하마스의 승리가 나는 전혀 기쁘지 않다. 세속적인 사람으로서 나는 내 자유가 굉장히 염려된다. 내가 어떻게 먹고, 입고, 무엇을 읽을지 참견하는 그 누구한테도 통치 받고 싶지 않다. 나는 합법적인 수단으로 이 자유를 지키기 위해 싸울 준비가 돼 있다. 그러나 나를 진정 화나게 하는 건, 전 세계가 팔레스타인인들의 선택이 마음에 들지 않는다고 우리 동포들을 벌주려고 열을 내고 있다는 사실이다. 아무도 이스라엘의 점령에 대해서는 말하지 않는다. 아무도 40년이나 우리의 등덜미에 올라타고 있는 이스라엘에게 그만 내려오라고, 그리고 우리의 권리를 인정하라고 말하지 않는다. 전 세계가 부시의 "하마스는 이스라엘을 인정해야만 한다!"라는 어리석은 말만 따라하고 있다.

고상한 아라파트는 이스라엘을 인정했다. 압바스 역시 이스라엘을 인정했다. PLO도 이스라엘을 인정해왔다. 그래서 무슨 진전이 있었나? 전혀 아무것도. 이스라엘은 우리의 권리를 인정하지 않았다. 이스라엘은 한시도 쉬지 않고 점령과 억압을 늘려오기만 했다.

하마스는 국가가 아니다. 이스라엘을 국가로 인정한다는 건 국가 간의 관계 문제다. 우리가 독립하게 된다면, 하마스 또한 국가 팔레스타인이 이스라엘을 인정해야만 한다는 데 동의하리라고 나는 보장한다. 점령당한 사람들에게 자신들의 점령자를 인정하라고 요구하는 건 정말 웃기지 않은가! 세계는 핵보유국 이스라엘에게 팔레스타인과 팔레스타인인들의 권리를 인정하라고 요구해야만 한다.

팔레스타인에 대한 미국과 유럽의 감수성 부족이 하마스가 더 많은 표를 얻도록 도왔다. 나는 두렵다. 만약 그들이 앞으로도 계속 둔감하다면, 그들은 나 역시 밀어붙여 하마스 편에 서게 만들 터이므로.

내 친구는 콧구멍을 틀어막고 부패한 파타를 찍었다. 나도 너무 떠밀린다면, 다음 선거에서 하마스가 안고 있는 심각한 문제점들을 눈 딱 감아버리고 그 당을 찍을 것이다.

나는 라말라를 보았다

모리드 바르구티

모리드 바르구티 Mourid Barghouti | 시인

1944년 라말라에서 태어났다. 카이로대학에서 영문학을 전공했다. 『아스팔트가 깔린 시들』, 『우리가 만나는 날까지』, 『바늘 고리와 생물들의 혀』 등 다수의 시집을 펴냈다. 그의 자전적 산문집 『나는 라말라를 보았다』는 아랍어와 영어뿐 아니라, 프랑스어, 스페인어, 독일어, 이탈리아어, 그리고 노르웨이어로 번역·출간되었으며, 포르투갈, 인도네시아, 터키, 중국에서도 번역·출간될 예정이다. 이 글은 그 책에 실린 작품 중 한 편이다.

다리.

다리 위는 몹시 덥다. 이마에서 안경테로, 다시 렌즈로 땀방울이 떨어진다. 내가 보는 것, 내가 기대하는 것, 내가 기억하는 것들이 뿌옇게 안개에 싸인다. 지나간 세월이 주마등처럼 스쳐간다. 내 일생은 다만 여기오기 위해 소모되었다. 마침내 내가 여기 와서, 요르단 강을 건너간다. 왼쪽 어깨에 작은 가방 하나 메고. 발밑에서 나무가 삐걱거린다. 나는 평소처럼 아무렇지도 않게, 아니 아무렇지도 않게 보이려고 애쓰며 서쪽으로 걸어간다. 한 세계가 내 등 뒤에서 멀어지고, 다른 세계가 내 앞으로 다가온다.

이 다리에 대한 내 마지막 기억은, 30년 전 라말라에서 암만으로 가면서 이 다리를 건넜다는 것이다. 그때 나는 암만에서 다시 카이로에 있는 대학으로 갔다. 당시 나는 카이로대학 4학년이었다.

1967년 6월 5일 아침, 라틴어 시험. 졸업까지 몇 걸음 남지 않았다. 라틴어 시험을 마치면 이틀 뒤에 소설과 드라마 시험만 보면 되었다. 그러면 모니프 형하고 한 약속도 지키고, 당신의 아들 중 하나는 대학을 나왔으면 하는 어머니의 소원도 성취시켜 드릴 수 있었다. 유럽문명사와 시, 문학비평, 번역 시험은 이미 무사히 치렀다. 이제 거의 다 되었다. 성적만 나오면 나는 암만으로 돌아가 거기서 다시—이 다리를 건너—라말라로 돌아갈 것이었다. 부모님의 편지에는 대학 졸업장을 들고 금의환향할 아들을 맞이하려고 아파트를 장식하고 있다고 씌어 있었다.

시험장이 몹시 덥다. 땀방울이 눈썹을 타고 미끄러지더니 안경테에 떨어진다. 거기서 잠시 멈추었다가 렌즈로, 렌즈에서 다시 시험지에 찍힌 라틴어 단어로 떨어진다. altus, alta, altum. 그런데 밖에서 나는 이 소리는 뭐지? 폭탄 터지는 소리? 이집트군이 기동연습을 하나? 지난 며칠 동안은 온통 전쟁 이야기뿐이었다. 그렇다면 전쟁인가? 나는 휴지로 안경을 닦고 답안지를 죽 훑어본 뒤 자리에서 일어난다. 그리고 시험 답안지를 시험 감독관에게 제출한다. 그때 천장에서 노란 페인트 조각이 감독관과 나 사이 탁자 위에 떨어진다. 감독관이 인상을 찌푸리며 천장을 올려다보고 나는 걸어 나온다.

인문대 건물 계단을 내려오니 아이샤 부인이 야자나무 아래 차를 세워두고 차 안에 앉아 있다. 중년의 그녀는 남편이 죽은 뒤 대학에 들어온 동료 학생이다. 그녀가 프랑스 억양이 섞인 말투로 내게 황급히 외친다.

"모리드! 모리드! 전쟁이 났다! 우리가 비행기를 스물세 대나 격추시켰어!"*

내가 차 문에 기대어 차 안으로 몸을 들이민다. 차 라디오에서 아흐마드 사이드가 한껏 신이 났다. 국가가 크게 울려 퍼진다. 학생들이 주위에 몰려든다. 여기저기서 확신에 찬 말이나 회의적인 말들이 툭툭 튀어나온다. 시

---

* … 격추시켰어! : 제3차 중동전쟁을 가리킨다. 이스라엘은 1967년 4월 시리아에 대해 대규모 공격을 감행, 이후 확전되어 6월 5일에는 이집트와 이스라엘간에 전투가 개시되었다. 이후 요르단까지 가세하면서 확전되었으나 이스라엘군은 삽시간에 시나이 반도를 점령하였으며 요르단 강 서안지역, 시리아의 국경 줄란 고원까지 공략하였다. 6월 9일 UN의 개입으로 종전되었다.

험 볼 때 늘 갖고 다니느라 오른손에 들고 있던 펠리컨 잉크병을 내가 꽉 움켜쥔다.

오늘날까지도 나는 내가 왜 허공에 팔을 크게 휘둘러 잉크병을 야자나무를 향해 힘껏 내던졌는지, 왜 그 잉크병이 짙푸른 빛으로 터져 유리파편이 잔디밭에 흩어지게 만들었는지 모른다.

그리고 여기서, 아랍의 소리 방송에서, 아흐마드 사이드가 내게 말한다. 라말라가 더는 내 것이 아니며, 나는 거기 돌아갈 수 없다고. 도시가 함락되었다고.

시험이 몇 주 동안 연기된다. 다시 시험이 시작되고, 나는 졸업한다. 나는 영어영문학 학사학위를 받는다. 그러나 내 졸업장을 걸어놓을 벽이 없다. 전쟁이 터졌을 때 우연히 고국 밖에 있었던 사람들은 가족 재결합 허가*를 받아내기 위해 갖은 수를 다 써본다. 팔레스타인에 있는 친척을 통해 알아보기도 하고 적신월사**에 매달리기도 한다. 일부 내 동생 마지드와 같은 부류는 위험을 무릅쓰고 밀입국을 감행한다.

이스라엘은 나이든 사람 수백 명이 고국에 돌아오는 것은 허락하지만, 젊은이 수만 명은 막는다. 그리고 세계는 우리에게 걸맞은 이름을 붙여준다. 그들은 우리를 나지힌, 고국에서 추방당한 난민이라고 부른다.

난민이 되는 것은 죽는 것과도 같다. 사람들은 그런 일이 다른 사람한테나 생긴다고 생각한다. 그러나 나는 1967년 여름부터 고국을 잃은 이방인

---

* 가족 재결합 허가 : 당시 '적신월사'가 이산가족들이 다시 결합할 수 있도록 돕는 사업을 벌였다.
** 적신월사 : 이슬람 국가에서 적십자사를 이르는 말이며 표시도 붉은 초승달을 사용한다.

이 되었다. 그때까지는 늘 그렇게 되는 사람이 내가 아닌 다른 이일 줄만 알았는데.

이방인은 자신의 체류허가증을 갱신하는 사람이다. 그는 서류를 작성하고 서류에 붙일 인지를 산다. 그는 끊임없이 증거를 찾아내야 한다.

그는 늘 질문을 받는 사람이다. "그럼 어디서 왔나요, 형제여?" "당신의 나라는 더운가요?" 그는 우연히 머물게 된 나라에서 그 나라 사람들에게 중요한 일이나 그들의 국내 정책에 그다지 신경 쓰지 않는다. 그러나 그 결과는 가장 먼저 느낀다. 그는 그들이 기뻐하는 일에는 같이 기뻐하지 않을지 몰라도, 그들이 걱정하면 그도 걱정한다. 그는 그날 집밖에 나간 적이 없어도 모든 시위에 침투한 분자이다. 그와 그가 있는 장소의 관계는 뒤틀려, 그곳은 그를 끌어당기면서도 내친다. 그는 자기 이야기를 일관된 줄거리로 말할 수 없고, 매순간 몇 시간을 사는 사람이다. 그에게는 매순간이 영원히 끝나지 않을 것만 같다. 그의 기억은 순서에 저항한다. 그는 본질적으로 자기 안에 있는 비밀스러운 곳, 침묵의 공간에서 산다. 그는 자신을 잘 드러내지 않는 수수께끼 같은 인물이며, 캐묻는 사람을 싫어한다. 그는 주변 사람들과는 다른 삶을 살고, 말할 때도 터놓고 말하지 않고 자세한 사항은 숨긴다. 그는 전화벨이 울리는 것을 무척 좋아하지만 또 두려워하기도 한다. 이방인은 친절한 사람들에게서 "여기는 당신의 두 번째 고향이며 우리는 당신의 친척이나 다름없다"는 말을 듣는다. 그는 이방인이라서 멸시를 받기도 하고, 그래서 동정을 받기도 한다. 그러나 후자가 전자보다 견디기 힘들다.

그 월요일 정오에 나는 느닷없이 난민이 되었다.

제 나라의 수도에 살면서도 나처럼 이방인인 사람들이 있음을 깨달을 만큼 내가 성숙했을까? 나라가 외국군에 점령당하지 않았다 해도? 그러나 나는 이방인이 결코 과거의 자신으로 돌아갈 수 없다는 것을 안다. 설사 고향으로 돌아가더라도. 자신으로 돌아가기에는 이미 글렀다. 사람은 천식에 걸리듯 난민이 되고, 어느 쪽이나 구제받을 길은 없다. 시인은 더 어렵다. 시 자체가 소외인 까닭이다. 천식은 어떤 상태부터 천식이 될까? 내가 요르단 강 강둑에서 저쪽(이스라엘이 팔레스타인 경찰한테도 그렇게 불리듯이)이 내 발이 경계지역을 밟아도 된다는 허락을 내려주기를 몇 시간이나 기다리다가 발작적으로 터뜨린 기침, 그것부터일까?

나는 암만에서 와서 다리의 요르단 쪽 끝에 섰다. 내 동생 알라가 여기까지 나를 태워다주었다. 그의 아내 일함과 어머니도 함께 왔다. 우리는 아침 9시 15분에 암만의 슈미사니에 있는 우리 집을 떠나 10시가 안 되어 이곳에 도착했다. 가족들은 여기서 더 갈 수 없다. 여기가 환송객들에게 허락된 가장 끝 지점이다. 나는 작별인사를 했고 그들은 암만으로 돌아갔다.

나는 정확히 다리 끝에 있는 대기실에 앉아 있다가, 요르단 장교에게 다음 절차를 물었다.

"여기서 기다리다 저쪽에서 우리에게 신호를 보내면 그때 다리를 건너시오."

한참 기다린 뒤에야 나는 내가 아주 오래 기다려야 한다는 사실을 깨달았다. 문가에 서서 강을 바라보았다. 나는 강폭이 좁아서 놀라지는 않았다. 요르단 강은 언제나 아주 가늘었다. 내가 어린 시절에도 그랬다. 그러나 내가 못 본 그 오랜 세월 동안 요르단 강은 물 없는 강이 되어버렸다. 거의 물이 없었다. 자연이 이스라엘과 결탁하여 강물을 훔쳐갔다. 예전에 강은 목소리가 있었으나 이제는 말이 없다. 주차된 자동차처럼 조용하다.

맞은편 강둑이 뚜렷이 보인다. 나는 내 눈앞에 펼쳐진 풍경을 본다. 오랫동안 이 강을 건너지 못하다가 마침내 건넌 친구들은 여기서 눈물을 흘렸다고 했다. 그러나 나는 울지 않았다. 약간의 가슴 저림은 눈까지 올라오지는 않았다. 몇 시간이나 기다리는 동안 내 얼굴이 어떤지 말해줄 사람이 내 곁에는 없었다. 다리를 꼼꼼히 살펴본다. 내가 정말 저 다리를 건널 수 있을까? 막판에 문제가 생기지 않을까? 그들이 나를 돌려보내지 않을까? 일부러 절차상의 실수를 만들어내지는 않을까? 내가 정말 저 강둑까지, 내 앞에 펼쳐져 있는 저 언덕까지 걸어갈 수 있을까? 내가 서 있는 이 요르단 땅과 다리 건너편에 있는 팔레스타인 땅은 어떤 지형적 차이도 없다. 그러나 저곳은 점령당한 땅이다.

1979년 말경 나는 다마스쿠스*에서 열린 아랍작가연맹회의에 참석했다. 주최 측에서 우리를 줄란 고원**에 있는 도시 쿠나이테라로 데려갔다. 여러 대의 차에 나눠 타고 짧은 여행을 하는 동안, 우리는 이스라엘이 그 도시에 저지른 파괴를 보았다. 가시철조망에 막혀 차는 섰으며 우리는 차에서 내렸다. 철조망 너머에서 이스라엘 국기가 펄럭였다. 나는 철조망 사이로 손을 뻗어 점령된 줄란 고원 쪽에서 제멋대로 자라는 키 작은 나무를 만졌다. 그리고 나뭇가지를 잡아 흔들며 옆에 서 있던 후세인 머루와에게 말했다.

---

* 다마스쿠스 : 시리아의 수도.
** 줄란 고원 : 시리아 남서부에 있는 비옥한 구릉지대. 1967년 중동전쟁 이후 이스라엘이 점령하여 유대인 정착촌들이 많이 들어서 있다. 영어 표기로는 골란 고원.

"점령된 땅 아부 니자르를 내 손으로 붙잡을 수 있어!"

사람들은 해마다, 축제 때마다, 정상회담이 열릴 때마다, 라디오와 신문, 잡지, 책, 연설에서 '점령지'라는 단어를 듣고 보지만, 그때마다 그런 땅은 지구 끝쯤에 있을 거라고 생각한다. 도저히 갈 수 없는 아주 먼 곳일 거라고. 그러나 그 땅이 얼마나 가까운지 아는가? 손을 뻗으면 닿을 정도로 지척에 있다는 걸 아는가? 그게 얼마나 현실적인지 아는가? 나는 그 땅을 마치 손수건처럼 내 손으로 만질 수도 있었다. 후세인 머루와의 눈에 대답이 들어 있었다. 그의 눈은 묵묵하고 축축했다.

지금 여기서 내가 요르단 강 서안을 바라본다. 그럼 저 땅이 '점령지'란 말이지? 오래 전 후세인 머루와에게 했던 말을 내가 다시 들려줄 사람이 내 곁에는 없다. 저 땅은 뉴스 속보에 나오는 구절 따위가 아니라고. 내가 그 땅을 눈으로 보니, 거기에는 분명히 흙과 자갈과 언덕과 바위가 있다. 거기에는 색깔도 있고 기온도 있고, 야생식물도 있다.

우리의 감각에 자신의 물질성을 선언하는 저 땅을 누가 감히 추상화할 수 있을까? 저 땅은 저항시에 나오는 '님'이 더는 아니며 정당 강령의 한 항목이 아니다. 주장이나 비유가 아니다. 내 앞에 펼쳐진 저 땅은 전갈, 새, 샘물처럼 내가 만질 수 있는 것이다. 내가 내 눈으로 볼 수 있는 흰 바위로 뒤덮인 들판이요, 거기 찍힌 발자국이다. 나는 자신에게 물었다. 우리가 저 땅을 잃었다는 것 말고 저 땅이 뭐 그리 특별한가? 저 땅은 여느 땅처럼 그저 땅일 뿐이다.

우리가 저 땅에 대해 노래하는 이유는 오로지 그것을 빼앗긴 굴욕을 기억하기 위해서이다. 우리의 노래는 과거의 성스러움이 아니라, 현재 점령당해 날이면 날마다 짓밟히는 우리의 자존심을 위한 것이다.

그 땅이 지금 여기 내 앞에 있다. 천지창조의 그날부터 그 자리에 있었듯이. 나는 혼잣말을 했다. "땅은 어디로 가지 않아." 나는 아직 거기 닿지 않았다. 그저 그 땅을 직접 보고 있을 뿐이다. 나는 아주 큰 상의 수상자로 결정되었다지만 아직 그 상을 손에 쥐지는 않은 사람과 같다.

나는 여전히 요르단 쪽에 있다. 시간이 흐른다. 나는 대기실로 돌아간다. 내가 다리를 건너가도 된다는 새 소식은 분명히 없다. 의자에 앉아 원고 뭉치를 꺼낸다. 그것을 훑어보며 시간을 보낸다. 내가 「존재의 논리」라는 제목으로 출판하려는 경구와 시적인 단상들이다. 이것은 내 아홉 번째 시집이 될 것이다. 나는 몇 줄씩 재빨리 훑어보고 가방에 도로 넣는다. 기다리면서 느끼는 조바심이 작품에 대한 걱정으로 전이된다. 출판도 하기 전에 나는 열의를 잃고 곧 내 손에서 벗어날 작품의 가치를 의심한다.

내가 시를 사랑하는 이유는 그것이 내 손가락으로 만들어지기 때문이다. 이미지와 이미지, 말과 말로 나는 시를 짠다. 그러나 써놓고 나면 두려움이 밀려오고 확신이 사라진다. 창작자가 자신의 창조물에 매료되는 저 황홀한 순간은 끝난다. 이런 일은 일어나기 마련이며 늘 일어나 왔다. 내 첫 발표작부터 그랬다. 나는 또렷이 기억하고 있다.

내가 대학 4학년 때였다. 나는 도서관 계단에서 라드와*에게 자작시를 읽어주곤 했다. 그녀는 내 시를 좋아했고 내가—언젠가는—분명히 시인이 될 거라고 말했다. 어느 날 나는 내 시 한 편을 라샤드 루시디가 편집하는 연극

---

* 라드와 : 훗날 필자의 아내가 됨.

212

잡지에 실으라고 파로크 압드 알와하브에게 주었다. 그리고 며칠 동안 공포에 떨었다.

시를 돌려받아야겠다고 날마다 생각했으나 그가 나를 우유부단한 사람으로 볼까봐 두려웠다. 대학에서 그를 보면 내 시에 대한 의견을 물으려다 마지막 순간에 그만두었다. 시가 내 손에서 떠난 순간부터 나는 그 시가 좋지 않고 발표돼서는 안 된다는 생각만 들었다. 이제 나는 그 시가 정말로 좋지 않다는 것을 알지만.

1967년 6월 5일, 그 월요일이 될 때까지 그랬다.

나는 빵을 사서 재놓으려고 빵집에 갔다. 다들 우리가 긴 전쟁에 돌입했다고 생각했다. 빵집 앞에는 빵을 사려는 사람들의 줄이 길어 나도 줄을 섰다. 빵집 옆 작은 서점 앞에 신문과 잡지, 책 등이 쌓여 있었는데, 수십 가지 잡지 가운데 연극 잡지가 눈에 띄었다. 나는 잡지를 사서 내 시를 찾으려고 죽 훑어보았으며, 찾았다. '모리드 알 바르구티, 「멀리 있는 군인에게 보내는 사과문」.' 이 무슨 우연의 일치란 말인가?

내 첫 시는 그 이상한 날 발표되었다. 잡지 표지에는 1967년 6월 5일이라는 날짜가 찍혀 있었다. 한 번은 기자가 내 첫 발표작에 대해 물어 내가 그 이야기를 해주고 농담을 덧붙였다. "내가 시를 써서 아랍연맹이 지고 팔레스타인을 잃지 않았을까 생각한다." 우리는 웃었다. 그러나 웃지 않았다.

내가 다시 대기실에서 나온다.

나는 대기실과 강 사이의 좁은 공간을 어슬렁거린다. 풍경을 감상한다. 감상하는 것 말고는 할 일이 없다.

강 바로 옆의 황무지. 그리고 태양은 전갈*.

"태양의 눈에게 말해……." 여기서 멀지 않은 또 다른 사막에서 길을 잃은 사람들을 위한 그 슬픈 비가. 1967년 6월 19일, 자맬릭에 있는 내 아파트 문을 누군가 두드렸다. 문 안으로 들어선 남자는 얼굴이 새까맣게 그은 데다 분위기도 옷차림도 이상했다. 그가 마치 구름으로부터 내 양팔 사이로 곧바로 강림한 것처럼, 나는 그를 덥석 끌어안았다.

"여기에서 어떻게 왔어요, 아타 삼촌?"

그는 시나이 사막을 14일 동안이나 걸어왔다. 6월 5일부터 계속 걸었다.

"우리는 싸우지도 못했어. 전쟁이 시작되자마자 그들이 우리 무기를 간단히 파괴하고 비행기로 우리 뒤를 쫓았어……."

삼촌은 요르단군 장교였는데 60년대 초에 쿠웨이트군에 들어가 훈련장교로 근무했다. 그러다 1967년 전쟁이 터지자 쿠웨이트군의 일원으로 이집트로 가서 이집트 군대와 함께 싸우게 됐다. 삼촌은 자기 부대가 가까운 다하슈르 군부대에서 이집트군의 지휘를 받고 있으나, 이후로는 어떻게 될지 모르겠다고 말했다. 나는 귀환병을 삼촌밖에 보지 못했지만, 그 한 사람만 봐도 충분히 가슴이 아팠다. 삼촌만 봐도 전모를 알 수 있었다. 우리가 졌다는 것을.

정오다. 기다리는 시간이 길어질수록 시시각각 더욱 불안해진다. 그들이 강을 건너게 해줄까? 왜 이렇게 오래 끈단 말인가? 그 순간 나는 누군가 내 이름을 부르는 소리를 듣는다.

"가방을 가지고 강을 건너시오."

* 태양은 전갈 : 노래 제목이다.

마침내! 내가 걸어간다, 작은 가방 하나 메고 다리를 건너간다. 몇 미터밖에 안 되는 나무다리와 30년 동안의 망명생활. 어떻게 이 검은 널빤지가 온 국민의 꿈을 가로막을 수 있었을까? 어떻게 이런 것이 모든 세대가 자기 집에서 커피를 마시지 못하도록 했을까? 이런 것 때문에 우리가 참고 참다가 죽어갈 수밖에 없었단 말인가? 이따위 때문에 우리가 망명지와 텐트와 정당들로 흩어져 겁이 질린 채 속삭여야 했단 말인가?

나는 네가 고맙지 않아, 너 중요하지도 않은 짧은 다리. 너는 우리가 무서워서 건너지 못했다고 변명할 수 있는 바다와 대양도 아니고, 사나운 짐승들과 기이한 괴물들이 우글거려 우리의 방어 본능을 일깨우는 높은 산도 아니잖아. 네가 다른 행성에 있었다면, 낡은 메르세데스로 30분 만에 닿을 수 있는 곳이 아닌 먼 데 있었다면, 네게 고마워했을 거야. 네가 화산이 내뿜은 용암으로 만들어져 내가 너를 건너려면 지글지글 끓는 오렌지색 공포에 발을 담가야 한다면, 차라리 나왔을 거야. 하지만 너는 입에 못을 물고 귀에 담배를 꽂은 가난한 목수들이 만들었잖아. 나는 네게 고맙다고 말하지 않겠어, 너 보잘것없는 다리. 내가 네 앞에서 부끄러워해야 할까 아니면 네가 내 앞에서 부끄러워해야 할까? 너는 순진한 시인의 별들처럼 가깝고, 마비된 사람의 발걸음처럼 멀어. 이 무슨 황당한 노릇이야! 나는 널 용서하지 않고, 너는 날 용서하지 않아. 발밑에서 널판지가 삐걱이는 소리.

유명한 레바논 가수 파에루즈*는 이 다리를 귀환의 다리라고 부른다. 요르단인들은 후세인 왕의 다리라고 부른다. 팔레스타인 자치정부는 이 다리를 알 카라마 교차로라고 부른다. 보통사람들과 버스 운전사와 택시 운전사들은 알렌비* 다리라고 부른다. 우리 어머니는, 그리고 그전에 우리 할머니

와 아버지, 숙모 움 탈랄은 이 다리를 그냥 다리라고 부른다. **

이제 여름이 서른 번이나 지나고서야 내가 비로소 이 다리를 건너간다.
1966년 여름, 그리고 눈 깜짝할 사이에 1996년의 여름. 여기, 이 금지된 널
빤지 위를 걸으며 내가 전 생애를 자신에게 지껄인다. 말소리는 없지만 숨
쉴 틈도 없이 지껄인다. 영상들이 일관성 없이 떠올랐다가 스러진다. 어수
선했던 삶의 편린들, 베틀 북처럼 앞뒤로 부딪히는 기억들이. 이미지들은
제각기 따로 놀아 최종 형식을 위한 편집에 저항한다. 그것들의 형식은 혼
돈이다.

저 옛날 어린 시절. 친구들과 적들의 얼굴. 나는 타인들의 대륙에서, 타인
들의 언어와 타인들의 국경으로부터 오는 사람이다. 안경을 쓰고 어깨에는
작은 가방을 멘 사람. 그리고 이것은 다리의 널빤지. 이것은 그 위를 걷는 내
발걸음. 이제 내가 시의 땅으로 걸어가고 있다. 방문객으로? 난민으로? 시민
으로? 손님으로? 모르겠다.

이것은 정치적 순간인가, 감정적 순간인가? 아니면 사회적 순간? 실제적
순간? 초현실적 순간? 몸의 순간일까, 정신의 순간일까? 널빤지가 삐걱거린
다. 삶에서 지나간 것들이 안개 속에 잠겼다가 또 얼핏 드러났다 한다. 나는
왜 이 가방을 내던져버리고 싶은 걸까? 다리 밑에는 거의 물이 없다. 물 없
는 강, 마치 두 역사, 두 신앙, 두 비극 사이 경계에 자기가 있어서 미안하다
고 강이 사과라도 하는 것 같다. 풍경은 바위투성이다. 석회질의 흰 암석들,

---

* 알렌비 : 제1차 세계대전 당시, 영국군 중동지역 관할 사령관.
** 파에루즈 : Fairus. 레바논 출신의 여가수. 아랍인들에게 음악의 여신으로 추앙을 받을 만큼 50년간 명
성을 날렸다.

군대, 사막, 그리고 치통처럼 격렬한 고통.

여기에는 빨강, 하양, 검정, 초록으로 된 요르단 국기가 있다. 몇 미터 앞에는 푸른 나일 강과 유프라테스 강 사이에 다윗의 별이 그려진 이스라엘 국기가 있다. 갑자기 불어 닥친 한 줄기 바람에 두 나라 깃발이 펄럭인다. 우리들의 행위는 하얗고, 우리들의 전쟁은 검고, 우리들의 땅은 푸르다……* 마음속에 떠오르는 시. 그러나 장면은 계산서처럼 무미건조하다.

나무 널빤지가 내 발밑에서 삐걱거린다.

오늘도 유월의 공기는 어제처럼 푹푹 찐다. "오, 나무다리……" 느닷없이 파에루즈의 노랫가락이 내 입에서 흘러나온다. 그녀의 노래치고는 가사가 직설적이다. 이런 가사가 어떻게 지식인과 농민, 학생과 군인, 아주머니와 혁명가들의 가슴을 뒤흔들어놓았지? 사람들이 다른 이의 목소리를 통해 자신의 목소리를 듣고 싶어 하기 때문인가? 사람들은 자기 안에 있는 것들을 표현해주는 자기 밖의 목소리에 끌리기 마련인가? 말없는 다수는 금지된 상상 속의 의회에서 자기들을 대신해서 말해줄 대변인을 임명한다. 불의의 시대, 공통체가 침묵할 때만은 사람들이 직설적인 시를 좋아한다. 자기들이 말할 수 없고 행동할 수 없을 때. 속삭이며 암시하는 시는 자유로운 사람들, 하고 싶은 말을 다 할 수 있어서 그런 과업을 다른 이에게 맡길 필요가 없는 시민들만이 향유할 수 있다. 우리 문학 비평가들은 눈을 반쯤 감고 아랍인 두개골 위에 카우보이 모자를 쓰고 서구의 이론을 앵무새처럼 되뇌고 있다고, 나는 중얼거린다(이 모자에 대한 비유는 진부하다. 그런데 왜 그런 게 하필

---

* 푸르다…… : 팔레스타인의 국기 색깔들.

지금 떠올랐지?). 그리고 여기 첫 이스라엘 군인이 있다—키파*를 쓰고. 이것은 문학적 표현이 아니라 진짜 모자다. 그의 총이 그보다 커 보인다. 그가 서쪽 강변에 있는 외딴방 방문에 기대어 있다. 이스라엘 국가의 권위는 여기서 시작된다. 나는 그의 느낌이나 기분을 짐작도 할 수 없다. 그의 얼굴에는 그의 생각이 전혀 내비치지 않는다. 내가 닫힌 문을 쳐다보듯 그를 본다. 이제 내 발이 요르단 강 서안을 딛고 있다. 다리가 내 뒤에 있다. 나는 잠시 땅에, 흙 위에 서 있다. 나는 죽기 일보 직전에 "육지다! 육지다!" 하고 외치는, 콜럼버스의 선원이 아니다. 나는 "유레카!"** 하고 외치는 아르키메데스도 아니다. 땅에 입맞춤을 하는 승리한 군인도 아니다. 나는 땅에 입맞춤을 하지 않았다. 나는 슬프지 않았으며 눈물을 흘리지 않았다.

그런데 이 삭막한 황무지에서 그의 모습이 눈앞에 어른거린다. 그가 미소지으며 저 너머에서, 내가 그에게 팔베개를 해주었던 무덤으로부터 다가온다. 그 무덤의 어둠 속에서 나는 그를 마지막으로 끌어안았다. 문상객들이 나를 끌어내는 바람에 나는 그를 묘비 아래 홀로 남겨놓았다. 그 묘비에는 이렇게 새겨져 있었다. '모니프 압드 알 라제크 알 바르구티***, 1941~1993년.'

몇 걸음 걸었다.

군인의 얼굴을 보았다. 언뜻 보기에 그는 그저 고용된 사람 같았다. 따분

---

* 키파 : 유대교 남자 신도가 쓰는 작은 모자.
** 유레카 : 그리스어로 '알아내다', '발견하다'라는 뜻으로 수학자 아르키메데스가 목욕탕에서 '부력의 원리'를 발견하고 기쁜 나머지 그렇게 외쳤다는 일화가 있다.
*** 모니프 압드 알 라제크 알 바르구티 : 글쓴이 형. 불가리아에서 의문의 죽음을 당했다.

하고 짜증스럽게 보였다. 그러나 아니었다. 그는 바짝 긴장한 채 경계를 늦추지 않았다(아니면 내 상태가 그래서 그를 그렇게 본 걸까?). 아니, 그것도 아니었다. 그는 그저 일상적인 태도를 취하고 있을 뿐이었다. 그는 여름에 암만을 방문하거나 생계를 위해 암만으로 떠나는 나 같은 팔레스타인 사람들을 수천 명이나 보았을 테니까. 그러나 내 경우는 다르다.

나는 자문했다. 왜 세상 사람들은 모두 자기 경우는 다르다고 생각할까? 심지어 상실을 겪을 때도 자기는 다르기를 바랄까? 그것은 우리가 떨치지 못하는 이기심이 아닐까? 내가 30년 만에 여기를 지난다고 해서 그래도 될까? 점령지에 사는 사람들도 이 다리를 건너 오갈 수 있었다. 방문 허가증이나 재결합 허가증*이 있는 망명자들도 마찬가지였다. 그러나 나는 30년 동안 둘 중 어느 것도 얻지 못했다. 그러나 저 군인이 그런 것까지 어떻게 알겠는가? 그리고 나는 왜 그가 그런 걸 알아주기를 바라나?

지난번에는 내 안경이 그다지 두껍지 않았고, 내 머리카락도 다 검었다. 내 기억도 무겁지 않았고, 내 기억력도 좋았다. 지난번에는 내가 청년이었다. 그런데 이번에는 아버지다. 지난번에 여기를 지났던 나하고 나이가 같은 청년의 아버지다. 지난번에는 내 나라를 떠나 먼 대학으로 유학 가는 길이었다. 그러나 이번에는 그 대학에 아들을 두고 왔다.

지난번에는 라말라 시민으로서 내 권리를 아무도 따지지 않았다. 그러나 이번에는 내 아들에게 라말라를 볼 수 있는 권리를 유지시켜주기 위해 내가 무엇을 할 수 있는지, 스스로 묻는다. 아들을 난민 등록에서 뺄까? 아들은

* 재결합 허가증 : 당시 '적신월사'가 이산가족들이 다시 결합할 수 있도록 돕는 사업을 벌였다.

한 번도 이동한 적도, 피난을 간 적도 없다. 그가 한 짓이라곤 그저 나라 밖에서 태어난 것뿐이다.

그럼 이번에는 내가 망명지에서 그들의…… 고국으로 가는 건가? 내 고국? 요르단 강 서안과 가자? 점령된 땅? 그 지역? 유대와 사마리아? 자치령? 이스라엘? 팔레스타인? 이름 때문에 사람을 이토록 골치 아프게 하는 나라가 세상에 또 있을까? 지난번에는 나도 분명하고 모든 것이 분명했다. 그런데 이번에는 나도 모호하고 모든 것이 모호하다.

그러나 키파를 쓴 이 군인은 모호하지 않다. 적어도 그의 총은 아주 반짝반짝 빛난다. 그의 총이 내게는 내 삶의 역사이다. 내 소외의 역사이다. 그의 총은 우리에게서 시의 땅을 빼앗아가고 땅에 대한 시를 남겼다. 그는 손에 흙을 쥐고 있고, 우리는 손에 신기루를 쥐고 있다. 그러나 그는 다른 식으로 모호하다. 그의 부모는 작센하우젠*에서 왔을까, 다하우**에서 왔을까? 아니면 그는 최근에 브루클린***에서 온 정착민일까? 중부유럽에서? 북아프리카에서? 라틴아메리카에서? 아니면 그는 반체제 러시아 망명자일까? 아니면 그는 여기서 태어나 자기가 어떻게 이 땅에 있게 됐는지 한 번도 생각해본 적 없이 그냥 있을 뿐인가? 그는 자기 나라가 벌인 전쟁, 혹은 그 후에 우리가 벌인 그 나라에 대한 지속적인 저항의 와중에서 팔레스타인 사람을 죽인 적이 있을까? 그는 누군가를 죽이고 싶은 욕망이 있을까, 아니면 어쩔 수 없이 병역의 의무를 수행하고 있을 뿐일까? 누가 그의 인간성을 검증해본 사

---

* 작센하우젠 : 독일 프랑크푸르트의 마인 강변에 위치한 지역.
** 다하우 : 독일 뮌헨에 인접한 지역.
*** 브루클린 : 미국 롱아일랜드 서쪽 끝에 위치한 지역.

람이 있을까? 개인적으로는 그가 얼마나 인간적인지? 그러나 어쨌든 나는 그가 하는 일이 얼마나 비인간적인지는 안다. 그는 점령군이고, 따라서 그와 내 상황은 다르다. 특히 지금 이 순간은. 그가 내 인간성을 알아볼 수 있을까? 날마다 그의 번쩍이는 총 밑을 지나는 팔레스타인 사람들의 인간성을?

우리는 여기 같은 땅에 있지만 그는 손에 가방이 없다. 그리고 국제법에 따라 자유롭게 휘날리는 두 이스라엘 국기 사이에 서 있다.

"차가 올 때까지 여기서 기다리시오."

그가 아랍어로 말했다.

"차를 타고 어디로 가나요?"

"국경에 있는 초소로. 모든 절차는 거기서 이루어집니다."

나는 기다렸다.

그의 작은 방에는 — 그 방은 생각보다 깨끗하지도 단정하지도 않았다 — 관광객용 포스터가 벽에 붙어 이 땅의 아름다움을 자랑하고 있었다. 아름다운…… 이스라엘! 내 눈은 맛사다의 포스터에서 멈췄다. 그들의 신화는 그들이 결사적으로 맛사다 요새*를 지키다가 결국 모조리 죽임을 당했으나, 끝끝내 항복하지는 않았다고 한다. 이것은 그들이 우리에게 전하는 메시지일까? 그들은 우리에게 자기들이 여기 영원히 머물 것임을 각인시키기 위해 입국 관문에 이걸 걸어놓았을까? 이것은 고의적으로 선택된 것인가, 아

---

* 맛사다 요새 : 2천 년 전, 유대의 헤롯왕이 사막언덕 정상에 로마제국양식으로 축조한 왕궁터. 기원전 73년 유대 저항군 960명이 로마군을 피해 이 요새로 피신해 끝까지 저항하다가 로마군에 붙잡히는 대신 '전원 자결'이라는 극단적 저항을 선택했다.

니면 그저 우연히 걸린 한 장의 포스터일 뿐인가?

　방을 바라본다. 낡은 의자 두 개, 네모난 탁자 하나, 왼쪽 귀퉁이가 깨진 거울, 히브리어 신문, 작은 부엌과 차나 커피를 끓이는 아주 간단한 전기 스토브. 표준적인 경비실, 우리나라를 ― 우리에게서 ― 지키는 경비병이 있다.

　나는 그가 내게 이것저것 물을 거라고 생각했다. 그러나 그는 아무 말도 하지 않았다.

　그가 말을 걸거나 무엇을 물었더라도 내가 그의 말을 알아들었을까? 또는 안 들리는 척했을까? 이 의자에 앉았을 때부터 다른 사람들의 목소리가 내 침묵을 둘러싸고 있는데, 내가 어떻게 이스라엘 병사의 말소리를 알아들을 수 있었겠는가? 내 눈에만 보이는 사람들이 차례차례 문으로 들어왔다. 그리고 방 안에서, 두 세계 사이에 있는 다리 위해서 나를 둘러쌌다. 그들이 기쁨과 슬픔을 느끼며 살았던 세계와, 이제 내가 곧 보게 될 다른 세계 사이에서.

　그들의 영원한 침묵이 여기 떠도는데 내가 이스라엘 병사의 말에 귀를 기울일 수 있었을까? 바로 여기, 그들이 멀리 떠나가서 죽었고, 순교자가 돼서야 돌아온 이 자리에서?

　죽은 사람들은 문을 두드리지 않는다. 할머니가 들어온다. 늙어서 시력을 잃었고, 마을에 결혼식이나 장례식이 있으면 즉석에서 기쁜 노래나 슬픈 노래를 지어 부르던 시인. 새벽에 할머니가 낮게 읊조리던 기도 소리가 들린다. 내가 그 후로는 시로도 산문으로도 본 적 없는 기도. 그 기도는 할머니만의 독특한 시였다. 나는 가끔 자다가도 이불 한 귀퉁이를 들고 할머니가 읊조리는 노랫소리를 들었다. 그리고 할머니가 다시 잠자리에 들면 할머니 옆으로 기어들어가, 할머니에게 신비한 기도를 다시 들려달라고 했다. 그 소리와 함께 나를 따뜻한 꿈나라로 보내달라고. 그 노랫소리는 교실에서도 내 곁을 떠나지 않았다. 그 음악은 내 교과서의 책갈피에서도 울려나와, 그에 비하면 지루하기 짝이 없는 구구단을 어린 시절 내 첫 번째 적으로 만들어 버렸다.

아버지가 들어온다. 내가 암만의 바야디르 와디 알 새르에 남겨둔 그의 무덤에서 온다. 온화하고 부드러운 모습으로, 눈을 가늘게 뜨고, 조용히 아버지가 온다. 세상에 멍들어도 세상에 만족했던 아버지.

죽음이 앗아간 모니프가 들어온다. 그들은 그의 순박한 마음과 소망을 짓밟았다. 그저 며칠만이라도 라말라를 보고 싶어 했던 그의 꿈을, 영원히 짓밟아버렸다.

가싼 카나파니*가 들어온다. 그의 목소리는 폭탄만이 잠재울 수 있었다. 하지미야** 전체를 뒤흔들었던 폭발만이. 어떻게 내가 이 새파란 군인에게 귀를 기울일 수 있을까? 베이루트에 있던 가싼의 사무실을 찾아간 라드와와 내게 그가 자기 팔뚝에 인슐린 주사를 놓으며 반가운 미소를 보내는데. 오직 그의 어깨 뒤 벽을 덮은 포스터에서만 천둥 번개가 치고 있었다.

그때는 포스터가 지금과 많이 달랐다. 게바라의 베레모에서 번쩍이던 별. 레닌의 치켜 올린 눈썹에 그려진 물음표. 무엇을 할 것인가? 도둑맞은 이름을 위해 펜과 붓으로 수놓은 장식. 무한히 질주하는 액자 속의 말. 아시아,

---

* 가싼 카나파니 : 팔레스타인 소설가. 팔레스타인인민해방전선의 대변인 겸 그 단체의 기관지《알 하다프》의 편집인이었으며 점령지 밖에서는 팔레스타인 저항문학을 이끈 대표적인 작가였다. 1972년 이스라엘 정보부가 차에 설치한 것으로 추정되는 폭탄이 터져 죽었다. 그의 소설집『불볕 속의 사람들』이 우리나라에서도 간행(1996년)되었다.
** 하지미야 : 카나파니가 탄 차가 폭발한 베이루트의 한 구역 이름.

아프리카, 라틴아메리카의 해방운동을 이끈 지도자들의 사진. 팔레스타인을 이끌 거라고 생각했던 슬로건과 이미지와 글들.

가싼이 지금은 아카*에 가까이 갔을까 더 멀어졌을까, 궁금하다.

이 십대 군인의 방에 걸려 있는 포스터들과 가싼의 사무실에 걸려 있던 포스터들을 비교해본다. 둘의 세계는 정반대다. 가싼의 세계에는 네루다의 시와 카브랄**의 어휘들, 앞으로 쭉 뻗은 레닌의 팔과 파농***이 꿈꾼 미래가 있었다. 소설가가 자신의 꿈을 칠하는 그만의 색깔이 있었다. 네이비블루와 살구색과 오렌지색, 그리고 재난과 상실의 징조로 가득한 어둡고 좁은 하늘에 무지개가 비출 수 있는 모든 색깔들. 그러나 여기는? 나는 벽과 그림들을 바라본다. 내 나라의 풍경들이다. 그러나 이 풍경들이 여기 금지된 국경에 걸려 있는 이유와 의미는 공격적이다. 나지 알 알리****가 내게 준 커다란 그림이 생각난다. 그가 우리 부부와 저녁을 먹자고 해서, 베이루트 해변의 미아미 식당에서 만났다. 식사를 마치고 그가 차에서 그림을 꺼냈다.

---

* 아카 : 아코(Akko)라고도 한다. 하이파에서 20km 떨어진 지중해 연안의 항구도시로 1948년 이스라엘 영토가 되었다. 고대에는 페니키아인의 항구로 번성하였고, 역사적으로 예루살렘 순례를 위한 거점으로 유명하다. 소설가인 카나파니의 출생지이기도 하다.
** 카브랄 : Amilcar Cabral(1924~1973). 아프리카 기니비사우 바파타 출생. 앙골라해방인민운동의 창설에 참여하였고, 1956년 아프리카기니―카보베르데독립당(PAIGC)을 동생인 L.A. 카브랄과 창설, 서기장이 되었다. 1963년 PAIGC를 지도하여 무장투쟁에 돌입, 국토의 4분의 3을 해방시키는 등 큰 성과를 올렸으나, 독립 직전에 PAIGC 본부가 있던 코나크리에서 암살당하였다.
*** 파농 : Franz Fanon(1925~1961). 프랑스령 마르티니크 태생의 평론가이자 의사. 알제리민족해방전선(ALN)에 지도적 이론가로 활약하였으며, 아프리카 대륙과 아메리카 대륙 흑인간에 연대감을 드높이는 데 앞장섰다. 저서로는 인종문제를 다룬 평론집 『검은 피부, 흰 가면』(1954)과 식민지 민중의 의식을 일깨운 그의 마지막 저서 『대지의 저주받은 자들』(1961) 등이 있다.
**** 나지 알 알리 : Naji al-Ali(1937~1987). 날카로운 정치적 비판으로 유명한 팔레스타인 시사만화가. 4만 점이 넘는 만화를 그렸으며, 그의 비판의 화살은 이스라엘 점령자들뿐 아니라 팔레스타인과 아랍 지도자들에게도 향했다. 그가 창조한 한달라는 팔레스타인 저항의 상징이 되었다. 1987년에 암살당했다.

"이건《알 사피르》*에 당신 시와 함께 실렸던 건데, 내가 크게 다시 그렸죠. 당신과 라드와와 타밈**을 위해."

그리고 그는 싸이다***에 있는 그의 집으로 차를 타고 떠나고, 라드와와 나는 숙소로 돌아왔다.

한 여자 아이의 얼굴이 그림 한가운데 있고, 두 갈래로 땋은 머리가 수평으로 들려 있다. 하나는 왼쪽으로, 하나는 오른쪽으로. 땋은 머리가 차차 가시철조망으로 변해 그림 가장자리까지 뻗었다. 배경의 하늘은 아주 어둡다.

나지 알 알 리가 들어온다. 그는 오래 전에 죽었지만 내가 받은 충격은 아직도 생생하다. 이것은 그의 눈에 담긴 미소이고, 이것은 그의 가냘픈 몸이다. 내가 런던 교외에 있는 그의 무덤 앞에 섰을 때, 내 가슴에서 복받쳐 오르던 울음소리가 들린다. 내 입에서 나온 한 마디는 "안 돼!"였다. 속삭였으므로 아무도 그 말을 듣지 못했다. 내 팔에 감싸인 채 앞에 서 있는 아홉 살짜리 우싸마도. 그의 아버지의 무덤을 우싸마와 나는 바라보고 있었다. 그러나 나는 침묵으로 돌아가지 못했다.

그 "안 돼"는 끝나기를 거부했다.

그것은 점점 커졌다.

그것은 점점 올라갔다.

내가 울부짖고 있었다. 길게 이어지는 통곡소리.

대기에 울려 퍼진 그 소리를 나는 도로 끌어내릴 수 없었다. 통곡은 허공

---

*《알 사피르》: 레바논에서 발행되는 정치적인 일간신문.
** 타밈 : 글쓴이의 아들.
*** 싸이다 : 레바논 자누브 주의 주도(州都). 영어 명칭은 시돈(Sidon).

에 걸려 있었다. 우리 모두를 적시던 이슬비 속에. 우싸마와 자우다, 라얄, 칼리드, 위다드*와 나. 통곡은 심판의 날까지 하늘에 그대로 남아 있으려는 듯했다. 저 먼 하늘. 하얗지 않고, 푸르지도 않고, 우리 것도 아니고, 아니고…….

위다드의 남동생이 내 어깨를 꽉 잡으며 말했다. "제발, 모리드, 진정해요. 형, 진정해. 우리는 꿋꿋이 견뎌야 해요." 나는 자신을 간신히 수습하여 통곡을 억눌렀다. 나는 내 손으로 입을 막았으나, 얼마 뒤에 힘없는 목소리로 이렇게 내뱉고야 말았다. "꿋꿋이 서 있을 사람은 나지지 우리가 아냐!"

우리는 그의 무덤에서 윔블던**에 있는 그의 집으로 돌아왔다.

그의 가족이 내게 자꾸 나지의 방에 머물라고 했다. 나는 그가 미처 다 그리지 못한 그림들, 그의 스케치들 속에서 잤다. 그의 책상과 의자가 그가 손수 만든 단 위에 놓여 있었다. 나지는 책상에 앉아 일하면서 창문으로 정원과 하늘을 바라볼 수 있도록 손수 단을 만들어 바닥을 높였다. 창문에는 커튼이 없었다. 유리가 무방비 상태로 하늘을 대면하고 있었다. 아내가 커튼을 달았는데 나지가 떼어냈다고 했다. 툭 터진 공간을 사랑한 그는 커튼을 숨 막혀 했단다. 부인이 그런 이야기를 하는데, 어두컴컴한 그의 무덤이 내 눈앞에 어른거렸다.

나지의 방에 머물면서 나는 그의 가족과 일주일을 보냈다. 그의 작은 책상에서, 그의 빈 종이에, 그의 펜 가운데 하나로, 그에 관해 썼다. 그의 삶과

* 위다드 : 고인의 아내.
** 윔블던 : 알 알리의 무덤과 가까운 영국 런던 교외. 윔블던 테니스대회의 개최지로 잘 알려져 있다.

그림과 죽음에 관해. 그렇게 쓰인 시가 「늑대가 그를 먹어버렸다」이며, 제목은 그의 가장 유명한 그림 가운데 하나에서 따온 것이었다. 나는 나중에 그 시를 그의 작품 전시회 개막식에서 낭송했다. 그 전시회는 이라크 화가 디아 알 아자위를 비롯한 친구들이 추진하여 런던에 있는 한 화랑에서 열렸다.

화랑의 문에서 세 젊은이가 나란히 서서 추도회와 전시회에 오는 손님들을 맞이했다.

순교자 나지 알 알리의 아들 칼리드.

순교자 가싼 카나파니의 아들 파이즈.

순교자 와디 하다드*의 아들 하니.

세 사람 모두 한창 피어난 청춘이었다. 그들과 포옹하는데 내 입이 말라왔다. 어떤 장례식에서 이렇게 당당한 어깨와 명석하며 지적인 눈들을 볼 수 있을까? 그들이 겪은 상처가 도리어 그들을 더욱 빨리 성숙시켜 살인자들이 결코 원하지 않았던 어엿한 대장부로 키워냈을까? 칼리드가 내게 두 친구를 소개해 그들과 인사를 나누었다. 나는 그들의 목소리를, 그들의 말투를 듣고 싶었다.

그날 밤 그들은 내게 현실이 아니라 소설 속에 있는 것처럼 완벽해보였다. 나는 나란히 서서 손님들을 맞이하는 그들을 바라보며 생각했다. 우리 전통으로는 이렇게 서서 문상객이나 하객을 맞이하는 사람이 그 가문이나 정치집단에서 주목할 만한 명사들이다. 그러나 그날 이 젊은이들이 명사에 대한 새로운 정의를, 아주 신선하고 멋진 정의를 내놓았다. 이들 이전에 그

---

* 와디 하다드 : 1960년대와 1970년대 활동했던 전투적인 독립운동가.

말이 뜻했던 바는, 이제 이들로 인해 무의미해져 버렸다. 나는 다가올 새 시대에 전율하며 부다페스트로 돌아갔다. 저 먼 영국땅 밑에 팔레스타인 역사를 통틀어 가장 용감한 예술가 한 명을 남겨두고서.

 그들의 얼굴이 내 주위에 둥둥 떠다닌다. 마치 13세기에 지어진 어두운 사원에서 희미하게 빛나는 안드레이 루블레프*의 성상들처럼. 그러나 총을 든 군인의 방은 어둡지 않고, 황량한 바깥도 어둡지 않다. 이렇게 더운 날은 정말 난생 처음이다. 아니면 나도 모르게 조금씩 흥분하고 있는 걸까? 알 카르미**가 들어오고, 무인과 카말***이 들어오고, 그들과 함께 그들이 종이에 쓴 시보다도 큰 그들 마음의 시도 들어온다. 모니프와 나지가 두 번째로 돌아오고, 또 세 번째로 돌아오자, 방 안에 다시 긴장이 가득 찬다. 얼굴들, 환상들, 목소리들이 나타났다 사라진다. 그렇게 나타났다 사라지는 것들을 내가 바라본다. 나는 그렇게 다가왔다 멀어지는 목소리들을 소리쳐 부른다. 완전히 그들과 함께. 완전히 혼자서. 친구들이여, 그대들의 어둠이 내 이 특별한 날을 용서하기를!

 이 모든 혼란이 내 것일까? 부재하는 자들은 이렇게 현존하고 — 이렇게 부재한다. 사해의 소금에 둘러싸인 이 울적함. 나는 기다리는 데 익숙하다.

---

* 안드레이 루블레프 : 15세기 러시아의 종교 화가. 성화상(聖畵像) 〈삼위일체〉 등을 그렸다.
** 알 카르미 : 아부 살마 아브드 알 카림 알 카르미(1906~1980). 팔레스타인 저항문학의 아버지. 팔레스타인의 올리브라 불린다. 죽을 때까지 팔레스타인으로 돌아갈 날을 꿈꾸며 집과 사무실 열쇠를 간직하고 있었다.
*** 무인과 카말 : 1960년대 말 활동한 팔레스타인의 두 시인, 무인 두씨순과 카말 나쎄르를 일컬음. 카말 나쎄르는 1973년 뮌헨올림픽 직후 암살당했는데, 가싼 카나파니가 암살당한 지 몇 달 후였다.

나는 어느 아랍 국가에도 쉽게 들어가 본 적이 없으며, 오늘도 역시 쉽게 들어가지 못할 것이다.

차가 도착했다.

내가 차로 천천히 걸어갔다.

키가 크고 살결이 흰 운전사는 셔츠 단추를 모두 풀어헤쳤다. 그가 아랍어로 뭐라고 하는 듯했다. 그러나 그는 말을 많이 하지는 않았다. 몇 마디만 더 했다면 그가 아랍인인지 이스라엘인인지 알 수 있었을 텐데. 갈수록 혼란스럽다. 이스라엘에서 일하는 아랍인 노무자들에 관한 기사를 나는 종종 읽었다. 이 운전사는 이스라엘에서 일하는 아랍인일까, 아니면 아랍어를 하는 이스라엘인일까?

내가 더 궁금해 할 새도 없이, 차는 국경 초소에 도착했다. 운전사가 요금을 요르단 디나르로 받았다.

나는 공항의 입국장처럼 커다란 방에 들어갔다. 그리고 팔레스타인 경찰과 이스라엘 경찰을 보았다.

서안으로 가는 사람들과 가자로 가는 사람들이 창구 앞에 길게 줄 서 있었다.

굉장히 많았다.

커다란 방은 좁은 전자문으로 이어졌다. 이스라엘 경찰이 내게 금속으로 된 것은 모두 — 시계와 열쇠 그리고 약간의 동전 — 플라스틱 접시 위에 놓으라고 했다. 그 문을 통과하자 무장한 이스라엘 장교가 나를 멈춰 세웠다. 그는 내게 서류를 달라고 해서 죽 훑어보고는 돌려주었다. 긴장을 누그러뜨리기 위해 내가 먼저 질문했다.

"이제 어디로 가지요?"

"물론 팔레스타인 장교에게."

그가 바로 옆방을 손짓했다. 팔레스타인 장교가 내 서류를 받아 넘겨보더니, 나더러 그에게 가라고 했던 이스라엘 장교에게 다시 주었다. 이스라엘 장교는 의식적으로 내게 미소 지으며 기다리라고 했다. 내가 어디서 기다리느냐고 묻자, "물론 팔레스타인 장교와"라고 당연하다는 듯이 대답했다. 나는 방에 앉았다. 팔레스타인 장교는 들락거리면서 내게 아무런 관심도 기울이지 않았다.

나는 멍하니 앉아 있었다. 이제 팔레스타인 장교도 말없이 자기 책상에 앉아 있었다. 그 방에는 우리 둘밖에 없었고, 둘 다 혼자였다. 그 방에서 나는 '그곳'으로 후퇴하는 나 자신을 발견했다. 누구나 내면에 감춘 침묵과 성찰의 장소로. 바깥 세계가 부조리하거나 불가해하게 느껴질 때마다 들어가 숨는 어둡고 내밀한 곳. 마치 내 명령에 따라 움직이는 비밀커튼이 있는 것처럼, 나는 필요할 때마다 커튼을 쳐서 바깥세계로부터 내 내면세계를 가려버린다. 내가 생각하고 관찰한 것을 스스로도 납득하기 힘들 때나, 내 생각과 관찰을 보호하기 위해서는 가릴 수밖에 없을 때, 즉각 커튼이 자동적으로 쳐진다.

나는 다른 사람과 대화할 여지없는 그 텅 빈 공간으로 들어갔다. 한동안 나는 팔레스타인 장교의 기묘한 상황에 신경 쓰지 않았다. 협정에 따라 그의 위치에서는 아무런 결정도 내릴 수 없음이 분명했다. 모든 보안, 관세, 행정 절차가 그들의 일, '저쪽'의 일이었다.

한 시간쯤 지나자 두 번째 이스라엘 장교가 나타나, 나를 다른 방으로 데려갔다. 그 방에는 민간인 복장을 한 남자가 앉아 있었다. 그는 자기 앞에 서류 양식을 쌓아두고, 내게 통계적인 성질의 질문을 했다. 정치적인 질문은 일절 하지 않았다. 그는 나에 대한 서류철을 만들 뿐이었다.

"이제 가서 짐을 확인하시오."

나는 컨베이어 벨트에서 가방이 나오기를 다시 기다려야 했다.

다리를 막 건너왔거나 나처럼 짐을 기다리는 사람들로 실내는 몹시 붐볐다. 오른쪽에는 검색에 걸린 짐들이 조사당하는 방이 있어, 커다란 판지 상자, 가전제품, 텔레비전과 냉장고, 선풍기, 양모이불, 온갖 모양과 크기의 침구, 꾸러미, 가방 등으로 가득했다. 나는 여행할 때 되도록 작고 가벼운 가방을 가지고 다닌다. 짐스런 것을 좋아하지 않는데다, 무엇보다 내가 모르는 것을 찾는 경찰이나 공무원에게 내 가방을 열고 소지품을 일일이 펼쳐 보여주기가 싫다.

비닐장갑을 끼고 가방의 내용물을 검사하는 이스라엘 남자와 여자들. 그리고 자신의 소유물을 기다리는 가방의 주인들.

금발의 이스라엘 여군이 컴퓨터에 기록된 가방 숫자와 여행자들의 여권에 붙어 있는 수하물표의 숫자를 게으르게 대조한다. 내가 그녀에게 여권을 주면서, 내가 가진 것은 가방 하나뿐이며 저기 방 한가운데에 있는 가방들 속에 내 것이 보인다고 말한다. 그러나 그녀는 내게 기다리라고만 한다. 그리고 잠시 뒤 내게 가라고 손짓한다.

내 작은 가방을 집어 든다. 그리고 커다란 문을 통과한다.

건물을 나와 길로 접어든다⋯⋯.

문으로 가는 문

손에 열쇠는 없어도 우리는 들어갔다

우리 난민들 낯선 죽음에서 탄생으로

집으로, 예전에 우리 집이었고 우리가 왔던 그곳으로

지금 우리의 기쁨에는 할퀸 상처가 있다

눈물에 가려 보이지 않지만

눈물은 흘러내리겠지.

나는 두 걸음 걷고 멈춘다.

여기 내가 서 있다. 이 흙 위에 발을 딛고서. 모니프는 이곳에 오지 못했다. 냉기가 척추를 타고 내려간다. 이제 마음이 놓이지만 여전히 마음 한구석은 불안하다. 쓸쓸하지만 아주 쓸쓸하지는 않다.

망명의 문은 우리에게 이상한 방향으로 열렸다! 우리는 다른 나라가 아니라 우리나라로 망명을 가야 한다.

내가 이 땅 위에 서 있다. 이 흙 위에 서 있다.

조국이 나를 떠받치고 있다.

귀환

자카리아 무함마드

자카리아 무함마드 Zakaria Mohammed | 시인·소설가

1950년 나불루스 출생. 이라크 바그다드대 아랍문학과를 졸업했다. 한동안 이라크, 요르단, 레바논, 시리아, 키프로스, 튀니지 등에서 살았다. 《알 카멜》 등 문학잡지의 편집장을 지냈으며 현재 저널리스트와 편집자로 일하고 있다. 그의 시는 현대 아랍시의 가장 모범적인 사례로 간주된다. 이스라엘의 점령에 저항하면서도 자살 폭탄운동에 대해서 강력한 반대 입장을 표명해 이슬람 율법회의에 회부되기도 했다. 시집으로 『마지막 시들』 (베이루트, 1981), 『손으로 만든 물건 Hand Crafts』(런던, 1990), 『아스카다르를 지나가는 말 The Horse passes Askadar』(런던, 1991), 『햇살』(암만, 2001) 등이 있으며 장편소설 『검은 눈동자』(라말라, 1996), 『자전거 타는 사람』(암만-카이로, 2003), 비평집 『팔레스타인 문화론』(라말라, 2003) 등과 다수의 아동물을 펴냈다.

이제 그 순간을 떠올리려 한다. 다리를 건너 고국에 돌아오던 순간을. 그러나 막상 글로 쓰려니 생각만큼 그 순간이 손에 잡히지 않는다. 옅은 안개에 싸인 것처럼 그 순간은 모호하기만 하다. 마치 그때로부터 20년이나 세월이 흘러가버린 듯.

겨우 2년 전이야, 나는 혼자 중얼거려 보지만 기억은 산산조각 나고 사막의 연못처럼 가물가물 증발해버린다. 장면들이 연결되지 않고 제각각 따로 논다. 아주 오래된 꿈의 파편들처럼 단절되고 모호하여, 나는 내 귀환 이야기를 시작하기가 힘들다.

무엇이 내게 그것을 잊게 했을까? 혹시 내 안에는 강을 건너던 순간의 기억을 지워, 긴 망명생활 또한 지워버리려는 깊은 열망이 있는 게 아닐까? 어수선하고 곤혹스러우며 굴욕적인 도강의 순간은 글로 기록할 만한 가치가 없는 것은 아닐까? 정전으로 컴퓨터에 써놓은 글이 몽땅 날아가 버리듯, 나는 내 머리의 전원을 꺼서 그 순간의 기록을 모두 날려버리려는 걸까? 아니면 다리를 건너는 순간 내가 망각의 강도 건너, 기억을 완전히 잃어버렸나? 아니면 내가 완전히 돌아온 것일까? 이제는 다리를 건넌 것도, 다리를 건넌 순간도 기억하지 못할 정도로, 고국에 뿌리를 내리고 정착한 것일까? 그렇다, 어쩌면 내가 그 순간도 기억나지 않을 만큼 여기에 익숙해졌을지도 모른다. 그렇다면 난 이제 신참이 아니다.

이제는 주변에서 일어나는 낯선 일에도 놀라지 않는다. 이제는 언덕 위에 있는 유대인 정착촌을 보고도 별다른 생각이 없다. 나는 이제 내가 '마하심* 이라고 부르는 이스라엘의 장벽을 보고도 억장이 무너지지 않는다. 우리 마을에서 가까운 싸메라 고속도로로 정착민들의 차가 달려가는 걸 보고도 놀라지 않고, 이스라엘 셰켈로 봉급을 세면서도 괴로워하지 않는다. 돌아와서 처음 며칠 동안은 이 돈의 이름을 입에 올리기조차 꺼려졌는데.

그러고 보면 내가 완전히 돌아왔나 보다. 그래서 시계를 거꾸로 돌릴 수 없는 게다.

어쩌다 내가 이렇게 됐지? 기적적으로 올가미에서 빠져나온 새처럼 조심스레 주변을 살피고 싶었건만. 그러나 여기서 산 2년은 나를 길들이기에 충분했다. 지난 두 해는 정말 끔찍했다. 한해 한해가 나를 정면에서 덮쳐오는 거대한 산 같았다. 아니 그보다는 해마다 끝없는 산맥을 여름철 뙤약볕 아래 헉헉대며 오르거나, 한겨울 살을 에는 추위 속에 올라가는 것 같았다. 살아오면서 지난 두 해만큼 힘든 적은 없었다고 나는 단언할 수 있다. 나는 아이들을 먹여 살리기 위해 침묵하는 법을 배웠다. 나는 두려워할 줄 알게 되었고, 구원은 개인 차원에서만 가능하며 각자 살 궁리를 해야 한다는 것도 깨달았다. 25년간 망명생활을 하면서도 배울 수 없었던 것들을 나는 지난 2년 동안에 배워버렸다. 살아남기 위해서는 날카로운 발톱이 있어야 한다는 걸 알았다. 나이 마흔에 나는 발톱을 길러야 했다. 무함마드 예언자가 된 나

---

* 마하심 : 군사용 장벽을 뜻하는 히브리어에서 아랍어로 전이된 단어.

이에! 20년 전에 배웠어야 할 것을 나는 마흔 살에 배웠다. 언젠가 한 시인은 말했다. "바다의 바닥을 긁으려면 나는 한 쌍의 발톱이어야 했다."

나는 돌아왔다. 내 귀환은 이미 뿌리를 내렸다. 그러나 돌아온 나는 과연 떠날 때와 같은 사람일까? 아니다, 절대 그렇지 않다. 사람은 돌아오지 않는다. 사람은 떠나서 계속 간다. 오직 갈 뿐이다.

25년이나 고국을 떠나 있었다면, 결코 그 고국으로 돌아오지 못한다. 한 번 건넌 강물을 또다시 건널 수는 없는데, 그때 흐른 강물과 지금 흐르는 강물은 같을 수가 없기 때문이다. 헤라클레이토스가 한 이 이야기가 내게는 실제로 일어났다. 나로 하여금 돌아오게 만든, 내가 그리워했던 모든 것들은 내가 도착하기 전에 이미 모두 사라졌다.

나는 모든 귀환에 부정적인 면이 있다는 것을 안다. 자기가 놓쳐버린 세월과 변화를 거부하려는 헛된 몸부림 따위. 그러나 알면서도 나는 그 덫에 걸리고 만다. 고국에 돌아왔지만 과거로도 돌아온 탓이다. 그러나 내가 아는 과거는 무참하게 파괴되었다. 이 땅을 점령한 유대인의 불도저가, 이 낯선 점령의 시대가 파괴해버렸다. 그래서 내 귀환은 엉망진창이 되고 말았다. 모든 귀환은 뜻대로 되지 않는다. 늘 실패한다.

그러나 2천 년이나 여기 없었으면서도 돌아왔다고 주장하는 사람들이 있다. 그들은 그런 말을 하면서도 조금도 거리낌이 없다. 러시아에서 도착하는 그들을 TV로 본다. 그들은 아주 기쁘고 행복한 모습으로 온다. 기억이 없으므로, 그들은 거리낄 것도 없다. 그들에게는 거짓 고고학과 이데올로기밖에 없다. 물론 부러울 정도로 높은 수입도 있지만. 그래서 그들은 뿌리째 뽑히는 나무를 봐도 화가 나지 않는다. 하지만 나는 내가 어릴 적에 그 밑에서 자곤 했던 나무가 보이지 않으면 슬프고 맥이 빠진다. 내 귀환은 엉망진창이 되지 않을 수가 없었다.

*

우리는 상황이 거의 끝나갈 무렵에 돌아왔다. 첫 번째 인티파다가 와해되어, 우리 자신을 향한 폭력과 혼란으로 변해가고 있었다. 첫 번째 인티파다는 너무 오래 갔다. 우리는 스스로 지쳐 나가떨어지든지, 적에게 섬멸 당했다. 우리는 늘 그런다. 쓸데없이 혁명을 질질 끈다. 일단 감격하면 적당히 끝낼 줄을 모른다. 산에서 굴러 떨어지는 돌덩이처럼 더 이상 갈 수 없을 때까지 가버린다. 1936년 혁명도 그랬다. 성공적인 파업으로 시작했으나 흐지부지되다가 연루자들만 처벌받았다. 우리는 신물이 나서 스스로 벌인 일과 자신들의 의지를 원망하게 된다.

우리는 사람들이 인티파다와 자신들의 의지를 미워할 때 돌아왔다. 사람들은 돌을 던지고 타이어를 불태우는 시위대를 저주했다. 그러나 상황이 종료될 무렵 돌아온 우리는 매캐한 연기와 우리가 놓친 폭력영화의 마지막 몇 장면을 즐겼다. 우리는 연기를 맡고, 고무탄과 실탄이 젊은이들에게 발사되는 장면을 보았다. 수배된 이들이 저격병의 총탄과 아랍 복장으로 위장한 점령군한테 살해당하는 장면도 보았다.

우리는 막판에 돌아왔다. 다들 서로 미워하며 의심했다. 적이 이미 모든 사람의 마음속에 불신의 씨앗을 심어놓았다. 돌아와서 처음 며칠 동안 우리는 혼란스러웠다. 우리는 이스라엘 불도저가 만들어놓은 풍경에 익숙하지 않았고, 우리가 무엇은 해도 되고 무엇은 하면 안 된다는 말인지 이스라엘이 허용한 한도를 몰랐다. 다리를 건널 때 이스라엘 정보장교가 심문을 마치면서, 내게 어디로 갈 거냐고 물었다. 어머니에게 갈 거라고 대답했더니, 그는 유감이지만 당신이 그럴 수 있으리라는 보장은 없다고 말했다. 어쩌면 내가 움직일 수 있는 행동반경이 아리하 시에 한정될지도 모른다는 것이었다. 나는 그날 밤 어디서 자게 될지도 모르는 채, 비에 흠딱 젖은 병아리처럼 다리를 떠났다.

계급 낮은 이스라엘 병사들은 우리를 통과시켜도 되는지 아닌지 잘 몰랐다. 때로는 우리를 그냥 통과시켰고, 또 때로는 우리를 마구 내쫓아 아리하로 돌려보냈다. 우리는 되도록 그들에게서 멀찍이 떨어져 장벽 주변을 서성거렸지만, 너무나 겁이 나서 아무것도 물어보지 못했다. 아니 무엇을 물어야 할지 생각할 수조차 없었다.

어디나 아수라장이었다. 우리는 베이루트 내전을 떠올리지 않을 수 없었다. 곳곳을 막은 장벽들과 빗발치던 총탄, 불타는 타이어와 시내 한 가운데에서 피어오르던 검은 연기……. 하지만 그런 느낌은 금방 사라졌다. 혼란은 다만 피상적이고, 혼란스러운 사람은 우리들뿐이었다. 그들의 군용차량은 필요하면 언제든지 그들의 질서를 강요할 준비가 되어 있었다.

당혹감은 서서히 갇혀 있다는 답답한 느낌으로 대체되었다. 군인들은 언제든지 우리를 잡아채서 목을 비틀 수 있었다. 발끝만 까딱해도 도시 전체를 봉쇄할 수도 있었다.

*

　나는 라말라에서 나불루스로 가는 버스를 탔다. 날아다니는 검문소*가 차를 세웠다. 군인들이 신분증을 제시하라고 명령하여 승객들은 신분증을 꺼냈다. 내 뒤에 앉은 승객이 내가 바로 며칠 전에 받은 녹색 신분증을 보고 말했다. "무사하지 못하겠군." 녹색 신분증은 감옥에 있다 나온 사람들에게 발급되는 것이었다. 녹색 색깔은 카인의 증표와도 같았다. 그러나 카인의 증표는 그를 보호하기 위한 것으로서 다른 사람이 공격하지 말라는 뜻이지만, 감옥에서 나와 녹색 신분증을 가진 사람들은 어느 검문소에서나 얻어맞기 일쑤였다. 신분증의 녹색 색깔은 그 소지자를 때리고 모욕을 주라는 표시였다. 내 뒤에 앉은 승객은 녹색 신분증이 전과자만이 아니라 귀환자에게도 발급된다는 사실을 몰랐다. 내가 받은 녹색 신분증은 팔레스타인 자치정부에서 발급하는 정부 신분증이었다. 그러나 그때는 아직 그런 종류의 신분증이 사람들에게 별로 알려지지 않았는데, 색깔이 하필 전과자들의 신분증과 비슷하게 녹색이었다. 나는 내 녹색 신분증이 내가 감옥에 갔다 왔기 때문에 받은 게 아니라고 차마 말하지 못했다. 내가 군인에게 맞거나 봉변을 당하지는 않을 거라고 말하기가 부끄러웠다. 마음속 깊은 곳에서는 이제 막 감옥에서 나온 사람처럼 실컷 맞고만 싶었다.

　분리당해 고립되는 게 싫어 고국에 돌아왔건만, 내 녹색 신분증이 나를 다른 사람들로부터 분리하여 고립시키는 것 같았다.

* 날아다니는 검문소 : 이동검문소.

귀환자의 신분증과 전과자의 신분증이 공유하는 녹색은 상징이자 비유가 되었다. 우리는 날마다 우리가 감옥에 갇힌 죄수라고 생각했다. 사사건건 굴욕감을 느끼지 않을 수 없어, 귀환자들은 우울해졌다. 우리는 덫에 걸린 것만 같았다. 어떤 이들은 말했다. "저들은 1982년 레바논 침공 때도 우리를 감옥에 가두지 못했는데, 이제 우리 고국에서 우리를 감옥에 가두는 데 성공했군. 우리 신분증의 녹색이 상징하는 바는 점점 커져갔다.

하지만 나는 과거와 역사를 되돌아보았다. 예언자가 이주했을 당시의 마카*와 가라니야크** 이야기를 생각해보았다. 나로서는 과거와 대비해보지 않고는 현재를 이해할 방도가 없었다. 내가 처해 있는 현재가 내게는 도무지 실감이 나지 않기 때문이었다. 아니 어쩌면 내가 현재에 지나치게 압도당해, 현재를 견디기 위해서는 과거와 연결을 시켜야만 했는지도 모른다.

밤낮 가라니야크 이야기가 내 머릿속에서 떠나지 않았다. 나는 그 이야기로 뭔가 쓰고 싶었는데, 영화 시나리오의 형태로 떠올랐다. 이슬람교도들이 이미 마디나***로 이주했고, 일부는 에티오피아로 갔다. 이슬람교도와 마카의

---

* 마카 : 영어로는 메카라고 한다. 예언자 무함마드의 출생지로 지금의 사우디아라비아 헤자즈 지방에 위치하는, 이슬람 세계의 최고 성지이다.
** 가라니야크 : 당시 이슬람교에 대적했던 마카의 쿠라이시 부족이 섬기는 삼위일체의 신이었다. '하얀 새'라는 뜻으로, 세 마리의 하얀 새로 형상화되었다. 예언자 쿠라이시 부족과 서로 상대의 신을 인정하기로 거래했다는 기록이 있는데, 물론 이슬람교는 인정하지 않는다. 내게는 오슬로 협정이 이 터무니없는 거래와 비슷해 보였다. -글쓴이 주
*** 마디나 : 영어로는 메디나라고 한다. '예언자의 도시'라는 뜻을 지닌 성역이다.

싸움은 막상막하로, 일종의 소강상태에 빠졌다. 새 종교도 마카와 마카의 종교를 물리칠 수 없었고, 마카도 새 종교를 파괴할 수 없었다. 그때 갑자기 저 불경스러운 화해 방안이 나왔다. 마카가 무함마드의 신을 인정하면 이슬람교도도 마카가 받드는 삼위일체의 우상, 라트와 우자, 마나트를 인정한다는 것이었다. 이 화해 방안은 '꾸란아야(꾸란의 시)'라는 거짓 꾸란에 기록되었는데, 이 기록은 삼위일체를 언급하며 그것을 저주에서 풀어준다. 그러나 이슬람교 자료들은 예언자가 거래를 하지 않았다며, 사탄이 예언자의 입술에 예언자가 하지 않은 말들을 올려놓아 거래가 이루어진 것처럼 꾸몄을 뿐이라고 주장한다. 내가 생각하기에는 이 화해 방안을 충돌중이 마카와 이슬람교도 사이에서 제3자가 내놓았는데, 예언자가 거기에 동의했다는 소문이 근거 없이 퍼져나간 것 같다.

이 거래에 대한 소식이 에티오피아로 이주한 이슬람교도들한테 닿기까지는 시간이 그리 오래 걸리지 않았다. 그들은 굴욕적이고 고생스러운 망명생활을 하면서 마카를 애타게 그리워하고 있었다. 그들은 그 소식을 듣자마자 마카가 이슬람교를 받아들여 쌍방의 갈등이 해소됐다고 생각했다.

'꾸란 아야'라는 거짓 문서는 나중에 도착했으며 에티오피아의 무슬림들은 목이 빠지게 기다리고 있었다. 이 조작된 문서는 망명의 상처를 건드렸고, 이주자들은 맥없이 무너졌다. 그들은 그것을 믿고 그것에 동의했다. 그들은 고문이나 다름없는 망명생활에서 벗어나기 위해 마카의 다신교도들과의 화해를 받아들였다. 그들은 너무나 흥분하여 마음 한편에서 솟아나는 의문과 조심하라는 경고의 목소리에 귀를 기울이지 않았다.

에티오피아의 이주자들은 모든 것을 버리고 바다로 달려가 마카로 가는 배에 몸을 실었다. 항해 중에 그들은 마카를 향해 노래를 불렀다. 향수와 귀환의 노래였다. 마카에 도착하여, 아니 사실은 마카의 항구 잣다*에 닿아, 그들은 배에서 내렸다. 아마 그날은 아주 더운 날이었을 것이다. 그러나 해변에는 그들을 환영하러 나온 사람이 아무도 없었다. 텅 빈 해변에서 그들은 심장이 죄는 공포를 느꼈으나, 자기들을 실어다준 배는 이미 다른 항구를 향해 떠나버린 뒤였다.

마카의 다신교도들은 이주자들이 왔다는 소식에 군침을 흘리며 사냥에 나섰다. 이주자들은 정말 손쉬운 사냥감이었다. 뒤늦게 이슬람교도들은 신은 오직 하나이며, 신과 우상 사이에는 거래가 있을 수 없음을 깨달았다……. 그리고 의심이 모든 것을 삼켜버렸다.

*

우리는 아리하로 가다가 검문소 앞에서 섰다. 비바람 치는 날이었다. 우리는 멈춰야만 했다. 거기 붉은색의 손바닥이 그려지고 STOP이라는 명령문이 쓰인 표지판이 서 있으며, 물론 그 뒤에는 그 명령을 실행시킬 수 있는 군대가 있었다. 우리는 기다렸다. 군인은 겨울옷을 입고 의자에 앉아 있었다. 그는 다른 의자에 발을 걸친 채 우리를 바라보았다. 우리도 차 안에서 그를 바라보았다. 그는 우리의 절망과 분노를 잘 알았고, 그것을 즐겼다.

* 잣다 : 영어식 표기는 제다(Jedda). 사우디아라비아 유일의 무역항이며, 마카로 가는 순례자들은 대부분 이곳을 통과한다.

우리는 군인의 눈앞에서 꼬박 한 시간을 차 안에 앉아 있었지만, 아무 말도 하지 않았다. 우리는 서로 할 말이 없었다. 따라서 우리는 침묵할 수밖에 없었다. 한숨을 내쉬는 것만이 유일하게 할 수 있는 행위였으나, 그것마저 전적으로 용납되지는 않았다. 한숨소리가 침묵을, 성스러우면서도 분노와 악의에 가득 찬 침묵을 방해했으므로.

우리는 군인이 발로 보낼 신호를 기다리고 있었다. 군인들은 대개 우리에게 통과해도 좋다는 신호를 발로 했다. 하지만 군인의 발은 움직이지 않았다. 군인은 서두를 필요가 없었고, 그 폭풍우 속에서 우리가 느끼는 고통과 분노를 즐기고 싶어 했다.

갑자기 우리 중 하나가 차 문을 열고 나갔다. 그는 군인에게 다가가 이야기를 하려고 했다. 그가 그 밖에 다른 짓을 할 것 같은 낌새는 없었다. 그는 군인에게 말을 걸려고 나갔지, 쏘려고 나간 게 아니었다. 그러나 군인은 벌컥 화를 내며 일어나 그에게 무기를 겨누고는 차로 돌아가라고 명령했다. 남자가 차로 돌아왔다. 군인이 천천히 다가오더니 남자에게 차에서 내리라고 다시 명령했다. 그는 내렸다. 군인은 그를 몸수색하고 신분증을 빼앗고는, 그더러 차에서 떨어지라는 손짓을 했다. 그러고는 차 안을 들여다보며 "너, 너, 너, 내려!" 하고 말했다. 다른 승객들이 내리고 나 혼자 차에 남았다. 내 흰 머리카락 덕분에 나는 처벌을 면했다. 여기서는 처벌을 받지 않으려면 나이가 지긋하거나 머리카락이 희끗희끗해야 한다. 머리카락이 검다는 것은 위험하고 수상쩍은 사람이라는 뜻이다. 공격적이거나 수상스럽다는 혐의를 받지 않으려면 몸이 늙었거나 늙어가는 중이라야 한다. 그들에게 좋은 팔레스타인인은 머리가 흰 팔레스타인인이다.

나는 내 흰 머리에 화를 내야 할지 감사해야 할지 알 수 없었다. 흰 머리는 비바람 속에서 벌을 서지 않아도 되도록 나를 보호해주었으나, 한 편으로는 나를 무서워할 필요가 전혀 없는 하찮은 사람으로 만들어버렸다. 이스라엘 군인은 내가 흰 머리를 다행스러워하기를 바랐다. 그들은 팔레스타인인이 스스로 약하다고 체념하는 걸 좋아했다.

비에 흠뻑 젖고 손발이 발갛게 언 채로 승객들이 돌아왔다. 그러나 처음 차 문을 열고 나갔던 젊은이는 오지 않았다.

우리는 비바람 속에 서 있는 그 젊은이를 두고 떠났다. 우리는 그를 뒤에 남겨두고 아리하로 내려갔다. 아무도 입을 열지 않았다. 아무도 "기다렸다가 함께 가자"는 말을 하지 않았다. 그것은 불가능한 일이었다.

우리는 아리하로, 거대한 계곡으로 내려갔다.

우리는 내려가 세계의 밑바닥에, 우리 자신의 밑바닥에 닿았다.

*

가라니야크 이야기를 잊으려고, 헤라클레이토스의 말에 반박하려고, 누렇게 익은 볏단을 낫이 싹둑 자르듯 나를 베어버린 망명의 고통을 달래려고 나는 말했다.

"나는 자연으로, 황야로 갈 거야. 내가 여기 없을 때 사람들이 해놓은 짓들이 나랑 무슨 상관이람. 유대인 점령자들이 불도저와 탱크로 한 짓이 내게는 낯설기만 하고, 유대인 정착민들이 한 짓도 그렇고, 우리 팔레스타인인들이 한 짓도 나는 잘 모르는 일들이야."

그러니 나를 자연으로 가게 해줘.

아직 신성이 더럽혀지지 않은 자연 속에서 나는 꽃과 돌과 조화를 이루었다. 마치 내가 집을 잘 간수하라고 누군가에게 열쇠를 맡겨놓았던 것처럼, 여기 있는 모든 것은 그대로였다. 꽃들은 여전하고 돌들은 이끼에 싸여 있었다. 나는 멀리서 산으로 올라가는 흰 가젤 떼를 보았다. 가젤들은 잠시 긴장하여 주변을 살피더니, 안전한 목초지로 되돌아갔다. 가는 그들을 진정시키려고 휘파람을 불어주었다……. 진정해, 라일라*의 누이여, 진정해.

오, 라일라 같은 그대여, 겁내지 말아요.
이제 당신은 친구가 있잖아요.
오, 라일라 같은 그대여, 그대가 잠시만 더 머무르면
내 가슴은 열정에서 깨어날 거야.
그대의 눈은 그녀의 눈, 그대의 목은 그녀의 목,
아, 그러나 그대 다리는 아주 가늘구려.

가젤들이 이르게 돋아나온 풀을 뜯어먹었다. 그리고 멀리 지평선을 바라보며 불청객이 다가오지는 않는지 바람의 냄새를 맡았다. 나는 휴경지와 경작지 사이를 거니는 그들을 바라보았다.

12월 초 햇볕 따뜻한 날에, 나는 회색 바위에 누웠다. 그리고 가젤들에게

* 라일라 : 이슬람 시기의 일화에서 유래한 사랑에 빠진 여자의 상징. '카이스와 라일라'는 이슬람 세계의 '로미오와 줄리엣'이다.

말했다. 저 하늘에 떠 있는 강으로 가. 가서 지평선에 맞닿은 강어귀에서 물을 마셔. 가젤들이 평화로이 지평선을 향해 걸어가더니 사라졌다.

졸음이 나를 망명과 고국, 내 자식과 내 형제들로부터 멀리 데려가주었다. 무언가 두드리는 소리가 문 두드리는 소리에 뒤섞여 들려왔다. 그러나 그 무언가 두드리는 소리도 멈추지 않고 문도 열리지 않았다.

누가 문을 두드리고 있을까? 누가 돌로 돌을 깨고 있을까? 혹시 딱따구리가 먹이를 찾으려고 나무등치를 쪼고 있나? 아니, 이것은 딱따구리가 아니다. 나는 그 소리를 아는데, 천공기로 구멍 뚫은 소리 비슷하다. 딱따구리는 망치 두드리는 소리를 내지는 않는다.

나는 그 소리의 정체를 확인하기 위해 일어났다. 그것은 작은 거북이가 자기보다 큰 거북이를 등딱지로 치는 소리였다. 작은 거북이는 등딱지 안에 머리를 집어넣고 발로는 땅을 단단히 디디고, 제 등딱지를 밀어 상대방의 등딱지를 치고 있었다. 그러나 때리는 게 아니었다! 나는 적당한 거리를 두고 서서 지켜보았다. 그런데 다른 쪽에서도 소리가 났다. 나는 그쪽으로 걸어갔다. 또 다른 쪽에서도 소리가 났다. 나는 가만히 귀를 기울였다. 그러고 보니 산 전체에서 등딱지를 치는 그 단조로운 소리가 들렸다.

아, 거북이들이 짝짓기를 하는 계절이구나, 하고 나는 중얼거렸다. 작은 거북이는 수컷이었다. 수컷이 자기보다 큰 암컷의 등딱지를 제 등딱지로 두드리며 구애하고 있었다. 암컷은 쉽게 응하지 않고 꽁무니를 반대방향으로 틀며 뻗대는 것이었다.

나는 그때 거북이들이 그런 식으로 짝짓기를 한다는 것을 처음 알았다. 그때까지 아무도 내게 그런 이야기를 해주지 않았다. 내가 어렸을 때는 그런 이야기를 나한테 해줄 시간이나 지식이 있는 사람이 아무도 없었다.

*

나는 할머니 무덤에 가보지 않았다. 다리를 건너기 전에는 고국에 돌아오면 친척들 집보다 먼저 할머니 무덤에 가려고 했다. 그러나 일이 계획대로 되지 않았다. 일이 늘 계획대로 되지는 않는다. 물론 이 계획은 우리가 도착한 나라가 아니라 우리가 떠난 나라에서 세운 것이고, 도착한 나라는 다른 나라에서 세워진 계획을 받아들일 준비가 되어 있지 않았다. 나는 밤에 마을에 도착해 할머니 무덤에 가볼 수 없었다. 그러자 할머니 무덤에 가보겠다는 계획 전부가 마음 뒤꼍으로 밀려났다.

나는 할머니 무덤에 가보지 않았다. 할머니는 나이가 들자 아주 작아졌다. 나이 일흔이 되자 열 살짜리 소녀처럼 보였다. 우리는 할머니와 함께 잤고, 나는 할머니 품에서 자랐다. 할머니는 돌아가시기 전에 마을 서쪽에 있는 새 묘지에 묻지 말고 마을 한가운데에 있는 오래된 묘지에 묻어달라고 하셨다. 할머니는 묘지에서 혼자 외로울까봐 겁을 내서, 오래된 묘지에 있는 사랑하는 사람들 곁에 묻히고 싶어 했다. 할머니는 바라던 대로 그곳에 묻혔다.

일이 계획대로 되지 않았기 때문에 나는 할머니 무덤에 가보지 않았다. 그러나 다른 이유도 있었다. 나는 할머니를 한 무더기의 흙더미로 바꿔놓고 싶지 않았다. 나는 할머니가 묘지에 묻히는 모습을 보지 않았다. 나는 수의에 감긴 할머니 얼굴도, 땅 밑으로 가라앉는 그분의 푸른 문신 새겨진 턱*도 보지 않았다. 따라서 내게는 할머니가 묘지에 있지 않다. 할머니는 내 기억 속에 있으며, 나는 할머니를 내 기억에서 꺼내 땅 밑에 내려놓고 싶지 않다. 묘지에 가서 "이게 할머니 무덤이다"라는 말을 들으면, 나는 평생 그 무덤을 머릿속에서 지워버리지는 못할 것이다. 그 순간 할머니는 무덤 속에 있게 되고, 나는 절대로 할머니를 거기서 다시 꺼낼 수 없을 것이다. 나는 그렇게 되지 않았으면 좋겠다. 할머니를 그냥 내 기억 속에 남겨두고 싶다.

친척들은 누구도 내게 할머니 무덤에 대해 말하지 않았고, 나도 묻지 않았다. 나는 잘 돌보지 않는 오래된 묘지에 할머니가 묻혀 있는 줄은 알지만, 정확히 어디인지는 모른다.

*

정말이지, 내가 어떻게든 살아가게끔 만드는 몇 가지 가운데 하나가 할머니다. 할머니가 나와 더불어 영원히 존재하기를 바라기 때문이다. 내 아들은 할머니를 모른다. 따라서 내가 죽을 때 할머니도 죽을 것이다. 할머니가 나와 함께 죽어버릴 터이므로, 나는 할머니를 살아있게 하기 위해 산다.

나는 여동생을 위해서도 산다. 여동생은 두 살인가 세 살 때 세상을 떠났다. 그때 나는 다섯 살이었다. 내가 기억하는 동생의 모습은 두 가지다. 하나

---

* 푸른 문신 새겨진 턱 : 유목민인 베두윈 부족을 비롯하여 시골 여성들이 여러 신체 부위, 특히 턱에 문신을 새기는 전통이 있었다. 이 초록빛이 도는 푸른색 문신은 지금은 나이 든 여성들한테서만 볼 수 있다.

는 동생이 죽기 전인데, 어쩌면 동생이 아닌 다른 여자애의 모습인지도 모르겠다. 동생은 아주 멋진 분홍 드레스를 입고 있었다. 또 하나는 분명히 동생으로, 땅에 묻힐 때의 모습이다. 사람들이 무덤 속에 동생을 내려놓고 얼굴을 드러냈는데, 내 눈에는 동생의 얼굴이 희미하게 빛나는 것처럼 보였다. 내 기억 속에서 동생의 얼굴은 언제나 희미하게 빛나고 있으며, 내가 죽을 때까지 빛날 것이다. 시간의 더께에도 불구하고 그 얼굴은 한결같이 맑고 아름답다. 나는 동생을 이렇게 기억한다. 그러나 내가 공동묘지에서 돌아왔을 때도 기억나고야 만다.

그때 어머니가 물었다.

"동생 봤니?"

"예, 봤어요"하고 나는 대답했다. 어머니의 목소리는 지금도 내 귀에 쟁쟁할 정도로 의연했으며, 나는 말할 필요도 없이 가슴이 찢어졌다.

나는 동생 무덤에 가지 않았다. 동생은 성인 '알 무샬라'의 무덤 근처에 묻혀 있다. 성인의 무덤은 하얗고 웅장하며, 동생의 무덤은 겨우 사람 주먹만 하다. 나는 묘지에 들어가지는 않았지만 멀찍이 서서 바라보았다. 거기 있던 수련원은 이미 허물어져 없어졌고 성인의 무덤도 많이 황폐해졌다. 그래도 성인의 무덤은 여전히 크고 내 동생의 무덤은 그 그늘에 가려 거의 보이지 않았다.

아마 나는 기억 속의 옛 모습을 간직하기 위해, 동생의 무덤을 보기가 싫었을 것이다. 나는 기억 속에 남아 있는 옛 모습을 망치고 싶지 않았다. 현재가 과거에 겹치면 과거를 짓누르고 뭉개버린다. 현재가 남은 과거를 먹어버린다. 그래서 내가 어린 시절을 보냈던 장소에 다시 가보면, 현재의 모습이 옛 모습에 포개져 뒤죽박죽이 되어버린다. 미다스 왕은 손에 닿는 모든 것을 금으로 만들었지만, 나는 내 눈이 보는 모든 것을 박살내버린다. 내 눈은 가차 없이 모든 것을 지워버린다. 나는 무덤에는 가지 않고 공동묘지 언저리에 있는 커다란 납카나무*한테 갔다. 수백 살이나 된 나무는 기운이 다한 것 같았다. 가지 하나는 이미 부러졌으나 그래도 가까스로 나무둥치에 달려서 어떤 식으로든 뿌리와 닿아 있었다. 그 가지에도 여전히 수액이 흘렀다. 가지는 삶을 부여잡고 있어, 푸른 잎이 자라고 있었다. 가지는 죽으려 하지 않았다. 그것은 이미 죽어 이름조차 잊힌 수많은 사람들에 대한 기억을 간직하고 있었다. 가지가 죽으면 그 사람들도 함께 영원히 죽어버릴 것이다. 그들이 한때 여기 존재했다는 유일한 증거가 그 가지이므로, 가지는 그저 사는 게 좋아서 살아 있는 게 아니다. 그것은 죽은 자들을 기억하기 위해 버티고 있다.

*

떠날 때 그랬듯이, 나는 가진 것이라곤 몸에 걸친 셔츠밖에 없이 돌아왔다. 25년 전에 다리가 나를 내팽개쳤을 때하고 똑같이, 벌거숭이 상태로 돌아왔다. 우리 마을 사람들 모두, 아니 적어도 일부는 내가 큰 부자가 되어 돌아왔다고 생각했다. 내가 150 요르단 디나르를 꾸어 간신히 돌아왔다고 말해도 아무도 믿으려 들지 않았다. 내 친척이기도 한 옆집 남자는 밤에 자기

* 나바나무 : 북부 아프리카와 중동에서 자라는 나무. 열매가 없는 식물이라 묘지에 심는다.

아내에게 "그 사람 말 믿지 마. 그는 뼈가 금이야"라고 말했다. 그 아내가 내게 귀띔해주었다. 여기 뼈가 금으로 된 내가 걷는다. 바람과 먼지 속을 달랑 셔츠 한 장 입고, 자그마한 시집 세 권을 들고 걷는다. 이게 내가 모을 수 있었던 전 재산이다. 내가 망명해서 수확한 것은 이것뿐이다.

나는 여기 돌아와서 상처받았다. 내 기억과 과거가 상처를 받았다. 그러나 돌아와서 분명히 얻은 것도 하나 있다. 나는 다리를 건너자마자 그 순간부터 단순한 사람이 되었다. 어머니가 날 세상에 낳았을 때처럼 어떤 정체성도 없는 단순한 사람이 되었다. 나는 지금 자카리아 무함마드다. 그뿐이다. 더 이상 아무것도 없다. 나는 단세포 동물이다. 그러나 망명지에서는 그렇지 않았다. 잘해도 팔레스타인인 자카리아 무함마드였고, 못해도 팔레스타인인 자카리아 무함마드였다. 어떤 때는 그보다도 못했다. 나는 내가 팔레스타인인이어야 하는지 요르단인이어야 하는지 알 수 없었으며, 때로는 팔레스타인인이 되었다가 때로는 요르단인이 되었다가 했다. 무엇인가 나도 모르게, 내게 상의도 없이 나를 그렇게 만들어버렸다.

그러나 나는 이제 자카리아 무함마드일 뿐이다. 그뿐이다. 거기에 아무것도 덧붙지 않는다. 망명지에서는 신분증만 있고 나 자신은 없었다. 그때는 신분증이 나보다 위에 있고 나보다 앞에 있었다. 나는 그것에 딸린 부속물이었다. 신분증이 없으면 나는 존재하지 않았다. 신분증은 골칫덩어리였다. 내가 신분증에 집착해도 말썽이 생기고, 내가 신분증을 무시해도 말썽이 일어났다. 때로는 내 신분증이 지뢰였다. 레바논의 어느 지역에서 그걸 갖고 다니다가는 나는 폭파될 수도 있었다. 그런 데서는 신분증을 숨겨야 했고, 다른 데서는 보여주어야 했다. 나는 신분증을 시간과 장소, 정책에 따라 교묘히 다루어야 했다. 그것은 단순한 신분증이 아니라 저주였다.

그러나 이제 나는 자카리아 무함마드일 뿐이다. 그뿐이며 무엇도 덧붙지 않는다. 이것이 돌아와서 내가 얻은 유일한 소득이다. 이제는 아무도 나를 팔레스타인인이라고 부르지 않을 것이다. 나는 이제 다르지 않다. 여기 있는 사람은 모두 팔레스타인인이다. 검은 양들 사이에 있으므로 내 검은 털의 위험성도 사라졌다. 나는 털이 검은 사람이 더 이상 아니며, 단세포 동물이 되어 땅 위를 기어 다니고 있다.

오슬로 협정이 체결되기 오래 전에 아내가 방문 허가를 받고 고국에 다녀온 적이 있다. 아내는 혼자 가서 고국을 보고 왔으며, 그녀의 여행담은 나를 감동시켰다. 그녀는 다리에서 검문을 마치고 버스를 타던 순간의 심정을 이렇게 표현했다. "버스를 탔어. 그런데 죄다 팔레스타인인들이야. 내 억양이 그들의 억양과 똑같았어. 나는 편안하고 기분이 좋아졌어. 내 평생 그런 느낌은 처음이었어."

망명해서 살아보지 않은 사람은 이 말을 이해하지 못할 것이다. 자기 억양 때문에 위험에 처하고, 제 억양을 숨기고 남의 억양을 흉내 내야 하며, 살아남기 위해서는 제 것이 아닌 억양에 통달하는 능력을 길러야만 하는 경험을 해보지 않은 사람들은 이 말의 깊이를 이해하지 못한다. 우리들은 그래야만 했다. 팔레스타인 억양 탓에 사람이 위험에 빠지거나 때로는 죽음이라는 징벌까지 당할 수 있었으므로. 어떤 팔레스타인인들은 양파나 토마토 같은 단어의 발음이 달라서 고문 받고, 살해당하고 감옥에 갇혔다.*

---

* …감옥에 갇혔다 : 말의 억양으로 팔레스타인인이라는 사실이 드러나면, 팔레스타인에 적대적인 이들

팔레스타인인들은 필요하면 자신의 억양을 더러운 셔츠처럼 벗어던져야 했다. 팔레스타인인들은 실제로 그렇게 했다. 나도 그랬다. 나는 남의 억양을 배우기 위해 내 입을 비틀었다. 다른 아랍국에 나와 몇 년씩 머문 이라크인들, 이집트인들을 나는 만나본 적이 있으나, 그들은 다른 억양에 통달할 필요가 없었다. 망명한 팔레스타인인들만이 제 입을 비틀어서라도 다양한 억양을 완벽하게 구사해야 했다. 여기서 나는 아내가 처음 고국을 방문하여 버스 안에서 받은 느낌을 그대로 느낀다. 라말라 거리를 걸으면서 내 억양이 다른 사람들의 억양과 똑같고, 내 털이 그들의 것과 같으며, 내가 그들과 하나의 무리라는 것을 느낀다.

돌아와서 나는 이 느낌을 얻었으며, 되도록 강하게 느끼려고 노력했다.

*

그러나 그것은 착각이었다.

내 단일성은 망상이었으며, 그리 오래 가지 않았다. 나는 단세포 동물의 간단명료함을 잃고, 또다시 분리되고 있다. 뒤늦게 나는 겨우 깨달았다. 나는 이제 자카리아 무함마드이자 귀환자이다. 그러나 귀환자가 먼저고 자카리아 무함마드는 나중이다. 자카리아 무함마드는 신분증에서 생략될 수도 있는 부차적인 것이다.

나는 털이 검은 양으로 돌아왔고, 여기서도 이 치명적인 구분이 계속 나의 공격을 당할 수 있었다.

254

를 따라다닌다.

나는 자신과 아내에게 면세 자동차*를 사지 말자고 다짐했다. 면세 자동차의 녹색 번호판만 봐도 사람들은 내가 누군지 알아볼 테니까. 여기서 면세 자동차는 망명지의 팔레스타인 억양이나 마찬가지다. 그런 차가 없을지라도 나는 거의 피할 수 없다. 내 정체성의 분리는 이미 상당히 진행되어, 내가 다리를 건너 고국에 돌아와서 얻은 모든 것을 잃어버릴 판이다. 그런데 그런 차까지 가진다면 어떻게 되겠는가. 이제 나는 귀환자 자카리아 무함마드이다. 어디를 가나 내게 묻는 첫 번째 질문이 "귀환자세요?"이다. 내가 녹색 번호판이 달린 차를 몰고 가면 그런 질문조차 필요가 없을 것이다. 나는 그냥 허수아비가 되고 말 것이다.

나는 이제 귀환자이다. 내가 단세포 동물처럼 단순하다는 느낌은 이미 사라졌다. 나는 귀환자처럼 걷는다. 자카리아 무함마드는 귀환자의 그림자이다. 귀환자가 실체이고 자카리아는 그림자이다. 나는 내 그림자 뒤에서 걷는다. 뼈가 금으로 된 내가 걷는다! 나는 귀환자이고, 귀환자는 권위가 있다! 따라서 나는 권위 있는 사람이다. 야세르 아라파트와 나는 권위 있는 사람들이다. 야세르 아라파트와 나는 같은 사람이고, 그와 나는 모든 일에 책임이 있다. 그렇다!

정보부에서 한 관리가(그는 귀환자가 아니다), 내게 아주 분명하게 말했다. 예민한 사람이 들었다가는 속이 뒤집힐 만한 말이었다. "이보시오, 당신들은 이미 기회를 잡았으니 이제는 우리 차례요." 이 말은 곧 당신들은 충분히

---

* 면세 자동차 : 귀환자들에게 허용된 차.

훔쳤으니 이번에는 우리가 훔칠 차례라는 뜻이었다. 그의 목소리는 위협적이었고, 그는 요점을 명백히 밝혔다.

나는 녹색 표지판이 달린 차를 아직 사지 않았으나, 곧 살 것 같다. 구분은 이미 일어났으며, 녹색 표지판은 그것을 확정할 뿐이므로.

*

겨울이 왔다.

내가 수르다에 세든 헐벗은 집으로 겨울은 찾아왔다. 방에는 매트리스와 이불, 베개가 있었다. 그게 다였다. 그 밖에는 아무것도 없었다. 아니, 사실 매트리스에는 아불 알라*의 시집 『알 주루미야트』도 있었다. 암만에서 내 친구 무사 바르홈이 내게 준 것이었다. 외로움과 격리, 추위가 나로 하여금 아불 알라의 시를 파고들게 만들었다. 읽으면 읽을수록 이 눈먼 시인의 사악한 세계가 드러났다. 그 세계는 자신을 드러내면서 나도 드러냈다. 그가 답 이븐 알 하레스 알 바르자미에게 한 말에 나는 동감했다. 바르자미가 자기가 낙타 키야르를 데리고 도시에 갔는데 자기들이 거기서는 이방인이더라고 읊자, 눈먼 시인은 응답하여 이렇게 읊었다.

"도시에 낯선 사람이 많지만, 바르자미도 키야르도 그들 가운데 없다네."

아불 알라는 바르자미도 바르자미의 낙타 키야르도 보지 못했다. 바르자미와 그의 낙타 키야르는 도시에서 이방인이었으며 외로웠다. 나도 외로웠

* 아불 알라 : 973~1057. 아랍의 시인이며 사상가.

256

다. 나도 이방인이었다. 뼈가 금으로 된 사람은 나뿐이었다!

내가 펜을 들어 첫 번째 소설을 쓰고 있는데 빗방울이 창문 덮개를 두드렸다. 나는 무서운 악마들을 창조하여, 쓰고 또 써서 악마들을 더욱 더 잔인하게 만들었다. 악마와 낯선 존재들은 내 소외감과 외로움을 달래기 위한 쓰디쓴 약이었다. 나는 내 소설로 나를 치유하고 있었다.

*

아버지는 순례를 떠나려고 서둘렀다. 순례를 다녀와야 지은 죄를 용서받을 수 있다고 아버지는 믿었다. 아버지가 무슨 죄를 지었는지 나야 알 리가 없었다. 그러나 세상에 죄가 없는 사람이 있다면, 와서 아버지의 아들인 나를 돌로 치게 하라.

아버지는 순례를 하고 싶어 했지만, 순례지에서 죽기를 원하지는 않았다. 아버지는 돌아오고 싶어 했다. 형제들이나 나나 아버지의 순례 비용을 댈 능력이 없었다. 그러나 우리 가족 주변의 이웃들은 내 뼈가 금으로 되어 있다고 믿었으며, 아버지는 자신의 정신이 점차 흐려짐을 느끼고 조급해했다. 아버지로서는 정신을 완전히 놓치기 전에 순례를 마쳐야만 했다. 순례도 못 하고 정신이 나가면, 이 세상 마지막 날까지 죄에 붙잡혀 있어야 하므로!

아버지의 순례 비용을 대기 위해 우리는 마을의 옛 중심에 있는 낡은 집을 팔았다. 주변에 있는 다른 집들처럼 우리 집도 거의 허물어졌으나 팔리기는 팔렸다. 마침내 아버지는 순례를 떠났다.

마카에서 아버지는 라반*만 먹었다. 아버지는 식중독에 걸려 집에 돌아오지 못할까봐 두려워했다. 어머니는 내게 어머니 자신과 외할아버지가 옛날에 겪은 일들을 이야기해주었다. 그러나 어머니의 마음속에서는 모든 것이 뒤엉켜, 외할아버지가 내 아버지가 되기도 하고 내 아버지가 외할아버지가 되기도 했다. 어머니의 마음속에서는 아버지와 남편이 하나였다. 어머니는 내게 그 이야기를 하고 또 했다. 끊임없이 되풀이했다. 어머니는 이야기를 뒤에서부터 거꾸로 했다가, 잠깐 숨 돌릴 틈도 없이 또 반복했다. 치매에 걸린 어머니는 자기가 그 이야기를 이미 했다는 걸 기억하지 못했다. 그러고는 이미 설거지한 그릇을 또 설거지하러 가거나, 옷소매에 유리잔을 집어넣거나, 내 재킷을 냉장고로 가져갔다. 나는 머지않아 어머니가 나마저 알아보지 못할까봐 겁이 났다.

아버지는 순례를 마치고 돌아오더니 정신을 놓기 시작했다. 아버지는 죄를 용서받기 위해 순례 의식까지는 버텨내었으나, 죄를 용서받자 정신을 놓아버렸다. 아버지의 정신은 자신이 고아였던 어린 시절로 돌아가 정처 없이 떠돌았다. 아버지는 아주 어려서 부모를 잃고 일가친척도 없었다. 여든다섯이 되어 아버지는 고아 시절로 되돌아가, 자신이 버려졌다고 슬퍼하며 푸념을 늘어놓았다.

아버지는 아이로 돌아갔다. 아이가 되어 아버지에게 돌아와야 할 사람은 나인데.

이제 내가 부모님께 돌아왔건만, 부모님은 내가 돌아오자 허물어졌다. 부

* 라반 : 응고시킨 우유. 요구르트.

258

모님은 좀 더 버틸 수 없었을까? 쇠락을 좀 더 늦출 수는 없었을까?

이제 아버지도 아버지가 아니고, 어머니도 어머니가 아니다. 나는 사십 중반에 고아가 되어버렸다.

옛날이야기에서, 한 남자가 고향 손님을 맞이하여 물었다.

내 낙타 주라이크는 잘 있어요?

죽었어요.

아니, 왜요?

움 우마이르*의 무덤에 물을 너무 많이 싣고 가다가.

내 아내 움 우마이르가 죽었어요?

예, 죽었어요.

아니, 어떻게?

당신의 아들 우마이르 때문에 너무 많이 울다가.

우마이르가 죽었어요?

예.

아니, 어쩌다?

집 지붕이 허물어지면서 그를 덮쳤어요.

이 모든 일은 아부 우마이르**가 없을 때 일어났다. 그는 25년 동안 집에 없었고, 돌아왔을 대는 집에 아무도 남아 있지 않았다. 그는 부모님을 찾을 수 없었고, 그의 낡은 집은 이미 지붕이 허물어졌다.

* 움 우마이르 : 우마이르의 어머니라는 뜻.
** 아부 우마이르 : 우마이르의 아버지라는 뜻.

*

암만으로 돌아갔다. 두 번이나 입국을 거부당하고, 많은 사람이 중간에 영향력을 행사한 끝에 나는 겨우 돌아갔다. 나는 요르단에서 태어났다. 그랬더니 한마디 상의도 없이 내가 요르단인이 되어 있었고, 내가 다리를 건너 고국에 돌아오자 이번에도 상의 한마디 없이 내 요르단 국적이 없어졌다. 나는 아이들을 보기 위해 요르단에 가야만 했다.

집에 들어가 소파에 몸을 던졌다. 아…… 마침내 집에 돌아왔다. 내 책과 서류가 있고 모든 것이 내밀하며 친숙한 내 집에……. 내 집은 아직 여기에 있다. 내 집은 여기 요르단에 있다. 저기 내 고국에는 아직 내 집이 없다. 우리 집 없는 우리나라란 아무 의미도 없는 말이다.

한 작가가 내게 말한 적이 있다. "고국에 돌아온 작가들은 여기 삶에 통합되고 싶어 하지 않아요. 저 작가를 봐요. 그는 나라 밖에 살아요."

그는 누군가를 가리켜 말했지만, 어쩌면 나까지 포함됐는지도 모른다. 맞다. 나는 아직 고국 밖에서 산다. 고국에는 내 집이 없으므로, 나는 외국에서 산다.

사실 그 작가는 내가 그의 판박이가 되기를 원했다. 내가 그와 똑같은 사람이 되지 않으면, 나는 이방인이고 신의가 없는 사람이다. 그는 내가 살아온 25년을, 나를 지금의 나로 만들고 성숙시킨 그 세월을 쑥 빼서 내던져버리기를 바랐다. 나는 25년 동안 망명생활을 했건만, 그는 나더러 자기를 위해 그 세월을 삭제해달라는 것이었다. 그의 눈에는 내가 자기하고 똑같아지든지 말든지, 둘 중 하나뿐이었다. 그러나 나는 그와 비슷해지고 싶지 않다.

지금의 나로 남고 싶다.

그는 내가 다리에서 낡은 셔츠처럼 내 나이를 벗어버리고, 거울에 비친 자기와 똑같은 모습으로 그의 앞에 서서 그에게 미소 짓기를 바랐다.

문제는 내 미소가 너무 작아서 입술에는 거의 드러나지도 않는다는 것이었다.

그러니 내가 망명지와 고국 사이를 왔다갔다하도록 내버려둬라. 뜨거운 잿더미 위에서 폴딱폴딱 뛰듯이. 망명지가 기억이 되고 고국이 내 생활터전과 집이 될 때까지.

나는 암만에 있는 내 집으로 돌아왔다.

나는 봄에 돌아왔다. 집 앞 정원에 있는 벚나무에서는 벌써 전쟁이 시작되었다. 누구든 일찍 일어나는 사람이 잘 익은 붉은 열매를 따먹을 수 있었다. 그러나 대개는 새들이 우리보다 일찍 일어나 잘 익은 버찌를 모두 먹어버리고, 우리에게는 익지 않은 신 버찌만 남겨놓았다. 우리는 버찌가 우리 것이라 믿었고, 새들은 버찌가 자기들 것이라 믿었다.

아침에 일어나보니 잿빛 참새가 잘 익은 버찌를 쪼아 먹고 있었다. 그러자 조그만 제비들과 부리가 노란 검은지빠귀들도 오고, 이름 모를 새들도 왔다.

잿빛 참새야, 콕콕 쪼아 먹어라, 노랑부리검은지빠귀야, 콕콕 쪼아 먹어라, 내게 이름을 밝히지 않은 새들아……. 그리고 나는 학교에 보내려고 아이들을 깨운다.

아이들은 벌떡 일어났다. 아버지가 자기들 곁에 있기 때문이었다. 아이들은 학교 가기 전에 조금이라도 더 아버지와 함께 있고 싶어 해서 깨우는

데 아무 문제가 없었다. 그러나 전에는 아침마다 아이들을 깨울 묘안을 새로 짜내야 했으며, 나는 늘 성공적이지는 못했다. 그래서 때로는 새가 지저귀는 소리로 아이들을 꾀곤 했다. 내가 "란드, 저 새 소리를 들어봐. 무슨 새인지 알겠니?" 하고 물으면, 아이는 단잠이 깨서 화가 나기도 하지만 호기심에 끌려 "알아요. 참새요" 하고 대답했다. 내가 "아냐, 저건 참새가 아냐" 하면 아이는 또 "방울새요" 하고 말했다. 그래서 내가 "아냐, 잘 들어봐" 하면, 아이는 나와 함께 새 소리에 귀를 기울였다⋯⋯. 쩍 쩍 쩍⋯⋯. 그것은 꼭 베 짜는 소리 같았다. 그래서 내가 "이제 알겠지?" 하면 아이는 "아니오" 했고, 내가 "저건 검은지빠귀야" 하고 말하면, 아이가 "그게 검어요?" 하고 물었다. 내가 "그래, 부리는 노랗지만. 자 와서 봐" 하면, 아아는 자리에서 일어나 창문 아래 서양자두나무에 앉아 있는 검은지빠귀를 쳐다보았다.

검은지빠귀야, 계속 베를 짜거라. 비투니아*에 내가 얻은 셋집에는 검은지빠귀가 베를 짤 수 있는 정원이 없어, 검은지빠귀들이 베 짜는 소리로 내 딸을 깨울 수 없을 것이었다. 나는 고국에 돌아올 아내와 두 아이를 위해 비투니아에 있는 아파트에 세를 얻었다.

*

내가 돌아온 지 꼬박 1년이 지나서야 아내가 두 아이와 함께 돌아왔다. 아이들은 암만에 있는 외할아버지 집을 버리고 왔다. 아이들은 아버지와 함께

---

* 비투니아 : 요르단 강 서안 라말라 시 외곽의 거리.

있고 싶어서 안정을 버리고 나를 따라왔다. 내가 마지막으로 암만에 갔을 때 딸아이가 집을 그렸는데, 집이 꼭 남자의 얼굴 같았다. 두 창문은 눈, 문은 입, 문에 달린 덧문 두 개는 코밑수염, 지붕은 남자의 머리카락이었다. 아이에게는 아버지가 집이다. 그래서 두 아이는 할아버지 집을 버리고 자기들 집인 내게로 왔다.

아이들 엄마는 내가 시간 있을 때마다 조각한 석상도 일부 가지고 왔다. 아내는 모든 어려움과 고통을 무릅쓰고 그 무거운 석상들을 들고 다리를 건너왔다. 아내는 그것들을 황량한 새 아파트에 갖다놓으면 내가 친밀감을 느낄 거라고 생각했다. 나는 친밀감이 들기 시작했다. 나는 이제 외롭지 않다. 내 가족이 돌아오고, 내 석상들도 돌아왔다.

밤에 희미한 불빛 속에서 나는 석상들을 바라보았다. 석상들도 나를 바라보았다. 나를 괴롭힌 모든 것, 내가 글로 쓰지 못한 모든 것을 나는 돌에 새겨 넣었다……. 텅 비고 놀란 눈, 기다란 코, 잘린 코, 비뚤어진 입술, 뒤집힌 입술이 모두 내 얘기였다.

돌에 내 고통을 던지면 돌이 그것을 받아 쥔다. 내가 돌을 바라본다. 돌은 내 거울이다. 사람은 누구나 자기 거울을 만든다. 거울이 없는 사람은 불쌍하다. 차가운 고독 속에 계속 혼자 있어야 하므로.

나는 고국에서 내 거울인 석상을 두 배로 늘려야겠다고 생각했다. 고국에 있는 우리에게 남겨진 게 메마른 돌산 말고 또 무엇이 있는가? 그 돌로 무엇을 하겠는가? 적어도 우리는 우리의 울부짖음을 담은 조각상을 만들 수는 있다. 그러나 내가 돌에 울부짖음을 새겨 넣을 시간과 공간, 평온함이 없다. 돌 하나마다 입을 열어줄 시간이 없다. 나는 아이들을 위해 돈을 벌어야 하므로 늘 시간에 쫓기는데, 게다가 인간의 근육이 돌을 가지고 놀 수 있는 시간에는 한도가 정해져 있다. 그 시간이 지나면 근육이 돌을 가지고 놀지 못한다. 나는 당장 돌을 두드릴 시간을 만들어내야만 한다.

"지금 집을 짓지 않는 사람은 평생 집을 짓지 못할 것이다"라고 시인은 말했다. 나는 나 자신에게 "지금 돌을 두드리지 못하면 평생 돌을 두드리지 못할 것이다"라고 말하고 있다.

*

오스만제국의 금을 찾아다니는 사람들이 내게 왔다. 그들은 어떤 장소의 스케치를 가져 왔는데, 거기에는 성인의 무덤처럼 커다란 돔이 있는 두 채의 건물이 나무들을 사이에 두고 떨어져 있었다. 두 건물 사이 한가운데 우물이, 우물 오른쪽으로 바위가 그려져 있으며 화살표가 바위 밑을 가리켰다. 화살표 옆에는 상자라고 쓰여 있었다.

그것은 금 지도였다. 그들이 내게 "우리와 함께 가겠소? 우리가 숨겨진 보물 찾는 일에 참여하겠소?" 하고 물었다. 아마도 내가 고대 유물에 관심이 있다는 말을 들은 모양이었다. 그들에게는 고대 유물이란 숨겨진 보물에 다름 아니었다.

경제 사정 악화로 수많은 실업자들이 숨겨진 보물을 찾아 고대 유적지를 헤맸다. 굶주림과 무지 탓에 그들은 자신들의 역사를 파괴하고 있으며, 이스라엘의 공식·비공식 유물 탈취단은 그들을 부추겨 파괴를 더욱 가속시키고 있다. 나는 나를 찾아온 사람들이 계획을 실행하지 못하도록 막으려 애썼으나, 속으로는 나도 그 모험에 가담하고 싶었다. 금을 원해서가 아니라 (내 이웃과 친척들이 한때 말한 대로 금은 내 뼈에 이미 있으니까) 오스만제국의 군대가 팔레스타인에서 철수한 길을 추적하고 싶었기 때문이다. 오스만제국의 철수가 영국군을 불러들여 결과적으로 영국이 우리 땅에 이스라엘을 남겨 놓게 했지만, 나는 후퇴하는 군대가 모든 것을 뒤에 남기고 얼마나 허겁지겁 떠났는지 보고 싶었다. 그렇다, 나는 침략자들이 정말 철수했는지 확인하고 싶었다. 지금 우리 땅을 점령한 자들도 언젠가는 떠나리라는 것을 알면, 내 영혼이 편해질 수 있을 테니까.

그들은 자기들이 가진 그림이 오스만제국의 장교가 금을 숨긴 장소를 표시한 지도의 사본이라고 주장했다. 그 이야기에 따르면, 장교는 팔레스타인에서 철수하는 군대의 보물, 금이 가득한 상자 네 개를 호송하는 책임자였다. 길이 봉쇄되어 금이 적의 수중에 떨어질 위기에 놓이자 장교와 그 일행은 상자를 땅에 묻었으며, 장교는 그 장소를 그림으로 그려두었다.

약 70년 뒤에 한 팔레스타인 젊은이가 터키에서 그 장교, 또는 장교의 아들인가 손자로부터 그 그림을 받았다. 젊은이는 숨겨진 금을 찾아 그 값어치의 반은 그 그림을 준 사람에게 주기로 약속했다.

아무래도 허술한 이야기였지만, 그래도 나는 기꺼이 그 모험에 참여하고 싶었다. 그러나 그러지 않았다. 나는 내 영혼이 안착하지 못하는 이 혼란스러운 나라에서 자신을 재수립해야만 했다.

나는 오스만제국의 금을 찾으러 가지 않았다. 내 뼈에 금이 있어 달리 금이 필요하지 않았기 때문이다……. 금은 내 마음속에 있었다.

9월 초 어느 더운 날, 나는 아무도 살지 않는 땅에 가서 버려진 경작지를 걸었다. 거기에는 사람 발길에 다져진 오솔길도, 열매를 딸 무화과나무도 남아 있지 않았다. 농부들이 임금노동자가 되어, 한때 거친 산둥성이에 굳은 결의와 땀방울로 개척했던 경작지가 버려졌다.

나는 걷고 또 걸었다. 내 어린 시절에 다니던 길 옆에 나 있던, 개미들의 길도 찾아보았다. 나는 아직도 개미들이 볏줄기를 타고 올라가 줄기를 갉아 낟알을 땅바닥에 떨어뜨리고는, 낟알에 달린 술을 제거하고 낟알만 집으로 끌고 가던 장면을 기억한다.

걷다가 지쳐 커다란 회색 바위에 걸터앉았다. 사람은 돌 위에서 태어난다. 옛날에는 우리 어머니들이 순조로운 분만을 위해 돌에 걸쳐 앉아 아기를 낳았다. 그러나 사람은 죽어서 바위 밑으로 들어간다. 사람은 돌 위에 앉아 새로운 사상을 창안하고, 돌을 통해 속에 있는 울분을 터뜨린다.

내가 앉아 있는 이곳에는 아무도 없다. 과거의 아이들은 자라서 떠났다. 그러나 맞은편 산에는 우리가 어릴 적 뛰놀던 자리에 이스라엘 정착촌이 서 있다. 나는 막대기를 주워 주변의 흙을 이리 저리 휘저으며 과거를 생각하고, 과거를 복구했다.

멀리서 작은 회오리바람이 일더니 빠르게 회전했다. 9월 초의 회오리바람은 내게 가을이 오고 있음을 일깨워주었다. 다가올수록 회오리바람은 점점 더 커졌다. 회오리가 오른쪽으로 지나갈 거라고 나는 생각했다. 다가오는 회오리바람을 뚫어지게 쳐다보았다. 그것은 아주 멋지게 설계되어, 흙먼지는 아랫부분에 뭉치고 가벼운 잎사귀 따위는 꼭대기에서 휘날렸다. 풍성하고 아름다웠다.

아무 생각 없이 나는 벌떡 일어나, 회오리바람을 향해 걸어갔다. 그리고 내 몸이 회오리바람을 받았다. 회오리바람이 나를 치고, 내가 회오리바람을 쳤다. 회오리바람이 나를 먼지로 뒤덮고 나는 반격했다. 문득 회오리바람이 지나가버렸다. 나는 눈을 비비고 돌아보았다. 내가 회오리바람을 물리쳤으며, 그 완벽함을 깼다고 생각했다. 그러나 회오리바람은 내 저항에 조금도 영향을 받지 않았다. 투명하게 빙빙 돌면서 내 시야에서 사라져갔다.

내가 왜 그랬는지 모르겠다. 회오리바람이 지난 몇 달 동안 내가 겪은 혼란의 상징이었을까? 아니면 그것이 내 과거를 산산이 흩어버린 현재였을까? 아니면 그것이 실은 과거였을까? 내가 현재에 몰두하여 적응하는 것을 가로막는 과거. 어쩌면 나도 모르게 내가 무언가와 충돌해 분노와 울음을 터뜨리고 싶었는지도 모른다. 나는 앉아서 안경의 먼지를 닦았다.

*

바로 이번 9월에, 라말라로 들어가는 입구에서 유혈사태가 일어났다. 내 눈으로 직접 보았다. 유혈사태의 원인은 이스라엘인들이 알 아크사 모스크* 밑에 뚫고 있는 굴 때문이었다. 그 구멍은 무지막지하게 컸고, 팔레스타인

---

* 알 아크사 모스코 : 동예루살렘 템플 마운트 안에 있는 이슬람 사원으로 중요한 성지이다. 팔레스타인의 2차 인티파다도 이스라엘 총리 샤론이 2000년 이곳을 방문하자 이에 대한 분노로 일어났다.

인들로서는 자기들 가슴에 구멍이 뚫리는 것이나 마찬가지였다. 사람들은 이스라엘인들이 몰래 어둠 속에서 뚫고 있는 굴을 막으려고 일어섰다.

그저 성지의 문제가 아니었다. 그보다 훨씬 심각했다. 팔레스타인인들은 이스라엘인들이 자기들의 뿌리를 뽑으려고 땅을 판다고 느꼈다. 그 넓은 굴을 막으려면 미치광이 같은 용기가 필요했다. 젊은이들이 목숨을 내놓고 돌진했으며, 우리 눈앞에서 쓰러졌다. 이스라엘 점령군은 그들을 죽이려고 가슴과 심장을 바로 겨냥하여 가차 없이 총알을 쏘았다. 젊은이들이 쓰러지면 뒤를 이어 다른 젊은이들이 미친 듯이 돌진했다. 그들은 손에 돌을 쥐고 있었⋯⋯. 그들의 손에는 돌밖에 없었다. 그것은 영화 같았다. 미친 짓 같았다.

어떤 이유로인가 이렇게 죽을 준비가 되어 있는 사람들이 아직도 있을 수 있단 말인가? 그런 사람들이 아직도 남아 있단 말인가? 그런 사람들의 시대는 이미 지나갔고 다시는 돌아오지 않을 줄 알았는데.

나는 저항의 의지가 죽음의 문턱까지 다다르는 것을 보고 싶지는 않았지만, 그 엄청난 에너지에 놀라지 않을 수 없었다. 사람들이 서로 짓밟고 아무도 남을 돌보지 않는다는 인상을 받았기 때문에, 나는 우리의 심층에 이런 힘이 있는 줄 미처 몰랐다. 이제 알겠다, 많은 것들이 어느 순간 한꺼번에 폭발한다. 표면 아래서는 티 하나 없이 순수한 무엇인가가 포효하고 있다.

나는 문화부 건물 6층에 서서 지난 2년 동안 일어난 일들을 되돌아보았다. 굴을 막으려다 총탄에 쓰러진 사람들의 얼굴이 떠올랐다. 나는 가슴에 손을 얹고 말했다. 나는 이 사람들에게 속해 있어. 나는 그들 가운데 하나야.

집에 돌아와 열 살쯤 된 아들에게 물었다. "암만과 라말라 중에 어디가 더 좋아?"

"라말라" 하고 아이가 대답했다.

"아니, 정말로?" 내가 다시 물었다.

"응, 정말로." 아이가 대답했다.

"거짓말하지 말고." 내가 다그쳤다.

"정말. 신에 맹세코 나는 라말라가 더 좋아."

아이도 지지 않고 말했다.

내 아들이 나보다 빨리 돌아왔다. 아이는 죽음과 파괴, 장벽에도 불구하고 다른 식으로 돌아왔다. 아이는 눈 오는 2월에 다마스쿠스에서 태어났다. 그러나 아버지와 함께 몸을 피해 키프로스로 갔다가 튀니스에서 몇 달 머문 뒤 암만으로 가서, 거의 그곳에서 자랐다. 그리고 여기 그가 사랑하는 라말라로 돌아왔다.

그리고 우리는 새 건물에 있는 새 집으로 이사했다. 그 건물은 아직 완공되지 않아, 우리가 그곳에 사는 유일한 거주자였다. 우리는 침묵과 먼지, 쇠붙이에 둘러싸여 있었다. 그러나 그 건물에 아주 작은 정원이 생길 거라는 약속을 받았으므로, 나는 집 주변에서 돌을 모아 구석에 가지런히 놓기 시작했다. 나중에 그 돌 하나하나마다 입을 열어줄 수 있기를 바라며.

현실의 파편과 유리조각

하싼 하데르

하싼 하데르 Hasan Khader | 문학평론가

1953년 가자지구의 칸 유니스에서 태어났다. 카이로대학에서 영문학을 전공했으며 현재 이스라엘 문학 전문가이자 번역가로 활동하고 있다. 라말라에서 1년에 네 번 발간되는 유명한 문학지 《알 카멜》의 수석 편집자이며, 신문 《알 아이얌》에 주간 칼럼을 연재하고 있다. 『암컷 가젤들의 땅』이라는 제목의 자서전이 있다.

1

내 이웃 지하드는 기록자의 자세로 날마다 일어나는 사건들을 적어두었다. 자기 기록이 권위 있는 증언이라고 그는 주장했다. 나는 두 집 사이 폭 2미터 복도를 하루에 두 번, 아침과 저녁에 지나갔다. 그의 집에는 텔레비전 옆 소파 위에 학생용 공책이 놓여 있는데, 화면에 나오는 리포터의 열정이나 뉴스의 중요도에 비례해 빈 쪽수가 줄어들었다.

모든 일은 어이없게 시작되었다. 전쟁이 우리에게 두 가지 다른 방식으로 다가왔기 때문이다. 현실의 전쟁은 미사일이 날아가는 소리, 무지막지한 포격, 하늘에 날아가는 전투기들로 구성되었다. 또 다른 전쟁의 구성요소는 텔레비전 화면의 수백만 화소들이 보여주는 장면들이었다. 시체들, 부서진 차량, 불탄 건물, 먼 도시에서 시위하는 성난 군중, 그리고 우리에게 그 말투와 의상마저 너무나도 친숙한 리포터들의 얼굴.

밤의 장막 아래서만 우리는 비록 소리는 오싹하도록 사실적일지라도 실은 다른 데서 일어나는 일일 뿐인, 텔레비전 화소들이 만들어낸 망상에서 헤어날 수 있었다. 우리는 비로소 카메라가 잡은 개인적 체험들, 맥락도 없고 피상적인 장면들로부터 눈을 돌려 지금 여기서 벌어지고 있는 전쟁을 바라보았다. 뉴스에서 보도되는 전쟁이 아니라 우리가 당장 겪고 있는 전쟁을. 폭음이 나면 우리는 창문으로 달려가, 때로는 지붕에도 올라가 어둠을 태우는 눈부신 불길을 보았다.

가상 세계의 개입 때문에 우리는 현실에 적절히 대응하기가 힘들었다. 그러나 보다 중요한 이유는 우리들 각자가 무력감에 빠져 자신 속으로 움츠러들었기 때문이었다. 전쟁이 우리에게 닥쳤고, 우리의 이름으로 벌어지고 있는데 우리로서는 전쟁을 멈출 아무런 방도가 없지 않은가.

텔레비전에서 2천 년 전 팔레스타인을 점령한 로마 병정들이 한 농부를 잡아 가두면, 텔레비전을 보는 우리에게는 그게 단지 할리우드 영화가 아니었다. 2천 년 후 같은 장소에서 우리는 여전히 억류되어 있으므로. 4월 대공습 중에는 6일 동안 24시간 통행금지였다. 6일 만에 통금이 해제되어 시민들은 생필품을 사러 집 밖에 나갈 수 있었는데, 그것도 오직 두 시간 만이었다. 개인들이 다른 사람을 만나 자기가 존재한다고 실감할 기회는 그때뿐이었다.

탱크바퀴가 진흙길에 깊은 고랑을 남겼다. 길은 가파른 비탈에 곧 흘러내릴 듯 아슬아슬하게 걸쳐졌고, 허술한 집들이 산봉우리 사이에 흩어져 있다. 가까이 갈수록 집들은 잘못 지어진 것처럼 보인다. 임시변통인 데다 난잡하다.

거기서, 아침에 내린 비로 발이 푹푹 빠지는 진창길에서, 뒤에서 앞으로 이어진다는 점만 빼고는 길이라고도 할 수 없는 진흙탕에서, 군용 지프와 군인들을 수송하는 장갑차가 당신을 덮친다. 당신이 혼비백산할 정도로 빠른 속도는 아니지만, 엔진에서 더운 콧김을 내뿜는 철로 된 짐승이 당신을 향해 돌진해온다. 당신은 그 얼굴을 볼 수 없다. 보이는 거라고는 당신을 겨냥한 검은 총구와 탱크와 장갑차 바퀴에서 튀어 오르는 진흙덩이뿐.

당신은 신경 쓰지 않는 척한다. 당신은 시민이고, 확성기에서 시민들이 두 시간 동안은 자유롭게 움직여도 좋다고 공표하지 않았다. 두 시간 동안 자유로운 당신은 양식을 사러 가게에 다녀와, 투명한 비닐봉지에 과일과 야채를 담아 들고 있다. 그러나 당신은 진흙탕에서 발을 뺄 수 없다. 우람한 군용 지프가 당신을 가로막고 있다.

순간 장면이 바뀐다. 당신은 로마 병정들이 2천 년 전에, 두 시간 동안 자유롭게 이동해도 된다는 허락이 떨어지기 2천 년 전에, 이 가파른 언덕에 살던 농부 하나를 둘러싸는 것을 본다. 당신은 히잉거리는 말 울음소리와 참을성 없이 땅을 구르는 발굽소리마저 들을 수 있다. 안개처럼 피어오르는 말들의 더운 입김, 군인들의 빛나는 투구, 그들의 가슴과 어깨를 덮은 갑옷, 가죽 샌들, 방패, 짧게 드리운 검도 생생히 보인다.

말할 필요도 없이 이것은 할리우드 영화를 본뜬 가상의 기억이다. 그러나 장면 전환이 아무렇게나 일어나는 건 아니고, 우리의 상상력이 그쪽으로 발동하기 때문이다. 왜 우리 상상은 2천 년을 거슬러, 살고 죽을 가능성이 반반이었던 그 순간으로 회귀하는 걸까?

몇 달이 지난 뒤에야 나는 무력감을 시각적 이미지로 전환시키는 상상의 힘에 대해 생각해보았다. 우리가 상상 속에서 떠올리는 이미지들은 현실과 전혀 모순되지 않았다. 여기서는 늘 그랬다. 2천 년 전의 장면들이 거울에 비친 것처럼 되풀이되는 이 가파른 언덕배기에서는, 그러지 않을 수가 없다. 2천 년 동안 별로 달라진 게 없다. 여기 사는 거주자들이 변하지 않았고,

침략자들도 변하지 않았다. 다만 전쟁의 도구들만 바뀌었다.

이름조차 복합적이다. 깊은 지층에 묻혀 있다가 지각적 변동 때문에 우연히 예루살렘 북쪽 16킬로미터 지상에 내던져진 원시 바다조개처럼. 내가 사는 이곳은 알 비리이며, 침략자들도 확성기로 우리를 '알 비리 주민들'이라고 부른다. 이 이름은 옛날 칸나안* 사람들이 바위틈에서 물이 솟아나는 샘터에 새긴 바이루트에서 시작되었다. 비잔틴인들과 아랍인들과 마찬가지로, 로마인들도 그 이름을 물려받아 원형을 다치지 않을 정도로 약간만 수정했다. 수세기에 걸친 생존투쟁과 물 통제권을 놓고 싸운 전쟁 탓에 그 이름이 가리키는 범위가 점점 줄어들기는 했지만 말이다.

이 근방의 지명은 물에 집착하여 아직도 그 안에 물에 대한 기억을 담고 있다. 알 비리에 있는 우리 동네 이름이 알 발루와인데, 아마도 '물을 삼키는 땅'이라는 고대 아랍어의 직역이지 싶다. 또는 '빗물이 고이는 저지대'의 아랍식 표현일 수도 있겠다. 저 얼토당토않은 지역분리** 때문에, 알 발루와는 A 지역의 경계선에 놓이게 되었다. 2000년도에 무력 충돌이 시작된 이래 침략자들이 바로 건너편까지 밀어닥쳤고, 2001년 10월부터는 알 발루와가 그들이 라말라와 알 비리로 밀고 들어오는 입구가 되었다.

상상력은 독자적인 영역이 아니라, 개인적 현실과 필요한 기능에 따라 선

---

* 칸나안 : 성서에 나오는 옛 나라 가나안을 아랍식으로 표기한 것이다.
** 얼토당토않은 지역분리 : 1993년에 맺어진 오슬로 협정에 딸, 48년과 67년 두 차례에 걸쳐 대폭 줄어든 팔레스타인 서안이 또 A, B, C 세 지역으로 분리됐다. A – 도시. 팔레스타인 자치정부 관할이고 이스라엘 군대가 순찰을 돈다. B – 도시 주변. 이스라엘 관할이고 팔레스타인 자치정부가 경찰을 파견한다. C – 도시와 도시 주변을 제외한 대부분의 지역. 전적으로 이스라엘 관할이다. 팔레스타인 경찰은 어떤 경우에도 이스라엘 허락이 없이는 들어갈 수 없다. 예컨대 라말라에서 근무하는 팔레스타인 경찰이 시골 고향집을 방문하려면 경찰복을 벗고 민간인 복장을 해야 한다.

택된 사진들이 인화되는 현상실이다. 이번 전쟁보다. 20년 전에 일어난 또 하나의 전쟁에서, 포위된 도시에 한 시민이 있었다. 살고 죽을 가능성이 반반인 3개월 동안 그는 무력감이나, 가상과 실제라는 두 개의 현실 속에 살고 있다는 기묘한 느낌에 사로잡히지는 않았다.

누군가 전쟁 중에 실존적 손상을 입는다면, 단순하지만 무서운 사실 때문일 것이다. 공식적인 성명이나 뉴스 방송, 역사적 비유에서 전쟁이란 어떠해야 한다고 정한 일반적 규정에 비추어보면, 그가 겪고 있는 전쟁은 전쟁이 아니라는 사실. 그리고 그가 겪고 있는 전쟁이 민족주의적 담론으로, 개인들의 특수한 경험담으로, 소소한 진실을 담은 증언으로 변질되어 더 이상 전쟁이 아니라는 사실. 두 경우 다 현실을 놓치게 된다. 우리가 매일 겪는 살아 있는 현실, 부상당한 동물처럼 꿈틀대는 현실은 손가락 사이로 빠져나가 버린다. 대신 손에 잡히는 것은 현실의 이미지뿐이다. 현실을 재현할 수밖에 없는 이런 상황에서, 사람마다 다른 상상력의 차이가 부각된다.

어느 날 알 발루와의 가파른 비탈길 맨 끄트머리에 있는 건물 뒤에 스무 살도 안 된 청년들이 모였다. 그들을 끌어 모은 것은 분명 고대의 기억이었다. 약간의 변화가 있다면 그 기억에 물을 삼키는 땅 알 발루와가 수세기 동안 더 삼킨 전쟁의 이미지에 공격과 퇴각의 기술이 보태졌다는 정도였다.

청년들은 깨끗한 군복을 입고, 가방 끈으로 직접 만들었음직한 멜빵에 소총을 걸어 어깨에 멨다. 진정한 전사처럼 보이려고 고심하여 장비를 꾸민 티가 역력했다. 진초록 조끼에 매달린 탄약통, 물병, 다채로운 접착테이프로 탄창에 붙여놓은 여분의 탄창. 허풍스럽게도 여분의 탄창이 두 개나 되기도 했다.

이 모두가 아주 낯익어, 세월이 조금도 흐르지 않은 듯했다. 20년 전에 우리도 탄창을 고정시키려고 접착테이프를 찾았다. 우리 군복도 깨끗했으나 헐렁했다. 오늘날과 마찬가지로 그때도 소총에 손목을 얹을 수 있도록 멜빵의 길이를 되도록 길게 하는 게 중요했다.

오래 전 그 밤, 이마드와 나는 알 콜라 다리로 걸어가다가 말다툼을 했다. 내가 왜 이유 없이 트집을 잡는지 이마드는 이해하지 못했다. 침략자들이 쏘아올린 조명탄 불빛을 받으며 우리는 서로를 쳐다보았다. 그는 총에 손목을 얹은 채였다. 나는 울컥했다. 그 순간 그 장면이 영화와 소설 속 이미지, 그리고 점령 아래 살아온 우리의 뇌리에 박힌 시각적 기억을 고스란히 복제해놓은 것처럼 보였기 때문이었다.

특히 개인의 존재에 민족적 비유가 겹쳐지는 국면에서는, 아무도 상상의 유혹을 뿌리칠 수 없다. 그런 드문 순간에는 원해서 이미지와 자신을 동일시한다기보다는, 슬픔을 달래기 위해 그렇게 될 수밖에 없다. 우리에게 다른 선택의 여지라곤 일체 남겨주지 않고 제 갈 길로 가버리고야 마는 역사를 지켜보면서 우리가 무엇을 할 수 있겠는가. 씁쓸하면서도 달콤한 낭만적 기분에 도취되기도 하지만, 이런 처지는 물론 비극적이다. 그럼에도 불구하고 상상과 시각적 기억은 독립적이고도 복잡한 방식으로 작동하여, 선택된 이미지들이 당대의 가장 중요한 비유와 꼭 어울리란 법은 없다.

이번에는 이미지가 이해하기 어려울 정도로 불완전하다. 또는 청년들이 보여주고 싶었던 이미지는 그들이 용감하게 침략자들에게 총을 쏘기 시작한 첫 장면이었을 것이다. 그러나 총알은 상대방한테까지 날아가지도 않았다. 침략자들이 중화기를 발포하자 그들은 밭둑처럼 늘어선 바위 뒤로 숨어야 했다. 아마도 그 자리에 2천 년 전에는 밭작물과 올리브나무가 왕성하게 자라고 있었을 것이다. 내친 김에 말하자면, 알 비리의 옛 이름 중 하나가 암사자들의 집이었다. 한때는 사자들이 여기 살면서 샘물을 마시러 온 짐승들을 사냥했던 모양이었다.

나는 부엌 창문으로 청년에게 왜 상대가 보이지도 않는데 총을 쏘느냐고 물었다. 그는 침략자들이 반격하면 그들의 위치를 파악할 수 있을 거라고 답했다. 이 말만 들어도 그들이 용감하지만 무척 순진하다는 걸 알 수 있었다. 안전한 구석에 숨어 침략자들의 탱크와 포탄이 위치를 드러내기를 바라다니. 그러나 탱크와 포탄은 위치를 드러내는 순간 자기들의 위치를 궁금해하던 자들을 흔적도 없이 날려버릴 터였다. 대포알은 며칠 뒤에, 침략자들이 스스로 설정한 A지역이라는 가공의 경계선을 무너뜨리기로 결정했을 때 날아왔다.

과거의 우리 또한 침략자들이 어디 있는지 몰랐다. 초보 투사인 우리가 그런 걸 알리라고 기대하는 사람도 없었다. 하루는 우리가 알 콜라 다리 근처 건물의 문간에서 자게 되었다. 입구는 깨끗하고, 화사한 꽃이 핀 채색화분이 줄지어 있었다. 우리는 감히 담배꽁초를 함부로 버리지 못하고 빈 담뱃갑을 재떨이로 사용했다. 한동안 어슬렁거리다가 우리는 그 장소를 더럽히지 않으려고 조심하기가 귀찮아졌다. 몇 시간 동안 우리는 집단 토의를 했으나 잡담이 되고 말았다. 가끔 폭음이 들리거나 트랜지스터라디오에서 논평할 가치가 있는 소식이 나오면 잡담이 끊겼다. 근처에 있는 다른 건물의 문간에도 우리 같은 사람들이 보였다. 어두워지기도 전에 우리는 점점 가까워지는 폭음에 쫓겨 입구를 넘어 깊숙이 들어가야 했다. 우리는 곧 산산조각 나버릴 유리문 뒤에 앉아 있었다.

처음에는 또 다른 꿈만 같았다. 으르렁대는 탱크소리가 금속 파도처럼 밀려왔다. 우리는 자다가 벌떡 일어나 창문에 달라붙었으며, 아침 안개 속에 선사시대 동물처럼 지평선에 버티고 있는 한 대의 탱크를 보았다. 우리가 탱크소리를 듣고 벌떡 일어나 창밖을 내다보고 한 가지 의문 - 그 전이나 후에도 여러 번 반복된 - 을 떠올리기까지 몇 분이 걸리지 않았다. 이제 어쩌지? 마음이 숨을 데를 찾아 전속력으로 달려가다 갑자기 우뚝 섰다. 무슨 짓을 해봤자 부질없을 듯했다. 위장이 수축을 멈추고 긴장이 사지에서 후퇴하여 왔던 곳으로, 또는 혈관으로 되돌아가는 듯했다.

근처에 있는 다른 무리가 아우성치고 몇 마디 다급하게 주고받았지만 급기야 나는 끔찍한 무력감에 몸과 감각이 마비되고 말았다. 원시인으로 되돌아가 무자비한 자연에 노출된 것만 같았다. 터무니없는 우연과 잔혹한 운명에 노출된 것 같았다. 그 순간 나는 투우장에 외롭고도 조용하게 서 있는 한 마리 소, 자기에게 마지막 일격을 가할 투우사를 물끄러미 바라보는 소였다.

응시는 죽음과의 한판 싸움이었다. 지어지다 만 건물로 세 젊은이가 뛰어갔다. 거대한 금속 괴물은 멀리 용암을 내뿜었으나, 어둠 속에 잠겼다 떠올랐다 하는 세 명을 알아채지 못했다. 그들은 목적지에 도달해 아침햇살이 좀 더 밝아지기를 기다렸다. 탱크가 포격을 멈추고 정지하자, 그들은 긴 가죽 멜빵에 달린 소총으로 탱크를 쏘았다. 이미 충분히 밝아 새삼 침략자들의 위치를 파악할 필요는 없었건만. 코끼리에게 돌을 던지기 전에 끈기 있게 기다리라는 옛 말씀을 무시하고, 그들은 총을 쏘았다.

한 시간 뒤 적신월사 의료진들이 와서 시체 한 구와 부상자 두 명을 날랐다. 그 동안 침략자들은 아프리카 정글에서 막 먹이사냥을 끝낸 맹수처럼, 어슬렁거리며 사상자들을 내려다보았다. 그날 저녁 우리는 텔레비전 화면으로 그 장면을 다시 보았다. 다른 장면들 속에서 그 일은 사소한 사건으로 비쳐졌다. 멀고 먼 어딘가에서 발생한 총천연색 비극으로. 그 장면은 앞으로 그런 사소한 사건을 추가해줄 후보자인 우리가 아니라, 우리 안의 구경꾼이 보라고 제공된 것 같았다.

내가 창문으로 본 소년이, 피에 젖어 들것에 누워 있는 저 시체들 가운데 하나란 말인가? 마침내 그는 침략자들의 위치를 알아냈을까? 아니면 그들의 위치를 파악하겠다는 건 변명, 다만 성난 총알로 허공을 꿰뚫고 싶어서 했던 순진한 거짓말이었을까?

정말 별로 변한 게 없다. 20년 전에 비행기 한 대가 아메리칸 유니버시티 근방에서 군용 차량을 쫓고 있었다. 차에는 세 명의 전사가 탔는데, 하나는 대공 기관총을 잡고 앉아 있고, 하나는 그 옆에 서 있으며, 나머지 하나는 운전을 하고 있었다. 기관총을 잡은 전사는 차가 건물의 그늘에서 벗어날 때마다 총을 쏘고, 운전사는 전진과 후진, 좌우로 회전하며 미친 듯이 곡예운전을 하고, 서 있는 남자는 의연하게 길과 하늘을 바라보았다. 비행기는 숲속에서 뛰어노는 개처럼, 구름 뒤에 숨거나 수평선 밑으로 가라앉았다가 난데없는 방향에서 튀어나오곤 했다.

공격과 후퇴 게임은 비행기가 지쳐 날아가면서 끝났다. 그러나 차는 지치지 않았다. 건물 옆에 숨어 있던 차가 달려 나왔고, 승객들은 낭패한 얼굴로 하늘을 올려다보았다. 이제 뭐하지? 대공 기관총을 잡은 남자가 총구를 내리더니 바닷가의 조용한 주니*를 향해 마구 총알을 갈겼다. 그러나 총알은 거기까지 닿지 못하고 공기만 꿰뚫었을 뿐이다. 자포자기한 자의 만용이었을까? 또는 용기 있는 자의 좌절이었을까?

2

사진과 뉴스의 생산 시대인 지금도 사람들은 허공을 향해 총을 쏜다. 그러므로 가상과 실제, 두 개의 현실 속에 살고 있다는 느낌은 무력감에 빠진 개인적 체험이 아니라, 집단적인 경험이라고 할 만하다. 우리는 가상이 현실을 잡아먹는다는 불안을 느끼지 않을 수 없다. 실제로 일어난 사건도 그것이 빛나는 텔레비전 화면에 일렁이는 형상으로 반영되었을 때만이 실제처럼 보인다. 그렇지 않고는 그 사건은 일어나지 않았던 것이나 마찬가지다. 실제는 화면이라는 거울에 자신을 비쳐보고 나서야 자기가 실제임을 깨닫는다. 화면이 실제가 어떻게 보여야 하며 무엇이어야 하는지 미리 결정한다. 화면이 창조한 실제의 이미지만 있을 뿐, 그 이미지가 실제와 일치한다는 증거는 없다.

순수함이 결여된 상호 게임, 또는 서로에 대한 이해조차 없는 상호 거래.

* 주니 : 베이루트 북쪽의 항구. 1982년 베이루트가 이스라엘에 포위되었을 때, 주니를 비롯한 레바논 일부 지역은 이스라엘 편에 섰다.

282

가상의 이미지는 실제에서 나왔으나, 이미지가 실제의 형성에 거꾸로 영향을 미친다. 이리하여 상호 의존이 달성되고, 실제는 그 이미지를 만들어내는 가상의 인질이 된다.

이미지의 주제가 되는 사건과, 이미 이미지를 중요한 주제로 내포한 사건을 가르는 구분은 모호해진다. 얼마 전에 큰 시위가 있어, 시위대가 각종 깃발을 치켜들고 거리를 채웠다. 위성채널의 카메라가 특정 정당의 깃발을 집중적으로 비추어, 그 특정 그룹이 시위를 주도하고 거리의 군중이 그들을 따르고 있다는 환상을 만들어냈다. 시청자인 우리는 믿을 수밖에 없었다. 우리가 실제로 본 바로는 그렇지 않았지만, 뉴스에 그렇게 나왔으므로.

곳곳에서 미심쩍은 기미가 느껴졌다. 카메라에 찍혀 보도를 타는 것이 시위의 숨겨진 목적이 되었다. 날이 갈수록 시위는 맨 앞줄에는 누가 서고, 어느 슬로건을 내걸고, 어떤 깃발을 들며, 행렬의 배치는 어떠해야 하는지, 영화 제작의 엄격한 법칙을 따라 양식화되었다. 시위는 더 이상 민중적 성격이 아니었다. 뉴스 방송을 위해 연출된 공연이며, 극적인 요소를 점점 더 많이 도입했다.

혈중 아드레날린 수치를 가장 높이는 것은 눈앞에 보이는 피다. 감동으로 고양된 카르불라 의식*에서 특히 두드러지듯이, 피가 흔히 정화의 수단으로 오용되었다. 희생이 숭고하다는 거의 공갈에 가까운 선동, 남에게 숭고하게 보이고 싶은 열망, 숭고하므로 올바르다는 절절한 확신 등이 피에 대한 열

---

* 카르불라 의식 : 무함마드의 손자 후세인이 이라크의 도시 카르불라에서 살해당했다. 이후로 무슬림 시아파는 해마다 이곳에서 후세인의 죽음을 애도하는 대대적인 행사를 벌인다. 참가자들은 비통하게 울고 자기 자신을 피가 날 때까지 때리기도 한다.

망을 부추겨왔다.

피를 흘린 자가 피를 흘렸을 뿐만 아니라 그래서 올바른 자가 되어야 하므로, 우연히 사형집행인들*의 사정거리 안에 있다가 죽은 어린아이도 영웅으로 변형되었다. 마치 그러지 않으면 우리가 죽음이라는 사태를 완벽하게 마무리할 수 없다는 듯이, 우리는 피해자의 개인적 면모와 칭송할 만한 요소에서 죽음을 추출해낸다. 그리하여 개인적 죽음을 집단적 고난으로 변형시킨다. 집단은 희생자가 우연히 사형집행인들의 칼날에 당했다고 생각하고 싶어 하지 않기 때문에, 희생자 – 그가 어린 아이일지라도 – 를 영웅으로 격상시키고 그 가족들까지 덩달아 떠받든다. 집단은 죽음의 우연성, 그 어처구니없음을 애써 부정한다. 그 어린 아이의 어머니조차 집단적 요구에 부응하지 않을 수 없어, 몇몇 텔레비전 인터뷰에서 자기는 출산하자마자 영웅을 낳은 줄 알았다고 말했다. 이렇게 무함마드 알 두라**가 영웅이 되었고, 또 죽기 며칠 전에 우리 아파트 하수구를 고쳤던 깡마른 배관공도 영웅이 되었다.

하지만 올바름도 산업이며, 사람들의 혈중 아드레날린 수치를 높여서 돈을 버는 산업은 경악스러우리만치 타락했다. 팔레스티니안 TV는 광분하여, 하루에 몇 시간씩이나 내장이 드러난 시체, 절단된 사지, 숯처럼 까맣게 탄 사체, 피에 얼룩진 병원 침대와 파괴된 거리, 시체안치소를 집요하게 보여

---

* 사형집행인들 : 학살자들. 곧 이스라엘 군인들.
** 무함마드 알 두라 : 2000년 6월 가자지역 넷차린 교차로에서 이스라엘군과 팔레스타인 민병대 사이에서 총격전이 벌어졌고, 우연히 지나가던 열두 살 소년 무함마드 알 두라와 아버지가 양측 사이에 갇혔다. 아이가 있다는 아버지의 울부짖음에도 불구하고, 무함마드는 이스라엘군의 총알에 맞아 숨졌다. 이 사건은 2차 인티파다의 계기가 되었다.

주었다. 시청자들의 관심을 끌지 못할까봐 겁이 나서 그러든지, 아니면 도살장 같은 장면 말고는 보여줄 게 없는 모양이었다. 게다가 정도의 차이가 있을 뿐, 다른 위성채널도 마찬가지였다.

영상만이 진실을 생산해내는 유일한 수단은 아니고, 정치 분석가, 시사 해설자, 대변인들의 도움도 필요했다. 80년 동안 많은 시행착오를 겪고 값비싼 대가를 치르면서 다양하고도 풍부한 정치문화를 축적해왔던 팔레스타인 민족운동의 유산을, 그들은 능히 파괴할 수 있었다.

최근까지 정치적 – 이데올로기적으로 반대 입장이었던 무리들이 요즘 서둘러 경계를 무너뜨리고 서로 합류하고 있다. 그리고 다수파는 발 빠르게 소수파들의 담론을 대변하고 그들의 방식을 취합하여, 어느 정도는 대연합을 달성했다. 과거의 경계는, 현재와 미래에 대한 의견 대립마저, 잠깐 지나간 사소한 일화가 돼버렸다.

소수파의 다수파 따라붙기, 또는 다수파의 소수파 끌어안기는 대중문화의 퇴보와 동떨어진 현상이 아니다. 60년대 중반부터 대중문화는 급기야 대중적 신앙으로까지 발전한 국가 건설이라는 망상에 집착하여 퇴보하기 시작했다. 처음으로 매스커뮤니케이션 조직과 방법들, 문화와 미디어제도, 그리고 여러 영역들이 국가적 정체성을 수립해야 한다는 망상에 지배당했다. 그리고 아랍권의 다른 나라에서도 그랬듯이, 정치적 목적에 봉사하여 지배와 통제, 위기관리를 돕게 되었다.

이런 문화는 대중을 추상적 존재, 국민이라는 우상으로 변질시킨다. 국민은 계급적 이해보다, 정치적 갈등보다, 사회적 변동보다 우선한다. 우상은 성스럽기 때문에, 무엇을 할 것인가 우상이 한 번 결정하면 의견 불일치 따위는 있을 수 없다. 이성이 마비된 개인적 순응이 참된 애국심으로, 질 낮은 본능으로 퇴행한 집단적 추종이 완전무결한 민족주의로 오도된다.

그리하여 순종의 원칙에 충실한 의례, 좋은 역할 모델, 교육적인 쇼, 공적인 일인데 가족 간의 유대를 강조하기, 다양성에 대한 거부, 그리고 이런 고리타분한 짓거리들이 보다 복잡하고 현명한 지혜의 소산인 척하기-모두 가부장제의 기표다 - 가 사회의 주요 장면이 된다. 가장 전형적인 예는, 주체적으로 증식하여 분할하는 무장 그룹인 민병대를 화려한 수사로 재현하는 것이다.

점령에 대한 저항이 나라 사이에서 벌어지는 전쟁을 닮아갔다. A지구 - 침략자들에 포위되어 물과 빵, 출입이 통제되는 섬 같은 몇몇 도시들은 국경을 가진 국가처럼 굴었다. 비록 땅은 침략자들에게 강탈당하기 직전이고, 지위는 아랍과 서구 국가들에게 인정받지 못했을 뿐 아니라 비웃음을 당했을지라도. 정치 분석가, 시사 해설가, 대변인들은 심심찮게 침략자들이 조만간 심판을 받고야 말리라는 성명과 분석을 발표했다.

성명과 분석은 무비판적이고 반지성적이었다. 지나치게 의지가 앞서고 지역의 특수성에 매몰되었을 뿐 아니라 바라는 대로 생각해버리곤 했다. 그래서 현실에서 실제로 일어나는 일들, 전 세계와 지역의 균형 및 변화와는 별로 연관이 없었다. 가장 나쁜 점은 담론의 범위가 엄청나게 축소되고, 지식은 기피당하고, 전문가들의 의식이 퇴화했다는 것이다.

그런 성명과 분석은 카메라의 필요, 그리고 정치 분석가, 시사 해설가, 대변인들의 욕망이 결합하여 만들어낸 작품이었다. 카메라는 날마다 팔레스타인과 아랍의 시청자들에게 그들의 일용할 양식으로 피와 분노, 죄책감을 제공해야 했다. 정치 분석가, 시사 해설가, 대변인들은 자기 말이 사건에 대한 주석이 되기를, 또는 사건이 도리어 자기 말에 대한 주석이 되기를 원했다. 이미지는 배경음악보다는 말을 곁들임으로써, 영상을 시각적 연극으로 만드는 데 성공했다.

아랍권 전체를 대상으로 한 캠페인 방송의 경우에는 통속성의 정도가 싸구려 멜로드라마에 버금갔다. 그런 방송은 사람들의 감정을 요리하고 현실을 각색하는 전문적 기술을 동원했다. 팔레스타인인들을 위한 모금 캠페인이 벌어지는 동안, 우리는 텔레비전으로 아랍 세계 여기저기에서 몇 푼의 동전을 모금함에 넣는 어린이들, 보석을 기부하는 여성들, 당좌수표에 서명하는 사업가들을 보았다. 슬프게도 아무도 이 일련의 캠페인에 깔린 멜로드라마 같은 통속성과, 캠페인이 팔레스타인 민족 입장에서는 모욕적이라는 점에 주목하지 않았다. 가자에서 떠들썩하게 벌어져 텔레비전으로 방송된 환영행사에서, 아랍 각지 대표자들이 도착해 기부금 수혜자들에게 직접 수표를 건네주었을 때조차도.

자유주의 사회에서 자선은 은밀히 행해져야만 하는 행위이다. 설사 기부가 자선보다 수준 높고 의미 깊다 해도, 수혜자들을 텔레비전이 팔아먹는 또 다른 상품으로 변질시키지는 말아야 한다. 기부는 자의식을 없애버리는 게임에 이용돼서는 안 된다. 그러나 사태의 진실은, 현실이 달려가면 그 뒤에서 카메라가 따라가고 있다는 것이다.

가파른 비탈에 곧 흘러내릴 듯 간신히 걸쳐져 있는 먼지 길에, 모래 포대와 철봉으로 된 요새가 출현했다. 요새는 제2차 세계대전 사진이나 영화를 떠올리게 했는데, 그런 사진과 영화에서 날아오는 포탄을 피해 모래 포대 뒤에 웅크리고 있던 사수들의 운명은 뻔했다. 나는 요새 관련자 중 한 명에게 말해보았다. 그런 방어책은 신식 탱크를 막아주기는커녕, 오히려 그거라도 믿었던 사람들만 고스란히 죽음의 아가리에 바칠 거라고. 그 사람은 요새가 상징적인 것일 뿐이라고 대꾸했다. 그들이 쳐들어온다면 우리가 싸울 준비가 돼 있다는 정치적인 메시지를 이스라엘인들에게 전달하기 위한 것이라고.

너무 어설퍼서 정치적 메시지가 전달될 것 같지 않았다. 정치적 메시지란 실제의 현실을 희생시키고 가상적인 기표로 전이되지 않는다면 상징의 기능을 하지 못한다. 2001년 10월 침략자들이 스스로 정한 가공의 경계선을 넘어 습격해왔을 때, 나는 그것을 보았다. 탱크는 철봉과 모래 포대 앞에서 멈추지 않았다. 오히려 침략자들은 그것을 진흙, 돌무더기와 함께 이용했다. 통금이 해제되자 우리는 그들이 길 곳곳에 막아 놓은 모래 장벽을 발견했다. 그런 요새들을 짓느라 얼마나 많은 돈이 낭비됐는지, 그 요새들이 전달하고자 했던 정치적 메시지는 무엇이었는지, 물질적-감정적-인력적 손실은 얼마만큼 이었는지 나는 모른다.

그러나 가상현실로 채워진 상상력의 힘을 이해하기 위해서 우리가 세부 사항들까지 알아보며 시간을 끌 필요는 없다. 우리는 상상력이 야기하는 정치적-실제적 결과를 충분히 알고 있다. 상상력이 풍부한 장례식은 며칠 뒤에 시위로 이어지기 마련이며, 상상력이 풍부한 시위는 어쩌면 며칠 뒤에 시위로 이어질 수도 있다. 스카프로 얼굴을 가린 사나이들이 행렬을 이끈다. 그들은 소총과 판지로 틀을 두른 대전자포로 무장하고, 견본 폭발물 벨트를 몸에 감고 있다. 적들의 국기와 적들의 형상을 한 인형들을 불태우고,

그들은 불타고 남은 잔해를 발로 짓밟고 공중에 총을 쏘아댄다. 바로 이런 걸 텔레비전이 아주 좋아한다. 그래야 텔레비전은 이미지를 만들어내고, 정치 분석가, 시사 해설가, 대변인들은 정의로운 주석을 덧붙일 수 있을 테니까.

가상현실이 이토록 횡행하려면 현실 자체는 매장되어야 한다. 아드레날린을 잔뜩 분비시키는 교육적이고 윤리적이며 상징적인 시나리오 속에는 어떤 음모 같은 것이 있다. 싸움이 방어력 없는 일반인들과 강력한 군대 사이에서, 점령당해 고생하는 민족과 잔혹한 식민 세력 사이에서 벌어지고 있다는 사실을 숨기려는 음모 말이다.

우리의 싸움이 존재적 차원의 투쟁이라는 담화가 유행하고 있다. 마치 이 싸움이 대등한 양자, 서로 똑같이 해를 입히고 존재를 위협할 능력이 있는 두 세력 사이에서 벌어지고 있다는 듯이. 물론 이런 이야기는 현실에 부합하지 않는다. 해방에 대한 팔레스타인인들의 열망이 이스라엘이라는 국가의 존재를 위협하지는 않기 때문이다. 우리의 열망이 위협하는 것은 점령의 존재와 지속이다. 그러나 무장 민병대는 유려한 수사와 시각적 재현으로 가상현실을 재생산하면서, 해방에 대한 열망을 이스라엘을 파괴하려는 시도로 몰아갔다. 그들은 초심을 잃었다. 자기들이 해방을 위해 존재하며 자기들이 파괴하려고 시도해야 할 대상은 민중의 숨통을 죄는 점령이라는 초반의 인식을 놓쳤다. 그들은 더 이상 이스라엘 자체와 점령을 구분하지 못한다. 희생자가 자기 자신을 해하는 극단의 방식으로, 그들은 유려하고 시각적인 가상현실의 진실성을 증명하려고 한다.

3

꼭 꿈에서 깨어나는 것 같았다. 또는 먼 데서 막 돌아온 것 같기도 했다. 눈앞에 보이는 얼굴이 너무 아름다워 내가 천국에 와 있지 않나 하는 생각이 들었다. 그러나 피에 젖은 셔츠의 색깔이나 냄새는 내게 무슨 일이 있었다고 확인해주었다. 바느질은 실제로 일어나고 있는 일이었다. 바늘이 내 살갗을 꿰뚫었다가 하얀 실을 뽑아 올렸다.

의사는 말이 별로 없었다. 아마도 커다란 망치로 강철판을 내려치는 듯한 폭음이 점점 가까워졌기 때문일 것이다. 어쩌면 내가 그녀의 얼굴을 너무 빤히 올려다본 탓이었는지. 그저 그녀가 마땅히 그래야 하듯 자기 일에 몰두해 있기 때문일 수도 있겠다.

한 땀 한 땀 그녀가 꿰맬 때마다 내가 떠올리는 가능성의 숫자도 늘어만 갔다. 바늘이 나를 찌르기를 멈추더니 매력적인 얼굴이 시야에서 사라졌다. 턱이 아파 고개를 돌릴 수 없어서 나는 눈으로 그녀를 좇지 못했다.

나는 사각 탁자에 묶여 있었다. 카르쿤 알 드루즈에 있는 진보적 사회주의 정당의 병원에서는 한때는 분명 탁구대였을 그 탁자가 수술대였다. 그녀가 마취제도 없이 내 턱 밑을 꿰매는 순간 내가 번쩍 정신이 들었으므로, 그리 오래 의식을 잃지는 않은 듯했다. 다행히 사고가 병원에서 몇 미터밖에 떨어지지 않은 곳에서 났다. 차가 충돌하는 소리가 나자마자 병원 경비원들이 달려와 앞이 우그러지고 유리창이 박살난 차에서 두 부상자를 끌어냈다.

나는 함께 차를 탔던 사람의 이름을 기억하지 못한다. 그를 우연히 만났기 때문이다. 그날 우리는 폭격 탓에 공대 건물에 갇혀 있었다. 한밤중이 돼

서야 폭격소리가 멀어져 우리는 알 콜라 다리로 걸어갔다. 거기에 주차돼 있는 그의 차를 타고 알 함라로 갈 계획이었다.

날 잡아 잡수라고 차의 전조등을 켤 수는 없고, 어두운 거리를 조심스럽게 지나는 것조차 사치 같았다. 폭음이 다시 가까워지고 있었다. 그래서 우리는 캄캄한 고속도로를 불도 없이 달렸으니, 당연히 사고가 날 법도 했다.

20년이 지나니 세세한 면들은 잊혀졌다. 나는 그 사고에서 별 탈 없이 회복됐고 턱 밑에 작은 흉터가 남았을 뿐이므로. 흉터는 내 얼굴의 특징으로 자리 잡았다. 다만 내가 피를 보았을 때 느꼈던 희한한 기쁨만은 기억 속에 뚜렷이 남았다. 사고가 나기 전에 나는 망상에 가까운 한 가지 예감에 사로잡혀 있었다. 내가 베이루트에서 피를 흘리고야 말리라는. 내 인생에는, 특히 젊은 시절에는, 낭만적인 열망을 강박증으로 변질시킬 만한 조건들이 충분히 많았다. 대부분의 경우 출혈의 결과는 끔찍했다. 사고 전에 내가 사로잡혔던 두려움과 사고 후에 느낀 기쁨은 이렇게 설명될 수 있겠다. 예언이 최소한의 대가로 실현되었다고.

2001년 11월 첫 번째 침공이 일어났을 때, 과거의 그 사건이 내게 돌아왔다. 말로 표현할 수 없는 느낌과 함께 아주 세세하게 몸과 마음에 되살아났다. 그 예쁜 의사가 마땅히 그래야 하듯 자기 일에 몰두했음에도 불구하고, 깜박 잊고 내 턱 밑에 작은 유리조각을 남겨놓은 것 같았다.

20년 동안 내 몸속에 있어온 것을 둘러싸고 지름이 몇 밀리미터쯤 되는 하얀 점이 생겨났다. 며칠 동안 흉터가 점점 부어오르더니, 내가 창가에 서 있는데 고름이 터져 나와 손끝에 떨어졌다. 그때 나는 알 발루와의 가파른 비탈길을 지나가는 탱크들을 쳐다보고 있었다. 시간은 한 바퀴 돌아 제자리로 돌아왔다. 포위하는 사람들도 포위당하는 사람들도 바뀌지 않았다.

20년 전 전쟁이 터졌을 때도 시간이 원을 그렸다. 미사일이 내가 있던 건물에 떨어졌다. 구조대원들은 우왕좌왕하는데 내 여자친구가 건물의 잔해 속에서 너덜너덜한 내 등을 보고 나를 찾아냈다. 나중에 나는 전화로 여자친구에게 얼굴을 보지 않았는데 등이 너덜너덜한 그 몸뚱어리가 내 것이라는 걸 어떻게 알았느냐고 물었다. 그녀가 말했다. 우리가 꿈에서는 사물을 마음으로 보고, 깨어서는 정신으로 본다고.

텔레비전 화면이 실제로 미사일이 건물들을 때려 부수고 구조대원들이 진짜 시체들을 나르는 장면을 보여주었기 때문에, 그리고 꿈속에서는 만사가 욕망대로 이루어지는 법이기 때문에, 그녀는 헬싱키에서 텔아비브로 날아왔다. 기자증과 카메라, 그리고 실제로 위험을 체험해보고자 하는 욕망으로 무장하고. 그녀는 다른 외국인 기자들과 함께 이스라엘 국방부 언론담당 장교의 호위를 받아 알 슈키프 성*을 취재하러 남레바논까지 왔다. 그들은 동베이루트에 있는 호텔에 도착하여 샤론의 기자회견에 참석했다.

동베이루트와 서베이루트의 분기점에서 이스라엘 군인이 그녀에게 경고했다. 서베이루트에 가면 야만인들에게 강간을 당할지도 모른다고. 그녀는 그 일화를 내게 아무렇지도 않게 이야기해주었다. 그리고 눈을 찡긋 하면서 덧붙였다. "내가 그 군인한테 그런 일이 생겼으면 좋겠다고 대꾸해줬죠."

---

* 알 슈키프 성 : 십자군을 패퇴시킨 술탄 살라딘 시절부터 있었던 오래된 성. 800년도 더 된 이 역사적인 성에서 1982년에 팔레스타인 민병대와 이스라엘군 사이에 격전이 벌어졌다. 팔레스타인인들은 형편없는 무기로 며칠이나 버텼다. 이스라엘은 팔레스타인인들의 저항의지를 꺾고자 본보기로 이 성을 가혹하게 공격하여 성 안에 있던 모든 사람을 죽였다. 그리고 샤론 수상이 이 성에 와서 승전행사를 열었다.

곧바로 그녀는 쳇바퀴 도는 일상에 빠져들었다. 그 일상이란 가장 훌륭한 생존기술을 요구하면서도 땅과 하늘, 바다로부터 우리 머리 위로 쏟아지는 포화에서 우리의 생존을 보장해주지는 못했다. 그녀는 양 극단을 오락가락했다. 한편으로는 살아남기 위해 빵과 물을 배급받는 긴 줄에 서고, 한편으로는 무모하리만치 용감하게 위험 속에 뛰어들어 사진을 찍었다. 그래야만 그녀는 자기가 죽음에 포위된 그 도시에 들어온 이유가 나를 만나기 위해서만은 아니었다고, 자신을 정당화할 수 있었을 테니까. 그녀는 짬을 내어 내 붕대를 갈아주고, 저녁에는 촛불을 켰다.

그 1년 전에 우리가 만났을 때, 그녀는 내게 물었다. 같은 이데올로기인데 입장은 정반대인, 두 팔레스타인 조직의 차이점이 뭐냐고. 나는 차이가 있다면 오직 하나, 어리석은 정도의 차이일 뿐이라고 답했다. 그날 그녀가 내 초대에 응해 우리는 저녁을 함께 먹었다. 돌아오는 길에 우리는 아부 샤키르 지역*에서 아말**과 공산당이 벌이는 싸움 한가운데에 갇혔다. 대전차포와 자동소총이 양쪽에서 불을 뿜었다. 그녀는 웃으며 말했다. "나는 안 죽을 거예요. 죽음은 팔레스타인인을 기막히게 알아보는데, 나는 팔레스타인인이 아니잖아요." 물론 농담이었다. 그러나 그 순간 나는 우리가 전쟁을 함께 겪고 있다는 걸 실감했다. 그녀는 우리가 겪는 실제의 전쟁을 전쟁에 대한 담론의 구속에서 해방시켜 주었다.

지금 문제는 내게 현재 벌어지고 있는 전쟁을 전쟁에 대한 담론으로부터

* 아부 샤키르 지역 : 여기에 PLO 사무실이 있었다.
** 아말 : 레바논의 시아파 정당.

구출해낼 여력이 더 이상 남아 있지 않다는 것이다. 매일매일 똑같은 나날들, 텔레비전에서 쏟아지는 소리와 영상으로 가득 찬 공허, 아침에 떨어지는 통행금지령, 일주일에 두세 번 침략자들이 우리에게 허용하는 몇 시간의 자유. 이런 경험은 활시위처럼 팽팽히 당겨진 내 영혼에 개인적으로 또 전체적으로 느끼는 굴욕감과 상실감을 깊이 새겨놓았다. 시간의 틀이 형편없이 망가져 퇴보의 운명이 지평선을 막아서고, 파국적인 결말이 나고야 말 것만 같다.

그럼에도 불구하고 유리파편이 내 살갗을 뚫고 들어오는 순간 시간은 원을 닫았으며, 유리파편을 내 몸속에 남겨놓았다. 첫 번째 전쟁에서 한 여자가 위험을 체험해보려고 포위된 베이루트에 왔다가, 가슴으로 그 전쟁을 보았다. 두 번째 전쟁에서 한 여자가 포위된 알 비리에 이슬처럼 왔다. 이번에는 붕대를 감아줄 필요는 없었다. 왜냐하면 영혼의 부상은 아무리 훌륭한 의사가 붕대를 감아줘도 소용이 없기 때문에. 그래도 우리는 저녁에 촛불을 켠다.

집을 지키는 선인장을 남겨두고

주하이르 아부 샤이브

주하이브 아부 샤이브 Zuhair Abu Shayib │ 시인

요르단 야모크대학에서 아랍문학을 전공했다. 〈팔레스타인 작가연합〉, 〈요르단 작가회의〉, 〈아랍 작가연합〉 회원이며, 책 디자이너로도 활동하고 있다. 시집 『바람과 질문의 지리학』(베이루트, 1986), 『상황』(베이루트, 1987), 『풀의 전기』(베이루트, 1997)와 희곡 『새까만 불빛』(암만, 1990) 등이 있고, 출판 예정인 평론 『천상의 담론 : 이슬람 이전 시대의 시에 관하여』, 에세이집 『항구와 파도 : 예술, 문학, 그리고 향수』, 시집 『수직으로 선 땅』 등이 있다.

고국에 대해 쓰면 고국으로부터 멀어진다. 고국은 우리가 그 안에서 몸으로 느끼는 것이지, 바라거나 글로 쓸 대상이 아니기 때문이다. 내가 글을 쓰려 할 때마다 떠오르는 의문이 있다. 어느 고국, 어떤 팔레스타인에 대해 써야 한단 말인가? 거기 속한 사람들? 장소나 시간, 다른 사람들하고는 상관없는 나 자신?

고국에 대한 글과 고국은 늘 간극이 있다. 작가는 자기 고국을 제대로 표현할 수가 없다. 고국은 우리가 그에 대해 쓸 때는 멀리 달아났다가, 꿈속에서만 돌아온다. 우리는 고국을 설명하지 못한다.

고국은 애매하고 알쏭달쏭하다. 그것을 알기 위해서는 일반적인 '우리의 고국'에서 개인적인 '내 조국'으로 바꿔보아야 하는데, 그것 또한 말로 서술하기는 힘들다. 개인들에게 조국이란 직관과 수피*적 영감으로 느껴질 뿐이기 때문이다.

그럼에도 불구하고 우리는 고국에 대해 써야 한다. 글로 씀으로써 우리 자신이 고국과 별개임을 인식해야 한다. 고국과 평행으로 맞서 팽팽한 긴장을 유지해야 한다. 우리는 우리가 성스러운 존재이며, 우리 자신이 성스럽

---

* 수피 : 'Sufism'으로 해석되는 이슬람 신비주의를 일컫는 말로, 좀 더 적확한 아랍 용어로 '타사우프'라고 한다. 개인적인 신비 체험에서 출발하여 사회운동 차원에서 일반대중에게 광범위하게 확산되었고, 차차 종교 교리가 되었다.

기 때문이지 성스러운 우리 조국 덕분이 아니라는 사실을 깨달아야 한다.

팔레스타인인들은 남의 눈에도 그렇고 스스로 보기에도 자기가 이 성스러운 땅에 비하면 변변찮은 것만 같았다. 자기가 사는 땅보다 못한 민족이라니, 그들은 고생할 수밖에 없었다. 팔레스타인인들은 성지 팔레스타인에 달린 색인이나 주석에 지나지 않았으며, 이 성스러운 땅을 고국이라 이를 자격이 없는 듯했다. 그러므로 우리는 써야 한다. 조국의 상처를 위로하기 위해서가 아니라, 정작 우리는 제외된 성지라는 공간의 가장자리에 간신히 매달려 있는 자신의 상처를 치료하기 위하여. 한때 이 땅의 주인이라 일컬어졌던 자신을 우리는 되찾아야 한다.

고국은 '나'라는 개인을 점령했다. 내가 팔레스타인이라고 기억했던 것들이 내 개인의 기억이 되었고, 팔레스타인이 나 자신이 되어버렸다. 내 어린 시절에는 낙원과도 같은 평안함과 기쁨이 있었으며, 이것이 내가 생각하는 고국이다. 그러나 기억만으로는 충분하지 않다. 팔레스타인은 과거에 고정되어 있지 않기 때문이다. 팔레스타인은 우리가 소망하는 고국으로서, 시간을 앞서가기도 하고 거슬러 올라가기도 한다.

내 기억 속의 어린 시절, 고국과 우리는 자유롭고 순수한 관계였다. 어린 시절에 받은 인상은 고국에 대한 우리의 이해를 원초적으로 규정하여, 어른이 되어도 우리는 그 영향에서 벗어날 수 없다. 어린 시절의 기억 때문에 우리는 고국이 무엇인지도 잘 모르면서 막연히 고국을 그리워한다.

1960년대 초에 아버지가 옥상에 윗방을 들이다가 마치지 못하고 브라질에 갔다. 윗방은 아직도 완성되지 못한 채로 남아 있다. 나는 늘 아버지가 짓다 만 윗방이 꼭 나 같다는 느낌이 들었다. 나는 늘 윗방이 슬펐고, 특히 말끔히 다 지어져 사람 사는 것처럼 보이는 다른 집들을 볼 때면 더욱 그랬다. 우리 윗방은 병든 새처럼 서 있었다. 나는 거기서 지는 해를 바라보곤 했는데, 그럴 때면 내가 작은 까마귀처럼 보였을 것이다.

해질녘에 지평선에서 빛나는 것은 무엇이었을까?

"그건 팔레스타인 바다야." 사람들은 아이인 내게 그렇게 말했다. 할머니는 지평선을 흘긋 바라보고는 고개를 저으며 눈물을 흘리곤 했다.

오, 내 슬픔
한 번 잃으면 영원히 잃는 것을
오, 아침에 뜨는 별
팔레스타인을 잃었네
오, 아침에 뜨는 별.

윗방은 내 친구였다. 나는 윗방하고 놀았고, 거기서 사물을 보는 법을 배웠다. 그 방에서 나는 저 멀리 서쪽의 빛으로부터 펼쳐지는 팔레스타인의 해변을 바라보았으며, 나 자신을 바라보았다.*

아무도 내게 팔레스타인이 무엇인지 말해주지 않았다. 그러나 나는 그것

---

* …바라보았다 : 원래 팔레스타인 서안지구는 요르단 강 서쪽 강변에서부터 지중해까지 이어지는 넓은 땅이었다. 팔레스타인인들에게는 요르단 강이 동쪽, 지중해가 서쪽이었다. 그러나 이스라엘에 막혀 지중해와 단절됨으로써, 팔레스타인인들은 지중해와 서쪽을 잃었다. 서쪽에서 보이는 빛이 무어냐고 묻는 어린 시절의 글쓴이에게 사람들은 악의 없는 거짓말을 했던 것이다. 그리고 어린 글쓴이는 서쪽에서 상상 혹은 소망 속의 바다를 본다.

이 저기 서쪽 빛 근처에 있음을 알았다. 내 첫 번째 예언자였던 할머니는 내게 자신의 슬픔 말고는 어느 것도 알려주려 하지 않았다.

나는 '저기'라는 말의 뜻을 아주 잘 알았다. 브라질에 가고 없는 부모와 형제자매의 부재는 저기를 내 잃어버린 꿈이 깃든 곳으로 만들었다. 저기에는 내 눈을 반짝이게 하는 신비한 빛이 있었다.

일찍이 나는 내가 잃은 것의 가치를 깨달았다. 나는 사물을 있는 그대로 똑똑히 보고 싶지 않았다. 내 무지에 걸맞게 모호하게 비틀어서 보고자 했다. 나는 사물을 불완전한 것으로 인식하기 시작했다.

'여기' 내 윗방에는 불완전한 것들이 있었다. 잃어버린 것은 저기 있었다. 여기는 조금도 신성하지 않은 현재의 장소, 빽빽하고 빛이라곤 없는 곳이었다. 여기가 어떤 데인지 실감하기는 어려웠는데, 내가 그 안에 있기 때문이었다. 텅 비고 환히 비쳐 보이는 저기에 나는 마음이 끌렸다.

내가 처음 쓴 글은 바다에 대한 것이었다. 그때까지 나는 바다를 한 번도 본 적이 없었다. 중학 예비과정 1학년* 때, 처음으로 글을 쓰면서 내가 보지도 못한 바다에 대해서 써보려고 했다. 시작하자마자 나는 막막한 '부재'에 휘말렸다. 나는 본 적 없는 바다를 창조해야만 했다. 그리고 바다를 창조하기 위해서 그 부재하는 바다에 빠져야만 했다. 아무도 바다에 빠지지 않고는 바다를 창조할 수 없다.** 그 순간부터 나는 구원받기 위해 '부재'에 빠져야 하는 운명이 되었다. 나는 나 자신을 찾기 위해 모든 곳에서 '부재'를 찾아야

---

* 중학 예비과정 1학년 : 초등학교 상급 학년.
** …창조할 수 없다 : 창조하려면 위험을 무릅써야 한다. 지금은 '없는' 바다에 빠져 자신을 내줌으로써 바다는 새로 '있게' 된다.

만 했다.

아주 오래 전 6월의 어느 날 아침, 마을 사람들이 이상하게 부산스러웠다. 모였다 흩어지고, 소리를 질렀다가 속삭이고, 느닷없이 달려갔다. 당나귀와 손수레, 사람들이 뒤엉켜 닥치는 대로 짐을 날라, 페르시아 개미떼 같았다. 6월 전쟁이 터졌으며, 마을 사람들은 모두 동네 농장에 파놓은 대피소로 달려갔다. 6월의 밤은 매우 고요했다. 하늘은 맑고 땅은 웅크린 사람들의 엉덩이 밑에서 떨리곤 했다. 사람들은 밤새 속삭이며 한숨을 토해냈다.

이틀 뒤 그들은 동쪽으로 피난을 가서 마을에는 닭과 고양이, 눈 먼 하드라와 우리 할머니 카쎔만 남았다. 그 이틀 뒤에 그들은 돌아왔으나, 예전으로 돌아오지는 못했다. 전쟁은 그들을 덮치지 못했을지라도, 그들이 돌아왔을 때 두통거리를 잔뜩 남겨놓았다.

갑자기 우리가 살아온 땅이 분할되었고 우리는 분할된 땅에 갇혔다. 갑자기 패배라는 것이 우리에게 주어졌고 우리는 패배자가 되었다. 우리는 고국에 산과 들처럼 자연스럽게 존재해왔다. 그러나 그때부터 우리는 우리 자신을 패배자로, 고국을 '점령 지역'이라고 불러야 했다. 우리는 땅과 우리의 지위를 한꺼번에 잃어버렸다.

아버지가 브라질에서 암만으로 와서, 우리는 아버지에게 갔다. 점령 지역에는 할머니와 할아버지만 남았다. 그러나 얼마 안 돼 장남인 나만 이슬람 학교에 남겨놓고 가족 전체가 브라질로 이주해버렸다. 1년쯤 있다가 할머니가 가족 재결합 허가를 받아 나를 점령된 조국으로 불렀다.

나는 첫 번째 귀환자 가운데 하나였고, 그때 조국에 돌아가면서 느낀 커다란 두려움은 지금도 기억에 생생하다. 열 살도 안 된 내가 혼자 집에 돌아가야 했다. 암만에서 아버지의 친척이 고국으로 돌아가는 사람에게 나를 맡겼고, 그 사람이 나를 또 다른 사람에게 맡겼다. 그는 암만으로 되돌아가야 할 사정이 생겼기 때문이다. 첫 번째 사람하고는 괜찮았으나, 느닷없이 두 번째 사람을 따라가게 되자 나는 더럭 겁이 났다. 이 사람이 나를 유괴하면 어쩌지? 이 사람이 사람들 틈에서 나를 잃어버리면? 이 사람에 대해 나는 아무것도 모르는데. 하지만 이 사람 말고는 나를 데려가 줄 사람도 없었다. 어두워지자 나는 더욱 겁에 질렸다. 그날따라 어둠이 일찍 내렸다. 나는 내 안에서 떨고 있는 무언가가 영원히 내 안에 남아 있으리라는 걸 알았다. 그 사람은 나를 툴카렘으로 가는 버스에 태우고 자기는 제 갈길로 가버렸다.

같이 가주는 사람도, 따뜻한 말 한 마디 건네주는 사람도 없는 외로운 열 살짜리 아이에게 어둠은 얼마나 감당하기 힘든 것이었는지! 버스가 나불루스에 서자 내가 언젠가 본 듯한 얼굴이 사람들 틈에 나타났다. 그 남자가 나를 찾는다는 것을 알고 나는 마침내 구조받은 심정이었다.

자세하게 기억나지 않지만, 그 여행은 내 삶을 완전히 바꾸어놓았다. 내가 나 자신과 세상을 병든 눈으로 바라보게 만들었다. 나는 고국에 돌아왔는데, 그 은밀한 땅은 나와 가족 사이에 버티고 서 있었으며 나는 외로웠다. 그리고 나는 적과 패배, 죽음의 의미를 알기 시작했다. 고국은 내게 모든 것이 마구 뒤섞인 곳이었다. 그래서 나는 내 안의 또 다른 고국으로 피신해야 했다. 나는 나만의 고국에 몰래 예배드리고, 그 고국을 내 안에 유지시키려고 자신을 위장하고, 그 고국을 위해 나를 유지했다.

난 외롭고도 교활했다. 고독은 내게 자유와 혼돈을 제공했다. 나는 내가 원하는 대로 붕괴되곤 했다. 붕괴된 나는 나를 둘러싼 것들도 거침없이 무너뜨려버렸다. 일반적인 의미의 고국은 그래도 매혹적이었지만, 그 안에 나는 없었다. 나는 학생 시위에도 몇 번 참여하고, 집단 토론과 집단적인 열망에도 끼고, 다른 팔레스타인인과 마찬가지로 몸속으로 팔레스타인을 부르짖는 뜨거운 피가 흘렀다. 그러나 나는 이방인이기도 했다. 나는 시위를 하면서도 목소리가 다른 사람 목구멍에서 나오는 것 같은 느낌이 들었다. 그 자리에 있는 다른 학생들은 거기 완벽히 어울리고 열중해 있는데, 나만은 폭삭 늙어서 거기 존재하지도 않는 것 같았다.

1970년대 중반이 지나서 나는 브라질에서 돌아온 가족과 살기 위해 요르단으로 갔다. 아버지가 세상을 뜬 뒤 우리 가족은 요르단에 정착했다.* 나는 또다시 아버지의 초상화 뒤에서 살면서, 아버지가 나를 통해 자기 아내와 자식들을 보호할 수 있는 기회를 주어야 했다.

나는 내가 고국에 있지 않을 때 내 고국은 어디일까 생각했다. 내가 그 땅에 없으니 내 고국 팔레스타인은 어디 있을까? 내가 자신을 다른 나라에 주었는데, 내 고국에 비친 나는 어떤 모습일까?

확실히 나는 기억할 만한 게 없는 사람들 가운데 하나였다. 기억이 없으면 영혼은 고국과 대면할 수 없다. 나는 한 번도 총을 가지고 다닌 적이 없었다. 어떤 당이나 혁명에 가담한 적도 없었다. 적에게 집을 파괴당하거나 땅

---

* …정착했다 : 글쓴이의 아버지는 브라질에서 뱀에 물려 사망했다. 안타깝게도 글쓴이는 60년대 중반에 브라질로 떠난 아버지와 헤어진 후 다시는 만나지 못했다.

을 몰수당하지도 않았다. 이 싸움에서 내가 지불한 것은 몇 번의 학생시위 참가밖에 없었다. 그것 때문에 툴카렘 이스라엘 정보부에 끌려가서 수사관에게 뺨을 두 대 맞은 것밖에 없었다.

나는 내 개인적인 조국에 대해서만 기억했다. 기억할 만한 게 많은 사람들*은 과거를 돌아보며 자부심을 느끼겠으나, 나는 전혀 그렇지 못했다.

1991년에 나는 팔레스타인으로 돌아왔다. 내 친구인 시인 유세프 압둘 아지즈가 아리하에 어느 한 나무가 아직도 있는지 알아봐달라고 했다. 그가 그 나무에 대해 기억하는 거라곤, 자기가 30년 전에 가족들과 요르단으로 피난 나올 때 그 나무 앞에서 떨었다는 것뿐이었다. 내가 그에게 "네가 알아봐달라고 한 그 나무가 무슨 나무인데?" 하고 묻자, 그는 늘 그렇듯 어찌할 바를 몰랐다. 그는 그 나무가 아리하에 있는 나무라는 것밖에 몰랐다.

어느 날 아리하를 지나다가 유세프의 부탁이 생각났다. 나무들은 조만간 자기들을 잘라버릴 길을 굽어보고 있었는데, 잎이 무성하여 마치 거친 아이들 같았다. 나무들이 내게 그늘을 드리우며 물었다.

"어떻게 네가 우리를 남겨두고 이 땅을 떠났지? 부끄럽지도 않니?"

나는 그 나무들을 너무나 잘 알았다. 우리는 함께 자랐던 것이다. 나는 그 나무가 무슨 나무인지 이름을 물으면서 부끄러웠다. 어떤 새도 나무의 이름 위에 앉아 노래를 부르지는 않는다.

나무를 원하는가? 그렇다면 나무의 이름을 묻지 마라. 나무의 이름에는 그늘이 없다. 그늘을 드리우는 것은 나무지 이름이 아니다. 이름은 여행자

---

* 기억할 만한 게 많은 사람들 : 열심히 투쟁했다든가 적에게 많은 고초를 겪은 사람들.

들이나 궁금해 하는 것이다. 팔레스타인인들은 떠나서 난민이 되어도, 나무들은 이 땅에 남아 떠난 이들을 걱정하며 푸르다. 높이 치켜들고 흔드는 손처럼 거기 서 있다.

친구들과 바다를 향해 여행을 떠났다.* 갈릴리에서 선인장을 보았다. 아랍 마을이 파괴되어 사라진 자리에 선인장이 남아 있어, 거기 아랍 마을이 있었음을 증언하고 있었다. 나는 궁금했다. 왜 적들은 아랍 마을이 있었다는 증거마저 싹 없애버리지 않았을까? 왜 우리 아랍인의 상징으로 선인장을 남겨두었을까? 우리에게 우리의 상처와 자기들의 칼을 상기시키고 싶은 걸까? 그들은 자기들이 한 짓을 우리가 기억하기를 바랄까, 잊기를 바랄까?

선인장은 우리와 가장 비슷하며, 우리의 시골집에 가장 가까이 있다. 우리는 우리의 땅과 영혼을 선인장으로 울타리를 두르곤 했다. 그러므로 적들이 아랍 마을이 있던 자리에 선인장을 남겨놓아 우리의 증거가 되게 한 것은 적절했다. 선인장은 마치 우리를 알고 있다는 듯이, 우리가 파괴된 마을을 지날 때마다 사나운 가시로 우리를 붙잡았다. 우리가 돌아설 때 선인장은 작별을 고하는 것 같았다.

우리는 작가 무함마드 알리 타하의 고향인 미아르를 방문했다. 거기에는 야아드라는 이스라엘 정착촌이 들어서 있었다. 아부 알리**가 자기가 어렸을 때 그네를 타던 나무와, 그 아래 자기 아버지와 할아버지가 묻혀 있던 나무

---

* 바다를 향해 여행을 떠났다 : 바다를 보려면 팔레스타인인은 이스라엘을 방문해야 한다. 이후 이어지는 글의 공간적 배경은 이스라엘 안이다.
** 아부알리 : 작가 무함마드 알리 타하의 아버지.

가 정착촌 때문에 잘려나갔다고 말했다. 내 영혼이 소리 없이 눈물을 흘렸다. 어떤 나무가 우리 아랍인이 심은 나무이고 어떤 나무가 새로 온 자들이 심은 나무인지, 나는 정확히 알아볼 수 있었다. 그 낯설게 변해버린 땅에서 우리가 이방인임을 가슴 아프게 깨달았다.

마침내 우리는 나하리야에 내렸다. 바다가 내게는 그저 이름일 뿐이었다. 나무의 이름에는 그늘이 없듯이, 바다의 이름은 실체가 아니었다. 나는 실제의 바다를 너무나 그리워했기 때문에, 넋을 놓고 물속에 들어가다가 하마터면 빠져 죽을 뻔했다. 해변의 찻집에 앉아 있는데, 파도가 아랍어로 쓰인 글줄처럼 차곡차곡 밀려왔다. 내가 아는 노래 중에 이런 노래가 있다.

바다는 아랍어를 한다네
바다 바다 바다가.*

여자 종업원이 마실 것을 가져와 테이블에 놓았다. 그때 여자의 셔츠에서 목걸이가 튀어나왔고 나는 흠칫했다. 눈앞에서 흔들리는 목걸이에 팔레스타인 지도가 그려져 있었다. 내가 "저 여자 아랍인이야?" 하고 묻자 아부 알리가 웃으며 말했다. "왜?" 내가 "지도요" 하고 말하자, 그가 "그들도 그걸 자기들 지도로 여긴다는 걸 잊었어?" 했다.

맙소사! 마치 내가 내 고국이 적의 침상임을, 똑같은 지도가 하나의 전쟁

---

* …바다가 : 1967년 전쟁 직후 아랍 전역에서 크게 유행했던 노래. 이집트의 맹인 가수이자 작곡가가 만들었다.

을 위해 두 개의 이름을 가졌음을 처음으로 깨달은 것 같았다. 팔레스타인과 이스라엘은 정확히 일치한다. 지도의 이름 하나는 나를 위한 것이고, 다른 이름은 여자 종업원을 위한 것이다. 팔레스타인은 어디 있는가? 그것은 무엇인가?

우리가 그토록 그리워하는 이 땅에서 고국은 적과 뒤섞여버렸다. 사물은 상징으로, 언어로 뒤바뀐다. 그리고 언어는 공간을, 공간은 시간을 뒤바꾼다. 과거가 지옥으로부터 올라오고 사물은 그럴 수 없이 간명하게 떠들어댄다. 아랍적인 것은 모두 유대적인 것이 되어버린다.

선인장은 우리가 여기 존재함을 나타내는 기호이다. 이 땅에서 우리가 영원히 떠나는 게 아님을 스스로 확신하기 위해, 우리는 우리의 소중하고 믿음직한 것들을 남겨두었다. 나무들, 민속 의상, 우리의 그림자, 우리 집들의 영혼, 우리의 발자국, 적들은 도무지 알아챌 수 없는 것들. 적들은 그런 줄도 모르고 무작정 우리의 땅과 소유물만 훔치려고 한다.

유대인들이 선인장을 어쩌나 좋아하는지 나는 놀라지 않을 수 없다. 그들은 알 흐데라 같은 도시에 어마어마하게 온실 단지를 지어놓고 그 안에 선인장을 가득 기른다. 그 선인장들은 온실에 어울리지 않고 불안해 보이며, 모조품처럼 생기가 없다. 선인장은 천성이 밀폐된 공간에서 살 수 없고, 생산 작물로 길들여질 수도 없기 때문이다. 선인장은 야생이어야만 한다. 우리는 선인장을 반쯤은 야생이고 반쯤은 우리에게 친밀한 그 모습 그대로 받아들인다.

오래된 선인장은 내게 가르쳐주었다. 이 장소에 서 있는 자기하고 이 장소 자체가 같다는 것을. 선인장이 있는 이 장소가 바로 선인장이다. 할머니에게서도 이런 가르침을 받았다. 할머니는 종종 우리에게는 이상하게 들리는 자기만의 언어로 가족사를 창조주와 상의하곤 했다. 존재는 하나라는 것을 일깨워주는 신비로운 언어였다. 할머니 앞에서는 사물간의 장벽이 걷혀 공간은 존재로 가득 차고, 각각의 존재들은 개성과 향기를 한껏 발현했다. 딱딱하게 굳어 있던 사물들이 살아나 역사 속에서 제 나름의 역할을 했다. 기호는 우리가 누구이고 팔레스타인이 무엇인지 드러낸다. 우리 자신보다 선인장이 우리를 보다 잘 설명해준다. 서예루살렘에 남아 있는 아랍 집들은 여전히 이전 거주자인 아랍인들의 영혼을 간직하고 있으며, 그 주인 아닌 다른 누구에게도 영혼을 넘겨주려 하지 않는다.

사물이 언어로 전환되면, 신께 가까이 높이 들어올려진다. 신의 말로써 세상을 창조했기 때문이다. 그러므로 우리가 고국과 고국의 모든 것을 이야기할 때, 우리는 그 신성한 비밀을 찾고 있는 것이다.

길에서 아무 이스라엘인이나―원래 팔레스타인에서 살아온 유대인 말고―잡고 물어보라. 당신은 언제부터 여기 있었느냐고. 그러면 질문을 받은 사람은 자기가, 또는 그의 아버지나 할아버지가 팔레스타인에 도착한 정확한 날짜를 댈 것이다. 그러나 같은 질문에 팔레스타인인은 아무 대답도 못할 것이다. 그는 언제나 여기 있었으므로, 그의 존재는 그가 지금 여기 있다는 사실이 아니라, 그를 상징하는 오래된 모든 것들로 지탱되므로. 또한 그로서는 어떤 순간에도 여기 있지 않을 도리가 없었으므로.

내가 태어난 다음날, 아버지는 올리브나무 한 그루를 심고 '주하이르의 올리브'라는 이름을 붙이셨다. 아마도 아버지는 첫 자식을 낳아 처음으로 아버지가 되면서, 자식의 앞날에 행운을 빌어주고 싶었을 것이다. 그러나 아버지는 그리하여 나를 올리브나무와 쌍둥이로 만들었고, 그 나무 안에 내 영혼을 심어버렸다는 것까지는 모르셨다.

적들은 자기가 이 땅 전체를 차지했다고 생각하지만, 이 땅에 서 있는 내 쌍둥이 올리브나무는 찾아내지 못할 것이다. 그들은 팔레스타인인들의 내면에 있는 다른 것들도 결코 찾아낼 수 없다.

매일 아침 내 적은 거울을 보고 묻는다. "거울 속에 내가 있나?" 그는 자신의 공허한 거짓말을 스스로도 믿지 못한다. 자기가 여기 태생이 아니라 다른 데서 왔음을 너무나 잘 아는 이 땅에서, 그는 한시도 긴장을 풀지 못한다.

매일 아침 나는 거울을 보고 묻는다. "거울 속에 내가 있나?" 나는 내 공허한 진실을 확신하지 못한다. 내 적이 그 안에 들어와 있는 것도 아니고 위에 짓밟고 서 있음을 내가 너무나 잘 아는 이 땅에서, 나는 한시도 긴장을 풀고 싶지 않다.

매일 아침 나와 적은 서로를 바라본다. 너와 나, 둘 중에 진짜는 누구지?

누가 이 땅을 닮았지? 우리 둘 다 평화가 아니라 전쟁을 위해 이름이 두 개인 땅을 기다리고 있다. 우리는 같은 꿈을 꾸지만, 꿈을 꾸는 동안 우리는 땅을 잃는다. 서로 상대방의 꿈을 바라보는 동안 땅이 둘 사이에서 어느 한쪽으로 밀려갔다가 또 다른 쪽으로 밀려갔다가 한다. 이것은 중립적인 지리적 변동이 아니다. 팔레스타인의 역사가 이 땅에는 실려 있다.

팔레스타인은 저기 있다. 그러나 이스라엘은 여기 있지 않다. 고국은 장소로만 진술될 수 없으며, 이스라엘인들은 우리에게는 거짓말을 해도 자신에게는 거짓말을 할 수 없다. 그들은 아직 자기 고국을 찾지 못했음을 아주 잘 안다. 이것이 그들이 정말로 걱정하는 비밀이며, 그들이 안보를 영원히 추구하는 이유다. 그들은 팔레스타인인들이 여기 고국과 함께 있다는 것을 안다.

이스라엘인들은 진정으로 고국을 찾는 걸까? 그들의 지리적 소망이 자기 자신을 발견하게끔 이끌었을까? 고국에 있게 되면 그들은 자기 자신일 수 있을까?

이상하게도 이스라엘인들은 우리를 돌보아주는 책임을 스스로 지겠다고* 고집한다. 얼토당토않게도 이스라엘은 우리의 침대에 누워서는 편안하기를 바라고, 우리더러는 자기가 이 땅이 자기 것이 아니라는 깊은 자각과 공포 때문에 좋은 꿈을 깨지 않도록 경비를 서란다.

그들은 우리에게서 희생자의 비참한 모습을 보며 즐거워하지만, 우리 희생자들로부터 나오는 빛이 없다면 제 모습을 볼 수 없다. 그들은 우리한테서 나오는 빛으로 자신을 비춰보아야 하는 법칙에서 벗어날 수 없다. 그들 자신만으로는 앞에 있는 거울이 캄캄할 뿐이다. 그들의 초상은 거울에 결코 비치지 않는다.

---

* …스스로 지겠다고 : 제네바 협약을 비롯한 국제 인권법에 따르면 점령국은 점령지 주민들의 인권과 생존을 보장해야 한다.

불타는 도시 에서

나이루즈 카못

나이루즈 카못 Nayrouz Qarmout | 작가

가자 지구의 여성부에서 일하고 있다. 여러 산문, 단편 소설, 시나리오를 썼다.
The Book of Gaza에 영역 작품이 실려 있다.

내 안의 불꽃, 성급히 밝아지는 오렌지색 거품, 나를 죽이는 소음. 고립과 로켓이 함께 폭발한다, 거품은 커져서 온 도시를 삼킨다. 폭발음이 점점 더 커지고 더욱 날카로워진다, 내 안에서. 도시가 불탄다. 내 속에서 도시의 영상이 찢어발겨지고, 언어는 진동하고, 유리는 흩어진다. 유리로부터 날아가는 조각마다 사건이 영상이 실려 있다.

한 아이가 엄마 뱃속의 어느 굽이에서 살려고 꼬무락거린다. 저를 보호하는 엄마의 몸 안에서, 아이의 심장은 멈춰버린 엄마의 심장과 분리된다. 두 쪽으로 이루어진 조그만 심장이 처음으로 혼자 애쓴다. 미사일이 엄마의 내장을 터뜨리지만, 무고한 심장 박동까지 들을 만큼 전능하지는 못하다. 그래서 아이는 폭발음을 듣고, 그 소리에 세상으로 밀려나온다.

가족이 다함께 서서 간절히 기도드린다. 주님께 간구하니 자신들이 안전하리라 믿어 의심치 않는다. 한 방에 빠짐없이 모인 온 가족이 동시에 날아오르고, 층층이 무너져 내리는 건물의 벽돌은 쏟아진다. 파편과 시체와 회색 재만 남는다.

네 명의 아이가 철썩대는 파도를 향해 웃으면서 뜀박질을 한다. 전함이니

전투기 따위를 무서워하지 않고, 어린애다운 순진함이 자신들을 보호해주리라 생각한다. 웃음소리가 울려 퍼지고, 아무 발자국도 없는 모래 위에 그들의 발자국이 찍힌다. 전함에서 날아온 포탄이 자신들을 산산조각 낼 때도, 그들은 알아차리지 못한다.

또 한 아이는 병원 침대에서 돌아오지 않을 아버지와 다시는 보살펴주지 않을 어머니를 기다린다. 그의 부모는 죽었다. 아이는 신이 주신 고요 속에 잠잔다. 자신을 기다리고 있는 비극을 그는 모른다. 비극은 부모가 살과 피를 되찾을 수 없고 다만 고통스러운 기억이 되었음을 알 때 닥칠 것이다.

반짝이는 눈과 천진한 얼굴의 아이. 달덩이 같은 얼굴, 백린탄에 뚫린 부드러운 피부. 타들어가는 아름다움, 아이의 울부짖음. 날 태우지 마!

벽이 흔들리고, 창문이 떨리고, 열기는 달아오른다. 전쟁의 열기. 비행기들이 온밤을 귀뚜라미처럼 집요하게 울어대고, 죽음이 겁나서 두근거리는 가슴은 창문에서 물러선다. 죽음이 다가온다. 죽음을 창문을 겁내지 않는다. 그들은 하늘을 쳐다본다. 수평선이 그들을 높이 들어 올리고 그들의 영혼을 파도 위로, 바다 너머로 나른다. 그들은 솟구치는 날개를 갖게 된다. 날아오를 때, 우리의 영혼은 하나가 된다.

학생들이 시험에 합격한다. 그들의 이름이 적힌 합격 증명서가 무덤의 신원 증명서가 된다. 합격한 대학의 교정에 그들이 발을 디디기도 전에, 그 대학은 결원이 생긴다.

사람들은 바깥에서, 쓰레기장과 수업을 중단한 학교 건물에서 잔다. 자기 집이 파괴되리라는 경고가 들려오면 그들은 흩어진다. 끊임없는 공포로 그들은 밤이고 낮이고 서로 엇갈리며 뛰어다니지만, 어쨌든 제 집이 무너질 때는 그 현장에 있는 게 중요하다. 지구가 불타고, 나무와 작물들이 짓뭉개질 때.

공포에 질린 사람들의 비명, 유리 조각에 아로새겨진다. 마치 이 유리조각들이 그들의 영혼을 낙원으로 데려다줄 백합인 것처럼. 울기, 환호하기, 망설이기, 미사일 불발탄을 멀찍이 날라놓기, 잃어버린 평화의 메시지를 찾기.

불꽃의 원, 타오르는 불길, 폭발하는 미사일. 그러나 도시는 로켓 안에 숨어 있다. 죽음의 미사일, 그 안에 감춰진 생명. 로켓은 모르지만, 도시는 안다. 왜냐하면 가자 바닷가의 모래 한 알갱이도 불타지 않기 때문이다. 삶에 대한 사랑을 북돋는 파도 밑에서, 희망의 숨결을 불어넣는 짠 물결 속에서, 심장이 요동칠 때만이 그것은 타오른다.

팔레스타인 이해하기

홍미정(단국대학교 중동학과 교수)

Ⅰ. 2014년 이스라엘의 가자 공격

: 팔레스타인 인종청소와 서안/가자 분할통치

최근 가자와 서안 상황: 일상화된 학살, 봉쇄, 억압

| 학살 |

이스라엘은 하마스가 2014년 6월 12일 3명의 이스라엘 정착민 소년을 납치 살해했다는 분명하지 않은 이유와 관련된 일련의 사건을 빌미로 2014년 7월 8일부터 30일까지 22일 동안 1천 300명 이상의 가자주민을 학살하였다. 이스라엘의 팔레스타인인 학살은 일상적인 일이다. 6월 12일 이스라엘 정착민 소년들 납치에 앞서, 5월 15일 이스라엘 군인이 두 명의 팔레스타인 소년들을 살해하고, 한 명에게 부상을 입혔다. 그러나 주류 미디어는 이러한 비양심적인 팔레스타인 소년 살해를 보도하지 않았다. 이스라엘은 공격할 마음만 있으면, 언제든 그 빌미를 찾거나 기획한다.

다음 표는 이스라엘의 팔레스타인인 공격과 살해가 일상적임을 분명히 드러낸다.

2006년 이후 이스라엘-하마스 분쟁 사망자

기간	팔레스타인인(명)	이스라엘인(명)
2006	650(1/3 어린이)	27
2007	370	13
2008.01-2008.11	432	29
2008.12.27-2009.1.18(22일)	1,400	13(5명은 자국 오폭)
2012.11.14-2012.22.21(8일)	167	4
2014.7.8-30(22일)	1,360	46

| **가자: 고립된 감옥, 생존을 위한 하마스의 저항** |

하늘만 뚫린 이 대형 감옥에는 중무장한 이스라엘 군인들이 지키고 있는 6개의 출입구, 이스라엘과 가자 지구의 경계를 분리시키는 5백 미터 폭의 보안(완충)지대가 있다. 2007년 9월 23일, 이스라엘은 하마스가 통치하는 가자를 '적지(enemy entity)'라고 선언하였다.

이곳에 거주하는 팔레스타인인들은 2014년 현재 1,816,379명으로 세계에서 인구 밀도가 가장 높은 지역(5,046/km²)이며, 이들 대부분은 1948년 이스라엘 건국과 함께 현재 이스라엘 영토에서 추방당한 난민과 그 후손들이다. 전체 주민 중 70퍼센트는 국제연합 팔레스타인 난민 구제 사업국(UNRWA)에 등록된 난민들이며, 주민들 대부분은 국제기구들에 의존해서 생활한다. 빈곤, 실업, 연료, 전기, 식량 부족뿐만 아니라 수출입이 전면적으로 차단되면서 가자의 팔레스타인인들은 집단 체벌을 당하고 있다.

| 서안: 가자학살 규탄, 점령철폐 시위 |

서안의 팔레스타인인들의 인구 10만, 20만, 30만 등 대도시 단위로 갇혀 있다. 팔레스타인인들의 통행을 봉쇄하는 장치는 이스라엘과 팔레스타인 자치지역을 가르는 8m 콘크리트 분리장벽, 이스라엘인들만 이용할 수 있고 팔레스타인 도시를 관통하는 도로, 팔레스타인 도시 입구를 지키는 이스라엘 검문소 등이다. 게다가 도시 내에는 이스라엘과 안보협력을 하는 팔레스타인자치정부(파타) 보안대와 경찰이 있고, 도시 안과 밖을 자유롭게 활보하며 팔레스타인인들을 통제하는 중무장한 이스라엘 군인들이 있다. 도시 간의 통행은 반드시 이스라엘 검문소를 통과해야한다.

2014년 7월 10일, 오후 10시 서안 북부도시 제닌 광장에서 250명 정도의 팔레스타인인들이 이스라엘의 가자학살 규탄과 점령철폐 시위를 했다. 이때 시위를 저지하려는 팔레스타인 보안대와 경찰들 그리고 시위대 사이에 충돌이 발생했다. 시위대가 팔레스타인 자치정부 보안대에게 돌을 던졌고, 보안대는 시위대에게 최루탄과 공포탄을 쏘았다. 9명의 시위자들이 팔레스타인 보안대를 공격하고, 공공질서를 붕괴시켰다는 혐의로 기소되었다.

7월 말 현재까지 가자학살 규탄과 점령철폐 시위가 동예루살렘, 라말라, 툴카렘, 제닌, 베들레헴, 헤브론 등 서안 도시 곳곳에서 연일 발생하고 있다.

장기 지속적인 팔레스타인인 인종청소

이스라엘이 2014년 7월 8일부터 시작한 이스라엘의 가자주민 공격과 학살은 20세기 초 이스라엘 건설 준비과정에서부터 시작되어 현재까지 계속되는 장기 지속적인 팔레스타인 인종청소 정책의 일환이다.

유대민족기금의 운영자였던 요셉 와이츠(1890-1972)는 1941년 6월 22일 일기에 '아랍인 인종청소와 전쟁'을 의미하는 글을 다음과 같이 썼다. "아랍인들이 제거되고, 국경이 약간 확장된다면, 이스라엘 땅(영국의 팔레스타인 위임통치 영역)은 전혀 좁지 않다. 국경은 북쪽으로 리타니(레바논), 동쪽으로 골란고원(시리아)까지 확장될 것이고, 아랍인들은 시리아와 이라크로 이주할 것이다. 오늘날 우리는 다른 대안이 없다. 우리는 여기서 아랍인들과 함께 살지 않을 것이다."

이러한 인종청소와 전쟁계획에 따라, 이스라엘 건설과정에서 시온주의 무장단체는 팔레스타인 마을을 50%(531개 마을) 이상 파괴하고, 팔레스타인인을 대량학살하면서 72만 6천명(약 75%)을 고향에서 축출하였다(당시 영국 위임통치 정부의 탄압으로 팔레스타인 무장단체는 존재하지 않았다). 이 과정에서 축출된 팔레스타인 난민들과 부재지주의 소유지는 대부분 유대민족기금의 땅으로 처리되었다.

70여 년 전 요셉 와이츠의 인종청소와 전쟁계획은 팔레스타인 원주민 75% 이상을 축출시킨 1948년 전쟁과, 30%(43만 4천명) 이상을 축출시킨 1967년 전쟁을 거쳐, 가자를 공격하는 2014년 현재도 여전히 유효한 이스라엘의 영토 확장 정책의 토대다. 이와 같이 역사적으로 이스라엘은 전쟁을 통해서 아랍인을 학살하고, 축출하며 인종청소를 통해 건국되었고, 영토를 확장해 나가고 있다.

2006년 하마스-파타 팔레스타인 통합정부 해체 기획과 내전

2006년 1월 서안과 가자를 통치하는 팔레스타인 자치정부 총선에서 하마스는 전체 132석 중 76석을 확보한 최대 정당이었다. 필자가 이 선거에 국제 감시단원으로 참가했는데 이 선거는 매우 공정했다.

2006년 3월 팔레스타인 자치정부는 하마스 소속 이스마엘 하니야를 총리로 하는 하마스-파타 통합정부를 구성했다. 그러나 이스라엘, 미국, 유럽 국가들은 여전히 하마스를 합법적인 팔레스타인인들의 대표로 인정하지 않고 테러단체라는 이름을 붙였고, 통합정부에게 다양한 경제적인 제재를 부과하였다.

2006년 6월 하마스-파타 통합정부를 해체시키려는 시도로 이스라엘은 파타 소속 수반인 마흐무드 압바스의 권력을 강화시키고, 하마스를 약화시키려고 시도하면서 하마스 소속의원들을 체포하고, 가자를 공격하였다.

2007년 경에 이스라엘과 국제적인 경제제재로 인해서 하마스가 주도하는 팔레스타인 통합정부는 정부직원들의 월급도 체불하였다. 결국 2007년 6월 10~15일 파타/하마스 사이에 내전이 발발하였다. 그 결과 하마스가 가자지역을, 파타가 서안을 통치하게 되었다.

이 내전은 팔레스타인 통합정부를 막으려는 이스라엘의 기획으로부터 나왔고, 결국은 성공하였다. 이와 같이 이스라엘은 팔레스타인 통합정부를 이스라엘의 점령정책을 위협하는 핵심적인 사안으로 간주한다.

2014년 하마스-파타 통합정부와 하마스의 재기

2011년 아랍 역내의 급격한 정치변동과 함께, 시리아내전에서 하마스가 시리아 반정부군 편에 서면서, 전통적인 후원자이던 시리아, 헤즈볼라, 이란을 모두 잃었다.

게다가 2013년 7월 이집트에서는 압델 파타 알 시시가 군부 쿠데타로 무슬림형제단을 축출하면서, 이집트 무슬림형제단과 동맹관계였던 하마스에 대한 탄압정책으로 이집트와 가자를 연결하던 1,300개의 터널을 폐쇄하였다. 당시 이 터널들은 하마스 정부 세입의 40퍼센트를 제공한 것으로 알려졌다. 이집트 정부의 터널 폐쇄는 경제적인 압박을 통해서 하마스 정부를 붕괴시키려는 의도에서 나온 것이다. 현재 이집트와 이스라엘은 협력하여 국경 검문소와 해상을 봉쇄하고 있다.

이로 인해서 하마스 정부는 외부 후원금도 거의 잃고, 수출입이 전면 차단된 상태에서 극심한 경제난에 처하게 되었고, 4만 명이 넘는 하마스 정부 직원들의 월급도 체불하는 등 가자 통치가 거의 불가능해졌다. 이렇게 경제적으로 위기에 몰린 상황에서 하마스는 파타와의 통합정부를 구성함으로써, 돌파구를 마련하고자 하였다.

결국 2014년 4월 23일 서안을 통치하는 파타와 가자를 통치하는 하마스가 민주적인 팔레스타인 통합정부를 창출하기 위한 일정표를 포함하는 파타-하마스 화해협정을 발표하였다. 이 일정표의 골자는 5주 이내에 통합정부를 구성하고, 6개월 이내에 대통령선거와 의회선거를 동시에 실시한다는 것이다. 이 일정표에 따라, 6월 2일 라미 함달라 총리가 이끄는 새로운 임시 통합정부가 구성되었고, 12월 초에 대통령선거와 의회선거를 동시에 실시하기로 계획하였다.

그런데 이에 대한 대답으로 이스라엘 총리 베냐민 네타냐후는 하마스를 테러리스트 조직으로 부르면서, 서안을 통치하는 자치정부 수반 압바스가 하마스와 화해협정을 추구함으로써 평화 노력을 파괴한다고 비난하였다.

그는 "하마스를 선택하든지 이스라엘을 선택하든지 둘 중의 하나를 선택하라"고 압바스를 윽박질렀다.

이러한 상황에서 7월 8일부터 이스라엘의 가자 공격이 시작되었다.

7월 20일 이스라엘의 공격으로 퇴로를 찾지 못한 하마스는 카타르를 통해서 미국에게 휴전 조건들을 전달하였다. 이 조건들은 "즉각적인 휴전, 군사와 안보 작전 중지, 가자 봉쇄 완전철폐, 국경 개방, 어업지역 12마일까지 확대, 완충지대 제거, 2014년 6월 12일 이후 수감된 이스라엘 감옥 수감자 전원석방"을 포함한다. 이것은 하마스와 가자주민들이 생존권을 확보할 수 있는 최소한의 조건들로 보인다.

특히 여기서 주목할 것은 '이 조건들이 잘 실행되는지 미국이 감독해 달라'는 내용이 명시되어 있다는 점이다. 전략적인 정치행위자인 하마스는 현재 직면한 가자 위기가 미국의 도움이 있어야만 해결될 것이라고 믿는다.

2011년 아랍민중들의 정치개혁 요구 시위 이후, 카타르와 터키의 후원을 받은 하마스와 연계된 무슬림형제 단세력은 이집트, 사우디아라비아, 요르단, 아랍에미리트 국내에서 강력한 정부반대파를 구성한다. 2013년 12월 이집트는 무슬림형제단을 '테러리스트 단체'로 규정하였고, 2014년 3월 사우디와 아랍에미리트 역시 무슬림형제단을 '테러리스트 단체'로 규정하였다. 요르단 내에서 무슬림형제단은 사우디나 아랍에미리트에서보다 더욱 강력한 정부반대파를 구성한다. 따라서 이 아랍 국가들은 이스라엘의 가자 공격으로 하마스 정부가 붕괴되어, 역내에서 무슬림형제단이 약화되기를 원한다.

그러나 이번 가자 공격 과정에서 드러난 미국과 이스라엘의 정책은 하마스를 붕괴시키기 보다는, 오히려 팔레스타인 국내정치의 장에서 하마스를 강화시키고 있다. 서안의 팔레스타인인 대중들 다수가 이스라엘에 대한 하마스의 무력대응에 찬사를 보내고 연대하면서, 팔레스타인인들 사이에서 하마스의 인기가 치솟고 있다. 하마스는 이집트를 대체하면서 휴전 중재에 나선 카타르(역내 정치변동에서 무슬림형제단 지원)의 경제 원조를 받아 정부직원들의 월급을 주고, 팔레스타인 정치의 장에서 재기에 성공할 것으로 보인다.

결국 이스라엘의 기획에 따라, 팔레스타인 통합정부는 조기에 무력화될 것이고, 팔레스타인인들은 통합정부 이전 상태로 복귀하여 카타르-터키의 후원을 받는 하마스는 가자를, 사우디-이집트-요르단-아랍에미리트의 후원을 받는 파타는 서안을 통치함으로써, 이스라엘의 팔레스타인 분할 통치 정책은 성공할 것이다.

게다가 이스라엘 또한 이스라엘군 40명 이상 살해한 '막강한 적, 하마스의 이미지'를 활용하면서, 군사력 강화에 박차를 가할 것이다. 이스라엘의 팔레스타인 인종청소를 위한 주민학살기획은 되풀이되고, 서안/가자, 파타/하마스 분할 통치 전략은 계속될 것이다.

Ⅱ. 국제사회와 팔레스타인인들의 국가건설 노력

1948년 1차 팔레스타인국가 선언

팔레스타인인들은 1948년 10월 1일 아랍고등위원회가 가자에서 팔레스타인 민족회의를 개최하면서 최초로 독립을 선언하였다. 이 회의는 영국 위임통치 영역이었던 팔레스타인 전 지역을 대상으로 예루살렘을 수도로 하는 팔레스타인 독립결의를 통과시키면서, 팔레스타인 국가를 선언하였다.

이 회의에서 예루살렘 무프티 하지 아민 알 후세이니를 대통령으로, 아흐마드 힐미 압둘 바끼를 총리로 선출하고 12명의 장관으로 내각을 구성하여 팔레스타인 전역에 대한 통치권을 주장했다. 그러나 영토에 대한 실효적인 통치를 할 수 있는 통치권, 행정기구, 자금, 군대도 없었다.

트랜스 요르단과 이라크를 제외한 이집트, 시리아, 레바논, 사우디아라비아, 예멘 등 아랍 연맹국들은 이 팔레스타인 국가를 승인하였으나, 이스라엘의 압도적인 화력과 서안을 합병하려는 트랜스 요르단의 팽창주의가 팔레스타인 지도부를 무력화시키면서 팔레스타인 정부의 통치 영역은 가자로 제한되었다.

최종적으로 가말 압둘 나세르 이집트 대통령은 이집트와 시리아의 아랍연방공화국 창설 직후인 1959년에 명목상으로 존재하던 이 팔레스타인 정부를 폐지하였다. 폐지 명분은 팔레스타인의 대의를 발전시키지 못했다는 것이었다. 사실상, 이때까지 팔레스타인 정부는 이집트의 통제 하에 존재했다.

1974년 PLO가 '유엔 옵저버 단체' 지위 획득

PLO(팔레스타인 해방기구)는 모든 팔레스타인 파벌들이 참가하는 연합조직으로 1964년에 예루살렘에서 창설되었고, 1974년 10월 14일 유엔총회 결의 3210호에서 팔레스타인인들의 단독 합법적 대표로 승인받았다. 1974년 11월 22일, 47차 유엔총회결의 3237호는 PLO가 북한, 한국, 스위스 등 유엔 비회원국들이 갖는 것과 동일하게 유엔총회의 토론에 참석할 수 있는 옵서버의 자격을 획득했다고 명시하고 있다. 이 결의에는 95개 국가가 찬성하였으며, 이스라엘, 미국, 캐나다와 일부 서유럽 국가들과 라틴아메리카 국가들이 반대하였고, 19개 국가가 기권하였다.

한 걸음 더 나아가 1976년 1월 유엔총회는 안보리 결의 242호에 토대를 두고 이집트, 요르단, 시리아가 제출하였고 PLO가 지지한 '1967년 이스라엘이 점령한 지역에서 팔레스타인 국가 수립'을 요구하는 결의안을 논의하였다. 그러나 이스라엘은 이 회의에 참석하는 것을 거부하였다. 이 결의는 미국을 제외한 유럽, 소련, 이슬람세계에 의해서 만장일치로 지지를 받았다.

이렇게 미국이 고립되고, 국제사회가 강력하게 '두 국가 해결책'을 요구하는 상황에서 미국 대통령 지미 카터가 주도하여 이집트와 이스라엘 사이에 협상이 진행되면서 1979년 중동 최초의 평화협정이라 불리는 이집트/이스라엘 사이의 국경획정 협정이 체결되었다. 이 국경획정 협정을 통해서 이스라엘은 시나이 반도를 이집트에게 반환하였고, 이집트는 가자를 이스라엘 영역으로 인정하였다. 이후 10년 간 '팔레스타인 국가 건설안'은 국제사회에서 논의되지 않았으며, 이스라엘은 이집트를 비롯한 국제사회의 묵인 아래 점령지에서 정착촌 건설 사업을 강력하게 추진하였다.

1988년 2차 팔레스타인 독립국가 선언과 유엔총회 결의

1979년 이스라엘/이집트의 국경획정 협정 이후 이스라엘 점령지, 동예루살렘과 서안에서 격화된 공세적인 이스라엘 정착촌건설 사업과 이스라엘 군대주둔은 팔레스타인인들의 재산권, 거주권, 통행권 등을 침해하면서 삶을 질을 현저하게 떨어뜨렸다. 이로 인하여 1987년 말부터 시작된 팔레스타인인들의 민중항쟁인 인티파다가 이스라엘 점령지 전역, 동예루살렘, 서안, 가자에서 발발하였다.

인티파다가 진행되던 1988년 11월 15일 PLO의 입법기구인 팔레스타인 민족회의가 알제에서 "아랍 예루살렘을 수도로 1967년 이후 이스라엘이 점령지, 동예루살렘, 서안, 가자에서 팔레스타인국가 창설"을 명시하는 팔레스타인 독립선언을 채택하였다. 이 선언문에서 PLO는 동예루살렘, 서안, 가자에서 이스라엘의 철수와 정착촌 제거 및 유엔결의와 일치하는 팔레스타인 난민문제 해결을 요구하였다. 1948년 아랍고등위원회가 가자에서 독립선언을 한 이후, 팔레스타인인들의 두 번째 독립선언인 셈이다.

1988년 12월 15일 UN 총회는 지난 달 '팔레스타인국가 선언'을 인정하는 결의(G.A. Res. 43/177)를 채택하였다. 이 결의는 UN의 장에서 'Palestine'이라는 호칭이 'PLO'를 대체하도록 결정하고, UN 사무총장에게 이 결의를 실행시키기 위한 후속 조치를 취하도록 요구하였다. 이로써 UN 총회결의에서 팔레스타인은 '국가로서의 지위'를 명시적으로 확보하였다.

그러나 유엔 사무총장이 후속 조치를 취하지 않음으로써, 팔레스타인 국가는 유엔 문서상으로만 존재할 뿐, 현실적으로 영토를 통치하는 팔레스타인 국가는 존재하지 않는다.

게다가 1994년 10월 26일 빌 클린턴 미국 대통령이 중재한 이스라엘/요르단 국경획정 협정에서 요르단은 동예루살렘과 서안을 이스라엘 영역으로 인정하였다.

결국, 1979년 이스라엘/이집트 국경획정 협정, 1994년 이스라엘/요르단 국경획정 협정을 통해서 이스라엘은 이집트로부터 가자에 대한 영유권을, 요르단으로부터는 동예루살렘과 서안에 대한 영유권을 인정받았다.

그러나 '동예루살렘, 서안, 가자'는 여전히 국제법상으로 이스라엘이 불법적으로 점령하고 있는 팔레스타인 영토다. 현재 이곳에 거주하는 팔레스타인인들은 '독립 팔레스타인 국가' 건설을 위해서 노력하고 있다.

이 시기에 팔레스타인 민족국가 건설운동에서 두드러지는 특징은 PLO의 통합력이 약화되었다는 것이다. 1988년 PLO가 '팔레스타인 국가선언'을 한 것과 같은 해에 하마스가 창설되면서, 하마스는 팔레스타인 정치단체들의 통합기구인 PLO에 가입하지 않았다. 이제 팔레스타인 국가건설 운동은 PLO와 하마스로 양분되었다.

1990년대 이스라엘-PLO 직접 협상과 1988년 유엔결의 무력화

1988년 PLO의 팔레스타인 국가 창설선언에 대한 유엔 사무총장의 후속 조치가 실행되지 않은 상태에서, 1993년 9월부터 미국의 중재로 이스라엘-PLO 직접협상인 오슬로 협상이 진행되었다. 그 결과 PLO의 일부 구성원이 주도하는 '팔레스타인 임시자치정부'를 수립하는 쪽으로 가닥을 잡았다. 결국 이스라엘-PLO 직접 협상은 '독립 팔레스타인 국가수립' 전망을 '팔레스타인 임시자치정부'로 대체시켰다.

팔레스타인 임시자치정부는 팔레스타인의 최종지위를 결정하는 협상 때까지 임시행정권과 협상 임무를 부여받은 한시적인 실체로 이스라엘-PLO 협정에 의해서 제한된 권한을 갖는 임시기구이다. 최종 지위협상으로 남겨진 문제들인, 동예루살렘-팔레스타인 난민-이스라엘 정착촌-천연자원-경계 등에 대해서는 논의할 권한조차 없고, 총체적인 안보-재정 및 통화정책-대외정책 등을 실행하지 못한다. 또 임시자치정부는 시민의 자격을 결정하지 않았고, 무역은 이스라엘과 하거나 이스라엘 항구를 통해서만 한다.

이스라엘은 점령지역 대부분을 완벽하게 통제하고 있으며, 팔레스타인 자치정부는 이스라엘이 허락하는 범위 내에서 극히 제한적으로 활동하면서, 자치지역 내에서 이스라엘을 위한 안보협력을 수행하는 역할을 하고 있다. 이러한 이유로 팔레스타인 자치정부는 PLO 일원이 아닌 하마스는 물론이고, PLO 구성 단체들 대부분의 지지를 확보하지 못하였다.

1994년 오슬로 I 협정에서 이스라엘의 이츠하크 라빈 총리와 PLO 의장 야세르 아라파트는 자치정부 당국의 설립과 이스라엘군의 재배치에 대해 협상을 벌였다. 그러나 이 협상의 결과는 팔레스타인 자치지역이라 할지라도 이스라엘이 정착촌, 군사기지와 이스라엘인들에 대한 권리를 계속해서 가지게 되었다.

1995년 오슬로 II 협정의 협상자로 나선 이스라엘의 시몬 페레스와 야세르 아라파트는 팔레스타인 자치지역을 서안지역의 일부지역으로 확대하지만 협상의 주요 내용이 되어야 할 이스라엘 정착촌에 대해서는 논의조차 되지 않았다. 또 이스라엘인들의 총체적인 안보에 대한 책임은 이스라엘이 계속해서 수행할 것이라고 규정함으로써, 안보라는 구실로 이스라엘 군대가 계속해서 팔레스타인 자치지역 내에 주둔하는 근거를 제공하였다.

결론적으로 오슬로 협상 과정을 통해 팔레스타인 자치정부는 '점령지내에서 이스라엘의 존재'를 인정하고, 서안지역 대부분에 대한 통제권을 상실한 채 이스라엘 정착촌 확장을 중지시킬 수 있는 근거마저 상실했다.

이스라엘-PLO 직접협상 기간 동안 유엔을 비롯한 국제사회에서 팔레스타인 독립국가 건설에 대한 논의는 사라진 반면, 이스라엘은 점령지 내에 정착촌, 관통도로, 검문소, 군사기지, 분리장벽 등을 건설하고, 팔레스타인인들에게 통행 제한 조치 등을 부과함으로써 이스라엘인들이 현실적으로 장악하는 영역을 확대하면서, 팔레스타인인들의 재산권과 인권 등을 박탈하는 정책을 체계적으로 실행해 왔다.

결과적으로, 이스라엘-PLO 직접협상은 1988년 PLO의 '팔레스타인 독립국가 선언'을 이스라엘과 안보 협력을 하는 '팔레스타인 임시자치정부 창설'로 대체시킴으로써 팔레스타인인들의 저항을 무력화시키고 동예루살렘, 서안, 가자에 대한 이스라엘의 지배권을 확장 강화시켰다.

2011년 66차 유엔총회 연설과 '유엔 옵서버 국가'로 승격

팔레스타인은 2011년 9월 66차 유엔총회에서 유엔 회원국 가입신청을 했다. 이와 함께 제66차 유엔총회의 주요한 주제는 팔레스타인 국가건설 문제였다. 오바마, 압바스, 네타냐후의 유엔총회 연설은 미국, 팔레스타인, 이스라엘의 전통적인 정책과 열망을 분명히 드러낸다. 2014년 현재도 미국, 팔레스타인, 이스라엘의 입장은 변함이 없다.

버락 오바마 미국 대통령은 이번 유엔총회에서 특히 중요한 안건이 이스라엘인들과 팔레스타인인들 사이의 분쟁이며, 이것은 미국 외교정책의 시험대라고 강조하면서 다음과 같이 주장하였다. "팔레스타인인들이 자신들의 국가를 가질 가치가 있지만, 진정한 평화는 이스라엘인들과 팔레스타인인들 직접협상을 통해서만 실현될 수 있다. 수십 년 동안 계속돼 온 분쟁을 끝내는 지름길은 없다. 평화는 유엔결의들이나 연설을 통해서 성취되지 않을 것이다. 결국, 이스라엘인들과 팔레스타인인들이 경계, 안보, 난민, 예루살렘 등의 문제들에 관하여 직접협정을 체결해야만 한다." 오바마의 연설은 이스라엘/팔레스타인 분쟁에 대한 유엔과 국제사회의 책임을 전면적으로 부정하는 발언이다.

반면 마흐무드 압바스 팔레스타인 자치정부 수반은 유엔총회 연설 서두에 팔레스타인 문제는 유엔결의들과 복잡하게 얽혀있다고 밝히면서 유엔결의들에 토대를 둔 팔레스타인인들의 양도할 수 없는 합법적인 민족의 권리를 역설하였다. 이와 함께 그는 "1967년 6월 전쟁에서 이스라엘이 점령한 동예루살렘, 서안, 가자 전역에서 동예루살렘을 수도로 팔레스타인 독립국가 건설, 1948년 11월에 결의된 유엔총회 결의 194호와 2002년 아랍 국가들이 결의한 '아랍평화안'에 따른 팔레스타인 난민문제 해결, 이스라엘 감옥에 있는 팔레스타인 정치범 석방"을 확언하였다. 특히 여기서 압바스는 이스라엘의 국가 테러리즘을 비난하고 이스라엘에게 정착촌 활동을 완전히 중지할 것을 요구하였다. 이 내용은 전임자인 야세르 아라파트가 PLO 대표로서 1988년에 선언한 내용과 정확하게 일치하지만, 오슬로 협상 과정에서 압바스 수반 본인이 이스라엘과 직접 협상해온 내용과는 상당한 차이가 있다.

그러나 이스라엘 총리 베냐민 네타냐후는 이스라엘 관련 27개의 유엔총회 결의 중 21개가 이스라엘을 비난하는 결의였고, 유엔을 불합리한 기구라고 비난하면서 연설을 시작하였다. 그는 유엔 연설에서 "유엔 안보리 결의 242호는 6일(1967년) 전쟁에서 이스라엘이 장악한 영토 전역이 아니라, 그 영토의 일부에서 철수하기를 요구하였다. 이스라엘은 서안을 제외하면, 그

폭이 매우 좁아 스스로 방어하기 위해서는 서안 지역에 오랜 기간 동안 주둔해야 한다. 팔레스타인인들은 이스라엘과 평화협정을 체결한 이후에 국가 건설을 해야 한다. 정착촌 건설은 분쟁의 핵심이 아니다. 1917년 밸푸어와 로이드 조지-1948년 트루만 대통령-2009년에 오바마 대통령이 밝혔듯이, 팔레스타인 지도부도 이스라엘을 유대국가로 인정해야 한다. 이스라엘에게 예루살렘은 미국에게 워싱턴, 영국에게 런던과 마찬가지다."고 주장했다.

이와 같이 네타냐후는 안보상의 이유로 서안지역을 팔레스타인인들에게 양도할 의사가 전혀 없으며, 예루살렘을 이스라엘의 수도라고 분명히 밝혔다. 그의 주장은 1967년 동예루살렘과 서안, 가자를 장악한 이후 이스라엘이 일관되게 실행시켜온 정책이며 새로운 내용이 아니다.

네타냐후가 밝힌 대로 20세기 초부터 현재까지 영국과 미국의 정치 지도자들은 유대국가로서의 이스라엘은 인정해 온 반면, 팔레스타인인들의 영토에 대한 권리와 정치적 주권은 분명하게 밝히지 않았다.

이러한 환경에서 2012년 11월 29일 유엔결의를 통해 팔레스타인은 '비회원 옵서버 국가'로 승격되었다. 그러나 2014년 7월 현재 여전히 UN 문서상으로만 존재하는 '팔레스타인 국가'는 실효적으로 통치하는 영토를 갖지 못하고 있다.

이스라엘/팔레스타인 분쟁 전망

현재 이스라엘/팔레스타인 분쟁에서 중요한 역할을 하고 있는 사우디아라비아, 요르단, 카타르, 아랍에미리트를 비롯한 걸프 아랍왕국들과 이스라엘은 20세기에 영국의 후원으로 건설되었다. 특히 오스만제국을 해체시키는 과정에서 영국이 오스만제국에 대항하는 아랍 민족주의를 선동하고 조직하였으며, 영국과 보호협정을 체결했던 아랍토후들이 왕국건설의 주체가 되었다는 사실을 주목할 필요가 있다.

이 아랍왕국들은 영국의 보호 통치를 벗어나면서, 미국과 정치, 경제, 군사적으로 매우 긴밀한 협력 관계를 유지해 오고 있다. 따라서 이 아랍왕국들이 미국의 정책을 거스르며 팔레스타인인들을 위해서 어떤 행위를 할 가능성은 거의 없다. 아랍왕국들이 팔레스타인인들의 영토적, 정치적 주권 쟁취를 위한 어떤 행동을 한다면, 그것은 각 왕국의 내부 반대파들을 잠재우고 통치권을 유지하기 위한 수단으로 보인다. 그것도 미국이 허용하는 범위로 한정된다. 결국 아랍 통치자들의 이스라엘-팔레스타인 분쟁에 관한 정치적 행위의 범위는 미국에 의해서 결정된다고 보아도 과언이 아니다.

영국이 팔레스타인 지역문제에 깊이 개입하면서 시온주의자 이주민들이 주도하는 이스라엘 국가가 건설되었고, 토착 팔레스타인인들과의 사이에서 분쟁구도가 창출되었다. 미국은 이스라엘에 대한 절대적인 후원자라는 측면에서 영국의 정책구도를 거의 답습하고 있는 실정이다. 현재까지 이스라엘/팔레스타인 분쟁에서 유럽 국가들과 러시아(소련 포함)는 친이스라엘 정책을 펴는 미국과 입장을 공유했다.

이러한 측면에서 현재 미국은 이 지역 정세를 결정하는 가장 중요한 행위자이며, 오바마의 이스라엘/팔레스타인 분쟁에 대한 태도는 미국 정책의 기본 구조에서 나온 것이다. 2001년 미첼 보고서, 2003년 로드맵, 오바마의 2009년 1월 국무성 연설-2009년 6월 카이로 대학 연설 등은 일관성 있게 하마스를 비롯한 팔레스타인인들의 폭력성이 분쟁을 일으키는 원천이라는 대전제에서 출발함으로써, 이스라엘 안보문제의 중요성을 강조하였다.

2011년 66차 유엔총회에서 네타냐후의 연설 또한 하마스 등 이슬람주의자들의 폭력성을 강력하게 부각시키면서, 이스라엘이 서안을 포기할 수 없는 가장 중요한 이유로 '안보 위협'을 꼽았다.

따라서 미국의 이스라엘/팔레스타인 정책에서 '폭력적인 팔레스타인인들의 이스라엘 안보 위협'이라는 대전제가 바뀌지 않는 이상 정상적으로 기능할 수 있는 팔레스타인 국가란 거의 불가능하다.

2014년 현재 '유엔 비회원 옵서버 국가' 팔레스타인은 실효적으로 통치할 수 있는 영토가 없는 유엔 문서상의 국가다. 이제 이스라엘/팔레스타인 분쟁 해결의 지름길은 유엔결의를 통한 '이스라엘/팔레스타인의 국경획정'이다.

〈아시아 문학선〉을 펴내며

우리는 무엇보다 언어에 주목한다.

지난 오 백 년 동안, 우리에게 알려진 세계의 언어들 중 거의 절반이 사라졌다고 한다. 에트루리아어, 수메르어, 컴브리아어, 메로에어, 콘월어, 음바바람어 …… 지금 이 순간에도 지구 곳곳에서 수많은 언어들이 사라지고 있다. 소멸의 속도도 점점 빨라진다. 대신 그 자리를 영어와 또 하나의 언어, 그러나 기왕에 존재했던 어떤 언어와도 전혀 다른 종류의 기계어 '비트'가 메워 나가는 중이다.

한 가지 언어가 사라진다는 것은 무슨 뜻일까. 그것은 한 집단의 기억이 최후를 맞이한다는 뜻이다. 물론 성실한 언어학자들의 노력으로 운 좋게 몇몇 단어가 살아남을 수도 있다. 그렇지만 엄밀한 의미에서 그것은 살아 있는 언어가 아니다. 언어는 언어학자의 노트에 적히는 것만으로 생명을 보장받을 수 없다.

이제 우리는 이와 같은 일방통행의 역사에 작으나마 흠집을 내고자 한다. 그 출발이 바로 〈아시아 문학선〉이다.

우리는 서구가 주도했던 지난 시기의 근대화 과정에서 수많은 문명의 유전자가 흔적도 없이 사라졌고, 지금도 아시아 어딘가에서 어떤 기억의 보살핌도 받지 못한 채 속절없이 사라져가는 것들이 많다는 사실을 잘 알고 있다. 그러나 우리는 겸손해야 한다. 소멸은 대개 슬프지만, 때로는 자연스럽게 권장되어야 할 어떤 것이기도 하다. '불멸의 신화'가 지닌 폭력성을 흔히 목격하지 않았던가. 우리는 서구 근대의 가치를 대체하는 아시아 담론을 창출하겠다는 다부진 야심을 갖고 있지 않다. 우리는 다만 아시아의 수많은 언어가 제각기 품어 온 기억의 서

사들을 존중하려 할 뿐이다.

특히 문학에 관한 한, 아시아는 이른바 세계화가 가장 덜 진척된 영토로 존재한다. 아시아 문학은 대다수 서구인들에게 여전히 낯설고 어색하면서도 이따금 신기하고 흥미로운 존재다. 가상공간과 더불어, 빈약한 서사를 보충해 줄 최후의 영토로 간주되기도 한다. 그런 시선 속에서, 지난 몇 세기 동안, 아시아는 수없이 발명되고 발견되었다. 그 결과 논과 밭, 구릉과 숲으로 이루어진 아시아의 주름진 대지는 이차원의 매끈한 평면으로 아주 쉽게 왜곡되었다. 거기에서 소수와 은유는 묵살되고, 틈과 사이는 간단히 메워졌다.

이제 우리는 다시 주름들을 기억하려 한다. 고속도로와 지름길이 길의 다가 아니듯, 표준어와 다수만 아시아의 입체를 구성하지는 않는다. 그러나 놀랍게도, 서구인에게 낯설고 어색한 것 이상으로, 우리 스스로 아시아를 얼마나 낯설고 어색하게 생각하고 있는지! 불행히도 우리 주변에는 읽고 싶어도 읽을 아시아조차 많지 않다. 우리의 기획은 이런 경이로운 무관심과 태만을 반성하는 데서 출발한다. 동시에 우리는 혹 '미지의 세계' 아시아를 또 하나의 개척영역, 흔히 말하듯 '미래의 먹거리' 쯤으로 상정하는 것은 아닌가, 우리 안의 유혹을 끊임없이 경계한다.

이렇게 경계선을 넘으려 한다.

바라건대, 저 너머에는 새로운 세계문학이!

〈아시아 문학선〉 기획위원회

옮긴이 오수연

1994년 장편소설 『난쟁이 나라의 국경일』을, 1997년 단편집 『빈집』을 펴냈다. 이후 2년간 인도에 머물렀고, 이때의 경험은 연작 장편 『부엌』의 모태가 되었다. 2003년 '한국작가 회의'의 이라크전쟁 파견 작가로 이라크와 팔레스타인에 다녀왔다. 2004년에 보고문집 『아부 알리, 죽지 마―이라크 전쟁의 기록』을 펴냈다. 2006년에는 팔레스타인 현대 산문 선집 『팔레스타인의 눈물』을, 2008년에 팔레스타인과 한국 문인들의 칼럼 교환집 『팔레스타인과 한국의 대화』를 기획·번역하여 펴냈다. 2007년에 연작소설 『황금지붕』을, 2011년에는 장편소설 『돌의 말』을, 2014년에는 『나는 음식이다』를 냈다. 한국일보문학상, 거창 평화인권문학상, 아름다운 작가상, 신동엽문학상 등을 받았다.

(개정증보판)

팔레스타인의 눈물

2006년 9월 20일 초판 1쇄 펴냄

2014년 8월 25일 개정증보판 1쇄 찍음

2014년 9월 1일 개정증보판 1쇄 펴냄

지은이 수아드 아미리 외 | **엮은이** 자카리아 무함마드, 오수연 | **옮긴이** 오수연

펴낸이 김재범 | **편집** 정수인, 김형욱, 이은혜, 윤단비 | **관리** 박신영

인쇄 한영문화사 | **종이** 한솔PNS | **디자인** 글빛

펴낸곳 (주)아시아 | **출판등록** 2006년 1월 27일 | **등록번호** 제406-2006-000004호

전화 02-821-5055 | **팩스** 02-821-5057

주소 서울시 동작구 서달로 161-1 3층(흑석동 100-16)

이메일 bookasia@hanmail.net | **홈페이지** www.bookasia.org

ISBN 979-11-5662-041-9 04890

　　　978-89-94006-46-8(세트)

*값은 뒤표지에 표시되어 있습니다.

이 도서의 국립중앙도서관 출판시도서목록(CIP)은 서지정보유통지원시스템 홈페이지(http://seoji.nl.go.kr)와 국가자료공동목록시스템(http://www.nl.go.kr/kolisnet)에서 이용하실 수 있습니다.(CIP제어번호: CIP2014023924)